Wendy Walker

Herzschlag der Angst

Wendy Walker

Herzschlag der Angst

Thriller

Deutsch von
Susanne Goga-Klinkenberg

dtv

Von Wendy Walker
ist bei dtv außerdem erschienen:
Die Nacht zuvor

MIX
Papier aus verantwortungsvollen Quellen
FSC www.fsc.org FSC® C083411

Deutsche Erstausgabe 2021
dtv Verlagsgesellschaft mbH & Co. KG, München

Titel der amerikanischen Originalausgabe:
›Don't Look For Me‹ (St. Martin's Press, New York)

Umschlaggestaltung: www.buerosued.de
Umschlagmotiv: Mark Owen/Trevillion Images
Satz: Fotosatz Amann, Memmingen
Gesetzt aus der Minion Pro 11,7/14,8
Druck und Bindung: CPI books GmbH, Leck
Printed in Germany · ISBN 978-3-423-26305-4

1

Tag eins

Der Himmel wird dunkel, während ich fahre.

Ich befehle mir, mich zu konzentrieren. Nur auf die schwarze Asphaltstraße und die doppelte gelbe Linie in der Mitte zu schauen.

Es ist, als befände ich mich in einem Tunnel, herausgeschlagen aus den braunen Maisfeldern, die sich rechts und links der Straße ins Unendliche erstrecken. Dunkelheit umgibt mich. Sie ist überall.

Ich höre, wie die Frau im Radio vom Sturm spricht, aber meine Gedanken an die Ereignisse dieses schrecklichen Tages überlagern ihre Stimme.

Auf diesem Abschnitt der Route 7 reiht sich eine neuenglische Kleinstadt an die andere – nicht die reizenden Dörfer, die man weiter südlich findet, sondern ehemalige Industriezentren, die nun verfallen.

Unbestelltes Ackerland, heruntergekommene Häuser, leer stehende Fabriken ragen wie Grabsteine empor. Ich frage mich, wo hier Menschen leben. Wo sie einkaufen. Wo sie arbeiten und essen gehen. Warum sie noch hier sind.

Ich ziehe die Schultern hoch und drücke den Rücken durch, weil ich mich so unbehaglich fühle. Es ist jedes Mal das Gleiche. Diese Städte verfolgen mich bis spät in die Nacht.

In der Ferne taucht ein Tankstellenschild auf. Eine Gas 'n'

Go. Sie liegt an der Kreuzung der Route 7 und einer gespenstischen Straße, die ins Zentrum einer dieser Kleinstädte führt. Ich bin noch nie dort abgebogen und werde es auch nie tun. Alle Reisenden, die vom südlichen Connecticut ins westliche Massachusetts fahren, scheinen genau hier tanken zu müssen. In der Umgebung dürfte es ein halbes Dutzend Internate und kleine Colleges geben, die man von der Route 7 aus erreicht. Manchmal erkenne ich Autos oder Gesichter wieder, wenn ich hier anhalte.

Und heute muss ich anhalten. Die Tankanzeige bedeutet mir, dass ich kaum noch Benzin habe.

Von der Gas 'n' Go aus brauche ich noch zwei Stunden, bis ich ganz im Süden des Bundesstaates bin, wo ich wohne. Das grüne Willkommensschild liegt schon hinter mir. *Willkommen in Connecticut.*

Ich werde um kurz nach neun zu Hause ankommen. Mein Ehemann John wird im Fitnessstudio sein. Oder bei der Arbeit. Mit einem Freund in der Kneipe. Meine Tochter Nicole ist sicher auch irgendwo unterwegs. Irgendwo weit weg von mir. Sie ist gerade einundzwanzig geworden, ihr stehen alle Möglichkeiten offen. Möglichkeiten, die mich nachts wach halten, während ich auf die Uhr sehe. Auf die Tür horche.

Die Hunde werden bellen und an meinem Mantel hochspringen. Sie wollen etwas zu fressen. Die Zuneigung sparen sie sich für meinen Mann auf. Er hat sie angeschafft, nachdem Annie gestorben war, also sind es eher seine Hunde als meine.

Das Haus wird nach Reinigungsmittel und Trocknertüchern mit Lavendel riechen, weil heute Donnerstag ist, und am Donnerstag kommt der Putzdienst. Ich frage mich, ob sie daran gedacht haben, die Asche aus dem Kamin in unserem Schlafzimmer zu fegen. Es ist Ende Oktober und kalt genug für ein Kaminfeuer. John schaut gerne im Bett fern, während das Feuer knistert. Wie gestern Abend. Er schlief schon, als ich nach oben kam, wobei mir gerade einfällt, dass ein frisches Holzscheit aufgelegt war. Die Schlussfolgerung daraus kommt umgehend, und ich drücke die Hand auf meinen Mund.

Bin ich zu sensibel? Bin ich einfach zu sehr ich, zu *Molly*? Ich höre diese Gedanken mit Johns Stimme. *Sei nicht so Molly*. Er gebraucht meinen Namen jetzt als abwertendes Adjektiv. Aber nein – ich irre mich nicht, es lag ein Scheit auf dem Feuer. Also hatte er sich schlafend gestellt.

Der Tag heute geht mir nicht aus dem Kopf.

Mein Sohn Evan besucht ein Internat hier in der Gegend. In der neunten Klasse wurde er ins Footballteam aufgenommen. Jetzt ist er in der elften und fängt in dieser Saison als Lineman an. Jeden zweiten Donnerstag fahre ich diese Strecke, um mir seine Heimspiele anzusehen. Die Saison ist zur Hälfte vorbei, sie sind Tabellenführer. Sie können dieses Jahr sogar Meister werden.

Für die Hin- und Rückfahrt brauche ich jeweils vier Stunden. John hält mich für verrückt, weil ich das zweimal im Monat mache. Er sagt, Evan sei es ohnehin egal. Nicole drückt es brutaler aus. Sie sagt, Evan wolle mich gar nicht dort haben. Dass ich ihm peinlich sei. Dass er kein kleiner Junge mehr sei und *keine Mommy dabeihaben muss, die ihm zuschaut*.

Sie hat recht, er hat sich verändert. Er weiß um die Macht, die er auf dem Spielfeld besitzt. Ich habe es heute zum ersten Mal bemerkt. Etwas in seiner Haltung, seinem Gang. In seinen Augen.

Und in seiner kalten Härte. Ich frage mich, seit wann sie da ist. Ob sie neu ist. Oder nur neu für mich.

Ich hatte am Eingang zum Umkleidetrakt gewartet. Wie in Zeitlupe lasse ich die schmerzliche Szene noch einmal vor mir ablaufen.

Wie er mit seinen Freunden auf das Gebäude zukam, die

riesige Tasche über der Schulter, die hohen Turnschuhe mit den offenen Schnürsenkeln, die Baseballkappe nach hinten gedreht, ein verstohlenes Grinsen, weil sie vermutlich über ein Mädchen redeten.

In diesem Moment, bevor er mich entdeckte und sein Gesicht sich veränderte, war ich sehr stolz auf ihn.

Mein Junge, mein süßer Evan, das pflegeleichte mittlere Kind, bewegte sich, als gehörte ihm die ganze Welt. Ein Lächeln breitete sich auf meinem Gesicht aus, während ich darauf wartete, dass er mich an der Tür stehen sah.

Dann bemerkte er mich.

Seine Augen wurden groß, und er schaute weg. Er kam näher, doch sein Blick kehrte nicht zu mir zurück. Er schob sich zwischen zwei seiner Freunde und betrat das Gebäude, ließ mich stehen.

Erst jetzt, hundertachtundsiebzig Kilometer später, spüre ich den Schmerz, den seine Geringschätzung verursacht hat.

Mein Blick verschwimmt. Ich wische die Tränen weg. *Herrgott*, höre ich John sagen. *Sei nicht so Molly! Er ist ein Teenager.*

Doch die Gedanken bleiben, der Anblick seines Rückens, als er den Flur entlangging.

Ich schaue zu den Wolken empor. Dieser Sturm ist ein Hurrikan. Ich fahre mitten hinein.

Auch das war ein Grund, weshalb John mir von der Fahrt abgeraten hatte. Die Schule könnte das Spiel wegen des Sturms absagen, und selbst wenn nicht, wäre ich ihm auf dem Rückweg ausgesetzt.

Der Sturm. Dass Evan mich nicht wollte.

Und Annie. Er hatte ihren Namen nicht ausgesprochen, doch er stand zwischen uns.

Heute ist ihr Todestag. Heute vor fünf Jahren haben wir unser jüngstes Kind verloren. Sie war neun Jahre alt.

Nein. Ich will nicht an Annie denken. Ich will nicht zurückgehen. Ich will vorwärtsgehen.

Einen Fuß vor den anderen setzen.

Das habe ich in der Trauerberatung gelernt. Und ich habe früher an der Mittelschule Naturwissenschaften unterrichtet. Ich weiß, dass man Probleme analysiert, indem man sie in ihre Bestandteile zerlegt und Hypothesen aufstellt. Genauso bin ich mit der Trauer umgegangen. Objektiv. Klinisch. Wir sind nicht dafür geschaffen, den Tod eines Kindes mitanzusehen. Ihn zu ertragen. Ihn zu überleben. Trotzdem berufen wir uns, wie bei jedem anderen menschlichen Defekt, auch in diesem Fall auf die Wissenschaft, um unsere eigene Biologie zu überlisten. Wir können ein Gehirn, das entzweigerissen ist, mit solchen Mantras wieder zusammenfügen. Mantras, die in klinischen Versuchen getestet wurden. Die von Fachkollegen geprüft und in TED-Talks vorgestellt und in Selbsthilferatgebern empfohlen werden.

Du setzt einfach einen Fuß vor den anderen, Molly. Jeden Tag nur einen Schritt mehr.

Hätte ich nicht noch weitere Kinder, um die ich mich kümmern musste, hätte ich diese Schritte niemals tun können. Ich wäre gestorben. Hätte mich sterben lassen. Einen Weg gefunden, um zu sterben. Diesen Schmerz konnte man nicht überleben. Und dennoch habe ich überlebt.

Vorwärts.

Doch der Tag entrollt sich weiter, zurück zum heutigen Morgen.

Nicole war gerade von einer ihrer Nächte zurückgekommen. Ich wusste nicht, wo sie geschlafen hatte. Ihre Haut ist blass, ihre Haare sind lang und widerspenstig. Sie ist vom Laufen schlank geworden. Sie läuft und läuft, bis sie von Kopf bis Fuß empfindungslos ist. Innen und außen. Danach schläft sie den ganzen Tag. Bleibt wieder die ganze Nacht weg. Sie ist eine schlanke, wilde, aufsässige Kriegerin. Aber noch immer voller Schmerz.

Wo bist du die ganze Nacht gewesen?, hatte ich gefragt. Es folgte der übliche Dialog. Es gehe mich nichts an … *aber* es geht mich sehr wohl etwas an, weil sie in meinem Haus lebt, und was war eigentlich mit ihrer Zulassungsprüfung zum College und dem Versuch, sich selbst aus diesem Loch zu befreien … Ich sei schuld, dass sie in dem Loch steckt, wegen Annie, der Trauer und weil nicht jeder einfach darüber hinwegkommt … *aber* wann wird sie endlich aufhören, den Tod ihrer Schwester als Entschuldigung dafür zu benutzen, dass sie in der Abschlussklasse von der Privatschule geflogen ist, ihre Collegezulassung verloren hat und seither in keine Schule gegangen ist?

Sie hatte mit den Schultern gezuckt und mir geradewegs in die Augen gesehen. Wann war sie so geworden? Bereit, jeden abzuwehren, der ihr zu nahe kommt.

Was ist denn mit dir? Wann gehst du wieder arbeiten?, hatte sie gefragt.

Sie erinnert mich gern daran, dass auch ich aufgehört habe zu leben – ich atme, das schon, aber ich lebe nicht mehr richtig.

Heute Morgen hatte ich keine Antwort für meine Tochter. Heute Nachmittag hatte ich keine Antwort für meinen Sohn.

Ich habe Evan nach dem Spiel nicht mehr gesehen. Ich hatte wieder vor dem Gebäude gewartet, doch er musste einen anderen Ausgang genommen haben. Beinahe wäre ich in den Umkleideraum marschiert, um ihm zu sagen, wie ich über sein Verhalten denke. Um zu tun, was eine Mutter eben tut, wenn sie weiß, dass sie recht hat und ihrem Kind eine Lektion erteilen muss.

Das Tankstellenschild ist jetzt ganz nah. Die Wolken färben sich immer dunkler, genau wie meine Gedanken. Ich bin nicht zu ihm gegangen. Ich habe nicht getan, was eine Mutter hätte tun sollen. Eine gute Mutter.

Plötzlich weiß ich auch, warum.

Der Wagen wird langsamer. Ich gebe Gas, aber er reagiert nicht.

Ich bin keine gute Mutter.

Ich kann sie nicht länger zurückhalten, die Gedanken an mein totes Kind. An Annie. Nicht dass sie mich je wirklich loslassen. Sie lauern überall, verbergen sich, verkleiden sich, damit ich sie nicht heranschleichen sehe.

Ich fahre an den Straßenrand. Das Lenkrad ist eingerastet. Der Motor ist tot. Als der Wagen stehen bleibt, drehe ich den Zündschlüssel, aber es rührt sich nichts.

Dann sehe ich die Warnleuchte am Armaturenbrett. Ich habe kein Benzin mehr. Ich habe nicht aufgepasst, war mit meinen Gedanken weit weg. John hatte recht, ich hätte nicht fahren sollen. Nicht heute.

Vor mir liegt die Einfahrt zur Tankstelle. Es sind höchstens zehn Meter bis dahin. Der Wind peitscht, rüttelt am Wagen. Mit einer weiteren Armee von Wolken zieht der Regen herauf. Ich kann nicht erkennen, wie weit die Wolkendecke entfernt ist. Wie viel Zeit mir bleibt.

Ich habe keinen Regenschirm dabei, nur eine dünne Jacke. Ich ziehe sie trotzdem an. Ich greife nach meiner Handtasche und schiebe sie unter die Jacke.

Ich mache die Tür auf, steige aus, schließe sie. Dann renne ich, die Handtasche an mich gedrückt. Ich renne gegen den Wind, der mächtiger ist als erwartet.

Erinnerungen an den Streit mit Nicole blitzen auf, als mein Körper sich gegen den Wind stemmt. Wir streiten jeden Tag.

Mach die Augen auf!

Die Auseinandersetzung war so kurz und heftig gewesen,

dass ich nicht jedes Wort registriert hatte. Jetzt fällt mir alles wieder ein.

Sie sind offen. Ich sehe dich klar und deutlich, Nicole.

Es geht nicht um mich. Es geht um deinen Mann!

Sie hat recht. Ich sehe nicht, was vor meinen Augen passiert. Er kommt nie zum Abendessen nach Hause. Er stellt sich schlafend, wenn ich das Schlafzimmer betrete.

Mein Mann liebt mich nicht mehr. Mein Mann liebt eine andere.

Der Gedanke fühlt sich alt an, wie ein kantiger Stein, den ich schon lange in der Manteltasche trage und glatt zu reiben versuche. Doch egal wie fest ich meine Finger daraufdrücke, es gelingt mir nicht.

Und dann diese Worte. Sie hatten immer in der Luft gelegen. Als ich sie von meiner eigenen Tochter hörte, drehte sich ein Messer in meinen Eingeweiden herum.

Ich hasse dich!

Ich weine, während ich renne.

Annie. Feine blonde Haare auf zarten Schultern. Große runde Augen und lange Wimpern. Ich spüre sie noch in meinen Armen. Ihr Leben hatte gerade erst angefangen. *Annie.*

Annie!

Nein, ich bin keine gute Mutter. Denn ich bin nicht vier Stunden zum Footballspiel meines Sohnes gefahren, damit er sich geliebt fühlt. Ich bin vier Stunden gefahren, damit *ich* mich geliebt fühle.

Evan war alles, was mir geblieben war. Ich musste sein Gesicht sehen, wie er aufblühte, damit mein Leben etwas wert war.

Vielleicht hatte Evan es gespürt. Ein Kind sollte kein Bedürfnis erfüllen müssen.

Keuchender Atem. Der Wind ist stark und die Luft kalt. Meine Lungen brennen.

Ja, ich bin eine schlechte Mutter.

Ich habe ein Kind sterben lassen.

Ich bin jetzt an der Einfahrt zur Tankstelle. Keine Autos. Im Laden brennt kein Licht. Vor den Zapfsäulen stehen orangefarbene Hütchen.

Plötzlich kommt der Regen. Die Wolkendecke wird zum gebrochenen Damm. Es ist jetzt stockdunkel, aber ich erkenne die Schrift auf dem Pappschild. *Wegen Sturm geschlossen!*

Ich bleibe stehen und lasse den Regen über mich strömen, während ich auf die Worte starre.

Evan, Nicole, John. Ich bin eine Last für sie, weil sie mich nicht lieben. Weil sie mich nicht lieben können.

Genau heute vor fünf Jahren haben sie damit aufgehört.

Fünf Jahre, seit Annie gestorben ist.

Fünf Jahre, seit sie auf die Straße gelaufen ist.

Fünf Jahre, seit ich sie mit dem Wagen angefahren habe. Seit ich sie getötet habe.

Tränen, Regen, Wind. Ich gehe ein paar Schritte zur Kreuzung, zur Straße namens Hastings Pass, die in eine dieser Städte führt. Nichts als verdrecktes Pflaster, das sich über Hügel wellt, und vertrocknete Maispflanzen auf endlosen Feldern. Kein Auto in Sicht.

Es ist ein Hurrikan der Stufe vier. Das haben sie im Radio gesagt. Ich erinnere mich jetzt an die Stimmen. Ich erinnere mich an den Namen der Stadt. *Hastings*. Ich bin mitten ins Auge des Sturms gefahren. Ich höre das Mantra in meinem Kopf. *Gib nicht auf.* Meine Schuld ist wie ein schwerer Stein, den ich über dem Kopf halte. Ich habe mich so sehr bemüht, ihn nicht fallen zu lassen. Doch vielleicht ist es jetzt so weit. Vielleicht kann ich ihn endlich fallen lassen.

Vielleicht kann ich einfach fortgehen.

Bei dem Gedanken werde ich plötzlich euphorisch.

Geh fort. Geh einfach fort.

Die elende Straße erscheint mir plötzlich wunderschön. Eine Oase. Ein Fluchtweg. Meine Beine bewegen sich, ziehen meinen Körper mit. Ich bin wie in Trance. Betäubt von den Worten und dem, was sie mir versprechen.

Du kannst all das hinter dir lassen.

Du kannst neu anfangen.

Du kannst den Stein weglegen, die Last, die du trägst.

Ich gehe die Straße entlang, bis ich Teil des Sturms geworden bin. Die Nässe nicht mehr spüre. Die Kälte nicht mehr spüre. Die Wahrheit hinter den Versprechen nicht mehr spüre. Zum ersten Mal, seit ich mein Kind getötet habe, empfinde ich Frieden.

Lasst mich bitte gehen. Lasst mich fortgehen. Ich spüre die Worte im Kopf wie ein Gebet.

Bitte, flüstern sie. *Sucht nicht nach mir.*

Ich weiß nicht, wie lange oder wie weit ich schon gegangen bin, als ein Licht von hinten auftaucht. Ich drehe mich um und sehe Scheinwerfer, die langsam auf mich zukommen. Es muss so etwas wie ein Lastwagen sein. Und trotz der Trance, in der ich mich befinde, und des Friedens, den sie mir gebracht hat, hebe ich die Arme über den Kopf und winke wild, die Handtasche fest umklammert.

Der Wagen bleibt vor mir stehen.

Ich trete heran, bis ich neben dem Beifahrerfenster stehe. Drinnen sitzen zwei Leute.

Ich lege die Hand über die Augen, um sie vor dem Regen zu schützen. Beuge mich vor und sehe, wie das Fenster einen Spaltbreit aufgeht.

»Der Sturm zieht auf – Sie sollten nicht hier draußen sein.« Eine Männerstimme. Freundlich. Aber auch drängend. »Sollen wir Sie mit in die Stadt nehmen?«

Eine andere Stimme aus dem Wagen. Das Fenster geht noch weiter auf.

Die Stimme eines kleinen Mädchens. Das Gesicht eines Engels.

»Und? Wollen Sie oder nicht?«, fragt sie.

Ich starre sie an, ihre blonden Haare und hellen Augen, und an ihr vorbei zu dem Mann.

Ich starre das kleine Mädchen an und sehe, Gott steh mir bei, für einen Sekundenbruchteil mein totes Kind.

Und dann erkenne ich, was diese Straße wirklich ist. Eine Fata Morgana. Eine Illusion. Und die Worte, die meine Beine dazu bewogen haben, mich aus meinem Leben wegzutragen – sind Lügen. Ihre Versprechungen nicht mehr als eine billige Täuschung.

Die Schuld wird mich nie verlassen. Ich werde meine Familie nie verlassen.

»Ja.«

Das Beifahrerfenster schließt sich, das Mädchen verschwindet. Die Türverriegelung öffnet sich mit einem Klick. Ich taste nach dem Griff der hinteren Tür, will verzweifelt aus dem Regen fliehen. Will verzweifelt zu meiner Familie zurück. Will vergessen, was ich beinahe getan hätte. Der Sturm hätte mich töten können. Der Wind und die Kälte. Dann würden sie sich schuldig fühlen. John, Nicole, Evan. Wie konnte ich so selbstsüchtig sein, nach allem, was ich ihnen angetan habe? Ich darf nie wieder daran denken.

Ich steige ein, schließe die Tür. Erleichterung ringt mit Verzweiflung.

Und bevor ich mir den Regen aus den Augen wischen und sehen kann, wen ich vor mir habe, klickt es wieder.

Ich bin eingeschlossen.

2

Tag dreizehn

Das Telefon klingelte. Verstummte. Klingelte erneut.

Nicole Clarke wachte auf, spürte einen Körper neben sich. Er rührte sich nicht.

Das Klingeln war laut. Das Tageslicht grell, selbst durch geschlossene Augen. Reue überkam sie, während sie nach der Geräuschquelle tastete.

Sie hielt das Handy ans Ohr, die Augen fest zugekniffen, rückte näher an die Bettkante, damit sie den Fremden, den sie mitgebracht hatte, nicht länger berühren musste.

Sie schaffte ein *Hallo*. Ihre Stimme klang rau.

»Nicole Clarke?«, fragte eine Frau. Sie klang nervös. »Ich rufe wegen der Frau an, die in Hastings verschwunden ist.«

Der Name der Stadt. Adrenalin. Übelkeit. Nic antwortete nicht.

Dann blitzten Bilder von gestern Abend auf.

Wodka-Shots … der Mann am Ende der Theke … jetzt hier in ihrem Bett.

In den frühen Morgenstunden hatte sie gesagt, er solle gehen. Vielleicht war sie auch eingeschlafen, bevor sie die Worte herausbrachte.

Die Frau sprach weiter. »Ich heiße Edith Moore. Ich hoffe, ich tue das Richtige, aber vielleicht … vielleicht weiß ich etwas über diese Frau – Ihre Mutter, richtig?«

Der Mann stöhnte, legte einen schweren Arm über ihre Brust. Nic schob ihn beiseite.

Letzte Nacht hatte er sie gar nicht fest genug halten können. Jetzt hatte sie genug von ihm. Es war immer das Gleiche.

Sie drehte sich auf die Seite und zog die Knie an den Bauch. »Augenblick«, sagte sie und wartete, dass sich die Übelkeit legte.

Die Anrufe wegen ihrer Mutter waren weniger geworden. Die meisten Verrückten hatten andere Wege gefunden, um ihr Aufmerksamkeitsbedürfnis zu stillen. Die Psychologin hatte ihnen erklärt, weshalb Leute sich von solchen Geschichten angezogen fühlten, vom Kummer anderer Menschen, und weshalb sie sich einmischten, selbst wenn sie mit ihren Lügen die Suche nach der Wahrheit behinderten. Mit ihren erfundenen Geschichten. Mit ihrem Bullshit.

Dann war da natürlich noch die Belohnung. Eine Million Dollar für die sichere Rückkehr ihrer Mutter. Fünfhunderttausend für Hinweise, die zur Aufklärung ihres »Verbleibs« führten. Nichts rief Lügner schneller auf den Plan als Geld. Ihr Vater hatte einen Privatdetektiv angeheuert, um die Hinweise zu bearbeiten.

Die Frau sprach weiter.

»Ich wohne in Schenectady, das ist zwei Stunden von Hastings entfernt – hinter der Grenze zu New York. Ich war auf dem Rückweg von Manhattan. Hatte mich mit Freundinnen getroffen. Darum war ich auf der Straße.«

Nic stellte die Fragen, die das Gespräch vermutlich beenden würden. *Welcher Tag? Welche Uhrzeit? Welche Straße?*

Die Anrufer machten nie ihre Hausaufgaben. Mit der Stadt lagen sie meistens richtig. Manchmal sogar mit der Marke und dem Modell des Autos, das ihre Mutter gefahren hatte – ein hellblauer Audi Q5. Er war kurz vor der Tankstelle liegen geblieben.

Edith Moore rasselte die Antworten nur so herunter. Bei der letzten horchte Nic auf.

Hastings Pass.

Die meisten Leute behaupteten, sie hätten Molly Clarke auf der Route 7 gesehen. Dort hatte man ihren Wagen gefunden. Das war die Straße, die zum Casino führte, wo ihre Kreditkarte benutzt worden war. Naheliegend, dass sie es damit versuchten, die Verrückten. Und die Lügner.

Das hier aber war neu.

»Was haben Sie auf dem Hastings Pass gemacht?«, wollte Nic wissen. Ihre Stimme klang barsch. »Das ist ein riesiger Umweg, wenn Sie von Manhattan nach Schenectady wollten.«

Hastings.

Nic kannte jeden Winkel der Stadt. Jede Straße, jedes Feld, jeden verlassenen Brunnen, in den ihre Mutter auf der Suche nach Schutz vor dem Hurrikan gestürzt sein konnte.

»Ich wollte wegen des Sturms dort übernachten. Es gibt da ein Motel, das Hastings …«

»Hastings Inn.« Nic saß jetzt aufrecht.

»Genau – das Hastings Inn. Ich bin gegen sieben dort angekommen, aber Türen und Fenster waren schon mit Brettern vernagelt. Ich wusste, dass ich mich vor dem Hurrikan in Sicherheit bringen musste, also habe ich gewendet und bin zur Route 7 zurückgefahren. Ich glaube, ich bin direkt an Ihrer Mutter vorbeigefahren.«

Nun meldete sich eine andere Stimme. Der Mann in ihrem Bett, der längst nicht mehr willkommen war. »Wer ist dran?«

»Niemand … du musst gehen.« Nic zeigte von ihm zur Tür und auf seine Kleidung, die auf dem Teppich verstreut lag. Als er sie verwirrt anstarrte, wurde sie noch deutlicher.

»Bitte – geh einfach.« Und dann: »Tut mir leid.«

Sie sagte es noch einmal. *Tut mir leid, tut mir leid*, bis er sich in Bewegung setzte.

Sie bereute die letzte Nacht und die Nächte davor und die Nächte, die noch kommen würden. Sie bereute viele Nächte, seit Annie gestorben war.

Zurück zur Frau am Telefon.

»Warum haben Sie sich nicht früher gemeldet? Es ist zwei Wochen her.«

»Wie gesagt, ich wohne nicht in der Gegend. Und verfolge die Nachrichten nur selten. Aber vor einigen Tagen habe ich mich mit einer der Freundinnen unterhalten, mit denen ich mich in Manhattan getroffen hatte. Sie hat gefragt, ob ich in den Sturm geraten sei, und dann hat sie eine verschwundene Frau erwähnt.«

Nic hörte aufmerksam zu, während der Mann durchs Zimmer ging, sich das Hemd schnappte, Hose, Unterwäsche. Diese Nächte mussten aufhören.

Aber das würden sie nicht, das wusste sie.

Edith Moore sprach weiter, ihre Stimme zitterte aufgeregt. »Ich habe die Geschichte gegoogelt und wusste einfach, dass sie es war! Ich habe sie auf der Straße gesehen. Hastings Pass – nicht Route 7. Sie stand da, es hatte angefangen zu regnen. Sie war klatschnass.«

Während sie zuhörte, schossen Nic die Fakten des Falls durch den Kopf.

Der verlassene Wagen kurz vor der Tankstelle.

Kein Benzin im Tank.

Im Auto das Handy, das ans Ladegerät angeschlossen war.

Jedes Feld, jedes Haus, alles durchsucht.

Zwei Tage später, wurde ihre Kreditkarte in einem nahe gelegenen Spielcasino benutzt.

Dann fand man ihre Kleidung, noch nass, im Hotelzimmer – zusammen mit der Nachricht.

Der Nachricht, die alles erklärte – und nichts.

»Und Sie haben nicht angehalten? Haben ihr nicht geholfen?«, fragte Nic.

Die Frau redete weiter, dass sie langsamer gefahren, dann aber ein Wagen aus der Gegenrichtung gekommen sei.

»Was für ein Wagen?«

»Ein Pick-up. Dunkle Farbe. Er hielt an, und sie stieg ein.«

Nic sprang auf und krümmte sich.

»Ich habe alles gelesen, was ich finden konnte«, sagte die Frau. »Über den Wagen, den man am nächsten Morgen gefunden hat, und die geschlossene Tankstelle und den Sturm und den Stromausfall. Ach ja, und dass die ganze Stadt nach ihr gesucht hat, bis man die herzzerreißende Nachricht in einem Motelzimmer fand. Ihre arme Mutter, was muss sie alles durchgemacht haben. Und dann wurde der Fall ›neu eingestuft‹, wie es hieß. In der Presse stand, sie sei ›fortgegangen‹.«

Genau so war es gewesen.

Nic und ihr Vater hatten die Suchtrupps unterstützt. Vier Tage in Hastings, die in ihrer Erinnerung verschwammen. Flüchtige Bilder von kalter Luft und steifen Maispflanzen, bitterem abgestandenem Kaffee auf Klapptischen, den die Einheimischen brachten. Der Kneipe gegenüber dem Motel. Wodka. Tequila. Ein Fremder im hinteren Flur – der Barkeeper. Es war nicht schön gewesen.

Dann war herausgekommen, wie schlimm sich ihre Familie am Tag des Verschwindens verhalten hatte.

Nics grausame Worte in der Küche, die das Reinigungspersonal gehört hatte. Evan, der seine Mutter ignoriert hatte, wie seine Teamkameraden berichteten. Und John, der Ehemann von Molly Clarke, der geschlafen und nicht einmal bemerkt hatte, dass seine Frau nicht nach Hause gekommen war.

Wie konnte das sein? Er hatte tausend Ausflüchte. Es kostete Nic übermenschliche Kraft, nicht den wahren Grund preiszugeben: dass er seine Frau nicht mehr liebte. Dass er eine Affäre hatte. Nic hatte seinen Wagen in der Stadt gesehen, als er angeblich im Büro war. Ihr war aufgefallen, dass er dem Blick seiner Frau auswich und sich dann wieder ungewohnt höflich und rücksichtsvoll ihr gegenüber verhielt – wohl um jedem Verdacht zuvorzukommen. So vieles hatte sich verändert in letzter Zeit. Es waren subtile Veränderungen. Bis auf die eine, die ganz offensichtlich war. Zum ersten Mal, seit seine Frau seine Tochter getötet hatte, wirkte er glücklich.

Und sie hatten sich ausgerechnet an Annies fünftem Todestag so schlimm verhalten.

Man hatte die Nachricht ihrer Mutter im Licht dieser hässlichen und unverzeihlichen Geschehnisse gedeutet. Worte, hingekritzelt auf den hoteleigenen Notizblock. Nic hatte sie nur einmal gelesen, aber sie sah jeden einzelnen Buchstaben vor sich, wenn sie die Augen schloss.

Meine geliebte Familie, es tut mir so schrecklich leid. Ich habe es nicht nach Hause geschafft, und dann dachte ich mir, dass ihr ohne mich vielleicht besser dran seid. Ich bitte euch, sucht nicht nach mir. Ich bete für euer Glück.

Sie hatte mit ihrem vollen Namen unterschrieben. *Molly Clarke.* Die Polizei vermutete, sie habe auf diese Weise sicherstellen wollen, dass das Hotel die Nachricht korrekt zuordnen und sie an die Familie weitergeben konnte.

Aber sie hatte das Zimmer mit ihrer Kreditkarte bezahlt. Und die lief auf ihren Namen, der somit längst bekannt war. Und die Wortwahl, die Formulierungen – das klang so gar nicht nach ihrer Mutter.

Man schickte die Nachricht zu einem Graphologen. Sie passte zu den Schriftproben, die sie eingereicht hatten. Es war die Handschrift von Molly Clarke.

Trotzdem hatte Nic gekämpft. Gegen die örtliche Polizei. Die Staatspolizei. Sogar gegen ihren Vater. Man hatte ihr Statistiken vorgelegt, um die Theorie zu untermauern, dass ihre Mutter die Familie verlassen hatte. Die meisten erwachsenen Frauen, die verschwanden, wollten ihr altes Leben hinter sich lassen. Sie kamen zurück, wenn und falls sie dazu bereit waren.

Welche Argumente blieben ihr? Bruchstücke der Vergangenheit, Fragmente von Erinnerungen an eine liebevolle Mutter, die niemals Leid über ihre Kinder bringen würde, indem sie einfach wegging? In Wahrheit hatte Nic keine Ahnung, was ihre Mutter dachte und fühlte oder ob sie glaubte, dass sie eine Last und ihre Familie besser ohne sie dran sei.

So etwas Ähnliches hatte Nic ihr an jenem letzten Morgen ins Gesicht gesagt.

Die Vorstellung, dass ihre Mutter sie verraten hatte, war zuerst ein Schock gewesen, dann hatte sie sich leise in ihr festgesetzt, war in die Hohlräume eingedrungen, die Kummer und Schuld nach Annies Tod hinterlassen hatten. Diese Hohlräume waren überall. In jedem Winkel ihres Körpers, in jeder Zelle. Und sie gierten unersättlich danach, gefüllt zu werden. Männer und Alkohol reichten kaum noch aus.

Evan war mit dem Verschwinden der Mutter besser zurechtgekommen. Es hatte Tränen gegeben, doch er war rasch in die Schule zurückgekehrt. Sein Vater hatte seine Pflicht getan, eine düstere Miene aufgesetzt und sich um die Eltern seiner Frau gekümmert. Sie lebten in einem Heim und waren beide dement. Nic beneidete sie. Inzwischen waren fast zwei Wochen vergangen, und die Freundinnen brachten keine Aufläufe mehr vorbei. Alle nahmen ihr normales Leben wieder auf, weil es unerträglich war, in einem Zustand von Kummer und Verlust zu verharren. Ihr Vater kehrte ins Büro und zu seinen anderen Aktivitäten zurück. Und Nic zu ihren Nächten.

Nur waren sie schlimmer geworden.

Jetzt wieder die Frau am Telefon. »Der Fahrer des Pick-ups könnte wissen, wo sie ist.«

Ja, dachte Nic. *Der Fahrer könnte wissen, weshalb sie uns verlassen hat.*

»Können Sie mir sonst noch etwas sagen? Irgendwelche Einzelheiten, die Ihnen aufgefallen sind? Ich muss Sie das fragen.«

»Natürlich«, sagte Edith Moore. »Mal überlegen ... ja – sie hat etwas getan, aber ich weiß nicht, ob es hilft ...«

»Was?«, fragte Nic, hoffte plötzlich verzweifelt, dass dies hier die Wahrheit war. »Was hat sie getan?«

»Als sie dem Pick-up gewinkt hat – da hat sie beide Arme über den Kopf gestreckt und hin- und hergeschwenkt. In einer Hand hatte sie die Handtasche, daher sah es komisch aus. Ich meine, dass sie nicht nur mit einer Hand gewinkt hat. Ich weiß noch, dass es mir seltsam vorkam.«

Nic schloss die Augen und sah ihre Mutter vor sich. Es war Jahre her, sie hatte bei einem Cross-Country-Lauf an der Ziellinie gestanden. Und sie hatte genauso gewinkt – mit beiden Armen in der Luft. Das machte sie bei Evans Spielen oder wenn sie auf sich aufmerksam machen wollte.

Sie hatten sich darüber lustig gemacht, es aber auch liebenswert gefunden.

Damals, als es noch Raum für liebenswerte Dinge gab.

»Wie sah die Tasche aus?«, fragte Nic.

»Die war orange – und es standen Buchstaben drauf. NEA. Damals hielt ich es für ein Monogramm, aber nachdem ich von Ihrer Mutter gelesen hatte, kam mir der Gedanke, es könnte eine Designermarke sein.«

»Es sind unsere Namen«, sagte Nic. »Die Namen ihrer Kinder.«

Ihre Mutter hatte die Tasche selbst anfertigen lassen. Niemand sonst wäre so morbide gewesen. Denn das war es. Eine leuchtend orange Erinnerung daran, dass sie drei Kinder hatte. *Nicole. Evan. Annie.* Drei Kinder, nicht zwei. Und daran, dass eines von ihnen tot war. Das goldene »A« ein täglicher Schlag in die Magengrube. Sie nahm die Handtasche überallhin mit.

Nic öffnete die Augen und ließ zu, dass die Wahrheit zu ihr durchdrang.

Es ist die Wahrheit. Diese Frau hat meine Mutter gesehen.

»Warum treffen wir uns nicht?«, schlug Edith Moore vor. »Ich kann Ihnen genau zeigen, wo der Pick-up sie mitgenommen hat.«

Der Gedanke war unerträglich. *Hastings …*

»Vielleicht können Sie sich mit der örtlichen Polizei treffen.«

Doch die Frau blieb beharrlich. »Ich glaube nicht, dass das etwas bringt. Deren Meinung steht fest.«

Stille. Nic schloss die Augen und versuchte, die Übelkeit zu vertreiben.

Hastings …

»Die Sache ist die«, sagte die Frau. »Ihrer Familie dürfte doch am meisten daran liegen, was aus dieser armen Frau am Straßenrand geworden ist.«

Zehn Minuten später stopfte Nic Kleidung in eine Reisetasche. Jeans, T-Shirts, Sweatshirts, Turnschuhe. Was sonst noch? Pyjama, Unterwäsche.

Sie holte Zahnbürste und Shampoo aus dem Bad.

Eine Stimme meldete sich, flüsterte … *Läufst du schon wieder weg?*

Die Trauerberaterin hatte ihre eigene Theorie, was Nics Verhalten betraf.

Laufen Sie nicht vor dem Schmerz weg. Sie müssen ihn spüren, bevor es besser wird.

Aber sie spürte ihn ja. Und es wurde trotzdem nicht besser.

An jenem Morgen hatte sie Dinge zu ihrer Mutter gesagt, von denen sie niemandem erzählt hatte. Dinge über Annie. Sie konnte nicht mal daran denken.

Sie hatte Elend statt Liebe im Gesicht ihrer Mutter sehen wollen. Und es war ihr gelungen. Seit dem Gespräch mit Edith Moore trug sie ein Bild im Kopf – ihre Mutter in Regen und Sturm, klatschnass. Und Nic hatte sie mit ihren furchtbaren Worten in diesen Sturm getrieben.

Und nun gab es da draußen jemanden, der wusste, wohin sie gegangen war. Der einen Pick-up besaß. Der ihr helfen konnte, ihre Mutter zu finden, damit Nic ihr sagen konnte, dass sie sie nicht hasste. Damit sie alles zurücknehmen konnte, was sie an jenem Morgen gesagt hatte. Sie verscheuchte die Stimmen. Den guten Rat. Die wohlmeinenden Worte, die unweigerlich kommen würden. *Sie möchte nicht gefunden werden. Sei fair zu dir selbst, Nicole.* Aber Nic wusste Dinge, die andere nicht wussten. Dinge, die sie gesagt hatte, um ihre Mutter zu vertreiben.

Sie war schuld und musste es wiedergutmachen. Sie musste ihre Mutter finden.

3

Tag eins

Das Mädchen trägt eine Maske vor dem Gesicht. Es ist eine medizinische Maske, ich kann sie nur im Außenspiegel sehen. Der Mann hat seine Wollmütze tief ins Gesicht gezogen.

Wir fahren durch den strömenden Regen. Ein heftiger Wind rüttelt am Pick-up.

»Danke, dass Sie angehalten haben. Ich hatte kein Benzin mehr.«

Das Mädchen dreht sich um.

»Das war nicht sehr schlau«, sagt sie. Ihre Stimme klingt fröhlich, als würde sie nur das Offensichtliche feststellen, ohne mich zu verurteilen. Trotzdem ist es seltsam, wenn ein Kind ihres Alters nicht erkennt, dass es genau das getan hat.

»Du hast recht.«

Der Mann lächelt. »Ist ja gut gegangen. Die Stadt ist nicht weit.«

Seine Augen zucken zum Spiegel, also kann er mich sehen. Er wendet sich rasch ab und schaut zu seiner Tochter.

Tochter … Ich komme ins Grübeln. Habe vorschnelle Schlüsse gezogen.

Das Mädchen redet weiter.

»Ich bin gegen alles allergisch, darum muss ich eine Maske tragen, wenn ich rausgehe. Klingt meine Stimme damit komisch?«

Ihre Worte gehen durch mich hindurch. Ich schaue aus dem Fenster und frage mich, wo wir sind, wie weit entfernt von der Stadt. Ich sehe nur das kurze Stück Straße, das von den Scheinwerfern beleuchtet wird. Der Himmel ist eine schwarze Leinwand.

Ich rieche Benzin und bemerke drei Plastikkanister, die neben mir auf dem Boden stehen. Ansonsten ist der Pick-up alt, aber sauber. Das Leder der Sitze ist rissig, stellenweise durchgesessen.

»Hey!«, sagt das Mädchen jetzt verärgert. »Beantworte meine Frage!«

Meine Aufmerksamkeit springt von der Straße und dem schwarzen Himmel und den Benzinkanistern zu dem Mädchen mit der Maske, das mich tadelt, weil ich nicht zugehört und ihre Frage nicht beantwortet habe. Irgendwie krame ich sie aus dem Kurzzeitgedächtnis hervor. *Etwas mit der Maske und ihrer Stimme …* Ich rate einfach.

»Für mich klingt sie ganz normal.« Sie sieht mich mit zusammengekniffenen Augen im Außenspiegel an, und ich stelle mir vor, wie ärgerlich sie hinter der Maske ist.

Also lächle ich. Ein großes, warmes Lächeln mit Lippen, die vor Kälte zittern, und weil mir plötzlich klar wird, dass ich mit Fremden in einem Wagen eingeschlossen bin.

»Wie heißt du?« Ich versuche, freundlich zu sein. Sie müssen mich ja nur bis in die Stadt mitnehmen.

Das Mädchen schaut den Mann an, bevor sie antwortet. Er nickt und sagt: »Nur zu! Nicht so schüchtern«, was mir seltsam erscheint, weil sie alles andere als schüchtern ist.

Diesmal dreht sie sich ganz herum und lächelt so breit, dass ihre Wangen sich hinter der Maske verziehen.

»Alice!«, sagt sie. Ich halte inne, weil der Name für mich anders klingt. Sie sagt *Alice*, doch ich höre *Annie*. Und mein Herz setzt einen Moment lang aus.

Alice dreht sich wieder zur Straße, diesmal mit einem kleinen Hüpfer, und der Mann wuschelt ihr durch die Haare. Es wirkt spielerisch, aber unbeholfen, als machte er das selten.

Der Wagen wird langsamer.

Ich schaue durch die Windschutzscheibe und sehe Geschäfte mit verbarrikadierten Fenstern. Sie tauchen wieder in die Dunkelheit.

Der Pick-up rollt die Straße entlang. Der Mann schaut geradeaus.

»Ist das die Stadt?«

Wir kommen an einem Gebäude vorbei, dessen graue Silhouette und große Fenster, die mit Sperrholzplatten gesichert sind, an einen Diner erinnern. Daneben bemerke ich ein Schild auf einer Rasenfläche. Es blitzt nur kurz auf, als unsere Lichter darüberstreichen. *Hastings Inn.*

»Vielleicht da, bei dem Motel. Sie könnten mich einfach …«

Der Mann sieht vorsichtig aus dem Fenster.

»Scheint geschlossen zu sein. Alles verrammelt. Verdammt, anscheinend hat die ganze Stadt keinen Strom.«

Meine Stimme bricht, als ich die nächste Frage stelle. »Können wir zu meinem Wagen zurückfahren? Vielleicht kann ich etwas von Ihrem Benzin hier nachfüllen? Nur ein paar Liter. Eine halbe Stunde weiter gibt es noch eine Tankstelle, beim Casino. Ich habe an der Route 7 ein Schild gesehen …«

Bitte, bitte, bitte! Bring mich zurück zu meinem Wagen, zu meinem zwei Stunden entfernten Leben, egal was daraus geworden ist. Ich sehne mich jetzt danach und weiß nicht mal warum. Ich sehne mich nach meiner respektlosen Tochter, die mich hasst, und meinem grausamen Sohn, der mich ignoriert. Ich vermisse meinen Mann, der sich schlafend stellt, wenn ich ins Bett komme, und ich vermisse die Hunde, die nur ihr Futter von mir wollen. Gott steh mir bei, ich vermisse sogar den Schmerz, der mich nie verlässt.

Er kommt von einem verborgenen Ort. Ein archaischer Instinkt, dieses Vermissen von Dingen.

Der Pick-up biegt ab und beschleunigt.

»Die sind leer. Wir wollten sie auffüllen, aber die Tankstelle hatte schon zu.«

Ich schaue zu den Benzinkanistern. Ich könnte schwören, dass Flüssigkeit darin schwappt, aber ich kann mich irren. Oder höre nur den letzten Rest von Benzin.

Warum sollte er lügen? Die Tankstelle hatte ja geschlossen.

»Was machen wir jetzt?«

»Die Straße ist blockiert. Ein Baum ist umgestürzt. Haben Sie das nicht im Radio gehört? Uns bleibt nur ein Weg.«

Ich habe nichts mitbekommen. Ich kann im Wagen auch kein Radio hören. Und wie konnten sie so schnell darüber berichten?

Das Mädchen scheint zu wissen, wohin wir fahren.

Ich öffne die Handtasche, will nach dem Handy greifen. Ich muss John und Nicole sagen, was passiert ist. Ich wühle in der Tasche – Portemonnaie, Bürste, Pfefferminzbonbons, Taschentücher. Ich räume alles auf meinen Schoß, bis die Tasche leer ist.

Dann fällt es mir ein – das Handy war am Ladegerät, es lag auf dem Sitz.

Ich habe kein Handy. Eine neue Angst steigt in mir auf.

Dann frage ich jetzt –

»Haben Sie ein Handy, das ich benutzen kann? Meine Familie macht sich wahrscheinlich große Sorgen.«

Alice schaut auf ihre Hände, die sie im Schoß gefaltet hat.

Und der Mann schüttelt den Kopf.

»Nein. Tut mir leid. Ich habe es zu Hause gelassen. Aber wir sind gleich da. Sie können anrufen, und dann überlegen wir, wie wir Sie zu Ihrer Familie bekommen.«

»Oder du bleibst heute Nacht einfach bei uns!«, sagt Alice. Wieder dreht sie sich um. Wieder ausgelassen.

Der Mann lächelt jetzt.

»Eins nach dem anderen«, sagt er.

Und so fahren wir weiter. Biegen ab. Nach links. Nach rechts. Tiefer in den Wald hinein.

Ich kann die Stille nicht ertragen. Nicht zu wissen, was hier gerade passiert, macht mich wahnsinnig. Also verhalte ich mich, wie ich es normalerweise und mit klarem Kopf tun würde.

»Ich bin übrigens Molly. Molly Clarke. Ich bin Ihnen wirklich dankbar für die Hilfe.«

Alice kichert nervös. Der Mann starrt geradeaus.

Ich versuche, seinen Blick im Rückspiegel aufzufangen.

»Verraten Sie mir auch Ihren Namen?«

Er schaut zu Alice. Sie schaut zurück und stupst ihn mit dem Finger an.

Er zuckt mit den Achseln, schaut wieder auf die Straße. Er wirkt belustigt.

Alice antwortet für ihn.

»Er heißt Mickymaus«, lacht sie.

Der Mann lächelt, und ich begreife, dass sie ein kleines Spiel spielen. Alice erfindet Namen für ihn, wenn Fremde dabei sind.

Ich spiele mit, obwohl mir nicht wohl dabei ist.

»Soll ich Sie Micky oder Mr. Maus nennen?«

Er lacht laut, antwortet aber nicht.

Der Pick-up fährt langsam durch den Sturm. Wir sind mittendrin. Zeit und Entfernung sind nicht mehr kalibriert.

Ich sehe nichts jenseits des Scheinwerferlichts. Der Wind peitscht den Regen beinahe waagerecht über die Straße. Abbiegen und wieder abbiegen, weiteren umgestürzten Bäumen ausweichen, von denen der Mann berichtet, obwohl ich sie von hier hinten nicht sehen kann.

Er macht keine Konversation. Er fragt nicht, wer ich bin oder woher ich komme. Ich nehme an, dass ihn der Sturm nervös macht und er Alice sicher nach Hause bringen will.

Ich schmecke Blut, so fest habe ich mir auf die Lippe gebissen. Mir ist jetzt warm, aber ich zittere noch immer.

Der Pick-up wird langsamer und bleibt diesmal wirklich stehen. Alice wird munter. Sie schaut hinaus und sieht, was auch ich sehe – einen hohen Metallzaun, ein Tor, dahinter eine ungepflasterte Auffahrt.

Der Mann steigt aus. Alice fragt nicht nach dem Grund. Er setzt die Kapuze seiner Jacke auf, ist aber trotzdem sofort durchweicht. Er rennt zum Tor und bleibt vor einer großen Kette stehen, die zwischen zwei Torpfosten hindurchgeschlungen ist. Er schließt das Vorhängeschloss auf, wickelt die Kette ab, ein Torflügel schwingt auf.

Ich schaue zum Türgriff, der sich direkt neben meinem rechten Arm befindet. Die Tür wurde nicht entriegelt, als er ausgestiegen ist, aber ich taste dennoch nach dem Griff und ziehe so vorsichtig wie möglich. Nichts passiert. Vermutlich die Kindersicherung. Ich spähe zwischen den Sitzen nach vorn und frage mich, ob mein Körper hindurchpasst – ob ich zur Fahrerseite klettern und durch die Tür entkommen kann. Alice ist zu klein, um mich aufzuhalten. Aber laut genug, um den Mann zu warnen, und er hätte mich sicher mit wenigen Schritten erreicht.

Dann halte ich inne. Wir sind an einem Haus. Dort wohnt eine Familie. Vielleicht eine Frau, weitere Kinder. Alice und ihr Vater wollten ja nur Benzin in den Kanistern holen, die neben mir auf dem Boden stehen. Und Wasserflaschen. Die liegen vorn neben Alice' Beinen. Sie sind zufällig auf mich gestoßen. Haben mir angeboten, mich mitzunehmen.

Sei nicht so Molly, sage ich mir. Aber *Molly* hat ihr Kind getötet. *Molly* weiß, dass das Undenkbare geschehen kann, und denkt seitdem Dinge, die manchmal nicht real, sondern *hyperbolisch* sind, wie John sagen würde. Sie denkt sie trotzdem. Denn es gab eine Zeit, da waren sie real. Und sie sind geschehen.

Molly.

Ich denke an das Holzscheit, das gestern Abend im Kamin lag, und frage mich, ob meine Schlussfolgerung daraus verrückt war. Und Evan mit seiner Grausamkeit … und Nicole – ist das alles Wirklichkeit?

Jetzt spricht Alice wieder.

»Wir sind zu Hause!« Sie klingt triumphierend.

Der Mann kommt zurück, steigt ein und schließt die Tür.

»Wow! Das ist vielleicht ein Sturm!« Er schüttelt den Regen ab.

Dann legt er den Gang ein, und der Pick-up rollt durchs offene Tor. Dahinter hält er erneut. Steigt aus. Rennt zum Tor, um das Kettenschloss anzubringen. Uns auf seinem Anwesen einzuschließen.

Er steigt wieder ein und fährt weiter. Diesmal passe ich genau auf. Der Tacho zeigt fünfundvierzig Stundenkilometer. Ich zähle die Sekunden im Kopf mit. Ich zähle wie ein Schulmädchen. *Eins Mississippi … zwei Mississippi …*

Ich komme bis zwanzig. Das macht etwa zweihundertsiebzig Meter von der Straße bis zum Haus.

Ich speichere die Information irgendwo in meinem wirren Kopf. Überlege, was sie mir über das Anwesen und das Haus verrät, das vor mir auftaucht, als der Pick-up anhält.

Der Mann stellt den Motor ab und nimmt den Zündschlüssel an sich.

Er geht zur Beifahrerseite, öffnet meine Tür, dann Alice' und hebt sie aus dem Auto. Sie schlingt die Arme um seinen Hals und quiekt, als der Regen ihr Gesicht und den Körper trifft. Sie drückt sich an ihn wie eben ein Kind an seinen Vater, und meine Erleichterung überrascht mich selbst.

Alice liebt diesen Mann, und er liebt sie. Wo Liebe ist, kann es keine Gefahr geben.

»Na los!«, ruft er mir zu. Ich steige aus und folge ihnen. Ich ziehe meine schicke, wenn auch vollkommen unzulängliche Regenjacke so weit wie möglich über den Kopf und lache, weil mich die Erleichterung geradezu überwältigt. Beim Lachen drohen mir die Tränen zu kommen, aber ich unterdrücke sie, bevor ich meine Retter einhole.

Ich sehe wenig, während wir durch den Regen gehen. Nur den Schatten einer großen Veranda mit Pfosten und Stufen ohne Geländer. Ich schaue auf meine Füße, als ich hinaufgehe. *Eins, zwei, drei, vier …*

Sechs Stufen, dann stehen wir auf der Veranda. Drei Schritte bis zur Tür, die sich ohne Schlüssel öffnen lässt. Trockene Luft weht uns entgegen, es riecht muffig und nach Holz.

Als die Tür zugeht, stehen wir drei in tiefer Dunkelheit da. Der Regen hämmert aufs Dach, doch die Wände verschlucken die meisten Geräusche. Plötzlich durchbricht das Licht einer Sturmlaterne die Dunkelheit.

»Ich versuche, den Generator anzuwerfen«, sagt er. »Das Benzin sollte bis zum Morgen reichen. Alice, warum zeigst du Molly nicht das Gästezimmer. Gib ihr ein Handtuch aus dem Schrank.«

Er spricht meinen Namen so beiläufig aus, als wären wir alte Freunde.

Handtücher und Gästezimmer und Laternen. Es gibt keine weiteren Familienmitglieder, aber es ist in Ordnung. *Ja*, denke ich. *Es ist in Ordnung – bis ich anrufen kann.*

Er gibt mir die Laterne und geht wieder nach draußen. Alice nimmt die Maske ab. Es ist eine weiße Schutzmaske, wie man sie im Drogeriemarkt kaufen kann. Ich habe so etwas schon beim Anstreichen benutzt, aber das ist viele Jahre her, als John und ich gerade zusammengezogen waren.

Als wir Dinge selber machten, weil wir mehr Zeit als Geld hatten.

Der Gedanke an meinen Mann raubt mir den Atem, Gefühle überkommen mich. Ich liebe ihn noch immer. Selbst wenn er mich nicht mehr liebt.

Alice hat hellblaue Augen und weiches blondes Haar und Haut wie Schnee, sie kommt offenbar nie an die Sonne. Aber sie ist nicht mager. Ihre Wangen sind rosig von der Kälte. Und ihre Farben – das Blau und Gelb und Weiß und Rot – sind hinreißend. Die Farben der Jugend. Die Farben eines kleinen Mädchens. Sie füllen mein Herz und fließen durch das Loch, das ich vor fünf Jahren hineingerissen habe, wieder hinaus.

Ich folge ihr mit der Laterne durch ein Wohnzimmer, vorbei an einer Küchentür und in einen Flur, wo wir stehen bleiben. Sie öffnet einen Wandschrank, in dem Handtücher, Decken und Bettwäsche liegen. Normale Dinge. *Normal.*

Sie holt ein verschlissenes weißes Badetuch heraus und gibt es mir. Ich nehme es mit einer Hand entgegen und wische mir das Gesicht ab.

»Na los!«, sagt sie fröhlich.

Ich schaue in den Flur, kann mich aber nicht orientieren. Alle Türen sind geschlossen.

Ich möchte trocken werden. Ich möchte warm werden. Ich möchte, dass der Mann zurückkommt, damit ich meine Familie anrufen kann. Das alles scheint jetzt zum Greifen nah, und ich wünsche es mir umso dringlicher.

Wir betreten das erste Zimmer auf der linken Seite. Darin stehen ein Bett und eine Kommode, ein ovaler Spiegel hängt an der Wand. Das Bett ist ordentlich gemacht, mit Tagesdecke und zwei Kissen. Es hat ein eigenes Badezimmer, dessen Tür offen steht. Das einzige Fenster ist mit Sperrholz verrammelt. *Wegen des Sturms*, sage ich mir. Genau wie der Diner vorhin in der Stadt.

»Das ist das Gästezimmer. Du kannst heute Nacht hier schlafen«, sagt Alice. »Ich schlafe gleich nebenan.«

Ich lächle ihr zu. Sie lächelt zurück. Aber ich habe nicht vor, in diesem Haus zu schlafen.

John wird mich abholen – trotz des Sturms. Obwohl er mich nicht mehr liebt.

»Kann ich mit dir warten?«, fragt sie.

»Sicher«, sage ich. Im Haus ist es dunkel. Das verstehe ich. Dann aber hören wir Schritte, die sich bewegen. Die stehen bleiben, von einem Fuß auf den anderen treten, weitergehen. Ein anderes Licht scheint durch den Flur, und plötzlich steht der Mann auf der Schwelle.

»Mach dich bettfertig«, sagt er zu Alice. Er hat zwei Laternen dabei und gibt ihr eine davon. Sie gehorcht und lässt uns allein.

»Ich habe den Generator eingeschaltet. Der betreibt die Heizung. Mit der Laterne können Sie sich heute Nacht orientieren. In der Kommode ist Kleidung. Sie können sich gern etwas nehmen.«

Ich starre den Mann an, das Handtuch bis zu den Augen vors Gesicht gedrückt.

»Ich muss telefonieren – mein Mann kann mich sicher irgendwie abholen.«

Noch während ich es sage, weiß ich die Antwort. Weil er mir nicht angeboten hat, zu telefonieren, was seltsam ist. Nicht Molly-seltsam. *Wirklich* seltsam.

Und dann folgt die Antwort.

»Die Sache ist die – wir haben hier draußen keinen Handyempfang, und das Festnetz ist zusammengebrochen. Ich habe gerade das Telefon in der Küche überprüft.«

Ich nicke und zwinge mich zu einem höflichen Lächeln. Warum, weiß ich nicht. Eine Angewohnheit aus meiner Kultur, die Emotionen unterdrückt.

»Können wir es wenigstens versuchen? Vielleicht in einem anderen Teil des Hauses oder draußen? Oder ich leihe mir den Pick-up und rufe von der Straße aus an.« Ich rede wirr drauflos. »Mein Mann und meine Tochter machen sich große Sorgen. Ich sollte vor über einer Stunde zurück sein und habe meinen Wagen am Straßenrand stehen lassen. Die Leute fragen sich sicher schon, wem er gehört. Vermutlich sucht die Polizei nach mir, und ich möchte wirklich nicht, dass sie sich mit so etwas beschäftigen muss.«

Ich rede vor mich hin und starre ihm ins Gesicht, suche nach Verständnis oder Überraschung oder irgendetwas, das einer menschlichen Regung gleichkommt. Doch er beobachtet nur, wie sich meine Lippen bewegen, und lächelt mitfühlend.

»Das können wir morgen früh machen – sobald es hell wird«, sagt er, als ich verstumme. Er legt mir die Hand auf die Schulter und drückt sie sanft. »Ich weiß, es ist seltsam, in einem fremden Haus zu schlafen. Das würde mir auch so gehen. Aber wir sind hier nicht in den Vororten. Sie hätten sich dort draußen verletzen können – der Wind hätte Sie glatt von den Füßen gefegt. Und die Kälte – heute Nacht soll es frieren.«

Er schaut mich an. Ich verharre reglos, bis er die Hand von meiner Schulter nimmt.

»Alles gut?«, fragt er.

Wieder nicke ich höflich, während ich mich frage, weshalb er die Vororte erwähnt hat. Woher weiß er, wo ich wohne?

Dann lässt er mich allein. Ich starre auf die Stelle, an der er gestanden hat, und nehme seine Worte in mich auf. Lasse sie in meinem irrationalen Kopf rational werden.

Ich bin nun mal die klassische Vorortbewohnerin. Er hat wohl einfach zwei und zwei zusammengezählt. Leute wie ich kommen sicher ständig hier durch, wenn sie ihre Kinder in der Schule besuchen.

Und draußen tobt ein gefährlicher Sturm. Wind. Regen.

Kälte. Die Straßen sind blockiert. Leitungen sind gekappt – Strom, Telefon. Alles, was an Drähten hängt, ist tot. Und es gibt keinen Handyempfang. All dies ist sehr wahrscheinlich.

Sei nicht so Molly!, befehle ich mir.

Ich schließe die Zimmertür. Nehme mir Kleidungsstücke aus der Kommode. Frauenkleidung. Eine Schlafanzughose und ein Sweatshirt. Sie sind trocken, riechen nach Waschmittel.

Sie sind frisch gewaschen. Ich frage mich, ob das bedeutet, dass sie vor kurzem noch getragen wurden.

Wo ist die Frau, der sie gehören?

Ich gehe ins Bad und schließe die Tür. Ziehe meine nasse Kleidung aus, ziehe die trockene Kleidung einer fremden Frau an. Im Schlafzimmer hänge ich meine nassen Sachen auf. Über den Stuhl. Die Heizung. Die Kommode. Den Bettpfosten.

Ich krieche unter die Decke. Rolle mich zu einer Kugel zusammen. Zur winzigsten nur möglichen Kugel. Ich lasse die Laterne am Fußende stehen, weil ich noch nicht bereit für die Dunkelheit bin.

Ich erlaube der Angst, ihr Gesicht zu zeigen, und dann sage ich ihr auf den Kopf zu, was sie ist. So wie meine irrationalen Gedanken Reste der Vergangenheit sind, ist diese Angst in Wahrheit Schuldgefühl. Mehr nicht. Nur Schuld. Ich habe etwas Dummes getan, und nun sorgt sich meine Familie, und die Polizei sucht nach mir. Aber morgen früh bringe ich alles in Ordnung. So wie der Mann gesagt hat. *Sobald es hell wird.*

Fakten sind Fakten, und sie ergeben einen Sinn. Die Schuld tarnt sich als Angst, um in mich einzudringen, weil ich mich ihr nicht stellen will.

Sie legt sich wie eine zweite Decke über mich. Eine vertraute Decke.

Die Decke der Schuld.

4

Tag dreizehn

Hastings Pass.

Nic hasste die Straße. Sie hasste es, dass die Seitenstreifen aus Erde und Schotter bestanden und der aufgewirbelte Dreck noch lange in der Luft hing. Sie hasste die dichten braunen Maisfelder auf beiden Seiten, wie in einem Roman von Stephen King. Sie hasste es, dass die Straße zwar pfeilgerade, aber hügelig war, sodass man langsame Autos nicht überholen konnte.

Hastings Pass kreuzte die Route 7 bei der Gas-'n'-Go-Tankstelle. Wenn man von Süden kam, musste man links abbiegen. Von Norden kommend bog man rechts ab. Ihre Mutter war von Norden gekommen. Ihr Wagen hatte knapp zehn Meter vor der Tankstelle verlassen am Straßenrand gestanden.

Der Anruf war am Tag nach dem Sturm gekommen, am späten Vormittag. Sie hatten noch gar nicht gemerkt, dass Molly nicht nach Hause gekommen war. Nic hatte nach einer ihrer Nächte ausgeschlafen. Ihr Vater war ins Büro gefahren, als wäre es ein ganz normaler Tag. Er hatte weder das aufgetaute Fleisch in der Küche bemerkt noch den Beutel Wäsche für die Reinigung, der an der Tür hing, auch nicht die Hunde, die nicht gefüttert worden waren, oder den Kaffee, der nicht gekocht worden war. Er hatte gesagt, er sei davon ausgegangen, dass sie spät zurückgekommen sei und im Gästezimmer geschlafen habe. *Wie rücksichtsvoll von ihr, ihn nicht zu wecken.*

Nach ihrem Wagen hatte er auch nicht gesehen. War gar nicht auf die Idee gekommen. Hatte nichts bemerkt. Er war wohl zu erleichtert gewesen, dachte Nic. Es musste schwer sein, seiner Frau ins Gesicht zu sehen, nachdem man mit einer anderen zusammen gewesen war.

Sie wollte ihn dafür hassen. Aber es gab kein Handbuch für das, was ihre Familie durchgemacht hatte. Molly Clarke erinnerte ihren Mann an sein totes Kind. Molly Clarke erinnerte Nic daran, wie Annie gestorben war und welche Rolle sie selbst bei den Ereignissen gespielt hatte, die zu Annies Tod geführt hatten. Und eingebettet in die furchtbaren Erinnerungen an jenen furchtbaren Tag waren die wunderbaren Erinnerungen an wunderbare Augenblicke, und es war unmöglich, sie zu entwirren.

Starke Arme, die sie festhielten. Sanfte Hände, die über ihre Haare strichen. Der Geruch von selbst gebackenem Brot und Schaumbad. Eine laute Stimme, die sie vom Spielfeldrand anfeuerte. Eine sanfte Stimme, die in der Dunkelheit flüsterte. *Es ist gut, ich bin hier.* So viele wunderbare Erinnerungen, die jetzt durch den Kummer verzerrt waren.

Molly Clarkes Stimme, ihr Gesicht und ihr Geruch lösten widerstreitende Gefühle in ihr aus. Qual und Seligkeit. Zorn und Liebe. Nic war ihr aus dem Weg gegangen, genau wie ihr Vater. Es tat weh, mit ihr zusammen zu sein.

Knapp vier Kilometer weiter die Straße hinunter lag die Polizeiwache, hinter dem Motel, dem Diner, der Kneipe und der Autowerkstatt.

Jenseits des Stadtzentrums gab es einen Mischmasch aus Häusern auf kleinen Grundstücken, die ziemlich heruntergekommen waren. Nur wenige wurden noch gepflegt, und selbst dort spürte man einen Hauch von Verzweiflung, einen letzten, vergeblichen Atemzug. Blumenkörbe hingen an baufälligen Veranden.

Dann folgten die Tankstelle und das Rathaus und der Fluss. Auf beiden Seiten zweigten Feldwege ab, die in den Wald und zu noch schäbigeren Behausungen führten, in noch tiefere Armut.

Der graue Himmel machte alles noch düsterer, setzte ein Ausrufezeichen hinter die Verzweiflung. Nic erinnerte sich jetzt, wie die Verzweiflung in einen hineinkroch.

Vor dem Verschwinden, bei den seltenen Gelegenheiten, da Nic mit zu Evan gekommen war, waren sie Hastings Pass nie entlanggefahren. Ihre Mutter hatte gesagt, dass sie die Straße nicht mochte.

Jetzt aber wusste Nic alles über die Stadt, an der sie immer nur vorbeigefahren waren. Hastings war in den 1950er-Jahren für ein Chemieunternehmen erbaut worden. Die Firma leitete ihre Abwässer in den Fluss. Man wusste es nicht besser. Oder es interessierte niemanden. Später übernahm ein Pharmahersteller die Fabrik und hielt die Stadt am Leben, bis die Rezession kam. Dann kippten die Dominosteine.

Verlassene Städte wie diese fanden sich überall am Housatonic River, bis in den Staat New York und hinauf zur kanadischen Grenze. Die Leute lebten von der Landwirtschaft, von Arbeitslosengeld und von Regierungsjobs. Sie waren Polizisten, Büroangestellte, Bauarbeiter.

Nic bog auf den kleinen Schotterparkplatz ein und stellte den Wagen ihrer Mutter neben der Polizeiwache ab. Aus Gewohnheit blickte sie in den Rückspiegel. Sie trug einen Pferdeschwanz und schminkte sich seit Jahren nicht. Es gab nicht viel zu sehen oder zu überprüfen.

Und selbst wenn.

Sie ärgerte sich, dass sie in ihr altes Verhalten zurückgefallen war, stieg aus dem Wagen und betrat die Wache.

Dort arbeiteten vier Leute – eine Sekretärin, der Polizeichef und zwei uniformierte Beamte. Wenn zusätzliche Kräfte gebraucht wurden, stellte der Bundesstaat Leute zur Verfügung. Wie in der Nacht des Sturms. Oder nach dem Verschwinden ihrer Mutter.

Die Sekretärin Mrs. Urbansky saß hinter einer hohen Theke.

»Nicole!« Sie stand auf und drückte ihren gewaltigen Körper gegen die metallene Kante, streckte die Hände über die Theke und ergriff Nics Schultern.

»Nicole«, sagte sie noch einmal, wobei sich ihr Gesicht mitfühlend verzog. »Wie geht es Ihnen? Wie war die Fahrt?«

Bei der Suche nach ihrer Mutter war Mrs. Urbansky immer nett und freundlich zu ihr gewesen. Es war ihr nicht leichtgefallen, das zuzulassen. Selbst jetzt nicht.

»Gut.«

Mrs. Urbansky ließ sie los und stützte die Ellbogen auf die Theke. Das weiche Fleisch ihrer Arme quoll aus der Armbeuge hervor, als sie das Kinn auf die Hände bettete.

»Habt ihr eine neue Spur?«

Nic zuckte mit den Schultern. »Das erfahren wir morgen.«

»Schon seltsam nach der ganzen Suche und der Belohnung …«, sagte Mrs. Urbansky besorgt.

Da hatte sie nicht unrecht – die Suchtrupps waren gründlich gewesen. Sie hatten am Rand der dichten Maisfelder begonnen, die Hastings Pass und die Route 7 säumten, und sich zwischen den hohen, scharfen Stängeln vorgearbeitet. Ein Teil des Geländes grenzte unmittelbar an weitere Felder, die durch Zäune abgetrennt waren. An anderen Stellen stießen die Felder an Rasenflächen, die zu alten Bauernhäusern gehörten. Als sie fertig waren, hatten Nic, ihr Vater, die Polizei und die freiwilligen Helfer dreiundachtzig Quadratkilometer Land durchkämmt. Das war eine Menge.

Auch Häuser wurden überprüft, im Umkreis von acht Kilometern um die Fundstelle des Wagens. Niemand hatte Molly Clarke in der Nacht des Sturms gesehen.

Das alles lief in Endlosschleife in ihrem Kopf ab, ein wiederkehrender Albtraum.

Hastings. Sie hatte jene vier Tage zwischen Panik und Betäubung verbracht. Viel Zeit davon in der Kneipe.

»Aber man weiß ja nie, oder?« Die Frau lächelte. »Kommen Sie, Liebes. Ich bringe Sie zum Chief.«

Polizeichef Charles Watkins. Die meisten Leute nannten ihn nur den »Chief«. Mittelgroß. Volles Haar. Nic erinnerte sich an ihn, weil er hier das Sagen hatte.

Mrs. Urbansky hatte nachdrücklich seine verstorbene Frau erwähnt – *an einer Herzkrankheit gestorben, dabei war sie noch so jung!* Es hatte sich angehört, als wollte sie Nics Interesse wecken, und zwar ungeachtet der Tatsache, dass Nic einundzwanzig und Watkins alt genug war, um eine verstorbene Frau zu haben, selbst wenn diese noch relativ jung gewesen war.

Sie hatte es erwähnt, nachdem man den Abschiedsbrief gefunden und die düstere Stimmung sich verzogen hatte wie die Wolkendecke nach dem Sturm. Als sie Mrs. Urbansky jetzt sprechen hörte, fiel es ihr wieder ein. Alle hatten bereitwillig geglaubt, dass es sich nicht um einen tragischen Unfall, sondern um einen Skandal handelte. Eine Anekdote, die man in der Kneipe erzählte, von der reichen Frau aus dem Süden des Staates, dem reicheren Teil, dem beneidenswerten Teil. *Unglückliche Hausfrau fängt neu an; verlässt Ehemann und Kinder.* Und mit der Anekdote kam auch die Erleichterung darüber, dass ihr eigenes Unglück niemanden von außerhalb mit sich gezogen hatte. Dass ihr eigenes Schicksal nicht ganz so furchtbar war, wie es manchmal schien.

Aber doch, das war es. Hastings war genau so furchtbar, wie es aussah.

Chief Watkins saß in seinem Büro. Es roch wie damals –

Teppichreiniger und Toner. Ein Hauch von Schimmel von den welken Blättern draußen.

Er stand auf und nickte ihr zu. Nach all der Zeit, die sie miteinander verbracht hatten, waren sie auf halbem Weg zwischen Umarmung und Händedruck. Das Nicken passte zur Situation.

»Setzen Sie sich«, sagte Watkins.

Nic setzte sich auf den harten Metallstuhl gegenüber vom Schreibtisch.

»Ich lass euch allein«, sagte Mrs. Urbansky und ging lächelnd hinaus.

Watkins trug ein beigefarbenes Uniformhemd mit kurzen Ärmeln und blauer Krawatte. Mehrere Abzeichen waren in Brusthöhe aufgenäht, daneben prangte die Dienstmarke. Wieder dachte sie, dass er wie ein Pfadfinderführer aussah.

Er lehnte sich zurück und streckte die Arme in die Luft, verschränkte die Hände hinter dem Kopf.

»Geht es um den Anruf? Von der Frau, die Ihre Mutter angeblich gesehen hat?«

»Ja«, sagte Nic. Dann erklärte sie die Sache mit dem Pick-up und den Buchstaben auf der orangen Handtasche und wer Edith Moore war und dass sie an jenem Abend unterwegs gewesen war.

Watkins nickte, während er zuhörte. »Ich verstehe, warum Sie zurückgekommen sind. Ich würde das auch tun, wenn es um meine Familie ginge. Damit man ruhig schlafen kann, nicht wahr?«

»So in der Art.«

»Wie können wir helfen?« Watkins klang gönnerhaft.

Sie ratterte die Liste hinunter, die sie aufgestellt hatte: Kraftfahrzeugbehörde kontaktieren, dunkle Pick-ups in der Gegend ermitteln, die Halter ausfindig machen und befragen, wo sie sich am Abend des Sturms aufgehalten hatten.

Watkins stöhnte, blieb aber geduldig, hörte zu, nickte. Dann beugte er sich vor und verschränkte die Hände vor sich auf der Tischplatte. Er hatte die Gesten der Autorität wohl einstudiert. Auch daran erinnerte sie sich jetzt. Dass er sie provoziert hatte, weil er seine Macht so unverhohlen genoss.

»Sie sollten jemanden mitnehmen«, sagte Watkins. »Die Frau könnte auf das Geld aus sein. Die Summe war zu hoch für unsere Gegend. So viel Geld – da drehen die Leute durch.«

»Ich treffe sie morgen um zehn an der Gas-'n'-Go-Tankstelle.«

Watkins nickte wieder, drückte die Handflächen auf einen Stapel Unterlagen. »Ich sorge dafür, dass Reyes dabei ist. Sie erinnern sich an Officer Reyes?«

»Ja«, sagte Nic, was nicht ganz stimmte. Sie erinnerte sich an viele Polizisten – die beiden örtlichen Beamten und die von der Staatspolizei, doch die Namen und Gesichter waren ineinandergeflossen.

»Übernachten Sie im Motel?«

»Ich denke schon.«

»In Ordnung. Sie treffen sich mit Reyes im Diner nebenan – sagen wir halb zehn? Wenn sie glaubwürdig erscheint, können wir die Datenbank nach dunklen Pick-ups checken.«

»Danke«, sagte Nic und stand auf. Watkins erhob sich ebenfalls, ihm lag offenbar noch etwas auf der Seele.

»Hey«, sagte er, als sie schon an der Tür war. »Ist es wegen der Handschriftenanalyse? Ich meine, ein uneindeutiger Befund ist nicht dasselbe wie ein negativer Befund.«

Nic hatte keine Ahnung, was er damit sagen wollte, und das sah man ihr wohl an.

Watkins drehte sich unvermittelt um und griff in einen Karton, der in der Ecke des Büros stand. Er suchte darin herum und zog einige zusammengeheftete Blätter heraus.

Er reichte sie ihr. »Das ist die Handschriftenanalyse.«

Nic überflog die Seiten, las etwas von Neigung der Buchstaben und Abständen zwischen Wörtern, bis sie am Ende zu dem Wort *»nicht eindeutig«* gelangte.

»Ich dachte, der Abschiedsbrief sei definitiv von meiner Mutter.«

Watkins wirkte verblüfft.

»Und mein Vater hat das gewusst?«, hakte sie nach.

»Herrgott, ich hatte keine Ahnung. Ich dachte, er hätte Ihnen Bescheid gesagt. Der Bericht kam ein paar Tage, nachdem Sie weg waren.«

Nic setzte sich wieder. Sie war sprachlos – wegen der neuen Lage, aber auch, weil ihr Vater sie belogen hatte. Sie wusste, weshalb er es getan hatte. Er wollte, dass sie nach vorn schaute, so wie er und Evan. Nic hatte ihm geschrieben, dass sie einer Spur nach Hastings folgen werde, worauf er sie angerufen hatte. *Das ist doch absurd … Ich setze meinen Privatdetektiv auf diese Frau an. Wie heißt sie? Warum willst du das tun? Soll ich kommen?* Er war bei einer Konferenz in Chicago. *Ich nehme die nächste Maschine.* Und dann, als er nachgegeben hatte: *Wenn du zurück bist, reden wir mal lange und gründlich über dein Leben.*

Das ging seit Tagen so. Nachdem ihre Mutter verschwunden war, hatte er plötzlich das Vatersein als neues Hobby entdeckt und bestand darauf, dass sie die Vergangenheit ruhen ließ. Ihr *schlechtes Benehmen* abstellte. Er hatte auch einen neuen Lieblingsausdruck – *du bist nicht deine Mutter.*

Nic versuchte es mit einer Erklärung. »Mein Vater denkt genau wie Sie – dass die neue Spur reiner Schwindel ist. Oder dass meine Mutter nicht gefunden werden will. Er verlangt, dass ich nach Hause komme.«

»Verstehe. Nun, ich kann ihm da nicht widersprechen. Alles deutet darauf hin.«

»Wurde der Fall deshalb nicht wiederaufgenommen? Obwohl es diese Handschriftenanalyse gibt?«

Watkins zuckte mit den Schultern. »Nein, weil sich die Tatsachen nicht geändert haben. Die Analyse ist uneindeutig, nicht negativ. Der Abschiedsbrief wurde in dem Motelzimmer gefunden, für das Ihre Mutter bezahlt hat. Er wurde auf dem Notizblock aus diesem Zimmer verfasst. Sie war nervös und aufgewühlt. Vielleicht haben ihre Hände gezittert.« Dann wiederholte er es noch einmal. »Die Analyse war nicht *negativ*.«

Nic war gereizt und zweifelte allmählich an allem, was man ihr gesagt hatte.

»Was sollte ich sonst noch wissen? Gibt es weitere Belastungen ihrer Kreditkarte? Anrufe oder Nachrichten auf ihrem Handy? Und was ist mit dem Casino? Sind Sie noch an den Überwachungskameras dran? Es kann doch nicht so schwer sein, dort einen Verantwortlichen zu finden.«

Das Laguna Casino and Resort war eine Ansammlung kleiner Unternehmen, errichtet auf Stammesland und somit vom staatlichen Glücksspielverbot ausgenommen. Es war nicht gerade ein Touristenmagnet – eher ein Fluchtort für Einheimische, die von ihrem Recht Gebrauch machen wollten, Geld in einarmige Banditen zu werfen. Connecticut hatte schon Foxwoods und Mohegan Sun. Laguna war das hässliche Stiefkind. Ein Hotel. Eine Tankstelle. Eine Bushaltestelle mit Fahrkartenautomaten und Wartehäuschen.

Molly Clarke hatte im Hastings Inn für zwei Nächte bezahlt. Niemand erinnerte sich an sie, allerdings war es dort wie auf dem Bahnhof zugegangen – Menschen, die keinen Strom hatten, hatten im Motel Unterschlupf gesucht. Die Überwachungskameras waren unter der Decke angebracht und nach unten auf die Köpfe der Menschen gerichtet. Sie dienten eher dazu, Diebstähle aufzuzeichnen, als Menschen zu identifizieren. Sie waren sämtliche Aufnahmen bis zum Abend des Sturms durchgegangen und hatten nach einer blonden Frau in beigefarbenem Mantel und Jeans Ausschau gehalten. Einer Frau, die allein unterwegs war.

Watkins schüttelte eifrig den Kopf. »Nein, nein. Da gibt es nichts. Und im Laguna sind alle angewiesen, aufmerksam zu sein. Dass es keine neuen Beweise gibt, bedeutet, dass Ihre Mutter die Spuren geschickt verwischt hat. Dass sie nicht gefunden werden will. Auch nicht von Ihnen, so schwer das für Sie sein mag.«

Nic ließ seine Worte einsinken. Sie hatte keinen Grund, an seinen Worten und seiner Überzeugung zu zweifeln oder daran, dass er sie ernst meinte. Es war sinnlos, mit ihm zu diskutieren, bevor sie Edith Moore getroffen hatte.

»Na schön«, sagte sie schließlich. »Danke für alles, was Sie getan haben. Und sagen Sie Officer Reyes, ich bin um halb zehn im Diner.«

Watkins stand auf, Nic auch.

»Ich nehme an, das bedeutet, dass Sie nicht nach Hause fahren?«

Nic sah ihn überrascht an. Sie wusste, wie das auf ihn wirken musste. Und auf ihren Vater. Auf alle. Es kümmerte sie nicht. Die Sache war ihr von Anfang an sonderbar vorgekommen, sosehr sie auch versucht hatte, ihre Zweifel zu unterdrücken. Und jetzt auch noch die uneindeutige Handschriftenanalyse.

»Nein, ich fahre nicht nach Hause.«

Sie verließ die Polizeiwache mit hämmerndem Kopf und verkrampftem Magen. Als sie in den Wagen ihrer Mutter stieg, der noch nach ihrem Parfüm roch, hörte sie die Stimmen, die aus den Hohlräumen schrien und um Trost baten. Alkohol. Einen ihrer »Freunde« aus der Kneipe. Irgendeinen Loser, der zufällig hereinstolperte.

Und sie sagte ihnen das Gleiche, was sie Chief Watkins gesagt hatte. Sie würde nicht nach Hause fahren. Diesmal nicht. Sie mochte zornig auf ihre Mutter gewesen sein, doch ihre Liebe war größer. Sie war tief in ihr verankert. Mit dem Verschwinden ihrer Mutter hatte Nic eine heftige Sehnsucht überkommen, die liebevollen Erinnerungen zurückzugewinnen.

Sie ahnte, was die neuen Informationen womöglich bedeuteten. Dass ihre Mutter den Brief doch nicht verfasst hatte. Dass ihre Mutter nicht aus eigenem Antrieb weggegangen war. Zwei Wochen waren vergangen – und keine der möglichen Antworten war erfreulich.

Doch im Augenblick hatte sie nur einen Gedanken.

Ich fahre nicht nach Hause.

Nicht ohne meine Mutter.

5

Tag zwei

Ich wache abrupt auf. Neben mir liegt jemand.

Eingekuschelt in die Kurve meines Körpers, den Kopf zwischen meinen Armen, während ich in Embryonalhaltung auf der Seite liege.

Ein kleines Mädchen in meinen Armen.

Sie bewegt sich nicht einmal, als ich zusammenzucke. Auch nicht, als ich den Kopf hebe, um ihr ins Gesicht zu sehen.

»Bist du überrascht?«, fragt sie. Sie klingt, als hätte ich gerade ein Geschenk ausgepackt, das sie mir gegeben hat.

Ich atme ein und aus. Im Zimmer ist es hell. Das Bett ist warm, aber ich spüre kalte Luft im Gesicht. Ein fremdes Bett. Fremde Kleidung. Ein fremdes Haus. Alles, was war, stürzt wieder auf mich ein.

Und ein Traum verweilt. Ein Traum, in dem ich Annie im Arm gehalten habe. Der Traum hatte mich in eine Seligkeit gelullt, die nun in Verzweiflung umschlägt.

Ich zwinge mich, ruhig zu bleiben.

»Ja!«, sage ich. Ich möchte sie nicht kränken, würde aber am liebsten aus dem Bett springen. Mich anziehen und weglaufen.

Von hier, wo ich liege, kann ich fast das ganze Zimmer sehen. Ich kann sehen, dass meine Kleidung von den Stellen verschwunden ist, an die ich sie gestern Abend zum Trocknen gehängt habe. Und meine Handtasche – habe ich sie nicht mit ins Haus genommen? Wo habe ich sie gelassen?

Ich drücke Alice leicht, ziehe den Arm unter ihrem Kopf hervor und setze mich auf.

»Ich muss mir Wasser aus der Küche holen.«

Sie lässt mich los, und ich krieche unter der Decke hervor.

Die Laterne auf dem Boden ist ausgeschaltet oder das Petroleum ist aufgebraucht.

»Wie bist du unter die Decke gekrochen, ohne mich zu wecken?«, frage ich in spielerischem Ton, damit sie meine aufsteigende Panik nicht bemerkt.

Sie kichert und zuckt mit den Schultern. »Ich bin gut im Anschleichen.«

Noch ein Lächeln, dann stehe ich im Flur und gehe Richtung Küche. Im Haus ist es dunkel. Ich drücke einen Lichtschalter, es passiert nichts. Ohne Strom fühlt sich das Haus tot an. Mir schlägt das Herz bis in die Kehle. Ich höre meine Schritte auf dem harten Holzboden.

Zuerst schaue ich ins Wohnzimmer. Keiner da, soweit ich sehen kann. Aber durchs Fenster erkenne ich das Heck des Pick-ups. Und den blauen Himmel.

Der Sturm hat sich verzogen.

Ich trete in die Küche und suche nach dem Telefon. Es hängt an der Wand neben dem Herd, ich nehme rasch den Hörer ab. Nur Stille.

Bitte.

Ich drücke wieder und wieder auf die Gabel, immer noch Stille. Ich hänge ein.

Eine Männerstimme lässt mich erstarren.

»Ich habe es doch gestern Abend gesagt, die Leitung ist tot.« Instinktiv drehe ich mich um. So schnell, dass ich meinen Gesichtsausdruck nicht verbergen kann.

Der Mann steht in der Tür. Er trägt saubere Kleidung, wieder Jeans und Flanellhemd, und hat einen Bartschatten.

Alice klammert sich an seine Taille.

Sie schaut zu ihm auf. Zupft an seinem Hemd.

»Sie hat gesagt, sie will sich Wasser holen.« Sie schaut mich an, als wäre ich das Kind und sie die Mutter. Als wäre ich ungezogen gewesen.

»Ich wollte zuerst nach dem Telefon sehen.« Es ist doch normal, dass ich jemanden anrufen will. Meine Familie. Warum kommt es mir vor, als müsste ich mich dafür rechtfertigen?

Er mustert mich von oben bis unten, und mir fällt ein, dass ich die Kleidung einer anderen Frau trage. Einer Frau, die hier gewohnt hat. Oder immer noch hier wohnt. Ich darf keine voreiligen Schlüsse ziehen.

»Ich hoffe, es ist in Ordnung«, sage ich und schaue an mir hinunter. »Die Sachen waren in der Kommode, wie Sie gesagt haben.«

»Sie gehören meiner Frau«, erwidert er. »Aber es ist in Ordnung. Ich bin froh, dass sie passen.«

»Oh … na ja, sie hat hoffentlich nichts dagegen. Ich kann mich auch umziehen, wenn Sie mir sagen, wo meine Sachen sind.« Ich klinge fröhlich, weil ich neue Hoffnung geschöpft habe und mich hier wohlfühlen will. In diesem Haus. Bei dieser Familie. Ich bin jetzt zuversichtlich, dass es eine Familie gibt. Er hat *meine Frau* gesagt.

»Sie sind in der Waschküche. Auf der Leine.«

Ich lächle. »Ach so, verstehe. Ich sehe mal nach, ob sie trocken sind. Soll ich das, was ich trage, in die Waschmaschine legen, für Ihre Frau?«

Alice vergräbt ihr Gesicht an seinem Körper, als schaute sie einen Gruselfilm. Als wüsste sie, dass jetzt eine unheimliche Szene kommt. Vielleicht hat sie den Film schon einmal gesehen.

»Meine Frau ist tot«, sagt der Mann. Seine Stimme klingt neutral. Vielleicht hat man ihm erklärt, wie er in Alice' Beisein darüber sprechen soll.

Immerhin gab es eine Frau. Eine tote Frau, eine tote Mutter, und ihr Tod würde auch erklären, weshalb sich das Kind so verhält.

»Es tut mir so leid«, sage ich, stelle aber keine Fragen. Alice späht vorsichtig zu mir herüber. »Ich lasse die Sachen in der Waschküche.«

Ich gehe langsam zur Tür, erwarte, dass sie mir Platz machen. Aber sie bleiben stehen. Sie halten mich mit ihren Körpern in diesem Raum gefangen.

»Sie sind noch ein bisschen nass«, sagt der Mann. »Warten Sie ein paar Stunden. In trockener Kleidung fühlen Sie sich wohler. Tut mir leid, wenn das alles hier seltsam wirkt – das Haus, die Kleidung.«

Wieder entschuldigt er sich. Ich halte inne, um nachzudenken.

»Ich nehme an, ich kann auch in diesen Sachen in die Stadt fahren«, sage ich.

Er sieht mich neugierig an. »Stadt?«

»Um von dort mit Ihrem Handy zu telefonieren. Darüber haben wir doch gestern Abend gesprochen – dass wir in die Stadt fahren, weil man dort Empfang hat. Ich muss meine Familie anrufen. Ich muss der Polizei Bescheid geben, dass ich in Sicherheit bin – ich habe mein Auto zurückgelassen … und mein Handy …«

»Ach so, stimmt.« Aber er sagt nicht Ja. Er bewegt sich nicht zur Tür und dem Pick-up und der Straße, die in die Stadt führt.

Ich habe eine Ahnung. Ich will es nicht Angst nennen. Das kann ich nicht.

»Können wir dann fahren? In die Stadt?«

Meine Stimme klingt entschlossen. Er kann mich nicht hier festhalten. Er kann mich nicht zwingen, auch nur eine Sekunde länger zu bleiben. Er kann mir nicht einfach meine Kleidung wegnehmen, und sie kann nicht einfach zu mir ins Bett kriechen, während ich schlafe. Sie können nicht …

»Ich kann in die Stadt fahren«, erwidert er. »Aber Sie müssen hier bei Alice bleiben. Es ist nicht sicher ohne Telefon und Strom. Viele morsche Bäume. Manche ganz nah am Haus.«

Nein, denke ich. *Ich fahre in die Stadt! Ich fahre nach Hause!*

Ich zittere jetzt am ganzen Körper. Selbst meine Wangen und meine Zunge beben, als mein Mund versucht, Worte zu bilden.

»Wir können Alice doch mitnehmen. So wie gestern Abend …«

»Sie ist gegen alles Mögliche allergisch, wissen Sie noch?« Er klingt, als müsste ich mich schämen. Als wäre ich seinem armen kleinen Mädchen gegenüber rücksichtslos gewesen. »Sie wird krank, wenn sie rausgeht. Ich musste sie gestern Abend mitnehmen, weil keiner auf sie aufpassen konnte und ich tanken und Wasser holen musste. Heute ist es nicht nötig, dass wir ein Risiko eingehen.«

Ich bemühe mich, die Informationen zu verarbeiten. Sie prasseln zu schnell auf mich ein. Ich komme nicht an meine Kleidung. Ich kann das Haus nicht verlassen. Ich kann meine Familie nicht anrufen. Ungläubigkeit wird zu Akzeptanz, und die Akzeptanz löst den Kampf-oder-Flucht-Reflex aus, Adrenalin wird ausgeschüttet. Meine Haut wird rot und brennt. Ich sehe nur verschwommen, weiße Kreise tanzen vor meinen Augen. Ich atme.

Ich atme.

Er wendet sich ab, und Alice tritt vor, schlingt ihre Arme um mich. Sie schaut mit diesem gewissen Lächeln und weit aufgerissenen Augen zu mir auf.

»Du kannst mir Frühstück machen!«, sagt sie fröhlich.

Ich strecke die Hand aus, bevor ich mich bremsen kann, und halte den Mann am Hemd fest. Ich schaue ihn flehend an.

Er reißt sich los und geht zu dem nutzlosen Telefon. Daneben liegt ein Notizblock, auf der Arbeitsplatte sehe ich einen Stift. Er nimmt beides und bringt es mir.

»Hier«, sagt er fröhlich, genau wie Alice.

»Schreiben Sie die Namen und Nummern aller Leute auf, die ich anrufen soll.«

Ja!

Ich kritzle wie wild die Namen und Nummern hin. John. Nicole. Evan. Einige enge Freundinnen aus meiner Trauergruppe. Ich reiße den Zettel ab und halte ihn dem Mann hin.

Er wirft einen Blick darauf. »Können Sie auch Ihren Namen dazuschreiben?«

»Einfach nur Molly. Die wissen schon Bescheid.«

»Schreiben Sie ihn trotzdem auf«, beharrt er. »Nur für den Fall. Manchmal vergesse ich was.«

Also notiere ich meinen vollen Namen. *Molly Clarke.* Dann gebe ich ihm den Zettel.

»Könnten Sie bitte anrufen, sobald Sie Empfang haben? Ihnen sagen, wo sie mich abholen können? Und dass ich in Sicherheit bin?«

Sein Gesicht wird weich. Es schmilzt zu einem Lächeln, das freundlich und warm aussieht.

»Natürlich! Alles wird gut. Versprochen.«

Ich würde am liebsten weinen.

»Und würden Sie bitte nach meinem Wagen sehen? Der Polizei Bescheid geben?«

Ich denke an mein Handy im Auto, das sicher ein Signal sendet. John wird schon wissen, wie er es orten kann. Wir haben einen gemeinsamen Account.

Vielleicht sind sie bereits unterwegs!

Aber etwas an dem Gedanken fühlt sich seltsam an. Ich will nicht, dass es sich seltsam anfühlt, und kämpfe dagegen an.

Sie werden doch kommen, oder?

Oh, Gott … es fühlt sich wirklich seltsam an, und mich überkommt auf einmal Furcht, als ich an das Holzscheit auf dem Feuer und Nicoles Worte und Evans Verhalten denke.

Der Mann faltet den Zettel sorgfältig und steckt ihn in die Hemdtasche.

»Alles klar!«, sagt er munter.

Ich bin erleichtert, aber auch verunsichert.

In Gedanken gehe ich alles durch. Der Mann wird in die Stadt fahren und meine Familie anrufen. Er wird nach meinem Wagen sehen und der Polizei sagen, wo ich bin. Später, wenn er sich keine Sorgen wegen der Bäume mehr macht, können wir Alice vielleicht hierlassen, und dann bringt er mich in die Stadt, um mein Auto mit Benzin aus seinen Kanistern aufzutanken. Vielleicht kann ich sogar selbst nach Hause fahren.

Alice zieht einen Stuhl an den Schrank.

»Magst du Tee?«

Ich brauche einen Moment, um ihre Frage zu verarbeiten. Ich bin noch dabei, mich an die neue Situation zu gewöhnen – nicht in die Stadt zu fahren. Meine Familie nicht anzurufen.

»Ja«, sage ich schließlich.

»Schau mal, wie viele Sorten wir haben!« Sie öffnet den Schrank, ich entdecke mehrere Dosen mit losem Tee.

»Komm, such dir eine aus!«, kommandiert sie.

Und ich gehorche.

»Sie können das Wasser auf dem Herd warm machen. Der Generator sollte dafür ausreichen«, sagt der Mann.

Ich rieche Kaffee, also muss seine tote Frau wohl Tee gemocht haben. Er möchte, dass ich welchen trinke. Vielleicht will er mich damit beruhigen – weil es keinen Grund zur Sorge gibt. Er wird meine Familie anrufen. Sie wird mich abholen.

Als er zur Tür geht, kommt mir noch ein Gedanke, und ich rufe ihm nach: »Meine Handtasche! Ist sie bei meinen Kleidern?«

Er zuckt mit den Schultern.

»Die haben Sie wohl im Pick-up gelassen. Hab sie jedenfalls nicht im Haus gesehen.«

Ich kann mich nicht erinnern, aber es ist unwahrscheinlich, dass ich die Handtasche nicht mit reingenommen habe. Ich trage sie immer bei mir.

»Können Sie sie holen? Bevor Sie fahren?«

»Klar doch«, sagt er.

Er geht aus dem Zimmer. Alice und ich machen Tee. Ich horche auf die Tür, ob der Mann mit meiner Tasche zurückkommt.

Aber ich höre nur, wie der Pick-up wegfährt.

6

Tag dreizehn

Roger Booth gehörten das Hastings Inn, der benachbarte Diner und die zwanzig Hektar Land dahinter. Es gab einen gemeinsamen Parkplatz, der mit löchrigem Asphalt bedeckt war. Die aufgemalten weißen Linien waren fast verblichen. Hier konnte jeder seinen Wagen abstellen.

Das Motel war selten belegt, das hatte Nic schon beim letzten Mal bemerkt. Es war vor allem der Diner, der den Laden am Laufen hielt. Booth wohnte in einer Wohnung im Erdgeschoss. Das Anwesen war ein Abschiedsgeschenk seines Vaters, der Manager in der Pharmafirma gewesen war, bevor sie dichtgemacht wurde. Booth senior war rechtzeitig vor der Finanzkrise ausgestiegen und hatte sich mit seiner Frau, mit der er seit zweiunddreißig Jahren verheiratet war, nach Florida zurückgezogen. Roger Booth hatte eine Schwester, die in Buffalo verheiratet war. Er selbst war mit dem Familienbesitz zurückgeblieben und dadurch auch inoffizieller Bürgermeister von Hastings geworden.

Nichts von alldem hatte Nic wissen wollen, doch eine der Kellnerinnen war sehr gesprächig. Genau wie der Barkeeper aus der Kneipe gegenüber. *Die Booths sind die Kennedys von Hastings.* Das traf den Nagel auf den Kopf.

Nic parkte vor dem Eingang des Motels. Der makellose weiße Fertigbau im Landhausstil samt umlaufender Veranda wirkte hier merkwürdig fehl am Platz. Die Originale lagen größtenteils an der Route 7.

Der Diner selbst war klassisch – rechteckig mit silbernem Dach. Schwarzer Rauch, der aus dem Schornstein quoll. Große Fenster. Neonschild.

Nic griff nach der Autotür, öffnete sie, zog sie wieder zu. Sie blickte zu dem Motel nebenan mit der weißen Veranda und den roten Fensterläden. Vier Tage hatte sie mit ihrem Vater dort verbracht. In diesen vier Tagen war das Leben, das sie nach Annies Tod mühsam wiederaufgebaut hatten, auseinandergebrochen. Der Eckpfeiler dieses Lebens war ihre Mutter gewesen, die alle Beleidigungen, die sie ihr entgegenschleuderten, in sich aufgesogen hatte. Das begriff sie jetzt. Nic war grausam zu ihr gewesen. Sie hatte es geradezu genossen, ihr wehzutun, und hatte auf die Hilfsangebote ihrer Mutter mit rüden Gemeinheiten reagiert.

Du bist nicht deine Mutter, hatte ihr Vater ihr geschrieben. *Du verdankst dein Leben nicht Annies Tod.*

Aber er hatte keine Ahnung. Er war nicht dabei gewesen, als Annie gestorben war.

Er hatte nicht gesehen, wie Annie mit fliegenden Haaren aus dem Haus gelaufen war. Wie sie sich mit einem schelmischen Grinsen umgedreht hatte. Wie sie gerannt war. Wie sie gelächelt hatte. Wie sie das Ende der Einfahrt erreicht hatte. Er war nicht derjenige gewesen, der den Wagen gesehen hatte. Der gewusst hatte, was passieren würde. *Annie!*

Ihre Mutter war übereilt von der Arbeit nach Hause gefahren, weil Nic nicht ans Telefon gegangen war. Sie hatte auf Annie und Evan aufpassen sollen. Aber mit sechzehn hatte sie Wichtigeres zu tun – so war es ihr jedenfalls vorgekommen, damals, als ihr noch an ihrem eigenen Leben lag. Schließlich waren die beiden keine Babys mehr. Doch Annie war so eigensinnig. Sie gehorchte ihrer Schwester nie.

Sie hatte den Eiswagen gehört und war einfach losgerannt.

Ihr Vater war nicht da gewesen. Er hatte nicht gehört, wie Nic geschrien hatte, sie solle stehen bleiben. Da war Annie schon außer Reichweite. Er hatte nicht die kreischenden Reifen auf dem Asphalt gehört. Annie in einer Blutlache gesehen. Tot auf der Straße. Und ihre Mutter hinter dem Steuer des Wagens, der sie angefahren hatte. Es war nicht mit Worten zu beschreiben.

Sicher, Nic war nicht ihre Mutter. Aber beide waren sie durch ihr Handeln an jenem Tag verbunden, Bug und Heck eines sinkenden Schiffes.

Sie ließ Annie wieder in ihr Versteck gleiten. Mit fliegenden Haaren. Mit breitem Lächeln.

Sie griff nach ihrer Reisetasche und stieg die Stufen hinauf.

Drinnen roch es so abgestanden wie beim letzten Mal. Nic ging zur Rezeption, auf der kleine Schalen mit Pfefferminz-Kaubonbons, Zahnstochern und Visitenkarten standen. Daneben lag ein Gästebuch, in das man sich eintragen konnte. Sie läutete die silberne Glocke.

Schritte, knarrendes Holz, eine Tür, die sich schloss. Booth tauchte aus seiner Wohnung auf und sah sie überrascht an.

»Miss Clarke?« Ihr Name klang wie eine Frage, als könnte er nicht fassen, dass sie wieder da war.

»Genau die«, sagte Nic.

Booth sah verschlafen aus, als hätte sie ihn bei einem Nickerchen gestört, ansonsten wirkte er sehr gepflegt. Sie roch sein Aftershave. Er spielte eine wichtige Rolle im Leben dieser Stadt und unterstrich diese Tatsache durch sein Erscheinungsbild. Khakihose. Button-down-Hemd. Sauber rasiert. Er war durchtrainiert, dabei schlank. Beim letzten Mal hatte er erwähnt, dass er Rad fuhr. Seine Haare waren kurz. Ordentlich.

So hatte sie ihn wahrgenommen. Sauber. Ordentlich. Ohne

Bewusstsein dafür, dass sein königlicher Status an der Kreuzung der Route 7 endete.

Er trat hinter die Theke.

»Was führt Sie wieder zu uns?«

Nic überlegte kurz, wie viel sie verraten sollte.

»Ich folge einigen Informationen. Einer neuen Spur. Vermutlich vergeblich, aber ich muss mich vergewissern.«

Booth nickte. Überlegte. Fragte aber seltsamerweise nicht nach Einzelheiten.

»Sind Sie allein hier?« Er klang besorgt. Oder auch neugierig. Jedenfalls hellte sich seine Miene ein wenig auf.

»Fürs Erste. Könnte ich ein Zimmer für die Nacht haben?«

Er machte sich an einem handschriftlichen Verzeichnis zu schaffen und suchte einen Schlüssel heraus.

»Möchten Sie wieder 2A?«

»Sicher.«

Sie legte eine Kreditkarte auf die Theke. Er reichte ihr den Schlüssel, in dessen Holzring die golden ausgemalte Nummer 2A geschnitzt war.

Booth steckte die Karte in ein altmodisches Ritsch-ratsch-Gerät und gab ihr die Quittung zum Unterschreiben.

»Kommen Sie zurecht?«

Nic unterschrieb. Reichte ihm den Zettel zurück.

»Ja. Den Umständen entsprechend.«

»Kein Wort von ihr?«

»Nein. Nichts.«

Er zuckte mit den Schultern, kehrte die Handflächen nach außen. »Komische Sache. Wie leicht man heutzutage verschwinden kann.«

Nur war es das nicht, dachte Nic. Es war überhaupt nicht leicht. Ein Mensch brauchte Geld und Unterkunft und Essen. All das zwang einen, in die Öffentlichkeit zu gehen. Man geriet dabei in Datensysteme, hinterließ Spuren.

Komisch war eher, dass alle bereitwillig zu glauben schienen, Molly Clarke sei einfach weggegangen. Verschwunden. Sie selbst hatte es auch geglaubt.

Die Antwort lag ihr auf der Zunge, doch sie sagte nichts. Booth schien ein anständiger Kerl zu sein. Er meinte es gut. Er hatte ausgesagt, dass er Molly Clarke am Abend des Sturms nicht gesehen habe. Er habe Motel und Diner verrammelt, lange bevor sie in der Stadt angekommen sei. Er habe sich die ganze Nacht in seiner Wohnung aufgehalten. Bei Laternenlicht gelesen. Tee getrunken. Radio gehört, bis sich der Sturm verzogen hatte. Und dann versucht zu schlafen, obwohl der Wind noch ums Haus tobte und er sich sorgte, dass die Bretter nicht halten würden.

»Nun, ich helfe Ihnen, wo immer ich kann.«

Er zwinkerte ihr zu, und Nic lächelte.

»Ich muss mich jetzt ausruhen, wenn Sie nichts dagegen haben.«

Booth deutete zur Treppe.

»Natürlich.«

Das Zimmer sah genauso aus wie beim letzten Mal. Alt. Rüschenbesetzter Oma-Stil, als würden die Leute das von einem idyllischen Landmotel in Connecticut erwarten. Und Booth ließ ständig die Heizung laufen – daran erinnerte sie sich nur zu gut. Der knisternde Heizkörper, die heiße, trockene Luft. Erstickend.

Sie warf das Handy auf den Nachttisch, die Tasche auf den Stuhl neben dem Fenster. Sie zog die Jalousien herunter und die Vorhänge zu. Es war fast sechs, Dämmerung, grauer Himmel.

Nic ließ Wasser in das muschelförmige Waschbecken und benetzte ihr Gesicht.

Zurück zum Bett. Sie zog eine Schlafanzughose und ein

T-Shirt an, kroch unter die Decke. Die Bettwäsche war steif, aber kühl. Sie legte den Kopf aufs Kissen.

Es war nicht sehr bequem. Die Matratze war hart, das Kissen zu weich. Das Blut schoss ihr in den Kopf, er hämmerte noch stärker als zuvor, ihre Trommelfelle pochten. Ihr Körper verlangte nach einem Drink.

Sie griff nach dem Handy. Eine SMS von ihrem Bruder.

WTF? Hastings?

Sie wollte antworten, doch da klingelte das Handy.

»Endlich!«, sagte ihr Vater. »Was ist los? Was geht hier vor?«

Nic zuckte zusammen. Im Liegen fühlte sich alles noch schlimmer an. Sie stand auf und trat ans Fenster, öffnete es einen Spaltbreit, um kühle Luft hereinzulassen. Das Gelände hinter dem Motel war mit Bäumen bewachsen, an die sich die letzten Blätter klammerten.

»Nicole!« Ihr Vater war in Panik.

»Es geht mir gut. Ich bin im Motel. Ich habe mir ein Zimmer genommen.«

Er stöhnte auf.

»Es ist nicht wie letztes Mal.«

»Mir gefällt das nicht. Ich komme besser nach Hause.«

»Nein, Dad«, sagte Nic. »Ein Polizist begleitet mich zu dem Treffen mit Edith Moore. Bis dahin bleibe ich im Motel. Gehe höchstens in den Diner nebenan.«

Er seufzte, stöhnte noch einmal.

»Sie ist nur auf das Geld aus, Nicole. Sie hat fast zwei Wochen gewartet, bis sie sich gemeldet hat, das ergibt doch keinen Sinn. Wie ist sie überhaupt an deine Nummer gekommen? Du darfst dich nicht an falsche Hoffnungen klammern.«

Die Worte flogen aus ihrem Mund, bevor sie sich bremsen konnte.

»Hast du mich deshalb belogen? Was den Abschiedsbrief angeht, meine ich.«

»Oh, Nic …«

Sie ließ den Kopf hängen, das Handy noch am Ohr. »Ich erinnere mich nämlich daran. An den letzten Tag der Suche, als sie ihn gefunden haben.«

»Ich auch.«

»Wir sind in den Diner gegangen, um darüber zu reden, und du hast dir ein Sandwich bestellt, Dad. Und Pommes und Limo und du … hast es gegessen … hast alles aufgegessen!«

Er wusste, worauf sie hinauswollte. Das verriet ihr sein Schweigen. In den ersten drei Tagen hatte keiner von ihnen irgendetwas herunterbekommen. Sie hatten sich von Kaffee, ein paar Bissen Toast und Kräckern ernährt. Waren mit Fremden durch Maisfelder gelaufen, hatten erst gehofft, ihre Mutter zu finden, und dann, als aus den Stunden Tage wurden, gehofft, sie nicht zu finden, denn wenn sie sie jetzt fanden, wäre sie wahrscheinlich tot.

Die Kreditkarte war am vierten Tag belastet worden – zwei Tage nachdem sie benutzt worden war. Als Nächstes fanden sie den Abschiedsbrief und die Kleidung. Und dann, urplötzlich und wie durch ein Wunder, war der Appetit ihres Vaters zurückgekehrt. Aus Angst war Resignation geworden und schließlich Akzeptanz.

»Ich muss sie finden, Dad. Selbst wenn sie den Abschiedsbrief geschrieben hat und nicht gefunden werden will. Selbst wenn der Abschiedsbrief gefälscht war und …«

»Stopp! Ich weiß, was du denkst. Darum habe ich dir auch nichts von dem Bericht erzählt. Mir war klar, dass du in diese Richtung denken würdest, und das ist falsch, Nic. Überleg doch mal, was in dem Abschiedsbrief stand. Woher hätte irgendjemand diese Dinge über sie wissen sollen? Sie war nicht sie selbst, Nicole. Sie war durcheinander und nervös, aber die Worte – genau so hat sie sich gefühlt. Nur sie konnte das wissen.«

»Dann finde ich sie eben gesund und munter und kann sie nach Hause holen. Vielleicht hat der Pick-up –«

Er ließ sie nicht ausreden.

»Ich muss immer daran denken, wie du früher warst. Als kleines Mädchen, voller Energie, und dann als großes Mädchen und jetzt als junge Frau, die noch ihr ganzes Leben vor sich hat …«

Nic kamen die Tränen. *Nicht gerade jetzt.*

»Dad – hör auf!«

Aber er hörte nicht auf. »Du hast das Leben geliebt. Hast die Schule geliebt und das Laufen und deine Freundinnen …« Jetzt weinte und lachte er gleichzeitig. »Ich habe mir solche Sorgen um euch Mädchen gemacht, wenn ihr euch mit den Jungs im Einkaufszentrum getroffen habt, und jetzt … oh Gott, Nic … jetzt würde ich alles dafür geben, mir Sorgen zu machen, nur weil du Spaß mit deinen Freunden hast. Ich würde alles dafür geben, dich auf dem College zu sehen oder dass du einfach wieder lächelst und nicht in Hastings in irgendwelche Sackgassen rennst.«

Er weinte jetzt laut ins Telefon, und sie mit ihm.

»Dad …« Sie wusste nicht, was sie sagen sollte. Wie sie ihn trösten sollte. Es war schwer genug, jeden Tag zu überstehen. Sie konnte nicht auch noch die Bürde ihres Vaters tragen.

»Ich weiß, ich soll so was gar nicht sagen.« Er rang nach Luft. »Sie haben mir davon abgeraten, damit du dich nicht noch schlechter fühlst. Es tut mir leid, Liebes. Aber du sollst wissen, dass ich mich daran erinnere, wie du glücklich gewesen bist. Ich werde diese Erinnerungen für dich aufbewahren, bis du sie wieder annehmen kannst. Bis du aufhörst, davonzulaufen. Denn genau das tust du. Du suchst nach deiner Mutter, obwohl sie nicht gefunden werden will.«

Dieses Therapiegeschwafel war unerträglich. Sie kannte die Themen – das Festhalten an Erinnerungen, das Festhalten an Gefühlen, das Davonlaufen. Lauter Strategien zur psychischen Beruhigung, die sie, Evan und ihr Vater angenommen hatten, um nicht aufeinanderzuprallen. Sie hatten sich eingesponnen, jeder in seinen Kokon, um sich zu schützen, bis – was eigentlich?

»Ich laufe nicht davon …«

»Deine Mutter war nicht glücklich.« Es klang wie eine große Enthüllung.

»Das weiß ich.«

»Tatsächlich? Aber weißt du auch, wie unglücklich sie war? Sie hat Qualen gelitten. Unablässige Qualen.«

Ich weiß.

»Ich weiß, Dad.«

»Und diese Qualen haben sich auf uns übertragen. Vor allem auf dich. Es war so schwer, das mitanzusehen …«

»Dad – hör auf!« Was redete er da? Doch er machte weiter.

»Ich weiß, du gibst dir die Schuld, weil du deine Schwester nicht zu ihrer Freundin gebracht hast und nicht ans Handy gegangen bist – aber deine Mutter hat am Steuer gesessen …«

Nic schloss die Augen, lauschte aufmerksam den Worten, die jetzt irgendwie härter klangen.

»… Deine Mutter hat sich gefragt, ob sie schnell genug gebremst und das Lenkrad herumgerissen hat, ob sie so langsam gefahren ist, wie sie an der Stelle hätte fahren müssen … Du warst ein Teenager, Nic. Ein Teenager, der viel zu tun hatte, und es war nicht deine Aufgabe, auf deine kleine Schwester aufzupassen. So hat sie es gesehen. Und sie hat gewusst, was andere Leute über sie dachten.«

»Hast du das auch gedacht?«, fragte Nic. Es klang, als würde er ein Urteil verkünden. Und es lautete »schuldig«. Dachte ihr eigener Vater so über ihre Mutter? Und falls ja, wie viel von diesem Giftmüll war in Gespräche eingeflossen, mit denen er seine Frau eigentlich hätte trösten und unterstützen sollen?

»Nic?«

»Ich bin hier.« Sie wollte mehr sagen, mehr fragen, wusste aber nicht, wo sie anfangen sollte. Sie war zu müde, ihr Kopf brannte vom Weinen, ihr war immer noch schlecht im Magen.

Hatte sie auch so empfunden, wenn sie an ihre Mutter dachte? Hatte sie ihr eine größere Schuld gegeben als sich selbst? Tat es gut, ihr die Schuld zu geben und sich selbst dadurch freizusprechen?

Vielleicht war es normal, dass Menschen sich so verhielten. Ein Kind, das in der Einfahrt überfahren wurde. Ein Kind, das im Swimmingpool ertrank. Ein Kind, das an einem Spielzeug erstickte. *Das würde mir oder meinem Kind nie passieren, weil ich niemals so nachlässig wäre wie diese Mutter.* Dass Fehler passieren, kann man schließlich vermeiden – die Illusion, alles kontrollieren zu können, um das Leben erträglich zu machen.

Ja, dachte Nic. Es tat gut, so über ihre Mutter zu denken. Daher rührte auch ihr Zorn. Ihrer Mutter die Schuld zu geben, hatte ihre eigene Schuld gemildert. Und den Selbsthass.

Dann waren da die Fakten. Die Einfahrt lag im toten Winkel. Ihre Mutter war langsam um die Ecke gebogen. Nach Schätzungen war sie keine zwanzig Stundenkilometer gefahren. Die Reifenspuren ließen darauf schließen, dass sie sofort gebremst hatte. Das Lenkrad war so weit wie möglich eingeschlagen – weg von Annie. Ihr Handy steckte in der Handtasche. Sie war nach Hause gefahren wie an jedem Tag. Sicher, verantwortungsbewusst, obwohl sie den Kopf voller Sorgen hatte.

Sie war ihr Leben lang verantwortungsbewusst gewesen.

Bis zu dem Abend, als der Sturm tobte.

»Haben wir das getan?«, fragte Nic jetzt. »Haben wir ihr insgeheim die Schuld gegeben, und hat sie es gewusst? Konnte sie es spüren, obwohl wir das Gegenteil beteuert haben?«

Ihr Vater brauchte einen Moment für die Antwort. »Das weiß ich nicht, Liebes. Ehrlich nicht. Auch ich hätte am Steuer sitzen können. Es hätte jeden treffen können, der im fraglichen Moment um die Ecke gebogen ist. Aber es hat nun mal sie getroffen. Und niemand kann das ändern.«

Nic drückte die Hand gegen die Stirn und drehte sie langsam im Kreis.

Ihr Vater und seine nervtötende Therapie.

In ihrem Kopf schrie es wieder. Sie musste dieses Gespräch beenden. Er musste begreifen, weshalb sie hier war, und sie tun lassen, was sie tun musste.

»Ich muss sie finden, Dad.«

Er seufzte lang und tief.

»Es ist ja nicht so, als hätte ich aufgehört zu suchen. Der Privatdetektiv arbeitet jeden Tag daran – er überwacht ihre Kreditkarten, die Sozialversicherungsnummer, den Pass. Er durchkämmt nacheinander alle Bahnhöfe, Busbahnhöfe und Flughäfen.«

Und doch, dachte Nic, *hatte er das Sandwich bestellt.* Und war nach Hause gefahren. Wieder arbeiten gegangen. Hatte die Hunde ausgeführt und war ins Fitnessstudio gegangen und hatte seine Geliebte gefickt und abends ferngesehen, im selben Bett, das er vierundzwanzig Jahre lang mit seiner Frau geteilt hatte.

»Du willst, dass ich Annies Tod und Moms Verschwinden akzeptiere und aufs College gehe. Und ich möchte, dass du akzeptierst, dass ich nach ihr suche. Einigen wir uns auf ›unentschieden‹.«

Er schwieg lange.

Und dann sagte er einfach nur: »Ich hab dich lieb, Nicole.«

Wenn alles andere nichts nutzte, kramte er dieses letzte Mantra hervor. Auch wenn er es ernst meinte.

»Ich dich auch, Dad.« Dann drückte sie das Gespräch weg.

Nic kroch wieder unter die Decke. Die Worte ihres Vaters lagen neben ihr im Bett.

Sie griff wieder zum Handy und antwortete Evan.

Mir gehts gut. Keine Sorge.
Wo bist du?
Im Motel.

Dann kam etwas Seltsames.

Dem mit dem Zaun?
Welcher Zaun?

Nic stand auf und ging wieder ans Fenster. Es war kein Zaun zu sehen.

Dad hat ihn gesehen, als er Mom gesucht hat. Er fand ihn unheimlich. Sie durften da nicht weiter. Keine Ahnung.

Nic starrte zum Wald hinüber. Er schien unendlich.

Alles gut bei dir?
Denke schon.

Sie fragte sich, wie Evan wirklich über ihre Mutter dachte. War es leichter für ihn zu glauben, sie habe ihre Familie verlassen? War er erleichtert, dass sie weg war? Sie hatten nie darüber gesprochen. Sie hatten viel geschrieben, über alltägliche Dinge. Nic fragte ihn nach Football. Sie versprach, zu den Play-offs zu kommen, obwohl sie nicht sicher war, ob sie die emotionale Hürde bewältigen konnte, ohne ihre Mutter dorthin zu fahren.

Dad will, dass ich nach Hause komme.

Seine Antwort folgte schnell und ohne eine Spur des üblichen Geplänkels.

Nein. Du musst sie finden.

Und das war die Antwort auf ihre Frage. Sie war nicht allein.

Versprochen, antwortete sie.

7

Tag zwei

Ich stehe mit Alice am Wohnzimmerfenster. Sie begreift nicht, warum ich zusehe, wie der Mann wegfährt.

Mit meiner Tasche im Wagen wegfährt.

Die Räder wirbeln Erde auf. Der Wagen hat hinten eine Beule. Eine Heckleuchte ist kaputt.

»Weißt du, was mit dem Pick-up passiert ist?«, fragt Alice.

Es ist mir egal. Ich denke an meine Tasche und jetzt auch an den Zaun – den Zaun, der auf beiden Seiten ans Tor grenzt. Das Tor, das mit einer Kette verschlossen ist. Der Zaun, der mit aufgerolltem Stacheldraht abschließt.

»Nein«, sage ich. Meine Stimme klingt munter, als könnte ich gar nicht erwarten, es zu hören.

Alice ergreift meine Hand und zieht daran, bis ich sie aufmerksam anschaue.

»Nun«, setzt sie an, und Angst durchflutet meinen ganzen Körper.

»Jemand ist zu dicht hinter ihm gefahren. Das darf man nicht. Man muss Abstand zu dem Wagen vor einem halten. Dann hat er plötzlich auf die Bremse getreten, und der Wagen hinter ihm ist auf ihn draufgefahren! Es war ein richtig kleines Auto, das dann total kaputt war. Und dann hat die Fahrerin von dem blöden kleinen Auto gesagt, dass sie die Polizei ruft, und er hat gesagt, wer auffährt, ist immer schuld. *Immer.*«

Mein Herz hämmert, während sie weiterschwatzt. Ich versuche, geduldig zu bleiben. Ich will sie nicht aufregen. Aber es fällt mir schwer.

»Und dann hat sie ihm eine Menge Geld gegeben, damit er nicht zur Polizei oder der Versicherung geht – und weißt du was?« Sie kichert. »Wenn das passiert, kann er das ganze Geld behalten.«

Ich öffne den Mund und will fragen, was sie damit meint und woher sie es weiß. Ist er so voller Zorn? Ist er stolz, wenn Leute wegen ihm ihre Wagen zu Schrott fahren?

Aber ich frage nicht danach. Es ist mir egal. Ich muss zu diesem Zaun und herausfinden, wohin er führt, wo wir uns im Verhältnis zur Stadt befinden. Der Himmel ist klar. Die Luft ist warm genug, um in dieser Kleidung nach draußen zu gehen. Zumindest, solange es hell ist.

Ich weiß nicht, ob ich meinem Instinkt vertrauen kann, aber er ist stark und rät mir, das Haus zu verlassen.

»Komm schon!«, sagt Alice. »Willst du sehen, wo ich geboren wurde?«

Alice führt mich durch den Flur, vorbei an dem Zimmer, in dem ich übernachtet habe, gefolgt von ihrem Schlafzimmer, einem Badezimmer auf der rechten und einem dritten Schlafzimmer. Es ist ein seltsames Haus – ich habe keine Treppe gesehen. Von innen wirkt es wie eine langgestreckte Farm, von außen erinnert es mit der Veranda und dem Spitzdach eher an ein Landhaus.

An das letzte Schlafzimmer schließt sich ein kleinerer Raum an. Er ist dunkel und fensterlos, es gibt ein Waschbecken und einen Anschluss für eine Waschmaschine. Der Boden ist nicht aus Holz wie in den anderen Zimmern und im Flur, sondern aus Keramikfliesen. In der Ecke befindet sich eine Art Toilette.

»Hier!«, sagt sie. »Genau hier! Meine Mutter mochte keine Krankenhäuser.«

Ich schaue sie an und frage mich, ob sie weiß, wie sonderbar das klingt. Ihre Mutter hatte eine Hausgeburt in einer kalten, dunklen Waschküche. Auch Alice verlässt selten das Haus. Ich aber komme aus einer anderen Welt. Vielleicht konnten sie die Kosten für das Krankenhaus nicht aufbringen. Vielleicht wollten sie der Regierung die Bildung ihres Kindes nicht anvertrauen. Vielleicht vertrauten sie niemandem.

Aber Moment mal. Er hatte gesagt, meine Kleidung sei in der Waschküche auf der Leine. Aber es gibt keine Waschmaschine in diesem Raum. Keine Wäscheleine. Und keine Kleidung.

»Alice, habt ihr noch einen anderen Raum, in dem ihr wascht?«

Sie zuckt mit den Schultern. Sie hat keine Ahnung, und es ist ihr auch egal.

»Jetzt ist Zeit zum Spielen!« Sie nimmt meine Hand, und wir ziehen wieder los.

Wir sitzen in einem kleinen Zimmer vorn im Haus auf dem Boden. Regale voller Kinderbücher und Spielzeug – und Staub. So viel Staub, dass ich mich frage, ob hier jemals jemand sauber macht. Und dann fluten die Erinnerungen herein – Erinnerungen an gestern Abend und heute Morgen. Wie ich die losen Stufen zur Veranda hinaufgegangen bin. Dass die Farbe von den Holzschindeln blätterte. Trotz Sturm und Dunkelheit konnte ich die braunen Flecken sehen. Die Dielenbretter in meinem Zimmer und dem Flur sind mit Schmutz verkrustet – Staub, der sich verdichtet hat und vom Luftzug langsam an den Wänden hochgeweht wird. Der Boden in der Küche ist gelb verfärbt. Ehemals weißes Linoleum, alt und vernachlässigt.

Vielleicht habe ich mich geirrt, und die Frau des Mannes ist nicht erst vor kurzem gestorben. In diesem Haus hat lange keine Frau gelebt. Womöglich seit Jahren nicht. Und doch ist die Kleidung frisch gewaschen. Vielleicht war sie lange krank.

Vielleicht war sie jung und wusste nicht, wie man ein Haus in Ordnung hält.

Ich muss meine Kleidung finden. Ich muss hier raus.

»Du bist das Mädchen hier«, befiehlt Alice. Sie gibt mir eine kleine Plastikpuppe mit kastanienbraunem Haar. »Sie heißt Suzannah.«

Ich nehme das Püppchen und lächle. »Na schön.«

»Ich bin Hannah. Sie hat blonde Haare wie ich. Es ist besser, blonde Haare zu haben. Wusstest du das? Machst du darum deine braunen Haare blond? Ich kann nämlich die Ansätze sehen.«

Ich würde ihr am liebsten sagen, dass man eine so persönliche Frage auch netter stellen kann, möchte ihr eine Mutter sein, weil sie eine braucht und es unvorstellbar ist, dass sie so lebt, nie dieses schmutzige Haus verlässt, nie andere Kinder sieht. Aber sie ist nicht mein Kind, obwohl sie in meinen Armen geschlafen und mich von Annie hat träumen lassen.

Sie ist nicht dein Kind. Du gehst bald weg.

»Wogegen bist du allergisch?«

Ich versuche, an Informationen zu gelangen. Vielleicht helfen sie mir, hier rauszukommen.

»Gegen alles, was draußen ist.«

»Und das wäre?«

»All die Bäume und das Gras und der Himmel und die Luft. Alle Tiere. Einfach alles. Ich kann hier nie weg. Nur mit der Maske und wenn es ein Notfall ist.«

Sie sagt es völlig emotionslos. Ohne Sehnsucht, denn sie kennt kein anderes Leben. Sie muss so gelebt haben, seit sie sich erinnern kann.

Ich spiele mit Puppen, obwohl ich lieber weglaufen würde, und merke mir alles, was sie sagt.

Erstens: Sie muss hier leben, seit sie vier ist, vielleicht auch länger. Sie kann sich an kein anderes Leben erinnern.

Zweitens: Sie nennt den Mann nie beim Namen. Sie benutzt nur die Pronomina *er, ihn, sein*.

Drittens: Er hat gelogen, um sie hier im Haus zu halten. Wäre sie wirklich allergisch, hätte der Staub im Haus sie längst umgebracht.

Viertens: Der Mann, der seinen Namen nicht verrät, ist zornig und impulsiv. Ich stelle mir vor, wie er heftig auf die Bremse tritt, damit ein anderes Auto von hinten auffährt. Er könnte auch gewalttätig sein.

»Suzannah!«, brüllt Alice.

Ich werde zurückgerissen in den Augenblick, in dem ich mit Puppen spiele.

Ich halte meine in die Höhe. »Ja, Hannah?«, sage ich mit verstellter Stimme.

Alice wirft ihre Puppe weg. »So redet sie nicht!«

»Tut mir leid. Wie redet sie denn? Ich gebe mir ja Mühe.«

Alice beruhigt sich und hebt die Puppe wieder auf. »Einfach normal. Mit deiner normalen Stimme.«

»Okay. Was, Hannah?«

Ihr Gesicht leuchtet auf. Tag und Nacht. Hell und dunkel. Was für Emotionen.

Dann reden wir miteinander, Hannah und Suzannah. Wir reden über kindliche Dinge. Wir reden über unsere Haustiere. Suzannah hat einen Welpen namens Oscar und Hannah eine Katze namens Whiskers. Jede meiner Antworten wird von Alice in eine bestimmte Richtung gelenkt. Das Spiel läuft anscheinend immer gleich ab, und ich vermute, dass Alice normalerweise beide Rollen zugleich verkörpert. Hannah und Suzannah.

Als sie keine Lust mehr hat, nehme ich meine Nachforschungen wieder auf.

»Wer darf sonst noch Suzannah spielen? Dein Vater?«

Sie wendet sich genervt ab.

Ich habe wohl einen wunden Punkt getroffen und dränge weiter. »Deine Mutter?«

»Hör auf, so dumm zu fragen!«

Sie geht zu den Regalen und holt ein Brettspiel heraus. Candyland. Es ist alt, die Schachtel zerbrochen und wieder zusammengeklebt.

Sie legt es wortlos auf den Boden.

Wir ziehen abwechselnd Karten. Ich warte, dann forsche ich weiter.

»Na ja, ich bin froh, dass ihr mich gestern Abend gefunden habt. Ich habe seit Jahren nicht mehr Candyland gespielt. Nicht, seit meine Kinder klein waren.«

Sie ignoriert mich und rückt mit ihrer Figur fünf Felder vor. Ich ziehe eine Karte. Rücke vor. Überhole sie, und sie wird wütend.

»Unfair!«, brüllt sie. »Du schummelst!«

»Keine Sorge. Du holst mich in der nächsten Runde wieder ein. Zieh einfach eine Karte – du wirst schon sehen. Außerdem haben wir doch Spaß, ob wir nun gewinnen oder verlieren.« Ich mache es schon wieder. Behandle sie wie mein Kind.

Sie ist nicht dein Kind.

Sie zieht noch eine Karte. Überholt mich und lächelt.

Ich lächle zurück. Im Regal entdecke ich eine alte Puppe. Sie hat ein Porzellangesicht, auf einer Wange ist die Farbe beschädigt. Der Rest von ihr ist so weich, dass sie von Büchern gestützt werden muss.

»Wer ist das? Im Regal.«

Ich deute auf die Puppe. Alice schaut zu ihr hoch. Ihr Lächeln wird mutwillig.

»Das ist Dolly.«

»Gehört sie dir? Sie sieht sehr alt aus. Hat sie deiner Mutter gehört?«

Ihre Stimmung verdüstert sich. Das Lächeln verschwindet, und sie lenkt das Gespräch auf mich.

»Wie viele Kinder hast du?«

»Drei.« Die Antwort wird immer *drei* sein.

»Wie alt sind sie?«

»Einundzwanzig und sechzehn.«

Sie schaut mich jetzt an, und ich erkenne, dass sie klug ist. Oder vielleicht schlau.

»Du hast gesagt, du hast drei Kinder.«

Ich lege mir die Antwort sorgfältig zurecht. Ich will diesem Mädchen nichts verraten, aber ich will auch nicht lügen und dabei ertappt werden. Sie muss mir vertrauen.

Ich wage den Schritt.

»Eins meiner Kinder ist gestorben. Als kleines Mädchen.«

Alice starrt mich an. »Wie ist sie gestorben?«

»Sie wurde von einem Auto angefahren. Sie ist auf die Straße gelaufen.«

Ich spreche die Worte aus, erlaube mir aber nicht, sie zu hören. Ich muss das Gespräch abbrechen, bevor sie mich in die Knie zwingt.

Doch plötzlich sitzt sie auf meinem Schoß, ist einfach über das Spielbrett geklettert, umarmt mich fest. Sie fängt an zu weinen.

»Das ist so traurig«, sagt sie. Aber ihre Tränen, ihre Umarmung wirken nicht echt. Sie überzeugen mich nicht. Mir ist nicht nach Weinen zumute, obwohl die Erinnerung gerade aus mir herausgezerrt wurde. An mein Kind, das tot auf der Straße liegt.

Stattdessen bin ich steif wie ein Brett. Ich kann dieses Kind nicht in die Arme nehmen, dieses neue Kind, das sich an mich klammert.

»Mir geht es gut«, lüge ich. »Wirklich. Es ist lange her.«

Alice atmet schwer. Ihre Tränen versiegen, und sie dreht sich um und kuschelt sich jetzt mit dem Rücken an meine Brust. Sie legt meinen Unterarm quer über ihren Körper. Sie streicht über meine Haut, als wollte sie mich liebkosen.

»Ich bin auch neun. Darum haben wir dich mitgenommen.«

Was? Ich muss mich verhört haben. Also frage ich –

»Was meinst du damit?«

Sie dreht den Kopf und schaut zu mir hoch. Die Augen weit aufgerissen. Engelsgleich. Eindringlich.

»Wir haben auf dich gewartet. Wir mussten lange warten.«

Ich nehme die Worte in mich auf. Jedes davon ein Blitzschlag, ein Schock, der sich in ungläubiges Entsetzen verwandelt.

»Auf mich gewartet? Woher wusstet ihr, dass ich dort sein würde?«

Mein Herz hämmert wild, und ich bete, dass sie es nicht spürt, während sie meine Haut streichelt. Ich muss herausfinden, was sie da redet.

»Wir wussten viele Dinge. Wir wussten, dass du kommst. Und wir wussten das mit deiner Tochter. Ich habe nicht gedacht, dass du es mir erzählst, aber dann hast du's doch getan. Du bist ein sehr ehrlicher Mensch.«

Sie legt den Kopf an meine Brust. Mir sträuben sich die Haare am ganzen Körper, während sie weiter meine Arme streichelt. Mich wie ein Tier streichelt.

»Oh!«, sage ich. Meine Stimme zittert. »Und ich dachte, ihr hättet mich zufällig entdeckt.«

Sie kichert. »Ich weiß. Das war nur unser kleines Geheimnis. Wir haben auf dich gewartet, Dummi. Wir haben gesehen, wie du zur Tankstelle gerannt und dann stehen geblieben bist und wie du dich umgesehen hast, so verwirrt und traurig.

Und dann bist du in Richtung Stadt gegangen. Da habe ich gesagt, ›ist sie das?‹, und er hat ›ja‹ gesagt, und ich habe gefragt, ob wir trotzdem mit dem Pick-up gegen dich fahren müssen, und er hat ›nein‹ gesagt, und dann sind wir eine Weile ohne Licht hinter dir hergefahren, und dann immer näher gekommen, und dann hatten wir dich!«

Ich stehe auf einmal. Sie liegt auf dem Boden, wie betäubt. Ich weiß nicht, was in dieser Sekunde passiert ist, nur dass ich sie nicht mehr in meinen Armen ertragen konnte, nachdem sie die Worte ausgesprochen hatte.

»Was machst du da?«, fragt sie, als ich aus dem Zimmer gehe. Ich höre, wie sie mir folgt, ihre kleinen Füße.

»Ich muss nur was holen. Aus der Küche. Ein bisschen Wasser …«

Meine Stimme zittert beim Gehen. Sie ist dicht hinter mir. Ich muss weg von ihr. Weg aus diesem Haus.

Sie sind mir gefolgt. Sie haben mich mitgenommen. Sie wussten, dass ich komme.

Ich durchwühle die Schubladen.

»Was suchst du?«, fragt Alice.

Ich antworte nicht. Ich finde eine Schere. Ich nehme sie und ein Messer aus dem Messerblock. Ich wickle beides in ein Geschirrtuch und lege es beiseite, hoffe, dass sie es nicht bemerkt, während ich mir ein Glas Wasser nehme und austrinke. Meine Kehle ist eng. Mein Mund knochentrocken, ich kann kaum schlucken. Ich schaue sie an und konzentriere mich jetzt. Ich kann das. Ich kann eine Neunjährige überlisten.

»Du bist doch allergisch gegen alles da draußen?«

Sie nickt.

»Nun, ich habe etwas Ähnliches. Ich habe eine Allergie gegen das Innere von Häusern. Ich muss jeden Tag ein paar Minuten rausgehen, sonst werde ich krank.«

Sie sieht mich neugierig an. »Ehrlich?«

»Ja. Ich fühle mich jetzt krank. Es kam ganz plötzlich, als wir gespielt haben. Tut mir leid, wenn ich dich erschreckt habe. Das Wasser hat geholfen. Aber ich muss nach draußen. Kann ich ein bisschen spazieren gehen?«

Sie zuckt mit den Schultern. »Klar. Aber da draußen ist viel Wald. Wenn du dich jetzt verirrst?«

»Ich gehe nicht weit. Nur bis zum Ende der Einfahrt und wieder zurück. Dabei verirre ich mich nicht.«

Sie nickt. »Das könnte klappen. Wenn du zurückkommst, solltest du vielleicht die Maske tragen.«

»Oh! Das wäre wunderbar. Leihst du sie mir?«

»Sicher!« Alice ist begeistert, dass sie mir helfen kann.

»Weißt du, wo sie ist?«

Sie nickt.

»Kannst du sie holen? Wir treffen uns an der Haustür.«

Sie hüpft lächelnd aus dem Zimmer. Ich höre, wie sie durch den Flur hopst. Ich schnappe mir rasch das Geschirrtuch mit Schere und Messer und renne ins Wohnzimmer, öffne die Haustür und lege alles draußen hin. Ich kann die Tür gerade noch rechtzeitig schließen.

Alice steht jetzt da, die Maske in der Hand. In der anderen hält sie ein Paar Gummistiefel.

»Du kannst doch nicht barfuß rausgehen, Dummi.«

Ich schaue auf meine Füße. Sie sind nackt. Meine Schuhe sind über Nacht zusammen mit meinen Kleidern verschwunden. Ich würde barfuß über Glasscherben gehen, um dieses Haus zu verlassen, aber ich schüttle den Kopf und gebe mich reumütig.

»Du liebe Güte! Ich bin wirklich dumm, was?«

Ich nehme die Stiefel. Ich kann nicht erkennen, ob sie einem Mann oder einer Frau gehört haben. Sie sind groß, meine Füße schwimmen förmlich darin. Aber ich kann gehen, nur darauf kommt es an.

Ich lächle Alice zu. Zwinge mich, sie an mich zu ziehen. Sie drückt ihr Gesicht an meine Brust.

»Danke, Alice. Du bist ein sehr liebes Mädchen.«

Dann lasse ich sie los.

»Ich bin bald zurück, dann geht es mir sicher besser. Kommst du ein paar Minuten allein zurecht?«

Sie nickt. »Ich bin oft allein.«

»Okay.« Ich küsse sie auf die Stirn und mache die Tür auf. Sie tritt zurück, damit sie nicht die Luft von draußen einatmen muss.

Mein Herz tanzt vor lauter Hoffnung auf Freiheit. Es ist nahezu euphorisch.

Als ich hinausgehe, ruft Alice mir etwas nach.

»Sei vorsichtig. Verirr dich nicht im Wald.«

Ich drehe mich um. Und dann sagt sie: »Da ist meine erste Mommy gestorben.«

8

Tag vierzehn

Eine Stunde verging. Dann noch eine und noch eine, bis Nic nicht mehr auf die Zeit achtete – bis sie in eine Art Bewusstlosigkeit verfiel und ihren Verstand abschalten konnte.

Sie kam mitten in der Nacht zu sich. Ihr Kopf hämmerte, sie hatte sich in der Bettdecke verfangen. Sie fragte sich, wie spät es war und ob die Kneipe gegenüber noch geöffnet hatte.

Woher nur kam diese Gier? Sie machte die Kopfschmerzen dafür verantwortlich, aber das war eine falsche Fährte. Ein cleveres Ablenkungsmanöver.

Sie erinnerte sich an den Tag, als sie zum ersten Mal Alkohol getrunken und Erleichterung verspürt hatte. Es war zu Beginn der letzten Schulklasse gewesen – zwei Jahre nach Annies Tod. Sie hatte die Zeit nach dem Unglück bewältigt, indem sie sich bestrafte. Mit Schularbeit und Laufen. Sie hatte sich einen Job in einem Modeladen gesucht, um die verbliebene Freizeit auszufüllen. Sie hatte fast sieben Kilo abgenommen, weil sie sich jeden Genuss versagte.

Es war das Wochenende um den Columbus Day. Drei Tage schulfrei. Keine Geländeläufe, keine Klassenarbeiten, für die sie lernen musste. Ihre Eltern waren beide weg – ihr Vater auf einer Konferenz und ihre Mutter bei Evan. Am Samstag war sie nach dem Aufstehen sechzehn Kilometer gelaufen. Sie hatte im Laden gearbeitet und war in ein leeres Haus zurückgekehrt. Ein stilles Haus. Sie hatte versucht zu lesen, doch ihr Kopf war müde und wollte nicht gehorchen. Sie hatte den Fernseher eingeschaltet, aber keine Sendung gefunden, die sie abgelenkt hätte.

Da hatte sie sie zum ersten Mal gespürt – die Hohlräume. Die Leere, die sich nicht füllen ließ. Mit nichts.

Abends war sie noch einmal laufen gegangen, bis ihr Körper so erschöpft war, dass sie schlafen konnte. Doch am nächsten Morgen wollten sich ihre Beine nicht bewegen und ihre Gedanken nicht fokussieren. Der Laden, in dem sie arbeitete, war geschlossen. Es gab keine Ablenkung mehr.

Mit der Zeit hatte sie begriffen, dass die Hohlräume das Ergebnis von Trauer, Schuldgefühlen und Selbsthass waren – Auswirkungen von Annies Tod. Doch an jenem Sonntag war die Leere wie ein wildes Tier gewesen, das sich vor Hunger krümmt. Zum ersten Mal im Leben konnte sie nachvollziehen, warum Menschen von Brücken sprangen, und als sie sich bei dem Gedanken an die Brücke unten am Fluss ertappte, war sie an die Bar gegangen und hatte sich ein Glas Wodka eingeschenkt.

Binnen Minuten hatte sie geweint. Dann gelacht. Anschließend Serienmarathon auf dem Laptop. Am Montagmorgen war sie vollständig bekleidet aufgewacht, neben sich den Laptop mit leerem Akku.

Bis Schuljahresende hatte man sie viermal mit Alkohol erwischt. Sie wurde rausgeworfen. Ihre Collegezulassung widerrufen.

Und doch hatte sie gedacht, danke, Gott. Danke für den Wodka.

Als sie jetzt mit schmerzendem Kopf im Bett lag, kämpfte sie mit aller Kraft gegen die Gier, gegen die hungrigen Hohlräume und stellte sich den unvermeidlichen Gedanken. Wenn ihre Mutter vor zwei Wochen nicht freiwillig fortgegangen war, war sie vermutlich tot. Lag tot in einem Feld, das sie nicht durchsucht hatten. Oder war von der Hand eines Fremden gestorben.

Vielleicht wollte ihr Vater deshalb so bereitwillig glauben, dass der Abschiedsbrief echt war. Vielleicht fand er den Gedanken unerträglich, sie auf schlimmere Weise verloren zu haben. Es wäre sicher schwer, eine andere Frau im Arm zu halten, wenn ihn solche Gedanken umtrieben.

Wodka … die Kneipe gegenüber …

Nic griff nach dem Handy. *Scheiße.* Es war kurz nach vier. Die Kneipe schloss um zwei.

An der Mail-App leuchtete ein roter Punkt. Eine Nachricht von ihrem Vater. Sie setzte sich auf die Bettkante.

Er hatte einen Anhang mitgeschickt, der Dinge enthielt, die ihre Mutter geschrieben hatte. Er hatte ihre Korrespondenz gelesen, nachdem sie verschwunden war. Ihr Passwort war auf einem Computer gespeichert, den sie gemeinsam nutzten.

In der Nachricht stand nur: *Ich dachte, du solltest das wissen.* Dazu die Zugangsdaten zum Postfach ihrer Mutter.

Sie las zuerst den Anhang und rief dann den Mail-Account auf, weil sie die Texte mit eigenen Augen sehen wollte. Sie las jedes Wort, das ihre Mutter geschrieben hatte, drang Monat für Monat tiefer in die Vergangenheit ein.

Das meiste war unbedeutend. Small Talk, Verabredungen zum Mittagessen und für die Feiertage. Doch einiges ging auch tiefer. Wie nach den Tagen, an denen sie bei ihrem Seelenklempner oder in der Trauergruppe gewesen war. Die Menschen wussten Dinge aus ihr herauszukitzeln und hatten dafür gesorgt, dass sie tief in ihrer Selbstanalyse verharrte. Sich in der Vergangenheit verlor. Förmlich darin ertrank.

Du musst alles fühlen, bevor es aufhört. Das hatten sie mehrfach gesagt – Nic wusste es aus eigener Erfahrung, weil sie es von ihrer Therapeutin gehört hatte.

Aber tut es das? Hört es jemals auf?, hatte ihre Mutter gefragt. Eine hatte eine ehrliche Antwort gegeben. *Es hört genügend auf.*

Sie schrieb über Annie und wie groß ihr Kummer war. Wie tief die quälende Schuld. Dann über ihren Mann und wie sehr sie ihn liebte, aber diese Liebe nicht mehr akzeptieren konnte. Sie fühlte sich unwürdig. *Ich habe sein Kind getötet, unser Kind. Ich kann es nicht ertragen, wenn er mich im Arm hält … Mir wäre lieber, er schlüge mich ins Gesicht.*

Nic musste die Stelle zweimal lesen.

Sie schrieb auch über Nic und ihr Verhalten. Sie alle hatten einen Namen dafür – *Überlebendensyndrom* nannten sie es. *Sie kann ihr Leben nicht genießen, weil es ihr falsch vorkommt.* Ihre Mutter äußerte sich entsetzt angesichts der Bahn, auf die ihre Tochter geraten war.

Sie bekam gute Ratschläge. *Vielleicht hat dein Mann recht, sag ihr, sie muss ausziehen, wenn sie nicht aufs College will … Geldhahn zudrehen … liebevolle Strenge … Aber wenn ich sie damit zu weit treibe?*

Scheiß auf sie. Scheiß auf sie und ihren ganzen Therapie-Bullshit.

Nic fühlte sich nicht schuldig, weil sie am Leben war. Sie fühlte sich schuldig wegen der Rolle, die sie bei Annies Tod gespielt hatte. So einfach war das.

Am Ende des Mailwechsels sprach ihre Mutter von ihrer schlimmsten Angst.

Ich kann nicht noch ein Kind verlieren.

Nic würde diese Worte nie vergessen.

Wie versprochen wartete Officer Jared Reyes um halb zehn im Diner auf sie. Er sah sie an, als wäre sie eine alte Freundin, obwohl Nic ihn kaum wiedererkannte.

»Hey!«, sagte er lächelnd.

»Hi«, antwortete sie. Die vier Tage damals waren schrecklich gewesen, ihre Erinnerungen daran verschwommen.

»Danke, dass Sie gekommen sind.«

Er berührte ihre Schulter, drückte sie. Es tat gut. Gut genug, um sie zu beunruhigen.

»Kein Problem. Möchten Sie einen Kaffee?«

»Sehe ich aus, als brauchte ich einen?«

Er lächelte wieder, und Nic merkte, wie sie zurücklächelte. Es war ein Reflex, wenn sie attraktiven Männern begegnete, und Reyes war attraktiv. Sie war sich nicht sicher, was es war. Im Grunde ein Durchschnittstyp, aber er hatte definitiv etwas. Kein Übergewicht. Recht muskulös, er füllte die Uniform an den richtigen Stellen aus. Kein Ring.

Da war etwas zwischen ihm und der Kellnerin, vielleicht eine gemeinsame Vergangenheit. Oder die Hoffnung auf eine Zukunft. Jedenfalls schien sie irritiert, dass Nic seine Aufmerksamkeit beanspruchte.

Sie holte sich an der Theke einen Kaffee für unterwegs.

Auf dem Weg zum Streifenwagen blieb Reyes stehen – sein Blick war auf den blauen Audi gefallen, der neben dem Motel parkte.

»Den fahre ich jetzt«, sagte Nic. »Er ist schöner als meiner.« Doch das war nicht der Grund, weshalb sie den Wagen ihrer Mutter übernommen hatte. Er roch nach ihrem Parfum und in der Mittelkonsole lag noch ihr Lippenstift.

Reyes nickte, als hätte er verstanden – das Bedürfnis, jeden noch so kleinen Teil ihrer Mutter festzuhalten.

Sie bogen vom Parkplatz und fuhren auf dem Hastings Pass Richtung Route 7 und Tankstelle. Reyes betrachtete die Maisfelder auf beiden Seiten. Er runzelte die Stirn. Wirkte nachdenklich.

»Ich fahre ständig hier entlang«, sagte er. »Bestimmt an die hundertmal, seit Ihre Mutter verschwunden ist. Und frage mich jedes Mal, was wir übersehen haben.«

Nic war überrascht.

»Ich dachte, die Ermittlungen seien abgeschlossen.«

Reyes zuckte mit den Schultern. »Eine Frau wird vermisst. Einfach so. Ich bin ihr nie begegnet. Ich kenne Sie und Ihre Familie kaum. Aber mal ehrlich, was zum Teufel ist da passiert? Wenn eine Frau verschwindet und man die Aufgabe hat, sie zu finden – wie soll einem das keine schlaflosen Nächte bereiten? Da möchte man doch etwas unternehmen am nächsten Tag. Sie kann noch immer gefunden werden, selbst wenn sie es nicht möchte. Diese vier Tage, in denen alle wie aufgescheuchte Hühner herumgerannt sind – es kann nicht schaden, wenn man es langsam und methodisch angeht, oder? Sie muss irgendwo sein. Dass wir nicht wissen, wo sie ist, heißt nicht, dass wir es nicht herausfinden können.«

Reyes rutschte auf seinem Sitz herum, als behagte ihm etwas nicht. Als wollte er etwas loswerden, das er nicht länger bei sich behalten konnte. Die Luft im Wagen schien zu knistern. Nic vermutete, dass genau das die Menschen zu ihm hinzog. Die Kellnerin. Das ältere Paar im Diner, das ihm nachgeschaut hatte, als er zur Tür hinausgegangen war. Die Frau, die ihm im Vorbeifahren zugewinkt hatte. Mit einem breiten Lächeln, das er hoffentlich sehen würde.

Nic hatte Erfahrung mit Männern und wusste, womit sie Frauen köderten. Manche mussten sich gar nicht anstrengen. Sie waren attraktiv, auch ohne es zu wollen. Und genau darin lag die Anziehungskraft von Officer Jared Reyes.

Männer wie Reyes waren fast so gut wie Wodka.

Sie fuhren zur Gas-'n'-Go-Tankstelle. Reyes parkte den Wagen und stellte den Motor ab.

»Ist sie das?«

Gegenüber stand ein kleines weißes Auto.

»Keine Ahnung.«

»Sie hat ein New Yorker Kennzeichen. Gehen wir zu ihr.«

Edith Moore stieg aus, als sie sie kommen sah. Nic schätzte sie auf Ende dreißig. Hose, Pullover, Slipper. Kurze braune Haare. Brille. Ihr Gesichtsausdruck eine angemessene Mischung aus Mitgefühl und Eifer.

»Sie müssen Nicole sein«, sagte sie und streckte die Hand aus. »Edith Moore. Freut mich, Sie kennenzulernen.«

Ihre Augen zuckten rasch zu Officer Reyes. Ihre Miene veränderte sich. Nic hatte nicht erwähnt, dass sie mit einem Polizisten käme.

»Jared Reyes«, sagte er. »Polizei Hastings.«

Edith Moore nickte. »Gut, dass Sie gekommen sind. Hoffentlich kann ich behilflich sein.«

»Wir werden sehen. Gehen wir mal alles durch. Den Abend des Sturms.«

Sie fuhren in ihrem Chevy. Reyes saß vorn bei Edith Moore, Nic schaute von hinten zwischen den Sitzen hindurch. Sie fuhren auf dem Hastings Pass in Richtung Stadt, wendeten und kehrten langsam zur Kreuzung zurück.

»Ungefähr so schnell bin ich gefahren. Mehr war bei dem Regen nicht drin. Ich konnte nur sehen, was im Scheinwerferlicht war.«

»Und trotzdem haben Sie Molly Clarke auf der anderen Straßenseite gesehen«, bemerkte Reyes.

»Sie stand im Scheinwerferlicht. Die Straße ist schmal.«

Kurz vor dem Meilenstein, an den sich Edith zu erinnern glaubte, hielt sie am Straßenrand. »Genau hier habe ich sie gesehen. Dann tauchte der Pick-up hinter ihr auf.«

Nic ging den Rest der Geschichte mit ihr durch. Mit welcher Geste ihre Mutter den Wagen angehalten und dass sie die Tasche mit den drei Buchstaben dabeigehabt hatte. Sie lieferte keine neuen Details – weder zu dem Wagen, noch dem Fahrer.

»Könnten Sie den Pick-up noch genauer beschreiben? Farbe, Kennzeichen, Symbole, Aufkleber – irgendetwas?«, erkundigte sich Reyes.

Edith dachte gründlich nach. »Wie gesagt, er war dunkel. Es könnte Schwarz oder ein sehr dunkles Grau gewesen sein. Anthrazit. Nicht Hellgrau ... dann eher Dunkelbraun. Mehr fällt mir leider nicht ein. Es hat so stark geregnet ...«

Dann schien ihr noch ein Gedanke zu kommen.

»Da wäre noch etwas. Aber ich bin mir nicht sicher.«

Nic sah sie eindringlich an. »Was denn?«

Sie hielt inne, blinzelte, hob den Arm und deutete auf die Straße.

»Als er mit Ihrer Mutter weggefahren ist, habe ich den Pick-up im Rückspiegel gesehen. Ich bin mir nicht sicher, ob beide Heckleuchten brannten. Möglicherweise war eine davon defekt. Damals habe ich gedacht, ich sähe durch den Regen irgendwie verzerrt, dass die beiden Leuchten wie eine wirkten. Es war, als schaute man durch eine Wand aus Wasser.«

Reyes betrachtete sie eingehend. »Und jetzt?«

»Jetzt halte ich es für möglich, dass nur eine Heckleuchte funktionierte.«

»Welche war das?«

Edith Moore schüttelte den Kopf. »Es tut mir so leid, dass ich mir das Kennzeichen oder das Fahrzeugmodell nicht gemerkt habe. Ich habe einfach nicht gedacht, dass es mal wichtig sein könnte.«

Reyes war jetzt seltsam still. Er wirkte ein wenig gereizt, gab sich feindseliger.

»Ich möchte Sie noch etwas fragen.«

»Natürlich.«

»Sind Sie sicher, dass Sie aus New York City kamen?«

Lange Pause.

»Ja. Natürlich bin ich mir sicher.«

»Wie ich sehe, haben Sie einen E-ZPass. Haben Sie die Stadt auf der Ost- oder Westseite verlassen? Nach Osten müssen Sie über die Triborough Bridge. Dort gibt es einen Mautscanner.«

Edith Moores Augen leuchteten auf. »Nein – da bin ich definitiv nicht langgefahren. Ich habe die Westseite genommen.«

Etwas an ihrer Antwort stimmte nicht. Nic erkannte es an ihrer Stimme und las es in den Augen von Officer Reyes. Kleine Lachfältchen, die sich kräuselten.

»Die Sache ist die«, setzte er an, »laut Ihrem E-ZPass haben Sie in den vergangenen sechzig Tagen die Stadt New York weder betreten noch verlassen. Sie können auf der Westseite nicht aus oder in die Stadt fahren, ohne einen Scanner zu passieren.«

Scheiße.

Wenn das gelogen war, was sonst noch?

»Nun, vielleicht irre ich mich und bin doch auf der Ostseite gefahren. Über die mautfreie Brücke. An der Willis Avenue.«

Reyes ließ es ihr durchgehen und wandte sich anderen Bereichen ihres Lebens zu. Sie arbeitete als Krankenschwester in Schenectady. Wohnte mit ihrem Freund zusammen. Keine Kinder. Drei Katzen. *Nein*, sie sei nicht in finanziellen Schwierigkeiten und weshalb er danach frage. Natürlich wegen der Belohnung. *Ich habe mich nicht deswegen gemeldet.*

Reyes fragte weiter. Wohin war sie gefahren, nachdem Molly Clarke in den Wagen gestiegen war? Hatte jemand sie gesehen, als sie nach Hause gekommen war? Hatte sie unterwegs angehalten? Um wie viel Uhr war sie am nächsten Morgen zur Arbeit gegangen? Und die letzte Frage – *wäre es möglich, dass Sie nicht in New York waren, sondern bei jemandem in Hastings?*

Was wollte er damit sagen? Dass sie sich mit jemandem aus der Stadt verschworen und eine Geschichte über Nics Mutter erfunden hatte?

»Nein!«, erwiderte sie defensiv. »Warum fragen Sie so was?«

»Ich will es ganz genau wissen.«

Sie fuhren zurück zur Tankstelle, stiegen aus und standen in unbehaglichem Schweigen da. Doch Reyes war noch nicht ganz fertig.

»Hätten Sie Zeit, mit auf die Wache zu kommen? Sich vielleicht einige Fahrzeugmodelle anzuschauen? Es würde helfen, die Suche einzugrenzen. Sie wären überrascht, wie unterschiedlich die aussehen.«

Edith wirkte verlegen. »Dafür habe ich wirklich keine Zeit – ich muss ins Krankenhaus, mein Dienst fängt an.«

»Dann schicken wir Ihnen Fotos. Haben Sie eine Mailadresse?«

Sie gab Reyes eine Visitenkarte. »Sie können diese hier verwenden.«

Reyes hielt inne, ließ sie ein bisschen schmoren. »Das wäre dann alles.«

Nic berührte sie sanft am Arm. »Danke, dass Sie den weiten Weg gemacht haben.«

»Sie wissen ja, wie Sie mich erreichen können – falls Sie Fragen haben. Oder falls das hier hilft, Ihre Mutter zu finden. Ich habe mich nicht wegen des Geldes gemeldet, aber ich wüsste gern, ob die Information sich als nützlich erweist.«

Natürlich, dachte Nic. Die Leute hatten immer Hintergedanken.

»Wir lassen es Sie wissen«, sagte Reyes.

Sie wollten sich abwenden, doch dann fiel Nic ein, was ihr Vater gefragt hatte.

»Hey – noch eine letzte Sache.«

Edith lächelte, blickte aber nervös zwischen Nic und Reyes hin und her.

»Woher hatten Sie meine Nummer?«

Sie zuckte mit den Schultern, wirkte plötzlich unsicher. Dabei war es eine ganz einfache Frage. Die Antwort hätte ihr mühelos über die Lippen kommen müssen.

Dann sagte Reyes: »Von Mrs. Urbansky?«

»Ist das die Frau auf der Polizeiwache?«

»Ja.«

»Stimmt, tut mir leid. Ein Name, den man sich schlecht merken kann.«

Sie verabschiedeten sich. Edith Moore fuhr los. Nic und Reyes stiegen in den Wagen.

»Warum haben Sie sie so in die Mangel genommen?«

Reyes bog auf die Straße und fuhr in Richtung Stadt.

»Weil sie lügt. Sie war nicht in New York. Sie ist nicht von dort nach Hause gefahren.«

»Vielleicht war sie im Casino, und ihr Freund sollte es nicht erfahren. Sie wohnen doch zusammen, oder?« Nic entwarf Szenarien, die ihr selbst unwahrscheinlich vorkamen.

Reyes gab Gas.

»Hören Sie, ich will nicht so lässig daherkommen wie die anderen. Die Frau lügt. Ihr E-ZPass beweist, dass sie am Tag vor dem Sturm auf dem New York State Thruway gefahren ist und die Ausfahrt genommen hat, die zur Route 7 führt. Das ist nicht der schnellste Weg zum Casino. Die einzige logische Erklärung ist, dass sie nach Hastings gefahren ist, aber von Norden her, nicht von Süden. Sie muss hier übernachtet haben.«

»Dann kennt sie jemanden in der Stadt.«

»Falls Sie weitersuchen und Ihre Mutter finden, bekommt Edith Moore das Geld, selbst wenn es gar keinen Pick-up gab. Aber das ist dann auch egal, denn die Frau hat Sie wieder nach Hastings geholt.«

Nic überlegte. »Warum hätte sie sich die Geschichte mit dem Pick-up ausdenken sollen? Die würde mich doch nur auf eine falsche Fährte locken und verhindern, dass ich meine Mutter finde. Und damit auch, dass sie das Geld bekommt. Warum hat sie nicht einfach gesagt, sie hätte meine Mutter gesehen? Und ich weiß, dass es stimmt, weil sie die Handtasche kannte.«

Reyes dachte nach. »Vielleicht gibt es doch einen Pick-up mit einer kaputten Heckleuchte.«

Sie waren wieder am Motel. Nic griff nach der Tür und hielt inne.

»Glauben Sie wirklich, dass sie in Hastings war? Dass sie am Abend des Sturms hier jemanden getroffen hat?«

Reyes zuckte mit den Schultern. »Alles andere ergibt keinen Sinn.«

Nic keuchte auf.

»Was ist los?«

Sie schüttelte langsam den Kopf, fügte die Teile zusammen. »Wenn sie meine Mutter nun gesehen hat, weil sie an ihrem Verschwinden beteiligt war? Vielleicht ist auch jemand aus Hastings darin verwickelt – zusammen mit ihr. Es könnte alles Mögliche bedeuten – vielleicht haben die beiden sie ins Laguna gebracht. Es geht um viel Geld, selbst wenn meine Mutter nicht lebend gefunden wird – fünfhunderttausend Dollar. Und der Abschiedsbrief – wenn er nun wirklich gefälscht ist?«

»Mal langsam.«

»Und wenn sie ihr etwas antun?« Nics Stimme zitterte jetzt.

Reyes versuchte, sie zu beruhigen. »Edith Moore will aus irgendeinem Grund nicht sagen, warum sie wirklich hier war, aber es muss nicht zwangsläufig etwas Schlimmes sein. Die Leute lügen aus allen möglichen Gründen.«

Er legte ihr die Hände auf die Schultern. »Es geht um Geld. Das ist alles. Edith Moore hat Ihre Mutter gesehen und hofft, sie hätte das große Los gezogen. Wir haben jetzt neue Spuren – nicht nur den Pick-up, auch die Heckleuchte und dass Edith Moore gelogen hat.«

»Und dem werden Sie nachgehen?«

Reyes zuckte mit den Schultern. »Ich tue mein Bestes. Was den Chief angeht, muss ich wohl einiges an Überzeugungsarbeit leisten.«

»Dann bleibe ich besser hier. Ich fürchte, man sucht nur dann nach Molly Clarke, solange ich hier bin.«

Erneutes Achselzucken. Dann: »Das entscheiden Sie.«

Nic hatte eigentlich nur einen Tag bleiben wollen, um sich mit Edith Moore zu treffen. Doch Reyes hatte recht. Es gab neue Spuren.

Sie blickte zum Motel und dem Diner nebenan. Dabei bemerkte sie etwas im Seitenspiegel.

»Sie müssen los. Vermutlich haben Sie zu tun.«

Reyes hielt ihr seine Karte hin.

»Ich überprüfe das mit der Heckleuchte. Falls Ihnen noch etwas einfällt, melden Sie sich.«

Nic betrachtete die Karte, während sich eine Frage in ihr formte. Sie wollte sie nicht aussprechen, musste es aber wissen.

»Glauben Sie, sie ist tot?«

»Nein. Möchten Sie wirklich wissen, was ich glaube?«

»Natürlich.«

»Ich glaube, sie ist an einem sicheren Ort und versucht zu bewältigen, was immer sie bewältigen muss. Das habe ich schon öfter erlebt. Die Statistiken sprechen dafür. Ihre Geschichte spricht dafür. Die Beweise sprechen dafür. Aber ich glaube auch, dass wir sie finden können. Und dabei helfe ich Ihnen, so gut ich kann.«

Reyes schaffte es, die Hohlräume in ihrem Inneren ein wenig zu füllen. Sie ein wenig zu berauschen.

Sie wartete, bis er weggefahren war, machte ein paar Schritte zum Diner hin. Dann drehte sie sich um und blickte zur anderen Straßenseite.

Zur Kneipe.

Und dem Barkeeper, der gerade die Tür aufschloss.

9

Tag zwei

Alice schaut mir vom Fenster aus nach, als ich die Einfahrt hinuntergehe. Die Morgensonne hat die festgetretene Erde getrocknet, doch die Schlaglöcher sind bis zum Rand mit Wasser gefüllt. Ich schlurfe, weil mir die Stiefel herunterrutschen, sobald ich den Fuß hebe. Ich hinterlasse Spuren. Ich bleibe im Schlamm stecken. Trotz allem bewege ich mich schnell.

Die Einfahrt ist meinen gestrigen Berechnungen zufolge zweihundertsiebzig Meter lang. Ich bete, dass ich recht habe.

Ich drehe mich um und winke Alice zu, will ihr versichern, dass ich nur frische Luft schnappe. Ich sehe, wie sie lächelt und zurückwinkt, und sowie sie außer Sicht ist, ziehe ich die Stiefel aus und renne los.

Ich renne die Einfahrt hinunter bis zum Tor. Hoffentlich hat er die Kette vergessen oder sie nicht für nötig befunden. Ich bin bestimmt verrückt, und er sichert das Tor nur, um Alice zu beschützen, wenn sie allein zu Hause ist. Die Illusion zerbricht, als ich das Tor samt Kettenschloss erreiche. Ich zerre wild daran, wohl wissend, dass es nicht nachgeben wird.

Ich muss mich zusammenreißen. Methodisch vorgehen. Zeit ist kostbar.

Ich untersuche Tor, Kette und Schloss. Ich habe eine Schere und ein kleines Küchenmesser dabei. Das Tor ist solide, das

Schloss auch. Natürlich, das hier ist der Hauptzugang und damit am besten gesichert.

Ich blicke nach links und rechts, wo der Zaun im dichten Wald verschwindet. Irgendwo rechts geht es zurück in die Stadt. Mehr weiß ich nicht. Es ist auch denkbar, dass er im Kreis gefahren ist und die Stadt eher links liegt. Oder dass wir weit von der Stadt entfernt sind. Wir sind so oft abgebogen.

Ich muss mich entscheiden. Aktiv werden.

Ich trete in den ungezähmten Wald. Überall liegen herabgefallene Zweige mit scharfen Spitzen, Wurzeln ragen aus der Erde. Der Boden ist uneben und völlig durchweicht. Trotz der Sonne ist das Wasser kalt. Zum Glück habe ich die Stiefel dabei. Ich streife sie wieder über meine halb erfrorenen Füße.

Der Zaun besteht aus Maschendraht mit kleinen quadratischen Öffnungen, ist etwa zweieinhalb Meter hoch und schließt mit Stacheldrahtrollen ab. Aber das ist meine geringste Sorge. Der Stacheldraht ist ziemlich dünn, ich könnte ihn wohl durchschneiden und auf der anderen Seite herunterspringen. Was ich nicht kann, ist hinaufklettern.

Die Öffnungen sind zu klein für die Stiefel. Und als ich mit dem Finger über den Maschendraht fahre, bohren sich winzige, nahezu unsichtbare Widerhaken in meine Haut. Es beginnt zu bluten. Widerhaken auf jedem Zentimeter dieses Zauns, der kilometerlang zu sein scheint und das Anwesen umgibt wie eine Festung.

Wieso?

Alle Antworten erschrecken mich.

Alice hat gesagt, ihre erste Mommy sei in diesem Wald gestorben.

Nun frage ich mich, ob ihre erste Mommy fliehen wollte. Ob sie dieselben Worte im Kopf gehört hat wie ich. *Lauf einfach weg.* Ich frage mich, ob sie sie in den Tod geführt haben. Und wohin sie mich jetzt führen.

Nein. Das darf ich mich nicht fragen. Ich darf mich gar nichts fragen. Ich habe zu tun.

Ich kann den Draht zerschneiden oder zersägen. Aber das kann dauern. Ich gehe am Zaun entlang, steige über Wurzeln, Zweige schnellen mir schmerzhaft ins Gesicht und zerkratzen meine Haut. Ich überlege, wie viele Schnitte ich vornehmen muss. Vier längs, vier hoch. Dann kann ich eine Lasche aufklappen und mich hindurchzwängen. Ich werde mir die Stiefel über die Hände ziehen und damit gegen den Zaun drücken, um mich vor den Widerhaken zu schützen.

Wo bleibe ich stehen? Wo schneide ich in den Zaun?

Meine Beine wollen weitergehen. Mein Verstand will instinktiv losrennen, aber Instinkt ist nicht immer klug. Ich könnte rennen und rennen und wieder am Tor ankommen, nachdem ich sinnlos im Kreis gelaufen bin. Ich kämpfe gegen den Instinkt. Ich werde weitergehen, bis ich jenseits des Zauns etwas entdecke, das mir weiterhilft.

Ich weiß nicht, wie viel Zeit vergeht. Ich bin müde. Meine Beine tun weh, weil es mühsam ist, in den zu großen Stiefeln zu laufen. Ich friere in der feuchten Luft. Die Blätter und Büsche sind nass vom Regen, streichen an mir vorbei und durchweichen meine Kleidung. Meine Wangen brennen vor Kälte.

Beim Gehen wandern meine Gedanken. Ich denke an John. Ich denke daran, wie es war, als wir uns gerade kennengelernt hatten. Als wir ein junges Liebespaar waren, das noch sein ganzes Leben vor sich hatte. Und genau das waren wir – ein Liebespaar in jeder erdenklichen Weise. Ich liebte ihn, wie ich noch nie einen Mann geliebt hatte. Ich liebte genau jene Dinge an ihm, die andere in den Wahnsinn trieben. Er konnte viel zu ernst sein, zu ehrlich. Er wünschte sich verzweifelt, ein guter Mensch zu sein. Ich liebte seine Verzweiflung. Ich liebte, dass ich sie lindern konnte, indem ich einfach nur neben ihm lag.

Wir lernten uns in einem Sandwichladen auf dem Campus kennen. Er studierte Betriebswirtschaft. Ich machte meinen Master. Er war ein Kunde. Ich arbeitete hinter der Theke. Ich trug eine hellblaue Schürze, und er sagte, sie hätte die Farbe meiner Augen, worauf ich rot wurde. Er hatte Hühnersalat bestellt, und ich war so verlegen, dass ich ihm stattdessen Thunfisch gab. Später kam er zurück, um es mir zu sagen. Aber er wollte kein neues Sandwich. Er wollte mit mir wandern gehen.

Wir wanderten gern im Wald. Wir wanderten von März bis November, bei Hitze und Kälte – das war uns egal. Wir fuhren hinauf in die Berge. Und dann wanderten wir, bis unsere Beine wehtaten und unser Kopf ganz schwindlig vor lauter Endorphinen war. Dann kehrten wir in unser kleines Zimmer in der Pension zurück und liebten uns wild. Leidenschaftlich.

Ich liebte ihn. Aber das war vorher.

Heute trennt eine Grenze das Vorher vom Nachher. Bevor unser Kind starb. Nachdem unser Kind gestorben war. Die Liebe wagt nicht, die Grenze zu überschreiten, sich mit den neuen Menschen vertraut zu machen, zu denen wir geworden sind. Von mir ist nicht viel übrig. Ich frage mich, wie viel von John geblieben ist. Der ernsthafte Mann, den ich immer so geliebt habe, der Gutes tun und gut sein wollte, wirkt jetzt wie erstarrt. Er ist ein Mann, der sich den strengsten Verhaltensregeln unterwirft. Vielleicht hindern sie ihn daran, zu denken oder zu fühlen. Es sagt noch immer *Ich liebe dich*, aber es ist gelogen. Lügen ist gegen die Regeln, oder? Und was ist mit der anderen Frau, die er jetzt liebt?

Vielleicht kenne ich die neuen Regeln nicht. Vielleicht kenne ich John nicht mehr.

Ich denke an den Mann in diesem Haus, mit der toten Frau und dem Kind. An ihre seltsamen Regeln. Ihre Geheimnisse.

Die Fragen kehren zurück.

Woher wussten sie von mir? Von meiner Familie? Dass ich

gestern Abend im Sturm auf der Route 7 unterwegs sein würde? Oder wussten sie es doch nicht? Alice verlässt nie das Haus. Sie lebt ihre Fantasien mit den Puppen aus. Vielleicht ist es nicht mehr als das. Eine Fantasie.

Ich hatte ihr von meiner Familie erzählt, bevor sie sagte, dass sie davon wisse. Vielleicht log sie.

Sie sagt, sie sei neun. Habe ich ihr verraten, wie alt Annie war? Mein Gott, ich kann mich nicht erinnern!

Ich gehe und gehe, bis ich etwas auf der anderen Seite des Zauns bemerke. Ich halte inne. Schließe die Augen und atme tief ein. Feuer. Rauch. Brennendes Holz. Ich öffne die Augen und sehe es wieder – weißen Qualm, der in den Himmel steigt. Ein Haus oder eine Fabrik. Ein Ort mit einem Ofen. Oder jemand verbrennt Reisig im Garten, obwohl es dafür zu nass ist. Also eher ein Ofen oder Kamin.

Immerhin ein Lebenszeichen. Eine Spur von anderen Menschen. Menschen, die mir helfen können. Ein Zufluchtsort. Ein Versteck.

Ich muss damit aufhören. Ich knie mich auf die nasse Erde und hole die Schere heraus. Dann das Messer. Und mache mich an die Arbeit.

Die Zeit vergeht. Meine Finger tun weh vom Schneiden. Ich habe erst drei Drähte durchtrennt. Wegen der Widerhaken kann ich sie kaum festhalten. Die Schere rutscht ab. Das Messer bleibt nicht in der Kerbe. Ich muss langsam sägen und schneiden. Vorsichtig. Ich kann den Draht nicht festhalten, ohne mir in die Finger zu schneiden. Meine Hände sind kalt, die Werkzeuge rutschen ab. Wieder und wieder. Fallen auf den Boden. Ich puste verzweifelt auf meine Finger. Ich muss sie aufwärmen. Ich muss die Muskeln lockern, damit sie die Werkzeuge halten können.

Bitte. Nur noch einen Schnitt nach oben. Vier zur Seite …

Eine Stimme. Ich halte inne. Jemand fragt, wo ich bin.

Ich stehe rasch auf, weg vom Zaun, lasse die Werkzeuge unter dem Laub liegen. Lasse meine Arbeit liegen. Ich laufe hektisch in den Wald. Weg von dem Rauch und dem Feuer und den Menschen, die mir helfen können. Ich habe sie mir ausgemalt. Habe ihre Gesichter gesehen, wie sie mich in Decken wickeln und meine Familie anrufen. Wie sie die Polizei verständigen und die Tore des Wahnsinns durchbrechen und Alice und den Mann entdecken und alldem ein Ende bereiten, was immer es auch sein mag. Mir kommen die Tränen, als ich sie zurücklasse. Ich werde mir ein Versteck suchen. Irgendwo hier im Wald. Und dann mache ich mich wieder an die Arbeit. Schneide weiter. Ich werde nicht aufhören, bis ich zu meinen Rettern vorgedrungen bin.

Ich bewege mich behutsam, doch die toten Zweige knacken unter meinen Füßen. Ich entferne mich so weit vom Zaun, dass ich ihn nicht mehr sehen kann, und verstecke mich hinter einem dicken Baumstamm. Die Stimme kommt näher.

Als sie verstummt, höre ich nur noch die Schritte. Sie knacken wie meine, aber lauter und stärker. Und dann verstummt alles, ich höre nur Metall auf Metall.

»Was machen Sie da?«, fragt die Stimme.

Ich schaue um den Baum herum. Dort steht der Mann, er hält eine Schrotflinte in der Hand.

Ich sage nichts. Ich kann nicht sprechen.

»Sie könnten sich hier draußen verletzen. Sie könnten sterben.«

Ich starre ihn an, zittere am ganzen Körper. Ich bete, dass er die Wunden an meinen Händen nicht bemerkt.

»Hat Alice Ihnen nicht von den Bären erzählt?«

Ich schüttle den Kopf. Betrachte sein Gesicht. Er wirkt bestürzt, was angesichts der Situation normal ist. Die Bären. Sein Gesicht wird zum Spiegel, der meinen eigenen Wahnsinn reflektiert. Wie lächerlich ich aussehen muss. Habe ich mich von der Fantasie eines kleinen Mädchens so erschrecken lassen?

Er schaut sich um, schwenkt dabei die Schrotflinte. Dann lehnt er sie an den Baum und reicht mir die Hand, hilft mir auf die Füße. Sein Griff ist sanft, er lächelt. Es ist das Lächeln eines Menschen, der einer Verrückten aus ihrer Verrücktheit heraushelfen will. Er will mich beruhigen, und es gelingt ihm. Wodurch habe ich die Kontrolle über meine Sinne verloren? Alice hat gesagt, sie seien mir von der Tankstelle aus gefolgt. Sie wisse über meine Familie Bescheid. Doch vielleicht hat sie sich das alles ausgedacht. Vielleicht haben sie mich zufällig dort gesehen. Vielleicht habe ich erwähnt, wie alt Annie war, und sie hat es sich gemerkt.

Ich ziehe in Betracht, dass ich nicht mehr normal denke. Dass der Tod meines Kindes Wege in meinen Kopf gegraben hat, die stets zum dunkelsten Szenario führen. In die Paranoia. *Es ist einmal passiert. Es könnte wieder passieren. Das Grauen.*

Doch das Leben ist selten grauenhaft. Es mag sich so anfühlen. Es mag einem so erscheinen. Aber das hier ist anders. Dieses völlig verrückte Grauen.

»Es tut mir leid«, sage ich und sehe ihm in die Augen. »Ich habe mich verirrt und bin in Panik geraten. Ich hätte im Haus bleiben sollen.«

»Ist ja nichts passiert. Aber jetzt kommen Sie. Wenn wir uns beeilen, können wir Sie in die Stadt zurückbringen.«

Ich möchte ihn am liebsten umarmen und mich bedanken. Er wird mich nicht erschießen. Er wird mich nicht töten. Er bringt mich in die Stadt.

Natürlich. Ich hatte verrückte Gedanken, und jetzt möchte ich ihm danken, weil er mich in die Wirklichkeit zurückgeholt hat.

Ich hüpfe fast wie Alice, als ich ihm zum Haus folge.

10

Tag vierzehn

Der Barkeeper.

Nic konnte sich nicht an seinen Namen erinnern, dafür an seine ruhige Stimme und seinen hingebungsvollen Blick.

Und auch an seine Geschichte. Dass seine Mutter drogenabhängig war. Der Vater nicht vorhanden. Dass er eine kleine Schwester hatte, um die er sich kümmern musste.

Er hätte aufs College gehen können, war aber hiergeblieben, um zu arbeiten – in der Kneipe und an der Tankstelle. Er nahm jeden Job, den er bekommen konnte. Seine Schwester war noch klein. Vielleicht stimmte das auch gar nicht. Vielleicht war er älter, und es war Jahre her, dass seine Schwester klein gewesen war und er sie unterstützen musste. Vielleicht war er auch geblieben, weil sich alle anderen Gelegenheiten zerschlagen hatten.

Nic wusste noch, dass er freundlich gewirkt hatte. Dass ihr sein Geruch gefallen hatte, als sie seinen Hals küsste. Dass er großzügig war. Sie empfand leichte Reue beim Gedanken an die Nacht. So wie jedes Mal.

Sie überquerte die Straße. Er bemerkte sie nicht, als er das Neonschild im Fenster einschaltete.

Glöckchen klingelten, als sie die Tür öffnete. Er hob gerade die Stühle von den Tischen und drehte sich jetzt in ihre Richtung.

»Hey«, sagte er. Er wirkte überrascht, sein Körper war wie erstarrt, die Augen weit aufgerissen.

Nic lächelte verlegen, ihre Wangen wurden warm.

»Hi.«

»Du bist wieder da?« Er hob den letzten Stuhl herunter und trat hinter die Theke. Die unpersönliche Begrüßung, dass er sich hinter der Theke verschanzte – sein Verhalten war nicht zu übersehen.

»Das bin ich. Es gibt einen neuen Hinweis zu meiner Mutter.« Sie setzte sich auf einen Barhocker.

Er erkundigte sich nach der Spur, und sie erzählte ihm von der Frau und dem Pick-up und dass sie und Officer Reyes sich soeben mit der Frau getroffen hatten. Sie fragte, ob er Reyes kenne, was natürlich der Fall war. In dieser Stadt kannte jeder jeden. Er wischte die bereits saubere Theke mit einem Handtuch ab. Er war nervös. Etwas an ihrer Rückkehr schien ihn zu beunruhigen.

»Möchtest du was trinken?«

»Es ist ein bisschen früh.«

Sie sagte es, als hätte der Gedanke an Alkohol sie nicht schon die ganze Zeit aufgefressen.

»Kurt«, sagte der Barkeeper abrupt.

Er goss ihr ein Glas Wasser ein.

»Mein Name. Kurt Kent – und bitte keine Witze. Die kenn ich schon alle.«

Nic trank das Wasser und wurde rot. »Eigentlich müsste ich mich an deinen Namen erinnern.«

»Du hast nie danach gefragt.«

»Stimmt. Tut mir leid. Ich war ganz schön fertig.«

Kurt lehnte sich an die Theke, verschränkte die Arme, in seinen Augen stand wieder diese Hingabe, als er verhalten lächelte.

»Verständlich.«

»Nicht so richtig«, sagte Nic. »Ich wollte eigentlich nach meiner Mutter suchen und war jede Nacht der letzte Gast in dieser Kneipe.«

Er suchte nach Entschuldigungen. *Leute gehen unterschiedlich mit Angst um, sei nicht so hart mit dir selbst, so schlimm war es nun auch wieder nicht …* Aber es war so schlimm gewesen.

Wodka alleine hatte nicht gereicht an jenem Abend, nachdem man den Abschiedsbrief gefunden hatte und alle zu dem Schluss gelangt waren, dass ihre Mutter aus eigenem Antrieb fortgegangen war. Einfach so. Der Schock hatte sie innerlich ausgehöhlt. Sie schämte sich, als sie daran zurückdachte. Sie hatte ihn nach hinten in die Schankraum gezogen und geküsst, bis er ihren Kuss erwiderte. Zum Glück waren sie nicht allein gewesen.

»Es tut mir leid«, sagte Nic und vergrub ihr Gesicht in den Händen.

»Nicht nötig. Dazu gehören zwei, du weißt schon.« Da war sie wieder, die ruhige Stimme. Die Freundlichkeit.

»Was kommt jetzt? Wie lange bleibst du hier?«

Nic nahm die Hände vom Gesicht und sah ihn an. »Keine Ahnung.«

»Nimmt die Polizei die Ermittlungen wieder auf?«

»Angeblich schon. Was meinst du? Reyes scheint alles im Griff zu haben.«

»So kann man es auch ausdrücken.«

Der Sarkasmus war unüberhörbar.

»Wie meinst du das?«

»Ich kann mich nicht erinnern, dass er jemals eine Jungfrau in Nöten enttäuscht hätte.«

»Sicher – den Eindruck hatte ich auch. Er zieht alle Blicke auf sich.«

Kurt trat näher, stützte die Ellbogen auf die Theke und beugte sich vor. Nic roch Eau de Cologne oder Seife, irgendetwas, das eine verborgene Erinnerung auslöste: wie sich seine Hände auf ihrem Rücken angefühlt und in ihren Haaren vergraben hatten.

»Du hast es bemerkt, oder? Bei den meisten Frauen ist das anders. Die bekommen es erst mit, wenn er sie am nächsten Tag nicht anruft.«

Kurt, der Barkeeper, war nicht diese Art Mann, und er erinnerte sie irgendwie an früher. Führte sie über die unsichtbare Grenze in eine Zeit, als das Leben einfach nur das Leben war. Als ihre Zukunft voller Möglichkeiten und ihre Familie ein Fixpunkt in ihrem Leben war. Eine Zeit, in der sie glücklich war, selbst wenn Evan und Annie wegen Bagatellen stritten und die Eltern sie ständig überwachten. Ihr Vater war nicht vollkommen – er konnte fordernd und stur sein. Aber sie wussten, dass er sie liebte.

Und er hatte ihre Mutter vergöttert. Seine Augen verrieten, wie sehr er ihren Idealismus bewunderte, ihren leidenschaftlichen Einsatz für die Schüler. Sie hatten am ersten Dienstag im August einen besonderen Jahrestag, der ihr Geheimnis blieb. Ihr Vater kaufte ihrer Mutter jedes Mal etwas Blaues. Sie machte ihm immer ein Sandwich mit Hühnersalat. Dann scheuchten sie die Kinder in ein anderes Zimmer und saßen allein da, tranken Wein und lachten. Das hatten sie jedes Jahr getan, bis Annie gestorben war.

Ihre Mutter war außen weich und innen immer stark gewesen. Molly Clarke hatte keinen Geländelauf, keine Talentshow und kein Footballspiel ihrer Kinder verpasst. Sie war zu ihnen ins Bett gekrochen, wenn sie krank waren oder schlecht geträumt hatten oder es einfach nur so wollten. Sie war der Inbegriff von Zuhause gewesen, von Familie als der ursprünglichsten menschlichen Verbindung. Mutter und Kind. Wie ironisch, dass es ausgerechnet ihre Hingabe war, wegen der eines ihrer Kinder hatte sterben müssen.

Nic hatte ihre Familie immer als etwas Besonderes empfunden. Harmonisch. Perfekt. Vielleicht war Annie die Strafe dafür gewesen.

Kurt, der Barkeeper. Er hatte sie über die Grenze in eine Zeit geführt, in der sie sich Männer – damals noch Jungen – ausgesucht hatte, weil sie freundlich waren.

Kurt machte sich hinter der Theke zu schaffen. »Konnte sie euch weiterhelfen?«

»Das weiß ich nicht. Reyes glaubt, dass sie lügt. Es hat irgendetwas mit ihrem E-ZPass zu tun und der Geschichte, dass sie aus New York City gekommen ist. Er vermutet, dass es ihr um die Belohnung geht.«

»Ach ja? Das ergibt Sinn. Ist auch komisch, dass sie so lange gewartet hat. Wie heißt sie doch gleich?«

»Das hatte ich noch gar nicht erwähnt. Edith Moore. Sie wohnt in Schenectady.«

Kurt hielt inne. »Edith – das ist ein Name für eine ältere Frau, oder?«

Nic zuckte mit den Schultern. »Sie ist älter als wir und jünger als meine Mutter. Wieso? Hast du an dem Abend jemanden von außerhalb gesehen?«

Kurt schaute nachdenklich zur Decke. Legte demonstrativ die Hand ans Kinn. Seine Gesten wirkten übertrieben.

»Ich glaube nicht. Ich habe aber auch ziemlich früh zugemacht.«

Sie stellte noch eine Frage und behielt ihn genau im Auge, um seine Reaktion zu prüfen.

»Aber du hast noch nie von ihr gehört? Von Edith Moore?«

Kurt nahm ihr Glas und stellte es in die Spüle. Er wischte den nassen Ring von der Theke.

»Nein.« Seine Stimme klang fest. Sein Gesicht verriet nichts.

Doch irgendetwas stimmte nicht.

»Ich muss dann mal los.« Nic rutschte vom Hocker, schob ihn an die Theke.

Kurt hielt sie zurück. »Hey. Hast du mal die Sache mit der jungen Frau nachverfolgt?«

»Welche Frau?«

»Die Frau, die vor zehn Jahren verschwunden ist.«

Sie wühlte in ihrer Erinnerung, fand aber nichts. »Nein. Hast du mir neulich von ihr erzählt?«

»Ja.«

»Erzählst du's mir noch einmal?«

Jetzt hatte er ihre volle Aufmerksamkeit. Edith Moore und die Geschichte mit dem Pick-up waren vergessen.

»Vermutlich hat es nichts zu bedeuten. Sie war etwa neun zehn. Von hier. In Hastings aufgewachsen. Die Leute dachten, sie sei verschwunden, aber dann stellte sich heraus, dass sie von sich aus fortgegangen war. Sie wollte nicht, dass ihr Freund ihr nachkam. Sie schrieb ihm nach einer Weile, aber die Leute dachten trotzdem, es sei etwas Schlimmes passiert.«

»Ist sie je zurückgekommen?«

»Würdest du das tun?«

»Auch wieder wahr.«

»Ich vermute, sie wollte einfach weg von Hastings. Vielleicht auch von ihrem Freund. Oder beidem. So gut kannte ich sie nicht.«

Nic war neugierig geworden. »Was glaubst du? Ist sie aus der Stadt oder vor einem Mann weggelaufen?«

Kurt zuckte mit den Schultern. »Keine Ahnung.«

Sie sah ihn an, bis ihre Blicke sich trafen.

»Wer könnte das wissen?«

»Da fällt mir nur ihre Schwester ein.«

»Wo finde ich sie?« Etwas an der Geschichte ließ sie nicht

los. Noch eine Frau, die verschwunden war, angeblich aus freien Stücken.

Kurt schaute zum Motel und wieder zu ihr.

»Ich fahre dich hin. Nach meiner Schicht.«

11

Tag zwei

Wir sitzen an einem kleinen runden Tisch in der Küche, drum herum vier Stühle. Wir essen Sandwiches. Alice trinkt Milch. Ich habe auch Milch vor mir stehen, trinke sie aber nicht. Ich hätte um Wasser bitten sollen, wollte Alice aber nicht vor den Kopf stoßen. Sie hat mir die Milch eingegossen. Ich hasse Milch.

Der Mann trinkt Bier. Seine Stimmung hat sich nicht verändert, seit wir aus dem Wald zurückgekommen sind. Er wirkt hilfsbereit. Freundlich.

Alice verlangt, dass wir uns an den Händen fassen, weil sie ein Dankgebet sprechen möchte. Der Mann ergreift meine rechte Hand, Alice meine linke. Als sie das Gebet spricht, spreche ich auch eins. Ich bete, dass keiner von ihnen die Blasen bemerkt.

»Danke, Herr, für diesen Segen. Für das Essen und die Milch«, sagt sie. Dabei hält sie die Augen geschlossen. Dann öffnet sie sie und schaut mich an.

»Und vergib uns unsere Sünden. Amen.«

Sie war wütend, als der Mann mich ins Haus brachte. Ich war über eine Stunde draußen gewesen. Ich hatte gar nicht an die Zeit gedacht, und es war mir auch egal. Ich wollte ja nicht zurückkommen. Jetzt weiß ich nicht, was ich denken oder fühlen soll. Ich klammere mich an die Hoffnung.

Der Mann hatte mir wieder Kleidung von seiner toten Frau gegeben. Ich habe meine eigenen Sachen seit gestern Abend nicht gesehen, doch er sagte, er habe sie zum Trocknen draußen auf die Leine gehängt, da die Sonne heute schien. Nach dem Essen werde ich fragen, ob ich sie hereinholen soll.

Obwohl Alice wütend war, bot sie mir die Maske gegen meine Allergien an. Ich sagte, dass ich sie nicht brauche, nach dem langen Spaziergang würde ich mich ziemlich gut fühlen. Das brachte sie zum Lächeln. Sie hatte sich Sorgen um mich gemacht.

Der Mann hatte etwas zum Mittagessen besorgt. Kalte Sandwiches und eine Tüte Kartoffelchips. Er sagte, nach dem Essen werde er mich in die Stadt bringen.

Wir haben noch immer keinen Strom. Das Telefon ist noch immer tot. Der tragbare Generator betreibt den Boiler im Keller, damit wir Heizung und Warmwasser haben. Er versorgt auch den Herd mit Strom, die ganze Nacht hindurch bis heute Nachmittag. Selbst ohne Benzin. Aber vielleicht hat er es doch nachgefüllt. Vielleicht waren die Kanister gar nicht leer.

Alice baumelt mit den Beinen, während sie isst. Ihr Körper hüpft auf und ab, ihre langen Haare schwingen hin und her. Sie trägt einen rosa Pulli und violette Leggings, beides zu klein. Ihre Füße stecken in Pantoffeln mit Kaninchenohren.

Ich versuche zu essen. Ich bin erschöpft und hungrig, das ist nicht hilfreich. Ich halte das Sandwich in meiner schmerzenden Hand und führe es zum Mund. Kaue. Schlucke. Ich will es hinter mich bringen. Ich will in die Stadt fahren und mit eigenen Augen sehen, was der Mann mir erzählt hat.

Erstens: Mein Wagen steht nicht mehr am Straßenrand. Vermutlich hat man ihn abgeschleppt. Die Geschäfte sind geschlossen und die Polizei ist zu beschäftigt, um der Sache nachzugehen.

Zweitens: Er konnte meine Handtasche nicht finden. Ich

müsse sie am Straßenrand vergessen haben. Oder in meinem Wagen. Aber ich weiß, dass das nicht stimmt. Ich spüre noch, wie ich sie umklammert habe, während ich beide Arme in die Luft reckte und den Pick-up heranwinkte. So wie ich es immer mache, wenn ich in Gedanken bin. Ich erinnere mich deshalb so genau daran, weil Evan und Nicole es peinlich finden. Ich sage mir, dass manche Leute eben nicht gut suchen können, dass sie vielleicht im Pick-up liegt, unter einem Sitz, und er nur nicht gründlich genug nachgeschaut hat.

Drittens: Er hat sämtliche Nummern angerufen, die ich ihm gegeben habe, aber niemanden erreicht. Er hat Nachrichten hinterlassen. Für John. Für Nicole. Für meine Freundinnen. Er hat mir sein Handy gezeigt – die Liste der Nummern mit dem kleinen Pfeil daneben. Dann hat er mir die leere Sprachbox gezeigt.

Zuerst konnte ich es nicht glauben. Dann kamen mir Zweifel. Vielleicht waren sie nicht rangegangen, weil sie seine Nummer nicht kannten. Wir bekommen in letzter Zeit ständig automatisierte Anrufe, immer von anderen Nummern. Vielleicht hatten sie noch keine Zeit, ihre Nachrichten abzuhören.

Der Mann lehnt sich auf dem Stuhl zurück, die Beine gespreizt, die Unterarme auf dem Tisch.

Nach dem Essen fahren wir in die Stadt und rufen noch einmal meine Familie an. Wir fragen auf der Polizeiwache nach meinem Auto. Ich trage wieder meine eigene Kleidung. Und damit ist die Sache erledigt.

»Tut mir leid, ich habe mich beim Spazierengehen verlaufen«, sage ich fröhlich und lächle Alice dabei an.

»Ich wusste gar nicht, dass es hier Bären gibt. Das ist aber gruselig«, fahre ich fort. »Kommen sie etwa bis zum Haus? Ich habe gehört, sie können sehr aggressiv werden, wenn sie Hunger haben.«

Alice schaut den Mann an, der nickt. Erst dann antwortet sie.

»Einmal haben sie den Müll durchwühlt. Aber das können auch Waschbären gewesen sein. Die mögen auch Müll. Und die sind so groß!«

Mir ist nicht nach Reden zumute, aber ich möchte höflich sein. Daher reiße ich erstaunt die Augen auf. »Wo ich wohne, gibt es auch große Waschbären. Mein Mann hat ein Schloss an den Mülltonnen angebracht, um sie abzuschrecken. Nach einer Weile haben sie aufgegeben.«

Das Handy des Mannes liegt auf der Arbeitsplatte, gleich neben seiner Brieftasche. Ich schaue hin, wohl wissend, dass wir keinen Empfang haben. Trotzdem muss ich daran denken, dass er alle Leute angerufen und niemand sich gemeldet hat.

Ich werde seit vierundzwanzig Stunden vermisst. Sie müssten doch an ihren Handys kleben, sich auf jeden Anruf stürzen. Oder etwa nicht? Würden sie nicht jeden Anruf annehmen? Selbst wenn mein Mann mich nicht mehr liebt? Selbst wenn meine Tochter mich hasst? Sie würden doch verzweifelt nach mir suchen. Die Vorstellung, wie verzweifelt meine Familie sein muss, macht mich ganz krank.

Dann kommt mir ein anderer Gedanke – vielleicht wissen sie gar nicht, dass ich vermisst werde. Ist das möglich? Ist ihnen womöglich gar nicht aufgefallen, dass ich nicht nach Hause gekommen bin?

Ich bemühe mich, Konversation zu machen.

»Als ich mich verirrt hatte, habe ich Rauch gesehen. Gibt es hier Nachbarn?«

Alice zuckt mit den Schultern. Ich glaube ihr. Meine Kinder wussten nie, wie weit etwas entfernt war, bis sie zu Fuß oder mit dem Rad dort gewesen waren.

Ich verdränge den Gedanken. Annie war an jenem Tag zu Fuß unterwegs. Rannte zum Eiswagen. Sie hatte die Glocke gehört. Das Klingeln. Sie wusste, wo er anhalten würde – an der nächsten Straßenecke. Dort gibt es einen kleinen Park. Dort hielt immer der Eiswagen, und die Kinder kamen aus dem Park gelaufen, um sich ein Eis zu kaufen. Wenn ich zu Hause war, ging ich mit ihnen dorthin. Die Einfahrt hinunter. Die Straße entlang. Ich hielt sie an den Händen und hielt Ausschau nach Autos, die um die Kurve bogen. Dann überquerten wir gemeinsam die Straße.

Aber an jenem Tag war ich nicht zu Hause.

»Es ist weit«, sagt der Mann. »So weit, dass man vorher von einem Bären gefressen wird.« Ich frage mich, wie er das sagen kann, wo Alice sich doch vor Bären fürchtet.

»Alice sagt, Ihre Frau habe sich im Wald verirrt.« Was sie erzählt, bleibt hängen. *Da ist meine erste Mommy gestorben.*

Der Mann schaut Alice an. Dann wieder mich.

»Das stimmt.« Doch er zögert, und mir ist klar, dass es eine Lüge ist, die er wegen Alice erzählt. Er weiß genau, wie lächerlich sie klingt. »Sie ist in den Wald gegangen und nie zurückgekommen.« Das war's. Sein Tonfall klingt bestimmt, und ich hüte mich, weiterzufragen. Trotzdem – er hat einen Witz über die Bären gemacht, oder?

Iss auf. Fahr in die Stadt.

Alice wirkt verstört, weil wir über ihre erste Mommy gesprochen haben. Ich frage mich, ob sie ihre leibliche Mutter war und ob Alice sie geliebt hat. Sie ist hungrig nach Liebe. Ihr Hunger könnte einen ganzen Menschen verschlingen.

»Wie deine Tochter gestorben ist, war schlimmer«, sagt Alice.

Der Mann blickt neugierig erst zu Alice, dann zu mir.

»Sie wurde von einem Auto umgefahren. Sie ist auf die Straße gelaufen«, sagt sie.

Ich bin verletzt, will aber nicht darauf reagieren. Ich darf meinen Emotionen nicht nachgeben. Sie ist nur ein Kind.

Sie ist nur ein Kind.

Jetzt zielt Alice auf mein Herz. »Du hast den Wagen gefahren. Das heißt, du warst keine sehr gute Mommy.«

Ich starre sie an, und sie starrt zurück, und ich kann mich nicht abwenden. Plötzlich sehe ich Annies Gesicht. Annies blonde Haare und blaue Augen. Annies Füße, die unter dem Tisch baumeln. Und Annie spricht jene Worte aus, die sie im Kopf gehabt haben muss, als sie den Aufprall des Wagens spürte, als ihre Knochen zerbrachen, als sie in die Luft geschleudert wurde und als ihr Kopf auf dem Gehweg zerschmetterte.

Dieser Wagen.

Mein Wagen.

Ich höre ihre Stimme. Mein süßes, süßes Mädchen.

Du warst keine sehr gute Mommy.

Nein, mein Liebling. Das war ich nicht. Ich habe dich sterben lassen. Ich habe dich getötet.

Tränen strömen mir übers Gesicht. Alice und der Mann sehen mich neugierig und verwundert an, und mir ist völlig egal, was hier geschehen ist. Ich weiß nicht, welchen Verlust sie erlitten haben und woher sie diese Dinge über mich wissen.

Ich habe ihr nicht erzählt, dass ich den Wagen gefahren habe.

Es ist unmenschlich, wie sie mir zuschauen, während ich um mein totes Kind weine.

»Sollen wir abräumen und in die Stadt fahren?«, frage ich zittrig. Meine Hoffnung schwindet zusehends, aber ich weiß nicht, wodurch ich sie ersetzen soll.

Der Mann starrt mich an. Dann sagt er fröhlich: »Na klar.«

Ich stehe auf. Sammle die Teller ein. In dem Moment ertönt ein unverkennbares Geräusch.

Das Handy des Mannes klingelt. Jemand ruft an, obwohl wir angeblich keinen Empfang haben.

Ich sehe ihn ungläubig an, während ich die Information verarbeite. Ich kann nicht atmen.

»Sieht aus, als hätten wir heute Empfang.« Ich warte auf seine Reaktion. Er zeigt keine Regung. Ich habe die Teller in der Hand. Ich stehe zwischen dem Mann und dem Handy. Ich verlagere mein Gewicht zur Arbeitsplatte, zum Handy hin. Meine Füße sind still, doch er spürt etwas. Meine Absicht. Meine Verzweiflung. Meinen Verdacht.

Falls man hier Empfang hat, könnte auch alles andere gelogen sein. Die Sache mit meinem Auto. Meiner Handtasche. Die Anrufe bei meiner Familie. Ich rücke näher zur Arbeitsplatte, und da endlich bewegt er sich.

Er schüttelt ganz langsam den Kopf. Die Schrotflinte lehnt an der Wand, in Reichweite. Alice hat die Hand vor den Mund geschlagen, vor Angst. Oder vor Aufregung?

Ich denke nicht mehr. Ich lasse die Teller krachend auf den Boden fallen. Alice keucht auf. Der Mann springt vor.

Ich greife nach dem Handy und erwische es. Ich sollte weglaufen, aber ich bin verzweifelt, will nur den kleinen grünen Kreis drücken. Doch bevor ich es schaffe, liege ich auf dem Boden, unter mir die zerbrochenen Teller. Der Mann liegt auf mir, drückt mich mit seinem Gewicht nieder. In die Scherben hinein.

»Geh in dein Zimmer«, sagt er zu Alice, und sie huscht davon.

Seine Stimme klingt streng, aber ruhig. Er brüllt nicht. Er brüllt nie. Nicht einmal in diesem hitzigen, gewaltsamen Augenblick.

Er nimmt mir das Telefon aus der verkrampften Hand. Er löst es mühelos aus meinen Fingern, als besäße ich überhaupt keine Kraft. Mein Körper kämpft, Arme und Beine und Oberkörper und Kopf, alles zuckt und schlägt um sich wie eine Beute, die im Maul des Raubtiers gefangen ist.

Hilflos.

Seine Beine drücken meine von außen zusammen. Mit der Linken umfasst er meine Handgelenke, richtet sich auf und schaut aufs Handy. Ich will den Kopf heben, meine Zähne in sein Fleisch schlagen, doch er ist außer Reichweite. Das weiß er auch. Er wirkt selbstzufrieden, hat seine Beute gesichert.

Mit dem Daumen drückt er den Anruf weg.

Dann stößt er das Handy von sich, quer über den Küchenboden. Er lehnt sich ganz nah zu mir, sein Mund streift mein Ohr.

»Fragst du dich, ob das deine Tochter war? Die, die du nicht getötet hast?«

Ich erstarre. Entsetzt. Sie wissen alles.

Er schweigt, während er mich über den Boden schleift, dass sich die Tellerscherben in meine Haut graben.

Er zerrt mich an den Armen, während ich mit den Beinen strample und mein Körper sich vergeblich hin und her wirft, um sich zu befreien.

Er zerrt mich durch den Flur, vorbei am Gästezimmer, an Alice' Zimmer und seinem eigenen bis ganz ans Ende, zur Waschküche.

Er öffnet die Tür. Dahinter ist es kalt und dunkel, und ich spüre den harten Fliesenboden.

Angst steigt in mir auf, als er mich in den Raum zieht und beim Hinausgehen die Tür hinter mir schließt. Ich höre, wie er sie von außen verriegelt.

Da begreife ich.

Ich werde dieses Haus nie mehr verlassen.

12

Tag vierzehn

Daisy Hollander.

Noch eine verschwundene Frau, die Abschiedsbriefe verfasst und geschrieben hatte, sie wolle ihr Leben hinter sich lassen. Nic dachte an Daisy Hollander, während sie ihre Kaffeetasse abstellte und zur Kneipe gegenüber schaute.

Kurt hatte ihr erzählt, was er über das vermisste Mädchen und die Familie wusste. Acht Kinder. Armut. Schlimm genug, um das Sozialamt einzuschalten, und das wollte in diesem Teil des Staates schon etwas heißen. Die Eltern waren längst fort. Keine Ahnung, wohin. Auch die Kinder waren weggezogen. Alle bis auf eine Tochter namens Veronica.

Sie wohnte im alten Haus der Familie, tief im Wald in der Nähe des Flusses, auf einem Grundstück, das dem Staat gehörte. Niemand hatte versucht, sie zu vertreiben. Wahrscheinlich hatten die Behörden es überhaupt nicht bemerkt. Was in Hastings geschah, interessierte ohnehin niemanden.

Das findest du nie, hatte er gesagt.

Kurt hatte versprochen, nach der Schicht mit ihr hinzufahren.

War das seltsam?, fragte sie sich jetzt. Dass er ihr nicht einfach den Weg erklärt hatte? Dass er es überhaupt erwähnt hatte? Niemand sonst hatte von Daisy Hollander gesprochen. Nicht einmal Chief Watkins.

Selbst um die Mittagszeit war es im Diner fast leer. Nur ein Mann an der Theke und eine ältere Frau weiter hinten, die jeden Tag kam und bis zum Abendessen blieb, Bücher las und an ihrem Zitronenwasser nippte. Nic erinnerte sich an sie. Im Diner war es warm und das Wasser kostenlos. Roger Booth musste ein großzügiger Mensch sein.

Nic winkte der Kellnerin, die an der Theke lehnte und etwas auf dem Handy las. Sie ignorierte sie. Nic hatte die Aufmerksamkeit von Officer Reyes erregt und wurde darum mit schlechtem Service bestraft. Mit kaltem Kaffee.

Es war wie mit den Mädchen in der Schule. Sie hatte nie dazugehört. Die kleinlichen Eifersüchteleien hatten sie belustigt. Nic war eine Athletin gewesen. Gut in der Schule. Sie hatte ein Ziel gehabt: aufs College zu gehen und ihren Weg im Leben zu finden. Ihre Freundinnen waren ähnlich, ein enger Kreis von vier oder fünf Mädchen, die sich gegen die unsichtbare soziale Hierarchie in der Schule verbündet hatten. Es war absurd, wie man da eingeteilt wurde. Ganz oben waren die Jungs, die Sport mit Schlägern trieben. Ihre Freundinnen saßen neben ihnen auf dem Thron. Hübsche Blondinen. Nic war blond, und manche fanden sie hübsch. Aber ihr war nicht danach gewesen, sich mit Machos abzugeben.

Sie mochte die stillen Jungs. Die Nerds und Läufer. Die ruhigen Denker. Jungs wie Kurt Kent, auch wenn er in keine dieser Kategorien passte. Vielleicht war es seine Ernsthaftigkeit. So hatte ihre Mutter ihren Vater beschrieben – ernsthaft.

Dieses Leben hatte sich stark und gut angefühlt.

Dieses Leben war ein Geschenk gewesen. Ein Geschenk, das ihr längst entglitten war.

Sie wollte gerade aufstehen und sich selbst frischen Kaffee holen, als eine Nachricht von Evan einging.

Was hat die Frau gesagt?

Nic wollte schon antworten, beschloss dann aber anzurufen.

»Hey«, sagte er überrascht.

»Hey. Wie geht es dir?«

»Ich, ach, du weißt schon. Was ist los?«

Nic überlegte, wie viel sie ihm sagen sollte. Er musste sich konzentrieren. Die elfte Klasse war wichtig.

»Ich habe mich mit der Frau getroffen.«

Nic erzählte ihm von Officer Reyes und wie er die Schwachstellen in Edith Moores Geschichte entdeckt hatte.

»Also ist sie wie die anderen Arschlöcher? Nur hinter dem Geld her?«

»Alle wollen das Geld. Das heißt aber nicht, dass die Geschichte mit dem Pick-up nicht stimmt. Sie wäre ziemlich blöd, uns etwas zu erzählen, das Mom sofort widerlegen kann.«

Evan schwieg.

Das hätte sie nicht sagen sollen. Denn er würde zu demselben Schluss wie sie gelangen. Falls ihre Mutter tot war, konnte sie gar nichts widerlegen, und als Voraussetzung für die Belohnung galt das Auffinden »tot oder lebendig«.

»Ev – ich glaube, sie hat Mom wirklich gesehen«, sagte Nic, um ihm Hoffnung zu machen. »Du weißt doch noch, wie sie immer gewinkt hat.«

»Mit beiden Armen über dem Kopf? Als würde sie auf dem Rollfeld von JFK arbeiten?«

Nic lächelte. »Ja. Lächerlich, oder?«

»Darf ich dir was sagen?«

»Na klar, Ev. Was denn?«

»Sie hat das beim Spiel gemacht. Sie wusste nicht, dass ich es gesehen habe. Als wir einen Touchdown hatten, ist sie aufgestanden und hat gejubelt und genau so gewinkt, und das hat mich angekotzt, weil es so dämlich aussah.«

Er brachte die letzten Worte kaum über die Lippen.

»Vielleicht hat sie es gewusst, Evan. Vielleicht wusste sie, dass du es gesehen hast und dass es dich in dem Moment angekotzt hat. Aber sie liebt dich trotzdem.«

»Kann schon sein. Wie bist du auf das Winken gekommen?«

»Edith Moore hat beschrieben, dass sie sich auf diese Art bemerkbar gemacht hat, um den Pick-up anzuhalten. Und sie hat sogar die Handtasche durch die Luft geschwenkt.«

Evans Stimme klang jetzt leichter. »Meistens hatte sie das Handy in der Hand. Das sah echt total albern aus! Wir haben ihr gesagt, sie soll damit aufhören.«

»Und ob wir das gesagt haben! Sogar Dad. Sie war so peinlich.«

Nic spürte, wie ihre Kehle bei der Erinnerung eng wurde.

»Und sie konnte die Buchstaben auf der Tasche beschreiben. Das wurde nie an die Presse gegeben.«

»Also hat sie Mom an dem Abend wirklich gesehen?« Er verstummte. Weinte er? Hatte sie ihn zum Weinen gebracht?

»Ev …«

»Kannst du den Pick-up finden? Vielleicht hat sie jemandem erzählt, weshalb sie nicht nach Hause wollte.« Seine Stimme klang verletzlich, brüchig.

»Ich versuche es. Darum bin ich hier. Darum bleibe ich noch.«

»Okay … fuck. Ich meine, fuck, Nic! Wo ist sie?«

»Ich weiß es nicht …« Sie wollte ruhig und gelassen bleiben, damit er nicht die Fassung verlor. Aber es war schon zu spät.

»Warum? Fuck! Warum hat sie uns verlassen?«

Nic suchte nach der richtigen Antwort. War es besser, wenn er die Lüge ihres Vaters glaubte? Dass der Abschiedsbrief tatsächlich von ihrer Mutter stammte? Dass ihre Mutter sie verlassen hatte? Oder sollte sie ihm die Wahrheit sagen – dass sie sich nicht mehr sicher war, auch wenn die Polizei und alle anderen in dieser Stadt es glaubten?

Nicht sicher zu sein bedeutete, dass ihre Mutter tot sein konnte.

»Ev – hör mir zu«, sagte sie. »Es war nicht wegen des Footballspiels. Es hatte nichts mit dem zu tun, was du getan hast.«

»Manchmal sehe ich sie.« Seine Stimme wurde ruhiger. »Ich sehe, wie sie an der Tür zur Umkleide steht und lächelt. Sie möchte, dass ich zurücklächle. Nur ein Lächeln, weißt du? Aber ich war so sauer, weil sie genau da stand, wo alle meine Freunde sie sehen konnten. Es ist doch nicht normal, dass sie für jedes Heimspiel so weit gefahren ist. Andere Eltern kommen nur zu den Play-offs. Warum musste sie das tun? Warum ist sie immer gekommen?«

»Das weißt du doch, Evan.«

»Warum?«

Sie ließ sich eine Sekunde Zeit, damit er nachdenken konnte.

»Wegen Annie?«, fragte er dann. »Aber es ist so lange her. Und sie kommt nicht zurück, nur weil Mom acht Stunden fährt, um mich zu sehen.«

»Ich weiß. Es ist kompliziert.«

»Fragst du dich jemals …«

»Was?«

»Warum wir nicht genug sind. Warum es nicht reicht, dass wir noch da sind.«

Gott, Evan. Was sollte sie dazu sagen? Denn sie hatte sich die Fragen nie gestellt und war schockiert, sie jetzt zu hören. Dass er das Verschwinden ihrer Mutter so vollkommen anders wahrnahm.

»Evan – ich finde sie, okay? Und du reißt dich zusammen. Ich habe das im Griff.«

»Okay …«

»Versprochen?«

»Versprochen.«

Nic berichtete von der kaputten Heckleuchte und dass es eine gute Spur sei. Ihre Worte klangen vielversprechender, als die Sache war. Aber er schien ihn zu trösten, dieser kleine Fetzen Hoffnung, den sie ihm gegeben hatte.

Dann fragte er: »Hast du herausgefunden, was hinter dem Zaun war? Ob jemand dort nachgesehen hat?«

Nic ging in ihr Zimmer. Zog Sweatshirt und Turnschuhe an. Dann begab sie sich zu Roger Booth an den Empfang.

»Hi«, sagte sie.

»Hallo«, erwiderte er gut gelaunt.

»Gibt es irgendwelche Wanderwege hinter dem Motel? Ich wollte ein bisschen laufen.«

Roger zuckte zusammen, als hätte ihn ein unerwarteter Schlag getroffen.

»Eigentlich nicht. Der Boden ist ziemlich uneben. Und nass. Warum laufen Sie nicht auf der Straße?«

»Ich habe früher Geländelauf gemacht. Ich laufe noch immer im Wald, wenn es Wege gibt. Wie groß ist dieses Grundstück?«

»Etwa zwanzig Hektar. Wenn Sie wollen, können Sie hier für einen Marathon trainieren.«

Roger Booth hatte Sinn für Humor.

Nic drehte sich um und ging zur Tür. Dann rief er ihr nach.

»Warten Sie. Das war ein Scherz. Da draußen ist es nicht ungefährlich. Die Bären sind noch aktiv. Und es wurden Wölfe gesichtet.«

»Im Ernst?«

Roger nickte, doch Nic kümmerte es nicht.

»Sie wollen wirklich in den Wald?«

»Und ob. Außerdem möchte ich mir den Zaun ansehen, den mein Vater damals entdeckt hat.«

»Zaun?«

»Sie kennen ihn nicht?«

»Ist mir nie untergekommen. Soweit ich weiß, ist da draußen nur Wald.«

Er führte sie ins Büro hinter der Theke und hinaus auf eine Terrasse aus Blaustein, die mit Unkraut überwuchert und von einem verrotteten Lattenzaun umgeben war. Zwischen den Steinen wuchs Moos. In einer Ecke gab es eine alte Feuergrube, daneben standen einige Liegestühle. Dahinter ein Schuppen.

»Wir nutzen die Terrasse im Sommer. Oder haben sie genutzt, als es noch mehr Gäste gab. Manchmal waren wir sogar ausgebucht. Kinder, Eltern, alle saßen abends ums Feuer.«

Nic konnte sich das nicht vorstellen. Die Anlage wirkte verfallen und heruntergekommen – wie ein Zeugnis der Qualen, die die Stadt seit ihrem wirtschaftlichen Niedergang erlitten hatte.

Der Schuppen enthielt Gartenwerkzeuge und Ausrüstung. Ein Rasenmäher verstaubte in der Ecke, daneben stand ein kleiner Generator. An einer Wand lehnten Bambusfackeln.

Und darüber hing eine Reihe Schrotflinten.

»Wollen Sie mir eine von denen leihen?«, erkundigte sich Nic. »Um die Bären zu erschießen?«

»Können Sie schießen?«

»Den Kurs habe ich in meiner Privatschule verpasst.«

Roger lächelte. »Ich hatte eher an das hier gedacht.«

Er reichte ihr eine kleine schwarze Dose.

»Das ist nur Pfefferspray. Leider müssen Sie ziemlich nah dran sein, damit es funktioniert.«

Nic nahm das Spray, untersuchte Düse und Abzug. Roger korrigierte ihre Position. Seine Hände waren stärker als gedacht. Seine Finger lang und schlank.

»Genau so. Zielen und drücken.«

»Wie weit reicht der Sprühstoß?«

»Knapp zwei Meter.«

Roger führte sie aus dem Schuppen und ließ das Vorhängeschloss einrasten.

»Wenn ich einen Bären sehe, warte ich, bis er angreift, sprühe und hoffe, dass er verschwindet?«

Roger nickte und lächelte. »Allerdings könnte er vorher zulangen.«

»Na schön. Besser verstümmelt als tot, nehme ich an.«

»So ist es.«

Sie gingen zum Waldrand. Die Bäume waren hoch, aber kahl. Sie würde keine Probleme haben, sich dort zu orientieren.

Roger deutete zur Sonne.

»Laufen Sie immer in Richtung Sonnenuntergang. Nicht abbiegen. Wenn Sie genug haben, machen Sie kehrt und laufen denselben Weg zurück. So verirren Sie sich nicht.«

»Ich habe auch mein Handy dabei.«

»Okay. Viel Glück.«

Roger blieb am Waldrand stehen.

Nic lief los, drehte sich aber nach einigen Schritten um. »Kann ich Sie etwas fragen?«

Er nickte. »Klar doch.«

»Kannten Sie eine Frau namens Daisy Hollander?«

Booth blickte sie ausdruckslos an.

»Ja. Ein Mädchen von der Highschool.«

»Sie ist verschwunden?«

»Wer hat Ihnen das erzählt?«

»Ich habe es zufällig aufgeschnappt. Haben Sie eine Ahnung, was aus ihr geworden ist?«

»Sie ist weggegangen. Genau wie die ganze Familie, einer nach dem anderen. So läuft das hier eben.«

Die unbekümmerten Worte passten nicht zu seinem Gesichtsausdruck.

»Sie sollten aufbrechen, bevor die Sonne untergeht.«

Er ging zum Haus zurück, und sie hörte, wie die Terrassentür geöffnet und geschlossen wurde. Dann lief sie los.

Ihre Beine waren schwer. Ihr Atem ging flach. Sie war müde und hatte nichts gegessen – ihr Körper wehrte sich. Doch der Schmerz tat gut. Sie lief zwischen den Bäumen hindurch, achtete sorgsam darauf, nicht auf Äste und Steine zu treten. Es war eine Hindernisstrecke, und sie fühlte sich wie damals bei den Geländeläufen. Der körperliche Schmerz, die geistige Ablenkung – all das war ihr willkommen.

Sie warf einen Blick aufs Handy. Eine Viertelstunde war vergangen. Noch immer kein Zaun.

Einatmen. Ausatmen.

Der Schmerz in den Beinen hatte sich in ihre Seite verlagert. Ein Krampf. Sie musste nie stehenbleiben. Nicht mal nach einer schlimmen Nacht. Nicht mal nach vielen Kilometern. Das hier war mehr als nur Erschöpfung.

Sie hielt inne, krümmte sich, rang nach Atem. Ihr Kopf war ganz leicht, während sie Luft in die Lungen sog. Worte waren aus ihr hervorgebrochen, während ihr Verstand damit beschäftigt war, den Schmerz zu bekämpfen. Worte, die sie am Morgen vor dem Verschwinden ihrer Mutter zu ihr gesagt hatte. Schlimmer noch als *Ich hasse dich* und *Mach die Augen auf!*. Worte, die ihre Mutter an Annies Todestag zum Äußersten getrieben hatten.

Du hast meine Schwester getötet!

Oh, Gott. Nein.

Du hast dein eigenes Kind getötet!

Nein.

Sie hatte diese Worte ausgesprochen. Und es niemandem erzählt.

Nic kamen die Tränen, sie rannen durch den klebrigen Schweiß auf ihrem Gesicht. Sie wischte sie mit dem Handrücken ab und lehnte sich an einen Baum.

Einatmen. Ausatmen.

Der Himmel färbte sich orange. Ihr blieb nicht viel Zeit. Zur Orientierung fixierte sie die Sonne, die beinahe am Horizont stand und grell funkelte. Da schimmerte etwas durch die Bäume. Sie sah genauer hin, bewegte sich darauf zu. Noch ein Schimmer. Nic ging weiter.

Evan hatte recht – da war ein Zaun. Sie blickte nach oben. Er war zwei, zweieinhalb Meter hoch, obendrauf Stacheldrahtrollen. Sie berührte den Draht und spürte Widerhaken. Sie waren scharf. Sie sollten Leute davon abhalten, am Zaun hochzuklettern. Sie würden nackte Haut gnadenlos aufreißen. Und die Öffnungen im Maschendraht waren zu klein für einen Schuh.

Auf der anderen Seite war nichts als Wald zu sehen.

Sie wollte dem Zaun folgen, doch dann fiel ihr Roger Booths Warnung ein – *nicht abbiegen.*

Sie nahm sich vor, nur dieses eine Mal abzubiegen, zehn Minuten lang dem Zaun zu folgen und dann kehrtzumachen.

Doch sie brauchte nur fünf Minuten, bis sie das kleine Loch entdeckte, das jemand in das Drahtgeflecht geschnitten hatte.

13

Tag fünf

Die Tür geht auf, drei Tage Dunkelheit sind vorbei.

Er hat mir nach Einbruch der Dämmerung Essen gebracht. Er lässt das Licht im Flur aus. Der dunkle Raum, in dem Alice geboren wurde, hat keine Fenster. Nur das Waschbecken, die Toilette mit der Handpumpe und der Fliesenboden. Er hat mir zwei Decken gegeben, mit denen ich mich wärmen kann.

Ich verfolge die Tageszeiten anhand der Intensität des Dunkels. Licht ist wie Wasser, es findet immer einen Weg durch die Ecken und Ritzen.

Am dritten Abend bringt er mir kein Essen. Er wartet bis zum Morgen. Als er die Tür aufmacht, flutet Licht herein. Es ist so grell, dass es mich blendet und ich sein Gesicht kaum erkennen kann.

Er stellt das Tablett auf den Boden, während ich mich an die gegenüberliegende Wand drücke. Er hat mich warten lassen, weil ich ihm beim letzten Mal aufgelauert habe. Am zweiten Abend, als ich die Dielenbretter knarren hörte, hatte ich direkt hinter der Tür gestanden. Ich hörte, wie der Riegel zurückgeschoben wurde, dann veränderten sich die Schatten, als die Tür aufschwang. Ich hatte eine Decke in den Händen.

Mein Herz explodierte vor Zorn, meine Hände bebten vor Furcht, ich war bereit, ihm die Decke über den Kopf zu werfen, ihn zu mir heran und zu Boden zu ziehen. Ich hatte mir vorgestellt, wie er das Tablett fallen lassen würde. Ich hatte mir vorgestellt, wie er schreien würde, wenn ich ihm zwischen die Beine trat. Ich würde mir Alice schnappen, sie mit ihm zusammen in diesem Raum einsperren und aus dem Haus laufen. Falls ich die Schlüssel fand, würde ich den Pick-up nehmen oder zurück zum Zaun laufen, wo ich zwei weitere Schnitte machen und hindurchkriechen würde.

Vielleicht würde ich seine Schrotflinte mitnehmen und den Maschendraht einfach zerschießen.

Aber es hatte nicht geklappt. Als ich am zweiten Abend mit meiner jämmerlichen Waffe hinter der Tür gestanden hatte, war er vorbereitet gewesen. Er hatte Abstand gehalten. Trug kein Tablett in der Hand. Nur die Schrotflinte.

Er hatte gewusst, dass ich mit der Decke lauerte. Er hatte gewusst, dass ich nur die Decke hatte und es damit versuchen würde.

Er weiß einfach zu viel.

Oder vielleicht hatte die Frau, die früher hier gelebt hatte, das Gleiche versucht.

Er lachte mich aus. Befahl mir, zurückzutreten, und verriegelte die Tür. Dann ließ er mich den ganzen nächsten Tag und die nächste Nacht aufs Essen warten. Und grübeln, ob er mich verhungern lassen würde.

Jetzt, nach der dritten Nacht, geht die Tür auf, und ich stelle mich an die gegenüberliegende Wand. Ich lasse das Licht in mein ausgehungertes Gehirn. Ich sehe zu, wie er das Tablett auf den Boden stellt, die Tür schließt, den Riegel vorschiebt.

Ich stolpere zum Tablett. Meine Pupillen haben sich durch den kurzen Lichteinfall verengt und erkennen nicht mehr die Schatten, an die sie sich gewöhnt hatten. Ich nehme das Tablett und setze mich hin. Ertaste das kalte Sandwich. Und noch etwas anderes.

Es ist klein und aus Metall. Oben spüre ich Glas. Unten einen Knopf. Ich drücke darauf, und Licht durchflutet den Raum.

Eine kleine Taschenlampe. Ein Geschenk, das ich nicht verstehe.

Nach dem zweiten Abend habe ich kein Geschenk verdient.

Ich überlege nicht lange und lasse die Taschenlampe an. Ich bin durstig, am Becken gibt es Wasser, aber ich beschließe, zuerst zu essen, weil mir schlecht vor Hunger ist.

Als ich das Sandwich anhebe, bemerke ich etwas unter dem Küchentuch, auf dem es liegt. Einen Zeitungsartikel. Aus der Online-Ausgabe meiner Lokalzeitung.

Wärme durchflutet mich, als ich das Logo erkenne, die Buchstaben, die den Namen bilden, die vertraute Schrift und die Anzeigen. *Graysons Blumengeschäft. Busters Bagels. Walsh und Sandberger, Anwaltskanzlei.* Sie sind immer gleich. Jeden Tag. Jeden Tag, an dem ich die Zeitung aufschlage, sehe ich sie. Und eine winzige, beinahe verrückte Sekunde lang verspüre ich die Sicherheit von Zuhause.

Doch als ich die Schlagzeile lese, wird mir kalt.

Suche nach VERMISSTER Frau eingestellt

Und noch kälter …

Beweise deuten darauf hin, dass Molly Clarke aus freien Stücken fortging, nachdem sie ihren Wagen abgestellt hatte.

Tränen laufen mir über das Gesicht.

Emotional labil nach Unfalltod ihrer Tochter …
überfuhr ihr eigenes Kind auf dem Heimweg von der Arbeit …
»danach war sie nie mehr dieselbe«, so die Aussage einer der Familie nahestehenden Person …

Ich lese jedes Wort. Ich lese von meinem liegengebliebenen Wagen. Von dem Handy, das ich zurückgelassen habe. Von meinem Besuch in Evans Schule, dass er mich ignoriert hat und alle mitangesehen haben, dass ich neben der Umkleide geweint habe. Habe ich das getan? Habe ich wirklich neben der Umkleide geweint?

Ich brauche einige Minuten, um die Antworten zu finden. Ich entdecke sie in einer rot unterstrichenen Passage.

Clarkes Tochter Nicole und ihr Ehemann John beteiligten sich an der Suche, die gestern Nachmittag nach vier Tagen eingestellt wurde. Die Ermittler wollten keine Einzelheiten nennen, doch aus zuverlässiger Quelle wurde bekannt, dass ein Zimmer in einem nahe gelegenen Motel mit Clarkes Kreditkarte bezahlt wurde und man Kleidung und einen Abschiedsbrief in dem von Clarke gebuchten Zimmer gefunden habe. Die Ermittler bestätigten, dass sie jetzt von einem freiwilligen Verschwinden der Frau ausgehen.

Was hat er getan?

Er hat meine Handtasche. Mit meiner Kreditkarte. Er hat einen Abschiedsbrief gefälscht – womöglich anhand der Namen und Telefonnummern, die ich ihm aufgeschrieben hatte, damit er meine Familie anrufen konnte.

Der Zorn kehrt zurück, die Hitze. Die Tränen bleiben dennoch.

Ja, ich hatte daran gedacht, als ich die Straße entlanggegangen war, die Straße der Lügen und falschen Versprechungen, die in meinen Kopf und mein Herz gedrungen waren. Ich hatte daran gedacht, meine Familie zu verlassen. Es ist, als hätte der Mann meine Gedanken gelesen und wahr gemacht. Er hat mir das angetan, und trotzdem wende ich den Zorn gegen mich. Habe ich mir das selbst angetan?

Ganz unten auf der Seite sehe ich ein Bild von John und Nicole auf dem Weg zu einer Polizeiwache. Ich erkenne weder das Gebäude noch die Straße oder irgendeine andere Person darauf. Es muss wohl in Hastings sein.

Ich fahre mit dem Finger über die Seite, berühre ihr Foto.

Ich höre die Dielen im Flur knarren und leuchte unter der Tür hindurch. Ich rücke näher heran, bis ich durch den Spalt schauen kann. Das Licht verändert sich mit dem Knarren, und ich weiß, dass er dort steht. Wartet. Vielleicht horcht.

Kalte, muffige Luft wogt in meiner Brust, bis sie in Worten explodiert.

»Du bist ein Ungeheuer!«, schreie ich, obwohl ich weiß, dass nichts von dem, was ich sage, ihn erreicht.

Doch dann eine Stimme –

»*Scht*«, die Stimme eines Engels. Meine süße Alice. So denke ich in diesem Augenblick, als ich begreife, dass es ihre kleinen Füße sind, die das Licht im Flur verändern.

Ich lege die Hand ans Holz.

»Alice?«

Sie flüstert: »Keine Sorge. Nicht weinen.«

»Ich weiß«, schluchze ich. »Ich will einfach nur nach Hause. Ich will zu meiner Familie.«

Alice seufzt so laut, dass ich es hören kann.

»Wir alle wollen Dinge. Aber wir kriegen, was wir kriegen, und müssen uns fügen.«

Sie kichert, und ich weine noch mehr. Wie soll ich zu ihr

durchdringen? Wie soll ich ihre kleinen Finger dazu bringen, den Riegel zurückzuschieben …

»Sie ist hübsch«, sagt Alice.

Jetzt werde ich unruhig.

»Wer ist hübsch?« Doch ich weiß es schon.

»Nicole.«

Ich ersticke beinahe an meinem Herzschlag. Er pocht in meiner Kehle, verschließt sie, sodass ich nicht sprechen kann.

Also höre ich zu.

»Sie hat echte blonde Haare und blaue Augen und ist sehr lebendig.«

Ich schlucke schwer, um meine Kehle freizubekommen. »Woher weißt du das?« Das Foto war schwarz-weiß. Und Nicole wurde nicht beschrieben.

»Er hat es mir erzählt. Er kennt sie, weil sie nach dir gesucht hat.«

»Oh«, sage ich. Meine Stimme zittert. Ich versuche, gelassen und überrascht zu klingen. »Wann war das denn?«

»Hmmm …«, sagt Alice, und ich kann mir genau vorstellen, wie sie nachdenklich das Gesicht verzieht. »Keine Ahnung, aber sie ist einfach nach Hause gefahren. Die suchen nicht mehr nach dir.«

Die Panik ist geradezu überwältigend. Meine Hand klopft wütend auf mein Bein, um die Energie zu verarbeiten, die kein Ventil findet. Am liebsten würde ich mit der Faust gegen die Tür hämmern. Um Hilfe schreien, bis ich heiser bin.

Nichts davon würde etwas nützen.

»Na schön«, sage ich und schlage hart auf mein Bein, bis es schmerzt. »Weißt du, was das bedeutet?«

»Was?«

Ich bringe die Worte, die ich aussprechen muss, kaum hervor. Aber es geht nicht anders.

»Es bedeutet, dass ich jetzt hierbleiben kann. Dass ich aus

diesem Zimmer kommen und deine Mommy sein kann, weil keiner mehr nach mir sucht.«

Sie ist still. Sie glaubt mir nicht.

»Aber du hast gerade gesagt, du willst nach Hause.«

Kluges Mädchen. Wie sehr ich dich gerade hasse.

Nein, das tue ich nicht. Ich hasse kein Kind. Vor allem nicht dieses Kind, das auch ein Opfer ist. Ich nehme den Gedanken auf.

»Ich weiß. Aber du hast recht. Wir können nicht alles bekommen, was wir haben möchten. Ich möchte nach Hause, aber ich möchte auch deine Mommy sein. Ich kann nicht beides haben, und das ist in Ordnung. Ich bleibe deine Mommy, solange du möchtest. Nach Hause kann ich immer noch.«

Tränen, Tränen, Tränen, während ich die Worte hervorwürge. Während ich an dem Hass ersticke, der immer noch da ist.

»Oh«, sagt Alice noch einmal. Sie klingt jetzt munterer. »Na ja, ich denke, du gehörst hierher. Denn du hast deine Tochter umgebracht, und sie war neun. Und ich bin auch neun! Ich brauche jemanden, der mir was beibringt, und du bist eine Lehrerin! Du hättest doch erkennen müssen, dass das hier deine zweite Chance ist.«

Ein Teil fügt sich ins Puzzle.

»Wer hat dir das erzählt?«

»Das ist jetzt egal.«

Ein tiefer Atemzug. Ich schlucke die Tränen hinunter. »Warum denn? Warum ist es egal?«

»Weil er sie mag. Er mag, wie sie aussieht und wie sie sich verhält. Sie ist eher wie meine erste Mommy.«

Mein nächstes Wort dringt durch zitternde Lippen. »Wer?«

Wieder kenne ich die Antwort, noch bevor Alice sie ausgesprochen hat.

»Deine Tochter. Nicole. Er will, dass sie zurückkommt.«

14

Tag vierzehn

Roger Booth war nicht im Motel, als Nic aus dem Wald zurückkam. An der Rezeption hing ein laminiertes Schild, auf dem stand: *Geschäftsleitung ist heute Abend nicht im Haus.* Für Notfälle hatte er eine Telefonnummer hinterlassen. Wo zum Teufel sollte Roger Booth einen ganzen Abend verbringen?

Nic war im Kopf noch bei den Dingen, die das Laufen in ihr freigesetzt hatte, aber auch bei dem Zaun und der kleinen Öffnung, die jemand hineingeschnitten hatte. Sie hatte Fragen, die nach Antworten verlangten. Sie brauchte Roger Booth.

Auf dem Parkplatz bemerkte sie ein Auto, dann Kurt Kent am Steuer. Sie hatte die Verabredung ganz vergessen und rannte schnell nach draußen, damit er ihr nicht vor der Nase wegfuhr.

»Hast du etwas herausgefunden? Über den Pick-up?«, fragte er, als sie auf den Beifahrersitz sprang.

»Noch nicht«, antwortete Nic.

»Klar, hier geht alles ziemlich langsam. Was komisch ist, weil wir ohnehin nicht viel zu tun haben. Muss wohl der Trägheitssatz sein.«

Er bog nach links auf die Straße, Richtung Fluss.

»Der Trägheitssatz?«

»Ja. Wie in der Physik, du weißt schon.«

»Ich weiß, was es bedeutet. Ich dachte nur …«

»Dass ich es nicht weiß?« Er klang beleidigt, als wüsste er, dass sie sich ihre Gedanken machte, weil er in dieser Stadt festsaß.

»Ich bin diejenige, die die Highschool abgebrochen hat«, sagte sie, um ihn zu beschwichtigen.

Er schaute zu ihr und wieder auf die Straße. Es schien zu funktionieren.

»Ja. Okay.«

Sie fuhren schweigend an der Polizeiwache vorbei, dem Rathaus, der Autowerkstatt. Am Ende mündete der Hastings Pass in die Straße am Fluss, und sie bogen rechts ab.

»Wusstest du, dass es hinter dem Motel einen Zaun gibt?«, fragte Nic. »Er befindet sich etwa zweieinhalb Kilometer tief im Wald und ist an die zweieinhalb Meter hoch. Mit Widerhaken überall und gerolltem Stacheldraht obendrauf.«

»Hast du Booth danach gefragt? Vielleicht ist es sein Zaun.«

»Er hat gesagt, er wüsste nichts davon. Und warum sollte Familie Booth einen Zaun brauchen? Du kommst von allen Seiten und durch die Hintertüren aufs Gelände. Es ist nicht gerade gut gesichert.«

Kurt zuckte mit den Schultern. »Vielleicht wegen der Tiere. Hier gibt es Bären, Wölfe und Hirsche. Die können zwei Meter hoch springen. Die Wölfe jagen die Hirsche. Was weiß ich.«

»Da wäre noch was. An einer Stelle sieht es aus, als hätte jemand versucht, den Zaun zu zerschneiden. Die Schnitte sind präzise, das hat kein Tier gemacht, das war ein Mensch. Vielleicht mit einer Drahtschere. Als hätte jemand versucht, ein Loch hineinzuschneiden, um durchzukriechen.«

Jetzt wirkte Kurt doch überrascht. »Das ist ja seltsam. Vielleicht waren es Kinder aus der Nachbarschaft, die eine Abkürzung in die Stadt suchten? Wie alt sind die Schnitte denn?«

»Das konnte ich nicht erkennen. Die Schnittkanten waren ein bisschen verrostet, aber nicht sehr. Sie waren nicht zugewuchert, es gab auch keine herabgefallenen Zweige oder Unkraut. Das Loch dürfte höchstens seit Beginn des Sommers da sein.«

»Schwer zu sagen, ohne zu wissen, was für ein Draht es ist. Er könnte mit etwas behandelt worden sein. Rostschutz. Mit Zäunen kenne ich mich nicht aus.«

Nic schaute aus dem Fenster. Die Straße wurde schmaler, als befänden sie sich in einer Schlucht zwischen den hohen Bäumen, deren Kronen teilweise den Himmel verdeckten.

»Du kennst dich hier aus.«

»Nicht weiter schwer, wenn man immer hier gewohnt hat.«

»Stimmt auch wieder.«

Sie bogen in die Pond Road. Dann in die Jeliff. Nic merkte sich die Straßenschilder, von denen manche nur aus unbearbeiteten Brettern bestanden, die man an Bäume genagelt hatte. Der Asphalt wich Schotter, am Ende fuhren sie auf Erdboden. Noch eine Abzweigung auf eine namenlose Straße, dann ein Stück in den Wald hinein. Die Straße endete an einem kleinen Haus.

Die Grundfläche mochte etwa neunzig Quadratmeter betragen. Eingeschossig. Mit einem metallenen Flachdach.

»Wohnt hier jemand?«, fragte Nic. Es war kein Auto zu sehen. Keine Stromleitung. Eine alte Wäscheleine war zwischen zwei Bäume gespannt, daran ein Bettlaken und Frauenkleidung. Dabei herrschte morgens schon Frost.

Kurt stellte den Motor ab.

»Veronica Hollander. Ich habe dir ja gesagt, dieses Land gehört dem Staat. Ihr Vater hat die Straße gerodet und das Haus gebaut. Sie haben hier gelebt – zu zehnt. Lass mich vorgehen. Sie bekommt selten Besuch.«

Nic wartete im Auto. Kurt ging mit einer braunen Papiertüte in der Hand zur Tür und klopfte. Sie wurde einen Spalt weit geöffnet. Er sagte etwas, drehte sich um und winkte Nic heran.

Sie folgte ihm ins Haus, vorbei an der Frau auf der Schwelle. Sie war groß und ungepflegt, trug eine Pyjamahose und ein kurzärmeliges T-Shirt, unter dem sich schlaffe Brüste abzeichneten. Lange blonde Locken und Haut, die lange keine Sonne mehr gesehen hatte.

Sie starrte Nic an, zuerst irritiert, dann prüfend.

»Ich bin Nicole Clarke.« Sie streckte die Hand aus.

Die Frau blinzelte und schüttelte sich wie ein nasser Hund. »Veronica. Die Leute nennen mich V.«

Nic lächelte. »Zu mir sagen sie Nic.«

Sie setzten sich an einen kleinen runden Tisch am Fenster, von dem aus man in den Wald blickte. Da war keine Wiese und kein Garten, nur die kleine Lichtung, auf der das Haus stand.

Es gab vier Zimmer. Bad, Wohnbereich mit Sofa und Küche. Zwei Schlafzimmer, die von einem kleinen Flur abgingen.

V bot an, Tee zu machen, doch Nic lehnte ab. Es gab auch kaum Platz dafür. Der Tisch war mit Bergen von Kleidungsstücken bedeckt. Daneben stand eine Nähmaschine. V machte sich selbst eine Tasse. Sie besaß eine ganze Sammlung von Teedosen, die auf einem kleinen Regal über dem Herd standen.

»Sie schneidern also?«

V nickte. »Ich mache alles, was die Leute brauchen. Stopfarbeiten. Kleider nähen. Enger machen. Weiter machen. Ich nähe Gardinen und Kissenbezüge. Alles.«

Sie setzte sich mit ihrer Teetasse und der braunen Tüte, die Kurt mitgebracht hatte, an den Tisch. Darin befand sich eine Flasche Apricot Brandy. V öffnete sie und gab einen Schuss davon in die Tasse. Der Geruch des Brandys stieg mit dem Wasserdampf auf und erfüllte das ganze Zimmer.

»Muss ein ganz schöner Schock sein«, sagte V. »So einen Ort wie diesen zu sehen.«

Nic wusste nicht, was sie dazu sagen sollte. Meinte sie ihr Haus oder ganz Hastings?

Kurt griff ein. »Nics Mutter ist die Frau, die während des Sturms verschwunden ist.«

V machte große Augen. »Oh!« Sie lehnte sich auf dem Stuhl zurück. »Der Chief war hier und hat danach gefragt. Ich hatte Todesangst hier draußen. Dachte, ein Baum würde das ganze Haus niederreißen. Ich habe in der Nacht keine Menschenseele gesehen. Hab mich unter dem Bett verkrochen. Keiner hat mich beschützt. Könnt ihr euch das vorstellen? Für Leute wie uns hat die Regierung keine Zeit.«

V palaverte weiter über die Regierung und die Krankenversicherung und dass ihre Eltern in einem Heim lebten, das so schlimm war, dass die alten Menschen am liebsten tot wären. Das sei auch die Absicht, sie sollten schneller sterben und »dem Staat nicht auf der Tasche liegen«. Ihre Mutter versuchte, die Verantwortlichen auszutricksen, indem sie sich nach siebenundachtzig Jahren auf einmal für ihre Gesundheit interessierte. V sagte das in bewunderndem Ton.

Nic spielte mit. »Es hört sich an, als hätte Ihre Familie einen ganz schön starken Willen.«

V zuckte mit den Schultern, wirkte jetzt unsicherer als zuvor. »Das kann man so nicht sagen. Meine Eltern hatten ihre Ansichten. Ich glaube, denen gefiel das harte Leben, dass man immer kämpfen musste. Aber wir anderen waren fertig, weil wir ständig kämpfen mussten. Meine Mutter hat den Kühlschrank und die Vorratskammer abgeschlossen. Mit Vorhängeschlössern. Kein Geld, kein Essen, vier Kinder in einem Zimmer, Jungs und Mädchen. Ein Bad. Wenn man dringend musste, ging man einfach raus. Mitten im Winter haben wir in den Schnee gepisst.«

Sie holte tief Luft, wollte mehr von sich erzählen. Kurt unterbrach sie.

»Sie möchte etwas über Daisy wissen.«

V war überrascht. »Daisy? Warum um Himmels willen wollen Sie was über Daisy wissen?«

»Weil sie auch aus Hastings verschwunden ist«, sagte Nic. »Vor zehn Jahren.«

Lautes, polterndes Gelächter erfüllte den kleinen Raum. »Wer hat Ihnen das denn erzählt?«

V starrte in den Wald. Dachte vielleicht an ihre Schwester.

»Das war ich«, sagte Kurt.

V stützte die Ellbogen auf den Tisch und beugte sich näher zu Nic. Sie schaute ihr lange in die Augen, fest und ohne zu blinzeln.

»Daisy war anders als wir. Wir waren einfache Leute. Kamen gerade so über die Runden. Ich weiß, wo die anderen sind. Ein paar haben geheiratet. Kinder bekommen. Andere wie ich arbeiten einfach nur, um die Rechnungen zu bezahlen. Wir leben allein, weil wir so aufgewachsen sind. Aber Daisy war ein leuchtender Stern. Klüger als wir anderen. Einfallsreich. Kämpfte immer drum, hier wegzukommen. Mehr zu haben. Sie machte Klebeband an einen Stock. Den schob sie dann durch einen Spalt im Schrank, da, wo die Kette die Tür nicht richtig zuhielt. So konnte sie Schachteln mit Kräckern an den Spalt heranziehen. Sie hat ein paar rausgeholt. Hat alle allein gegessen. Dann hat sie den Karton wieder reingeschoben. Dass sie bestraft wurde dafür, war ihr ganz egal.«

V schüttelte den Kopf.

»Meinen Sie etwa, unsere Mutter hätte nicht gewusst, wie viele Kräcker in der Schachtel waren?«

Nic beobachtete V, als sie von ihrer Schwester erzählte. Es

gab überall Mädchen wie Daisy Hollander. Nic kannte den Typ. Rauflustig. Einfallsreich.

»Und dann ist sie irgendwann für immer fortgegangen?«

»Klar doch. Sie hat den Leuten erzählt, sie würde nach Boston gehen, um bei unserer Schwester zu wohnen. Damals waren noch vier Geschwister und meine Eltern hier. Ich wusste, sie würde verschwinden, jedenfalls für eine Weile. Sie wollte sich nicht runterziehen lassen.«

»Und sie ist nie zurückgekommen? Haben Sie sich keine Sorgen gemacht?«

»Ich weiß doch, was mit ihr passiert ist. Sie hat mir eine SMS geschickt. Sie ist nach New York gezogen. Hat mich angefleht, es ihrem armen Freund nicht zu erzählen. Der Junge hat fast den Verstand verloren, als sie abgehauen ist.«

»Aber das ist zehn Jahre her.«

»Wissen Sie, manche von uns sind dicke miteinander. Reden jede Woche. Andere lassen ein paar Jahre vergehen. Daisy hat ab und an eine SMS geschickt. Seit ein paar Jahren dann nicht mehr. Aber das ist ganz normal.«

»Sind Sie sicher, dass die Nachrichten von ihr waren?«

»Ich weiß, wie sie redet und schreibt. Warum fragen Sie das?« V wirkte jetzt besorgt. »Wissen Sie was?«

»Nein – darum geht es nicht. Ich bin nur gerade so drauf, weil ich nach meiner Mutter suche.«

V legte ihre Hand auf Nics. »Sie armes Ding. Mit Daisy war das anders. Sie ist in die Stadt gezogen. Sie hat auch ihrem Freund geschrieben. Gott sei Dank! Der arme Junge. Ist nach Boston gefahren. Hat meine Schwester genervt, wollte ihr Haus nach Daisy absuchen. Hat überall in der Stadt Plakate aufgehängt. Auch in Hartford. Überall, wo sie hätte sein können. Er ist sogar zu dem Sommercamp gefahren, in dem sie mal war.«

»Sommercamp?«, erkundigte sich Nic.

»Ich sage doch, sie war einfallsreich. Hat sich ein Stipendium verschafft. Oben in Woodstock. Ein Sommercamp für begabte Kinder. Die haben den ganzen Sommer Theaterstücke und Gedichte gelesen – können Sie sich das vorstellen? Sie trug die Nase ganz schön hoch, als sie zurückkam. Hat Sachen von Leuten zitiert, von denen wir noch nie gehört hatten, damit wir uns dumm vorkamen. Aber das war nicht ihre Schuld. Daisy wollte ein besseres Leben und war bereit, was dafür zu tun. Sie hat gesagt, einige Kinder in dem Camp hätten mehr Geld als alle hier in der Stadt zusammen. Sie ist auf den Geschmack gekommen.«

Nic schaute jetzt auch in den Wald hinaus. Das Fenster war schmutzig, wie alles in diesem Zimmer. Diesem Haus. Kleiderstapel. Bücherstapel. Stapel alter Zeitschriften. Stapel von Konservendosen mit leuchtenden Sonderangebotsaufklebern. V hortete gern, und Nic konnte es ihr nicht verdenken, nachdem sie in solcher Kargheit aufgewachsen war. Doch sie würde hier nichts finden, das sie zu ihrer Mutter führte.

Sie blieb noch einen Moment sitzen, um nicht respektlos zu wirken, dann stand sie auf. Kurt tat es ihr nach.

»Danke, dass Sie mit mir gesprochen haben.«

»Ja – danke«, fügte Kurt hinzu.

V erhob sich ebenfalls. »Meine Schwester ist vor zehn Jahren aus dem Haus gegangen. Keine Ahnung, was das mit Ihrer Mutter zu tun haben soll.«

Sie gingen zur Tür. Verabschiedeten sich.

Nic hielt noch einmal inne.

»Wohnt Daisys Freund noch in der Gegend?«

»Na klar«, antwortete V. Sie schaute Kurt neugierig an. »Den kennen doch alle.«

»Wer ist es denn?«

»Roger Booth«, sagte Kurt.

15

Tag vierzehn

Meine Mutter pflegte zu sagen, man könne nur so glücklich sein wie das am wenigsten glückliche eigene Kind. Daran komme man als gute, liebevolle Mutter nicht vorbei. Deshalb habe sie auch nur ein Kind bekommen. Nachdem sie mich geboren hatte und zu dieser Einsicht gelangt war, wollte sie ihre Aussicht auf ein glückliches Leben nicht weiter reduzieren.

Meine Mutter war eine Pessimistin.

Sie hat mir nie gesagt, was passiert, wenn das eigene Kind stirbt. Und man diejenige ist, die es getötet hat.

Daran denke ich, wenn ich im Bett liege und auf das Licht starre, das durch die Ritzen im Sperrholz dringt. Damit ist das Fenster von draußen verkleidet. Manchmal ziehe ich die Vorhänge zu und gebe mich der Illusion hin, es wäre einfach nur ein Fenster. Dann wieder will ich mir das gar nicht vorstellen.

Er hat vor der Schlafzimmertür ein Metallgitter in den Rahmen eingebaut – eine zweite Tür mit acht senkrechten und vier waagerechten Stäben. Unten gibt es eine kleine Klappe, die sich mit einem Riegel von außen öffnen lässt. Auf Höhe des Türgriffs befindet sich eine Metallplatte, in die das Schloss eingelassen ist.

Das Schlafzimmer ist jetzt ein Gefängnis.

»Tut mir leid«, hatte er gesagt, als er mich aus der Waschküche ließ. »Eigentlich ist es meine Schuld. Ich hätte das Handy abstellen sollen.«

Vierzehn Tage sind seit dem Sturm vergangen. Zwei Tage, an denen ich dachte, ich würde wieder nach Hause fahren. Fünf Tage in dem dunklen Raum mit Fliesenboden, als mir klar wurde, dass es nicht geschehen würde. Sieben Tage in diesem Schlafzimmer, wo ich einfach nur sterben will. Aber ich weiß, dass ich es nicht kann.

Jetzt geht es darum, diesen Mann von meiner Familie fernzuhalten. Von Nicole.

Ich starre auf die Lichtstreifen und versuche, meinen Geisteszustand einzuschätzen. Seit ich die Waschküche verlassen habe, überrascht er mich immer wieder. Ich betrachte ihn jetzt als getrennte Einheit. Getrennt von meinem Körper. Meiner Kontrolle ganz und gar entzogen.

An manchen Tagen wache ich morgens auf und weiß nicht, wo ich bin. Fühle mich, wie ich mich vor dem Sturm gefühlt habe, wie es mir nach fünf Jahren normal erschien. Jetzt erkenne ich, dass ich die ganze Zeit wie abgestorben war. Es dauert meistens nicht lang, dann schlägt die Wirklichkeit wie eine Welle der Übelkeit über mir zusammen. So fühle ich mich heute, am vierzehnten Tag. Und ich habe die Antwort gefunden, die meine Mutter mir nie gegeben hat. Wie das Leben ist, wenn man sein eigenes Kind getötet hat. Abgestorben. Das erkenne ich jetzt, weil das Grauen der Gefangenschaft die Taubheit der vergangenen Jahre wegspült.

An anderen Tagen schrecke ich hoch, springe aus dem Bett und drücke mich mit dem Rücken an die Wand. Keuchend stoße ich Luft aus, leise Schreie der Verzweiflung, die ich mit meiner Hand ersticke. Ich lebe in der Verzweiflung. Aber ich lebe.

Manchmal schlafe ich gar nicht und wache daher auch nicht auf. Mein Verstand taumelt durch den Abend des Sturms. Sieht die Fehler, die ich begangen habe. Ich schwimme in einem Becken aus Selbstekel, wegen Annies Tod, wegen Nicoles Schmerz, wegen dem, was ich meiner Familie angetan habe, als ich die Straße entlanggegangen bin, um meinem Leben zu entkommen. Ich bade förmlich in der Qual, die ich zu verdienen glaube, und das Leiden vermindert meine Schuld. Ich weine und zittere, akzeptiere aber meine Strafe, während ich in die Dunkelheit starre.

Doch das ist nicht der schlimmste Morgen. Am schlimmsten Morgen wache ich mit Alice in den Armen auf, weil sie sich gut anschleichen kann. Sie lässt sich gern mit mir im Zimmer einschließen. Und er erlaubt es, weil er weiß, dass ich nicht noch ein Kind verletzen werde. Auch er kann sich gut anschleichen, um Alice in mein Zimmer zu lassen.

An diesem Morgen kommt er, um sie abzuholen, öffnet die Gittertür und schließt sie wieder ab.

Je mehr Alice mir vertraut, desto mehr Macht gewinne ich über sie. Und Macht über dieses kleine Mädchen, meine Wärterin, ist genau das, was ich brauche. Solange ich ihr eine gute Mommy bin, denken sie nicht darüber nach, eine neue Mommy zu suchen. Denken nicht an Nicole.

Ich nenne den Mann jetzt Mick. So hat Alice ihn an dem Abend im Pick-up genannt. Mickymaus. Und in jenem Sekundenbruchteil wollte ich glauben, dass er genauso harmlos war wie eine Zeichentrickfigur. Ich hatte mich von ihm wieder ins Haus führen lassen, obwohl ich hätte weglaufen können, in den Wald hinein. Ich wusste ja nicht, dass das meine letzte Chance zur Flucht gewesen war.

In den vergangenen sieben Tagen habe ich viel über Alice und ihr Leben in diesem Haus erfahren.

Sie wohnt hier, seit sie sich erinnern kann. Sie hat mir erzählt, dass sie hier geboren wurde, in der Waschküche ohne Fenster, aber ich habe keinen Beweis dafür und werde keine weiteren Mutmaßungen anstellen.

Ihre erste Mommy hat bis zum vergangenen Frühjahr hier gelebt. Alice hat einen Kalender und somit die Zeit im Blick. Sie hat Bücher aus einem Homeschooling-Programm, aber da es hier kein Internet gibt, macht sie ihre Aufgaben auf Papier. Mick sammelt sie jeden Tag ein und sagt, er würde sie ans Programm schicken, damit sie ihre Fortschritte nachverfolgen können.

»Schau mal!«, sagte sie eines Tages zu mir und zeigte mir einen handgeschriebenen Bericht. Mick hatte ihn ganz sicher selbst geschrieben.

Ich las mir den Text durch.

»Das hast du super gemacht!«

In dem Bericht stand auch nicht mehr als das. *Deine Arbeit ist vollständig und sehr gut.*

Wir reichen uns Dinge durch die Klappe des Gefängnisgitters. Sie bringt mir Essen und andere Getränke als Wasser, das ich am Waschbecken trinken kann.

Sie nimmt die Schulaufgaben ernst. Sie ist fast auf Mittelschulniveau, was bedeutet, dass sie klug ist und Mick, oder jemand anders, das Material mit ihr durchgearbeitet hat. Der Unterrichtsstoff macht mir keine Mühe. Einfache Algebra. Grammatik. Geografie. Die Herausforderung besteht eher darin, dass Alice ungeduldig wird, wenn sie nicht weiterkommt. Sie wird schnell wütend, und ich lerne, mit ihren Launen umzugehen.

Wenn sie keine Schularbeiten macht, schaut sie Fernsehserien auf dem iPad. Mick lädt ihr neue Serien herunter, wenn er das Haus verlässt. Sie mag die Tage nicht, an denen er ihr iPad mitnimmt. Dann ist sie ängstlich.

Die Serien sind mir vertraut. Sie hat auch Filme, für die sie teilweise zu jung ist, aber ich sage nichts. Es ist nicht meine Aufgabe, ihre Mutter zu sein.

Es ist lediglich meine Aufgabe, ihre zweite Mommy zu sein.

»Du bist eine gute zweite Mommy«, sagt sie zu mir. Und wenn sie das sagt, spüre ich Wärme in mir. Manchmal sagt sie auch Dinge, bei denen mir das Blut in den Adern gefriert.

»Wenn du keine gute zweite Mommy bist, müssen wir uns eine neue holen.«

In diesen Augenblicken frage ich mich, wozu ich fähig bin.

Ich weiß jetzt, dass das Telefon nie tot war.

Es gibt gar keinen Anschluss. Ich habe Alice danach gefragt, und sie sagte, sie würde es ständig benutzen. Ich fragte wie. Sie sagte, sie tue so als ob. Ich fragte sie, welches Geräusch es mache.

»Es gibt kein Geräusch am Telefon, außer jemand ruft dich an, Dummkopf. Hast du noch nie ein Telefon benutzt?«

»Ich habe ein Handy. Und du hast recht. Wenn du es einfach nur ans Ohr hältst, macht es kein Geräusch. Aber ein Telefon wie das in der Küche ist anders als ein Handy. Es ist älter, und wenn du den Hörer abnimmst, macht es gewöhnlich ein Geräusch.«

Auch das machte sie wütend. »Da ist kein Geräusch! Das hab ich dir doch gesagt. Telefone machen kein Geräusch.«

Da wusste ich, dass sie keinen Festnetzanschluss haben.

Kein Internet. Kein Telefon.

Mick und Alice leben unter dem Radar. Bis auf Strom und Gas. Das bringt mich ins Grübeln. Ich frage mich, wie die Rechnungen bezahlt werden und auf welchen Namen sie laufen. Ich frage mich, wem das Anwesen gehört. Und weshalb niemand hier nach mir gesucht hat. In dem Artikel, den

Mick mir gezeigt hat, stand doch, sie seien von Tür zu Tür gegangen.

Als Alice sich beruhigt hatte, dachte sie gründlich nach.

»Mit dem Telefon könntest du recht haben«, sagte sie kopfschüttelnd. Dann senkte sie die Stimme zu einem Flüstern, obwohl wir allein im Haus waren.

»Aber das ist nur, weil er einen geheimen Job hat. Niemand darf wissen, wo wir sind.«

Dann fragte ich sie – wie ich es schon vorher bei jeder Gelegenheit getan hatte –, woher sie über mich und meine Familie Bescheid wussten. Woher sie wussten, dass ich hier entlangkommen würde und dass ich ein Kind verloren und noch zwei weitere Kinder hatte. Dass ich so in meiner Trauer gefangen war, dass ich mich vielleicht bereit erklären würde, mit ihnen zusammenzuleben und Alice' neue Mommy zu werden.

Vielleicht war das mit der Mommy auch nur der Wunschtraum eines kleinen Mädchens, das mit seinen Puppen spielt.

Sie antwortet nie. Manchmal zuckt sie mit den Schultern. Manchmal sagt sie, es sei wichtig, die Geheimnisse der anderen zu kennen, um vorbereitet zu sein. Inzwischen halte ich es für möglich, dass sie gar nicht weiß, was Mick eigentlich macht und wie er all das über mich herausgefunden hat.

Ich höre, wie es an die Holztür klopft. Alice klopft aus Höflichkeit, und ich mache umgehend auf. Sie steht mir gegenüber, jenseits des Metallgitters, noch im Schlafanzug, die Haare ungekämmt und verstrubbelt vom ruhelosen Schlaf eines Kindes, das noch träumt.

»Ich will ein Spiel spielen. Such dir eins aus«, befiehlt sie.

»Hannah und Suzannah«, sage ich. Wenn wir mit den Puppen spielen, kann ich Fragen stellen. Die Antworten verschaffen mir Einblick in ihr Denken.

»Ich hole sie.«

Mick ist hier. Er betrachtet mich länger als gestern. Und gestern hat er mich länger als vorgestern betrachtet und so weiter. Morgens trage ich den Schlafanzug der ersten Mommy, er schmiegt sich an meine Brüste und Hüften. Er ist früher als sonst gekommen, damit ich keine Zeit habe, mich umzuziehen.

Ich weiß nicht, ob ich in den anderen Kleidern schlafen soll, die er mir gegeben hat. In ihren ausgeleierten Sweatshirts und Hosen. Ich weiß nicht, ob ich möchte, dass er mich länger ansieht. Er wirkt unentschlossen, was mich angeht, als wollte er etwas in mir sehen, das er braucht, aber noch nicht gefunden hat. Vielleicht bin ich zu alt, und mein Körper stößt ihn ab. Vielleicht bin ich zu brav, und er will, dass ich mich wehre, damit er Kraft ausüben kann. Vielleicht muss ich mehr Opfer sein. Ich betrachte sein Gesicht und versuche, ihn zu verstehen. Es ist wichtig, dass er mich hierhaben will, mit ihm und mit Alice. Dann wird er aufhören, außerhalb des Hauses zu suchen.

Indem ich Alice an mich binde, sie sogar in mein Bett lasse, gewinne ich Macht über sie. Da bin ich mir sicher.

Bei Mick ist es anders. Und das macht mir Angst.

»Tritt zurück«, sagt er. Ich gehorche.

Er öffnet die Klappe und schiebt mein Frühstück durch. Kaffee, Eier, Toast. Wie jeden Morgen.

»Danke.« Ich warte, bis er den Riegel wieder vorschiebt. Dann, erst dann, trete ich vor und nehme mir das kleine Tablett. Ich esse im Schneidersitz auf dem Boden. Gleich kommt Alice. Dann verbringe ich den Rest des Tages hier und spiele durch Gefängnisstäbe hindurch mit einem Kind.

Meine Erfahrungen als Lehrerin kommen mir zugute. Und auch als Mutter, obwohl ich die Erinnerungen weggeschlossen habe, hinter jene unsichtbare Grenze, die Annies Tod markiert. Das Vorher und Nachher. Mit Alice zu spielen weckt

Erinnerungen. Ich, John und unsere drei Kinder beim Brettspiel. Dass Annie es gehasst hatte, bei Candyland zu verlieren. Nicole und Evan hatten sie angeschrien, worauf sie in Tränen ausbrach. Aber es war nur eine Phase gewesen, eine normale Phase, die Kinder eben durchmachen. Irgendwann lernen sie, fair zu spielen. Mit Enttäuschungen klarzukommen.

Ich denke, ich war ganz gut darin, meinen Kindern das beizubringen, denn ich weiß, wie ich mit Alice umgehen muss. Die Erfahrung hilft, doch sie tut auch weh.

Alice kommt mit den Puppen zurück. Sie reicht mir Suzannah.

Ich trinke von meinem Kaffee. Esse einen Bissen.

»Was machen wir heute?«, sagt Hannah zu Suzannah.

Ich schlucke, während ich meine Informationen durchgehe und überlege, was noch fehlt.

»Ich bin heute sehr wütend«, sagt Suzannah.

»Wie kommt das?«, erkundigt sich Hannah.

Und dann passe ich meine Stimme an, damit sie genau richtig klingt. Damit Alice nicht merkt, wohin ich uns führe.

»Ich hatte Streit mit meiner Mutter.«

Alice lächelt und kippt Hannah zur Seite, damit sie durch die Stäbe greifen und meine Puppe umarmen kann.

Und ich denke, so *ist es recht, Alice.*

Greif nur durch die Stäbe. Vielleicht werden sie sich eines Tages öffnen.

16

Tag vierzehn

Ich dachte, es sei nicht wichtig. Das war die erste Entschuldigung, die Kurt Kent vorbrachte. Dann, *der Typ tat mir leid.*

Was hatte er denn geglaubt, was Nic tun würde? Roger Booth auslachen, weil seine Freundin ihn nach der Highschool verlassen hatte? Ihn mit schlimmen Erinnerungen an seine Jugend quälen?

Dann endlich eine Antwort, die aufrichtig klang.

»Ich dachte, du könntest ihm vorwerfen, er hätte etwas mit dem Verschwinden deiner Mutter zu tun.«

Nic blickte auf die Wand aus Bäumen, an der sie entlangfuhren, während sie sich bemühte, ruhig zu bleiben.

»Du warst doch derjenige, der mir von Daisy Hollander erzählt hat.«

»Ich weiß.«

»Dann musst du auch gewusst haben, dass ich irgendwann von Booth erfahren würde.«

Kurt wollte etwas sagen, hielt aber inne. Ein langer Seufzer, ein Blick aus dem Fenster –

»Was ist?«, fragte Nic.

»Ich habe gar nicht an Booth gedacht, als ich dir von ihr erzählt habe.«

»Na ja, vielleicht hättest du das tun sollen – er hat mich nämlich angelogen.«

»Wie meinst du das?«

»Ich habe ihn gefragt, ob er von Daisy Hollander gehört habe, und er meinte, alle hätten davon gehört. Er erwähnte aber nicht, dass sie seine Freundin war, und auch nicht, dass er so lange nach ihr gesucht hat.«

»Er hat nicht richtig gelogen.«

»Es war eine Halbwahrheit. Kommt letztlich aufs Gleiche raus.«

Ja, dachte Nic. Genau wie ihr Vater bei der Handschriftenanalyse. Und was verschwiegen ihr die Leute sonst noch?

Kurt sagte nichts.

»Was hast du dir gedacht, als du mir von Daisy Hollander erzählt hast? Wohin sollte mich das führen?«

Die Wand aus Bäumen öffnete sich zum Fluss hin, dann kann die Abzweigung auf den Hastings Pass.

»Vermutlich hat es nichts zu sagen.«

Sie fuhren wieder an der Polizeiwache, dem Rathaus, der Autowerkstatt vorbei. Sie waren schon am Motel, als er den Namen endlich aussprach. Einen Namen, mit dem sie nun wirklich nicht gerechnet hatte.

»Chief Watkins.«

»Watkins? Was hat der mit Daisy Hollander zu tun?«

»Er hat es mit den Jugendlichen.«

»Wie meinst du das?«

Kurt bog nach rechts ab, fuhr auf den Parkplatz am Motel und hielt an.

»Er ist früher in die Schule gekommen. Hat über berufliche Chancen geredet – Sport- und Leistungsstipendien. Wie man hier herauskommt und Geld fürs College aufbringt.«

»Das klingt doch gut.«

»Kann schon sein.«

»Also hat er Daisy Hollander geholfen, das Stipendium für das Sommercamp zu bekommen?«

»Muss wohl. Aber das ist nicht alles.«

»Okay.«

Kurt schaute zum Motel und dem Diner hinüber. Dann senkte er die Stimme, obwohl die Wagenfenster geschlossen waren.

»Es hieß, der Chief habe Daisy nach Boston gefahren. Er hat es abgestritten, aber einige ihrer Freundinnen haben es Booth erzählt. Also fing Booth Streit deswegen an. Er verpasste Watkins eine. Der Chief behauptete, es sei gelogen, konnte aber nicht beweisen, wo er an dem Tag gewesen war. Das ist alles, was ich gehört habe. Es könnte auch irgendein Teenagerscheiß sein. Klatsch eben.«

Nic dachte daran, wie Booth ihr das Bärenspray gegeben und gezeigt hatte, in welche Richtung sie durch den Wald laufen sollte. Und wie abrupt er verschwunden war, als sie ihn nach Daisy Hollander gefragt hatte.

Dann sah sie Watkins vor sich, wie er gestern die Arme ausgebreitet hatte, als gäbe es nicht genügend Platz für ihn auf der Welt. Als umarmte sein Ego das ganze Universum. Es war durchaus denkbar, dass er Gott spielte, indem er Jugendliche unterstützte. Ihr Leben veränderte. Einer von ihnen sogar half, bei ihrer Schwester in Boston ein neues Leben zu beginnen. Der Schwester, die es geschafft hatte, von hier wegzukommen. Aber dann …

»Moment mal«, sagte Nic. »Veronica hat erzählt, Daisy sei nach New York gezogen. Von Boston war nie die Rede.«

»Ich weiß.«

»Warum haben die Leute dann behauptet, der Chief habe Daisy nach Boston gefahren?«

»Vielleicht hat sie das erzählt, damit Booth sie nicht finden konnte.«

»Und Watkins?«

Kurt zuckte mit den Schultern. »Keine Ahnung. Aber Leute

verändern sich nicht, oder? Wenn er Daisy Hollander beim Verschwinden geholfen hat …«

Nic unterbrach ihn. »Dann vielleicht auch meiner Mutter?«

»Genau.«

Nic dachte nach. Kurt beobachtete sie.

»Angenommen, sie hatte kein Benzin mehr«, fuhr er fort, »sie geriet in Panik, der Chief kam vorbei, hatte Mitleid mit ihr – versprach ihr, sie irgendwo abzusetzen und es niemandem zu sagen. Es war der Todestag deiner Schwester, richtig? Der Tag, an dem deine Mutter sie getötet hat.«

Die letzten Worte hingen in der Luft. … *deine Mutter sie getötet hat.*

Nic antwortete reflexhaft. »Es war ein Unfall.«

Kurt ruderte zurück. »Natürlich – du hast recht. Ich meinte nur …«

»Ich weiß, was du gemeint hast. Und warum du es gesagt hast.«

Sie ließ ihm keine Zeit, weiterzusprechen. »Ich muss zu Chief Watkins. Du weißt doch, wo er wohnt. Du kennst die Gegend wie deine Westentasche.«

»Ja, aber er dürfte nicht zu Hause sein.«

»Woher willst du das wissen?«

»Weil heute Donnerstag ist. Und donnerstags abends geht er ins Casino.«

Kurt erklärte weiter, sprach von *Getränken aufs Haus* und *Gehalt ein bisschen aufbessern* – immer donnerstags abends im Laguna –, und wann immer er *donnerstags abends* sagte, wurde Nics Kehle enger.

»Meine Mutter ist an einem Donnerstag verschwunden.«

War Watkins an dem Abend trotz des Sturms dorthin gefahren? Oder gerade deswegen? Hatte er damals gelogen und log auch heute noch? Hatte er ihre Mutter im Auto mitgenommen? Mit dem, was er erzählte, schrieb Kurt die Geschichte Zeile für Zeile neu und ließ Nic die Informationen zusammenfügen, als stamme die Geschichte von ihr. Er hatte behauptet, er habe Daisy Hollander bei ihrem ersten Treffen bereits erwähnt, aber Nic konnte sich nicht daran erinnern. Und sie hätte sich erinnert, so wie sie sich daran erinnerte, dass sie ihn in der Kneipe in eine Ecke gezerrt hatte.

Nic griff nach der Tür. Kurt hielt sie fest.

»Hey. Eine Sekunde.«

Nic zog ihren Arm weg. »Es war ein Unfall«, wiederholte sie.

»Ich weiß. Tut mir leid. Ist mir so rausgerutscht.«

Das war Bullshit.

»So war sie nicht. Sie war nicht rücksichtslos, niemals.« Erinnerungen überfluteten sie. Die süßen Erinnerungen, die sie verdrängt hatte, weil sie zu schmerzlich waren. »Unsere Mutter hat uns morgens geweckt, hat sich auf die Bettkante gesetzt und mit unseren Zehen gewackelt ... Sie hat uns vorgesungen, als wir klein waren ... Das habe ich bei Annie miterlebt ... Sie hat sie gewiegt und ihr in die Augen geschaut ... Unsere Mutter hat bei jedem dämlichen Konzert und jeder Schulaufführung geweint, egal wie schrecklich wir waren ...«

»Okay.«

»Nein – es ist nicht okay. Eine solche Mutter tötet ihr Kind nicht.«

»Ich weiß.«

»Es war ein Scheißunfall!«, sagte Nic noch einmal, obwohl die Worte eher für sie selbst bestimmt waren als für den Fremden aus der Kneipe.

Sie holte Luft.

»Tut mir leid«, sagte sie.

Dann war sie weg.

17

Tag vierzehn

Hannah und Suzannah haben sehr unterschiedliche Mütter. Hannahs Mutter ist perfekt. Liebevoll, freundlich, gehorsam. Sie hat lange naturblonde Haare und trägt kein Make-up. Das braucht sie nicht, weil sie so schön ist. Und ihr Körper ist schlank. Hannah sagt, sie fühle sich stark, wenn sie sie umarmt.

Alice weicht nie aus in unserem Spiel.

Suzannahs Mutter, die ich erfunden habe, ist eigenwillig und trotzig. Sie hasst Suzannahs Vater und hat auch kein Problem damit, es ihm zu sagen. Das verunsichert Suzannah, weil sie fürchtet, ihr jähzorniger Vater könne ihrer Mutter etwas antun.

»Manchmal denke ich, er könnte ihr wehtun«, sagt Suzannah.

Hannah wird still. Alice wird nachdenklich.

Die vertrauten Schuldgefühle überkommen mich, aber ich bleibe standhaft.

»Sie sollte einfach nur glücklich sein, dass sie meine Mommy ist!«, sagt Suzannah. Dann fängt sie an zu weinen.

Jetzt wacht Hannah auf. Sie genießt, dass ihre Freundin aufgewühlt ist, und begegnet ihr mit einer Empathie, die ebenso übertrieben wie eigennützig ist.

»Du bist so schön, Suzannah! Jede Mommy wäre glücklich,

wenn du ihr kleines Mädchen wärst. Sie darf nichts machen, wodurch sie dich verliert! Wenn sie dich wirklich, wirklich lieb hat, macht sie so was nicht! Sachen, die sie töten könnten!«

Ich halte die Luft an und warte, dass weitere Informationen durch die Risse dieses emotionalen Ausbruchs sickern. Doch es kommen nur Tränen.

Suzannah nickt. »Danke, Hannah. Du bist die beste Freundin, die man sich nur wünschen kann!«

Alice drückt Hannah an die Brust, völlig vertieft ins Spiel und unsere Charaktere. Suzannah und ich sitzen still da, bis sie sich beruhigt hat.

Wir haben den ganzen Morgen mit den Puppen gespielt. Wir haben keine Schulaufgaben gemacht, und Alice wird jetzt kribbelig.

»Ich soll die eigentlich bis Mittag gemacht haben. Wusstest du, dass der Morgen die produktivste Zeit des Tages ist? Dann ist unser Gehirn am schlauesten.«

Wir haben in Weiterbildungen über diese Themen gesprochen, und ich staune, dass sie so etwas weiß. Jemand hat sich die Zeit genommen, sich über Kinder und ihre Entwicklung zu informieren. Ich kann mir nicht vorstellen, dass es Mick war. Wenn er das Essen bringt oder Alice abholt, wirkt er neuerdings erregt und zerstreut, als hätte er zu viel am Hals. Oder was er getan hat, wächst ihm über den Kopf und er denkt an die Konsequenzen, die drohen. Ich versuche, ihn mit Gehorsam zu beschwichtigen, doch das scheint ihn abzustoßen. Ich habe über dieses Dilemma nachgedacht. Was will er von mir? Womit kann ich ihn beruhigen? In diesem Zustand kann er nicht ewig verharren.

»Na schön«, sage ich. »Warum machen wir nicht Schluss mit Spielen und essen was? Der Morgen ist vorbei, und Essen macht auch schlau.«

Ich muss zu Ende bringen, was ich heute begonnen habe.

Wir sind noch nie so weit gekommen, wenn wir über die Mommys der kleinen Plastikpuppen gesprochen haben, und ich muss mehr über Hannahs Mutter erfahren. Ich muss herausfinden, wie alt sie war, wie sie ausgesehen hat, wo sie geschlafen hat und weshalb sie weggehen wollte. Ich muss wissen, was sie gesagt und getan und wie sie ihre Haare frisiert hat. Ich muss wissen, was sie mit meiner Tochter verbindet. Mit Nicole. Ich muss es wissen, damit ich mehr wie sie sein kann. Ihn zu mir statt zu meiner Tochter ziehen.

Ihre Wege dürfen sich nie wieder kreuzen. Aber wenn sie nun zurückkommt, um mich zu suchen? Wenn die Suche doch noch nicht vorbei ist?

Ich gehe noch einmal die Fakten durch. Mein Wagen mit leerem Tank, mein Handy am Ladegerät. Keine Leiche, also muss ich irgendwo sein. Werden sie sich nicht fragen, wie ich als erwachsene Ausreißerin überleben soll? Falls Mick die Kreditkarte noch einmal benutzt, läuft er Gefahr, erwischt zu werden. Es wäre dumm, und dumm scheint er nun wirklich nicht zu sein.

Ich sage mir, vielleicht wissen sie es ganz einfach. Sie wissen, dass ich sie niemals verlassen würde. Nicht, nachdem ich ihnen Annie genommen habe.

Oder ich täusche mich. Vielleicht empfinden sie es als Wohltat, mich endlich los zu sein, weil ich sie immer an unsere Familientragödie erinnere.

Plötzlich redet Alice, und ich zwinge mich, meine Gedanken zu verdrängen. Gedanken, die mir den Schweiß auf die Stirn treiben.

»Lass uns weiterspielen«, sagt sie.

Suzannah fragt Hannah wieder nach ihrer Mommy.

Hannahs Mommy ist nur eine Fantasie. Sie ist die Mommy, die Alice sich wünscht, von der sie vielleicht glaubt, sie hätte sie einmal gehabt.

Ihre Mommy ist gestorben, weil sie sich im Wald verlaufen hat. Und doch weiß ich, dass das nicht stimmt.

»Ist deine Mommy jemals mit dir einkaufen gegangen?«, fragt Suzannah. »Wart ihr mal in einem Einkaufszentrum? Das ist super! Da gibt es alle möglichen Geschäfte. Wie in der Fernsehsendung, die wir neulich gesehen haben – weißt du noch? Und die haben eine ganze Etage nur mit Essen. Alles, was du dir vorstellen kannst! Hast du mal chinesisch gegessen? Wir sind immer hingegangen, aber jetzt lässt mein Vater uns nicht mehr. Ich glaube, darum ist meine Mommy so sauer auf ihn.«

Was weiß Alice von der wirklichen Welt? Hat ihre erste Mommy ihr davon erzählt? Wie oft hat sie das Haus mit ihrer Maske verlassen?

Ich will Antworten auf diese Fragen, damit ich meinen Entführer besser verstehen kann. Aber ich will auch, dass meine kleine blonde Gefängniswärterin an das Leben denkt, das Mick ihr vorenthält. Ich will, dass sie es schmeckt. Und wütend ist. Wütend auf ihn.

Ich bin diejenige, die ihr das bieten kann. Ich bin diejenige, die sie retten kann.

Alice zieht sich in sich zurück. Sie lässt Hannah langsam auf den Boden sinken und überlegt angestrengt, was sie dazu sagen soll.

»Ich weiß, was du vorhast.«

Ich antworte als Suzannah. »Was denn?«

Statt zu antworten, greift Alice durch die Stäbe und nimmt mir die Puppe weg. Sie wirft sie gegen die Wand und hebt sie sofort auf, um sich zu vergewissern, dass sie nicht kaputtgegangen ist.

Das muss ich mir merken – Mick mag es nicht, wenn sie ein Spielzeug kaputt macht.

»Ich kann nichts davon machen, weil ich die Allergien

habe, und du benutzt die Puppen, damit ich mich schlecht fühle!«

Ich lasse ihren Zorn nicht an mich heran, obwohl er mich förmlich verbrennt.

»Das war nicht meine Absicht. Ich wollte Suzannah nur zu einem normalen Mädchen machen.« *Und du bist nicht normal, Alice. Warum wohl?*

Sie verschränkt die Arme und verzieht das Gesicht wie eine Zweijährige. Kneift die Augen zu. Presst die Lippen aufeinander. Am liebsten würde ich lachen, wie ich es bei meinen eigenen Kindern tun würde. Die Erinnerungen kommen und gehen, doch sie hinterlassen einen Nachgeschmack. Er ist klebrig und süß, und ich weiß nicht, wie ich damit umgehen soll. Ich weiß nicht, ob ich ihn mag oder nicht. Doch er hält sich hartnäckig.

Nicole konnte die besten Grimassen schneiden. So dramatisch, wie eine Parodie, ein Sketch im Fernsehen.

Dann denke ich an John. Wie es war, mit ihm zusammen zu sein. Zwei junge Eltern mit einem widerspenstigen Kleinkind. Mit einem kostbaren Kind in unserer perfekten kleinen Familie. Seine Liebe zu Nicole war stärker als die zu mir, aber das machte mir nichts aus. Ich liebte ihn nur noch mehr, weil er sie so liebte. Wenn sie das Gesicht verzog, weil ihr etwas nicht passte, lachte er so laut, dass er aus dem Zimmer laufen musste, während ich mein Lachen hinunterschluckte und sie beruhigte.

Solche Erinnerungen habe ich jetzt jeden Tag. Erinnerungen an meine Familie. An meine Liebe zu ihnen. Ich weiß nicht, ob die Gedanken kommen, weil ich endlich für das bestraft werde, was ich getan habe. Oder weil ich Zeit mit Alice verbringe, im Kopf einer Neunjährigen.

Sie hinterlassen einen Nachgeschmack, den ich nicht identifizieren kann.

In diesem Augenblick beschließe ich, diese Erinnerungen zu mögen. Ihre klebrige Süße überlagert die Gedanken an das Scheit im Kamin, an Nicoles zornige Worte und an Evan, der mich nicht ansehen wollte.

Alice nimmt die Puppen und geht.

»Ich bringe dir kein Essen!«

»Alice«, rufe ich ihr nach. »Sei bitte nicht böse. Ich wollte dich nicht ärgern.«

Meine Stimme ist ruhig. Das Essen interessiert mich nicht. Ich mag gefangen sein, aber ich bin kein Tier. Ich bin nicht einer von Johns Hunden, die in der Küche darauf warten, dass man ihren Napf füllt. Ich werde nicht betteln. Lieber verhungere ich.

Dieser Trotz ist ungewohnt, gehört jetzt aber zu mir.

Nur zu, denke ich. *Nur zu, wo ist meine Strafe?* Die wütende, kleine Gefängniswärterin. Der Hunger.

Ich lege mich aufs Bett. Denke über meinen nächsten Schritt nach, das nächste Spiel, und daran, dass ich geschickter vorgehen muss. Ich sollte die Serien mit ihr zusammen schauen und Stellen kommentieren, die sie zur gewünschten Erkenntnis bringen: dass auch sie eine Gefangene ist. Und ich ihr einziger Ausweg bin.

Doch dann kommt sie zurück. Ich höre, wie sie den Riegel an der Klappe öffnet und das Tablett zu mir hereinschiebt.

»Hier! Sag nicht, ich würde dir keinen Gefallen tun.«

Den Ausdruck hat sie aus einer Fernsehserie, und ich spinne meinen neuen Plan weiter, während ich vom Bett aufstehe und zur Tür gehe.

Ich setze mich vor sie hin.

Sie hat mir ein Sandwich mit Erdnussbutter und ein Glas Milch gebracht.

»Danke, Alice. Das ist lieb von dir.«

»Iss das«, befiehlt sie. Und ich gehorche. Die kleine Demütigung akzeptiere ich gern.

Sie schaut mir beim Essen zu, die Erdnussbutter klebt im Mund, sodass ich die Milch trinken muss. Sie weiß, dass ich Milch hasse. Ich spiele mit dem Gedanken, mir im Bad einen Becher Wasser zu holen. Demonstrativ. Ich besitze noch immer ein bisschen Kontrolle. Ein bisschen Macht. Doch dann beschließe ich, es leidend zu ertragen. Ich würge, als ich die Milch trinke, und sehe, wie sich ihr Gesichtsausdruck verändert. Sie kann ihre Empathie nicht unterdrücken.

»Tut mir leid. Ich hatte vergessen, dass du keine Milch magst.« Das ist gelogen, aber egal.

Sie geht weg und kommt mit einem Glas Limonade zurück.

Die Milch war ein vorsätzlicher Akt der Grausamkeit. Er hat die erhoffte Reaktion gebracht – Schmerz und Unbehagen. So bekommt sie die Gelegenheit, es wiedergutzumachen. Mir zu helfen. Mir Linderung zu verschaffen. Dadurch fühlt sie sich wichtig und bedeutend. Dazu hat sie ansonsten kaum Gelegenheit, da sie allein in diesem Haus lebt.

Sie hat mich leiden lassen, damit sie danach das Mitgefühl genießen konnte.

Danke, Alice. Danke für die Information.

Sie schaut mich an und lächelt. Tränen schimmern in ihren kristallblauen Augen. Freudentränen, weil sie den Straßenköter mit einem Glas Limonade gerettet hat.

»Möchtest du jetzt mit deinen Schularbeiten anfangen?«

Sie nickt. »Ist wohl besser, sonst wird er wütend.«

»Keine Sorge – wir erledigen das, bevor er nach Hause kommt.«

Der Mann kommt zu unterschiedlichen Zeiten nach Hause, daher ist mein Versprechen gar nichts wert. Manchmal kommt er tagsüber nach Hause. Dann wieder bleibt er morgens lange hier. Und manchmal ist er die ganze Nacht weg. In diesen Nächten schließt er Alice mit ihrem iPad und etwas zu essen in meinem Zimmer ein. Sie mag die Nächte, in denen wir zusammen gefangen sind. Das ist gut und schlecht zugleich. Sie muss mich mögen, aber sie muss auch von hier fliehen wollen. Und ich muss dafür sorgen, dass Mick mit uns zusammen sein will.

Ich lächle ihr zu. »Nur dieses eine Mal machen wir es nach dem Mittagessen. Das bleibt unser kleines Geheimnis.«

Alice rückt näher an die Gitterstäbe.

»Hier gibt es keine Geheimnisse«, sagt sie leise. Im Flüsterton.

»Wie meinst du das?« Mich überläuft ein Schauer, noch bevor ich die Antwort höre.

Sie schaut zur Decke und wieder zu mir. Ich folge ihrem Blick und versuche, herauszufinden, was sie meint. Dabei bemerke ich eine überstrichene Zierleiste, die im Winkel zwischen Decke und Wand verläuft. Durch den ganzen Flur und weiter, vermutlich bis in die Küche und ins Wohnzimmer und das kleine Zimmer, in dem Alice ihr Spielzeug aufbewahrt. Sie ist mit einem dünnen Staubfilm überzogen, genau wie der Boden.

Meine Augen folgen der Zierleiste bis zu der Ecke, wo der Flur endet, keine drei Meter von hier. Und dort bemerke ich den kleinen Monitor.

»Wie meinst du das, Alice? Warum schaust du an die Decke?«

»Sie sind überall.«

»Was ist überall?«

Sie schaut wieder hin. »Die Augen.«

Wieder überläuft mich ein kalter Schauer.

»Welche Augen?« Ich schaue zu dem Monitor. Er sieht aus wie der Bewegungsmelder einer Alarmanlage. Aber hier gibt es keine Alarmanlage. Ich beobachte Mick genau, wenn er kommt und geht. Die Alarmzentrale wäre an der Haustür. Er bleibt nie dort stehen. Ich höre nie den Ton, der erklingt, wenn man die Alarmanlage einschaltet. Ich weiß, wie er sich anhört, wir haben seit Jahren eine Alarmanlage.

Dann bemerke ich etwas in dem kleinen Kasten. Ein rotes Licht.

Alice lässt mich verarbeiten, was ich sehe. Meine Miene verrät ihr, dass ich es bemerkt habe.

»Dollys Augen.«

»Dollys Augen?« Dann fällt es mir ein. »Die Puppe in deinem Spielzimmer? Die alte Puppe, die im Regal sitzt?«

Sie nickt langsam. »Dolly hat Augen überall im Haus. Sie sieht alles und hört alles und sagt ihm alles.«

Ich halte die Luft an, um nicht aufzuschreien.

Das rote Licht. Ich überlege, wo ich sonst noch eines gesehen habe.

Im Spielzimmer neben Dolly.

Im Wohnzimmer gegenüber der Haustür.

In der Waschküche.

In diesem Flur.

In der Ecke meines Schlafzimmers.

Ich stoße die Luft aus und atme tief ein, um meinen Puls zu beruhigen.

»Verstehe.« Mehr bringe ich nicht heraus.

Also beobachtet er uns ständig. Ich denke an den Tag, an dem ich spazieren gegangen bin. Es war kein Zufall, dass er rechtzeitig da war, um mich aufzuhalten. Er wusste, dass ich in den Wald gegangen war, weil er es gesehen hatte.

Die Kameras sind überall.

Und sie zeigen ihm live, was ich gerade mache. Also gibt es hier tatsächlich Internet.

»Geh und hol deine Schulaufgaben. Wir wollen nicht noch mehr Regeln brechen.«

Alice verschwindet, und ich wende mich von der Kamera ab. Mir kommen die Tränen, aber mein Körper darf nicht zittern, er würde es bemerken.

Er beobachtet mich, wenn ich schlafe. Er beobachtet mich, wenn Alice bei mir schläft. Darum lässt er uns so oft allein.

Er sieht alles.

Alice kommt zurück. Sie legt ihre Hefte hin und fängt an. Sie merkt, dass ich aufgewühlt bin.

»Ach, hab keine Angst! Du brauchst dir keine Sorgen zu machen.«

Ich fasse mich wieder.

»Warum denn nicht, Alice?«

»Weil Dolly sieht, dass du eine sehr gute Mommy bist.«

Ich lächle. Und mein Trotz verzehnfacht sich.

Ich werde sie benutzen. Ich werde die Kameras benutzen. Ich weiß noch nicht, wie.

Aber ich finde einen Weg.

18

Tag vierzehn

Es war ein Unfall.

Die Worte waren Nic noch nie über die Lippen gekommen. Alle anderen hatten sie benutzt. Ihr Vater. Die Trauerberaterin. Die Lehrer, bevor sie von der Schule geflogen war.

Sie klangen genauso schlimm wie die Formulierung *unerwartet verstorben*, wenn jemand Selbstmord begangen oder eine Überdosis genommen hatte.

Man wollte den Überlebenden weiteren Schmerz ersparen, indem man nicht aussprach, was wirklich geschehen war.

Doch nun empfand sie die Worte plötzlich anders. *Es war ein Unfall.* Ihre Mutter hatte Annie nicht getötet. Nic hatte Annie nicht getötet. Annie war auf die Straße gelaufen. Nic hatte ihr hinterhergerufen und versucht, sie aufzuhalten. Ihre Mutter war langsam um die Ecke gebogen, und Annie war im toten Winkel gewesen. Es war eine Verkettung unglücklicher Umstände, Entscheidungen und Handlungen, über die sie bei jeder anderen Gelegenheit nicht weiter nachgedacht hätte. Sie besaßen keinen moralischen Wert, so verzweifelt man auch daran glauben wollte.

Und wenn eine Reihe von Handlungen zu einer Tragödie führte, nannte man es genau so – *einen Unfall.*

Sie fragte sich, wie ihre Mutter es empfand. Ob sie diese Worte im Geiste immer noch zu sich sagte.

Ich habe mein Kind getötet.

Sie überlegte, ob die Gespräche in der Trauergruppe das Feuer weiter angefacht hatten. Es musste den Leuten doch trotz allem schwergefallen sein, sie nicht zu verurteilen. Nic hatte es aus den Mails herausgelesen, die sie im Account ihrer Mutter vorgefunden hatte. Auch wenn sie noch so freundlich klangen. Selbst ihr Vater konnte es nicht verbergen – wenn er über die Ereignisse sprach, war immer herauszuhören, dass seine Frau am Steuer des Wagens gesessen hatte. Es war eben leichter zu glauben, dass einem selbst so etwas nie passieren könnte.

Das Casino war eine halbe Stunde von Hastings entfernt. Also wieder auf die Route 7 und etwa zwanzig Kilometer Richtung Süden. Nach links auf den Laguna Drive und weitere acht Kilometer durch Wälder und Felder. Sie war noch nie hier gewesen. Ihr Vater hatte sie nicht dabeihaben wollen, als die Befragungen im Casino liefen.

Kurt hatte recht, was die Donnerstagabende anging. Der Parkplatz war fast voll.

Nic ging durch die Eingangstür und reihte sich in den Besucherstrom ein. Über abgenutzte türkisfarbene Bodenfliesen, die zum exotischen Inseldekor der Halle passten, gelangte sie an der Empfangstheke vorbei ins Casino. Die Bar befand sich an der gegenüberliegenden Wand, im Raum standen Reihen von Spielautomaten, vor denen sich die Menschen drängten. Durch einen Türbogen weiter rechts drang lauter Jubel von einem Tisch, an dem Craps gespielt wurde. Der Lärm war kaum zu ertragen. Die Luft stand förmlich vor Zigarettenrauch. Nic konnte sich ihre Mutter unmöglich hier vorstellen. Sie hätte es keine Stunde ausgehalten, geschweige denn mehrere Tage. Oder eine Woche. Oder noch länger.

Die Sicherheitskameras waren, wie im Polizeibericht beschrieben, unter der Decke angebracht und nach unten gerichtet, da sie eher Diebstähle als Gesichter registrieren sollten. Es dürfte schwer sein, auf den Aufnahmen eine einzelne blonde Frau in der Menge zu entdecken. Das Publikum war bunt gemischt – dünne Blondinen in schicken Kleidern und hohen Absätzen, übergewichtige Blondinen in Jeans, Sweatshirts und Turnschuhen. Auch viele Dunkelhaarige. Dazu Männer, die alles trugen, vom maßgeschneiderten Anzug bis hin zum Muskelshirt.

Nick suchte eigentlich nach Chief Watkins, sah aber unwillkürlich zu den Frauen hin, weil sie einfach nur ihre Mutter finden und mit nach Hause nehmen und alles hinter sich lassen wollte.

Ihr Handy klingelte, als sie die Bar erreichte. Sie setzte sich auf einen freien Hocker zwischen zwei Paaren und meldete sich.

»Liebes? Geht es dir gut? Wo bist du?«

Nic hörte die Besorgnis in der Stimme ihres Vaters. Ja, sie war in einer Bar. Doch ausnahmsweise winkte sie ab, als ihr der Barkeeper einen Drink anbot.

»Es geht mir gut. Bin gerade unterwegs. Ich treffe mich mit jemandem, der Informationen haben könnte.«

»Was für Informationen? Wegen des Pick-ups?« Er klang panisch.

»Nein. Etwas anderes. Vermutlich nichts Wichtiges.«

Er wartete ab, doch Nic ging nicht näher darauf ein. Sie wäre ohnehin schwer zu verstehen gewesen, weil es im Casino so laut war, doch sie wollte die Worte auch nicht aussprechen.

Chief Watkins könnte …

Was könnte er? Ihrer Mutter beim Verschwinden geholfen haben? Mittlerweile kam ihr Kurt Kents Geschichte absurd vor.

Sie wechselte das Thema.

»Dad – Evan hat erzählt, du hättest im Wald hinter dem Motel einen Zaun entdeckt. Ihr hättet deswegen die Suche abbrechen müssen.«

»Warum? Ist was passiert? Sag's mir, bitte!«

Seine Angst war wie eine tickende Bombe. Nic wählte ihre Worte sorgfältig.

»Nein, Dad. Beruhige dich.« Sie verschwieg, dass sie allein im Wald gewesen war, in der Stadt, in der ihre Mutter verschwunden war.

»Okay, okay … Jetzt erinnere ich mich. Ich war mit einem der Suchtrupps dort. Wir sind von der Straße aus in den Wald gegangen, der hinter dem Motel und dem Diner liegt. Über das Booth-Grundstück. Irgendwann sind wir auf einen Zaun gestoßen.«

»Und ihr konntet nicht drübersteigen.«

»Nein, er war ganz schön hoch. Mit Stacheldraht obendrauf. Einer der Einheimischen sagte, er stamme vermutlich noch von der alten Chemiefirma. Er markierte vielleicht die Grenze zwischen beiden Grundstücken. Warum? Was ist denn los?«

»Hat man auch das Gelände jenseits des Zauns durchsucht?«

»Ganz sicher, Liebes. Die haben ein gewaltiges Gebiet durchsucht. Worum geht es denn?«

Nic wollte ihm von dem Loch im Zaun erzählen, hätte dann aber gestehen müssen, dass sie allein im Wald gewesen war.

Und dann sah sie ihn. Hoch gewachsen. Stämmig. Volles Haar.

Chief Watkins, der an einem Blackjack-Tisch saß.

»Ich muss Schluss machen.«

Ihr Vater wollte widersprechen, doch Nic beendete das Gespräch und steckte das Handy in die Tasche.

Was jetzt?

Sie beobachtete Watkins.

Er spielte Blackjack. Dann Craps. Dann Roulette. Lachte. Trank. Er trug ein Button-down-Hemd und lässige Jeans. Die Haare hatte er mit Gel gestylt. Er wirkte jugendlicher, als wollte er heute mal nicht der Mann sein, der für eine sterbende Stadt verantwortlich war. Vielleicht kam er deshalb hierher. Um aus seiner Rolle zu schlüpfen.

Während er von Tisch zu Tisch ging, begrüßten ihn andere Gäste, Angestellte, Croupiers. Er war bekannt. Und genoss es. Nic beobachtete ihn von ihrem Platz an der Theke, trank Wasser. Wünschte sich Wodka. Wünschte sich verzweifelt Wodka. Dachte an ihren Vater und Evan – *Gott*, Evan und seine Tränen und Schuldgefühle. Dann fiel ihr die E-Mail ihrer Mutter ein, in der sie von ihrer Ehe geschrieben hatte und dass sie keine Liebe annehmen könne.

Mir wäre lieber, er schlüge mich ins Gesicht.

Die Bemerkung über ihre Angst – *ich kann nicht noch ein Kind verlieren.*

Zorn regte sich in ihr und richtete sich gegen den Mann, der seinen Abend im Casino sorglos zu genießen schien.

Dann endlich stand Watkins auf. Eine junge Frau in engem Minikleid und Plateaustiefeln hatte sich vor einer Weile zu ihm gesellt und drängte ihn offenbar, das Casino zu verlassen. Attraktiv war sie nicht, aber sie hatte ihn weichgeklopft. Sie berührte ihn am Arm. Dann am Rücken. Sie lachte hysterisch, als er etwas zu ihr sagte.

Sie gingen an einen anderen Tisch, um ihren Mantel zu holen. Er half ihr hinein. Sie führte ihn zu einer Hintertür.

Scheiße!

Nic rannte durch den Vordereingang und nach rechts um die Ecke. Niemand zu sehen. Dann hörte sie das Gelächter einer Frau. Trunkenes Gelächter. Die tiefe Stimme ihres Begleiters. Die Stimme von Chief Watkins.

Sie blieb nah am Gebäude, damit kein Licht auf sie fiel, und horchte, bis die beiden in Richtung Parkplatz gingen. Sie blieb ein Stück hinter ihnen und nutzte die Autos als Tarnung. Das Gelächter verstummte. Nic hörte, wie eine Tür geöffnet wurde, dann gingen Scheinwerfer an. Eine zweite Tür wurde geöffnet und schloss sich. Sie lief leise zu der Reihe, aus der das Licht kam. Die Scheinwerfer gingen aus. Der Wagen rührte sich nicht.

Sie schlich sich näher heran, lauschte.

Dann endlich konnte sie sie hören. Das leise, aber unverkennbare Stöhnen eines Mannes. Sie hockte sich neben den Wagen, der am nächsten stand, und spähte hinüber. Sie konnte durch die Fensterscheiben nichts erkennen, bis ein Auto vorbeifuhr und die Wagenreihe in Scheinwerflicht tauchte. Chief Watkins auf dem Fahrersitz. Er hatte die Augen geschlossen, das Gesicht verzerrt in einer Mischung aus Lust und Frust. Das Licht verschwand, die Geräusche blieben.

Nic huschte zu Watkins' Auto. Es war grau. Noch einige Schritte, dann könnte sie auch das Modell erkennen.

Sie duckte sich hinter den Wagen, ihr Herz hämmerte.

Denk nach.

Äußerlich waren die beiden Heckleuchten intakt. Jetzt musste sie nur noch warten, bis er den Zündschlüssel drehte.

Wieder lachte jemand. Zigarettengeruch wehte durchs Fenster. Sie hörte etwas von wegen *fünfzig Mäuse* und *ganz schön teuer* und dann, *du hättest vorher fragen sollen, Arschloch.*

Eine Tür ging auf und wieder zu. Die Frau stolperte davon.

Dann Watkins' grausame, spöttische Stimme. *Billige Nutte.*

Der Motor sprang an. Beide Heckleuchten gingen an. Aber es war auch zwei Wochen her.

Nic versteckte sich rasch und schaffte es, ein Foto zu machen, als Chief Watkins davonfuhr.

19

Tag vierzehn

Mick kommt nicht nach Hause. Zum ersten Mal ist er den ganzen Tag nicht hier gewesen und bleibt wohl auch am Abend weg.

Es scheint ihm wirklich zu gefallen, wie ich mit Alice umgehe. Aber er beobachtet mich natürlich auch die ganze Zeit.

Dann kommt mir der Gedanke, dass er vielleicht nicht hier sein möchte. Dass er noch immer dem nachjagt, was er verloren hat, der Frau, die vor mir hier gelebt hat und gestorben ist.

»Ich hab Hunger«, sagt Alice. Sie streckt den Arm durch die Gitterstäbe, und ich ergreife ihre Hand und drücke sie an die Lippen.

»Ich weiß, Liebes. Sag mir mal, was ihr in der Küche habt. Dann erkläre ich dir, wie du damit etwas kochen kannst.«

Sie lässt den Kopf hängen, das Kinn auf die Brust gedrückt, schaut aber hoch, sodass ich ihre halb geschlossenen Augen sehe. Ihre Lippen verschwinden hinter den Zähnen, sie rümpft die Nase. Ich nenne diesen Ausdruck ihr wütendes Gesicht und merke mir, wodurch es hervorgerufen wird und was es verschwinden lässt.

»Komm, ich helfe dir, so gut ich kann.«

Sie verschränkt die Arme und schnaubt. Ich versuche, nicht zu lachen, aber es ist schon lustig. Ich habe lange nichts mehr lustig gefunden. Vielleicht seit Jahren nicht. Eine neue Kraft regt sich in mir, gewährt dieser Belustigung ein wenig Spielraum. Lässt sie atmen.

»Hat er dir gesagt, was du im Notfall tun sollst?«, frage ich Alice. »Wenn du beispielsweise krank wirst oder ein Feuer ausbricht? Kannst du ihn dann irgendwie erreichen? Ich kann dir von meinem Zimmer aus bei den Schularbeiten und beim Spielen helfen, mehr aber auch nicht.«

Sie löst die Arme. Das wütende Gesicht wird weicher, schelmisch, mutwillig. Sie neigt den Kopf und schiebt eine Schulter vor, immer die rechte. Das ist ihr neckisches Gesicht. Sie hat ein Geheimnis und will, dass ich es errate.

Nicole hat mich so angeschaut, als sie vier war. Annie erst mit sechs oder sieben, und bei ihr wirkte es eher spielerisch als altklug. Evan hat mich nie so angeschaut. Mein einziger Junge, und doch konnte ich in ihm lesen wie in einem Buch.

In den vergangenen vierzehn Tagen hatte ich Zeit, über vieles nachzudenken, nicht nur über den Mann und Alice und meinen Plan. Ich denke nach, weshalb ich hier bin und dass ich vielleicht endlich für mein Verbrechen verurteilt wurde. Dass ich endlich bestraft werde. Das hat etwas in mir verändert, in meinem Inneren verschoben.

Durch diese Verschiebung hat sich auch meine Sicht auf meine eigenen Töchter verändert. Annie, das brave Mädchen. Nicole, das böse Mädchen. So sollten wir nicht denken. Eltern sollten nicht so denken. Gute Eltern jedenfalls. Aber ich halte mich nicht mehr für eine gute Mutter. Ich hasse den Menschen, zu dem sich Nicole in den letzten Jahren entwickelt hat. Wenn ich sie auf der Straße träfe, würde ich Gott danken, dass sie nicht mein Kind ist. Ich würde ihre Eltern verachten. Warum lassen sie zu, dass sie sich so verhält? Warum lassen sie zu, dass sich ihr erwachsenes Kind so verhält?

Nun erkenne ich, dass auch Annie altklug und eigensinnig war. Sie konnte ganz schön trotzig sein, wenn Nicole auf sie aufpassen sollte. Und sie mochte ihren Bruder nicht. Sie mochte beide Geschwister nicht, weil sie sie gegen ihren Willen vom Podest des Babys herunterzerrten. Sie wollten, dass sie groß wurde und ihnen nicht mehr zur Last fiel. Sie hatte es geschafft, alle Aufmerksamkeit auf sich zu ziehen. Eine Nervensäge zu sein. Babys verlangen immer Aufmerksamkeit.

Meine Erinnerungen überschreiten ständig die Grenze, und der Schmerz wird jedes Mal geringer. Als ich Alice jetzt vorschlage, mit ihr zu kochen, sehe ich Nicole auf einem Hocker stehen, wie sie mit einem großen Holzlöffel, den sie kaum halten kann, in einer Schüssel mit Mehl und Zucker rührt.

Sie mochte gerne Blaubeermuffins, die backten wir zusammen. Das Rezept weiß ich auswendig. Ich werde es nie vergessen. Zwei Tassen Mehl. Eine Tasse Zucker …

Und John, die Erinnerungen an John … Sie reichen weit zurück und rufen Gefühle wach, die eher aus meinem Körper als meinem Verstand kommen. Seine Hand unten auf meinem Rücken. Der Rausch, der darauf folgte. Ich hatte geglaubt, diese Gefühle seien für immer verloren.

Dass sie wieder da sind, ändert nichts an dem, was ich getan habe. Es bedeutet auch keine Strafmilderung. Ganz im Gegenteil. Ich erkenne jetzt, dass meine Strafe darin besteht, mit diesem Mann und seinem Kind zusammenzuleben, und dass sie mir guttut. Meine Schuldgefühle lassen mit jedem Tag ein bisschen nach. Der Fels, den ich trage, wird leichter.

Ich leide jetzt, um Nicole zu schützen. Und möglicherweise Evan. Der Mann könnte auch von ihm wissen. Vielleicht begehrt er ihn ebenfalls. Ich mache etwas gut, indem ich leide. Und für mich bedeutet das eine Art Heilung.

»Alice«, sage ich lächelnd. »Ich kenne dieses Gesicht! Was brütest du aus?«

Sie schaut zu dem roten Licht oben in der Ecke. Dann setzt

sie sich so hin, dass sie ihm den Rücken zukehrt, und senkt vorsichtshalber die Stimme.

»Ich weiß, wo der Schlüssel ist.«

Mir bleibt fast die Luft weg, so überraschend sind ihre Worte. Aber mir gelingt ein kleines Lächeln, verhaltene Neugier.

»Ehrlich?«

Sie nickt langsam, noch immer mit dem neckischen Gesicht.

»Falls ich dich wirklich, wirklich brauche.«

Ich lehne mich ein bisschen zurück und strecke die Beine aus. Sie haben angefangen zu kribbeln.

In meinem Alter sitzt man nicht mehr problemlos den ganzen Tag auf dem Boden.

Ich habe mehrere Möglichkeiten. Ich könnte anfangen zu weinen. Ihr sagen, dass ich hungrig bin und sie mir unbedingt helfen muss. Aber das scheint sie nicht zu wollen. Sie hat mich schon mit einem Glas Limonade gerettet. Das war die gute Tat für diesen Tag.

Doch ich habe gemerkt, dass sie sich auch nach anderen Dingen sehnt.

Hannah hat es einmal verraten, als sie mit Suzannah sprach.

Was möchtest du werden, wenn du älter bist? Suzannah stellt ständig Fragen.

Ich möchte zu einem Arzt, der mir hilft, ohne Maske nach draußen zu gehen. Und dann will ich mir die ganze Welt ansehen.

Darf ich mitkommen?, fragte Suzannah.

Nein, Dummkopf. Das darf nur meine Mommy.

Nur ihre Mommy. Sie will weg aus diesem Haus, sich aus diesen Wänden befreien. Und sie weiß, dass nicht Mick sie retten wird.

Nur ihre Mommy kann sie retten.

Ihre erste Mommy ist tot. Die mit den echten blonden Haaren und dem schlanken Körper.

Bleibe nur noch ich. Und ich kann ihr nur helfen, wenn sie mir Macht über Mick verleiht.

»Was für eine Situation könnte das sein, in der du mich wirklich, wirklich brauchst?«

Das neckische Gesicht verschwindet und weicht dem traurigen Gesicht.

»Das weiß ich nicht.« Ich merke, sie meint es ehrlich. Verwirrung macht sie traurig. Ungewissheit macht sie traurig. Sie muss die Regeln kennen, damit sie ihr Haus in Ordnung halten kann. Damit sie diese Mommy daran hindern kann, sie zu verlassen.

Ich greife durch die Stäbe – was ich selten mache – und berühre ihr angewinkeltes Knie.

»Ist schon gut. Wir finden es zusammen heraus.«

Ich taste mich weiter vor.

»Meint er vielleicht, wenn du verletzt oder krank bist?«

Sie zuckt mit den Schultern.

Dann kommt das glückliche Gesicht.

»Er meint wohl, wenn ich in der Küche was Gefährliches mache. Wenn ich was anbrennen lasse oder so.«

Ich gehe auf die Idee ein. »Und dann nicht weißt, wie du den Rauch loswerden sollst? Oder wenn du Suppe kochst und Butter auf den Herd gerät?«

Sie denkt darüber nach. »Ja.«

»Das ist mir schon oft passiert. Butter gibt eine Menge Rauch, aber sie brennt nicht wie Öl. Man bekommt trotzdem Angst.«

Alice sieht mich aufmerksam an. Dann dreht sie sich um und schaut zum Monitor.

»Ich kann uns Suppe kochen! Es ist schon spät, und er ist

nicht zu Hause. Wir müssen etwas essen. Ich habe gesehen, wie er die Suppe macht. Ich kann das!«

Sie sagt es laut, steht auf und geht in die Küche.

Zehn Minuten später höre ich sie durch den Flur laufen. Ich trete ans Gitter und versuche, durch die Stäbe zu spähen.

Sie läuft auf mich zu und kann ihr Lächeln kaum verbergen.

»Ich glaube, ich habe Feuer gemacht! Beim Suppekochen!«

Ich schaue sie entsetzt an. Wir reden beide besonders laut.

»Oh nein!«, sage ich. »Kannst du es löschen? Hat er dir das beigebracht?«

»Nein! Ich brauche dich wirklich, wirklich sehr!«

Sie steht mir gegenüber. Ihr glückliches Gesicht straft die besorgte Stimme Lügen.

Sie hält einen Schlüssel in der Hand.

Als sie ihn ins Schloss steckt und herumdreht, gehen mir tausend Dinge durch den Kopf. Das Metall klickt, der Bolzen springt zurück. Gedanken. Gefühle. Instinkte. So viele, dass ich sie nicht ordnen kann. Mir ist schwindlig vor Aufregung. Die Möglichkeiten erscheinen endlos, und doch weiß ich, dass es nur eine richtige Entscheidung gibt. Nur eine Chance.

Ich trete aus meiner Gefängniszelle und laufe mit Alice in die Küche. Der Schlüssel steckt noch im Schloss, die Gittertür schwingt offen in den Scharnieren.

In der Küche sehe ich den rauchenden Herd. Ich nehme den Suppentopf herunter. Ich schalte den Herd aus und gehe mit einem Handtuch an die Spüle. Ich mache es nass und wische die Butter sorgfältig ab. Der Rauch verzieht sich.

Ich sehe mich prüfend um, suche nach einem von Dollys Augen. Ich kann keines entdecken, aber das heißt nicht, dass keines da ist.

Ich ziehe Alice an mich heran. »Alles gut, du bist jetzt in Sicherheit.«

»Danke, ich bin so froh!«, sagt sie. Sie ist keine gute Schauspielerin, und auch diese Tatsache speichere ich vorsichtshalber ab.

»Wie ist die Butter auf den Herd gekommen?«

»Ich wollte sie aufs Brot streichen, und sie ist einfach runtergefallen. Ich dachte, das macht nichts. Ich wusste nicht, dass Butter so brennt.« Sie sagt es sehr laut, als wüsste sie, dass ihre Stimme weit reichen muss. Vielleicht gibt es in der Küche wirklich keine Kamera.

»Es ist gut, alles ist gut. Woher solltest du das auch wissen?«

Ich reinige die Küche. Dann wärme ich die Suppe auf, bestreiche das Brot mit Butter und stelle alles auf den Tisch. Alice schaut zum Wohnzimmer.

»Alice?«

»Ja?«

»Kann Dolly in die Küche sehen?«

Das neckische Gesicht kehrt zurück, und Alice bewegt langsam den Kopf hin und her. *Nein.*

Dann dreht sie den Kopf wieder in Richtung Wohnzimmer. Ich folge ihrem Blick und bemerke eine Kamera an der Wand, nahe der Tür. Aus diesem Winkel kann man zwar den Tisch sehen, nicht aber den Herd oder die Spüle.

Und auch nicht den Schrank unter der Spüle.

Den Schrank, den ich geöffnet habe, als ich nach einem Geschirrtuch suchte, und in dem ich einige Haushaltsmittel entdecke habe. Alte Schwämme. Spülmittel. WD-40.

Und eine Flasche Frostschutzmittel.

Ich lächle Alice zu. Ich lege ihr die Hand auf den Rücken und streiche sanft auf und nieder. Das neckische weicht dem glücklichen Gesicht mit seinem schönen breiten Lächeln.

Und dann lächle ich auch.

20

Tag vierzehn

Nic ging rasch über den Parkplatz. Die Luft war so kalt, dass sie ihren Atem sehen konnte. Und es war still genug, um ihre Schritte auf dem Pflaster zu hören. Watkins war längst fort. Die Frau war ebenfalls zwischen den Autos verschwunden und vermutlich wieder ins Casino gegangen.

Drinnen blieb Nic in der Eingangshalle stehen und lehnte sich unter einer Überwachungskamera an die Wand. Sie wollte nicht gesehen werden. Sie holte ihr Handy heraus, doch es gab niemanden, den sie anrufen konnte.

Ihr Vater hatte sie wegen der Handschriftenanalyse belogen.

Roger Booth hatte verschwiegen, dass er der Freund gewesen war, vor dem Daisy Hollander weglaufen wollte.

Watkins hatte nicht erwähnt, dass er einen dunkelgrauen Pick-up besaß. Auch Officer Reyes hatte es ihr nicht gesagt. Dies war eine Kleinstadt. Watkins fuhr ständig mit dem Wagen durch die Gegend, wenn er nicht im Dienst war. Er fuhr den Hastings Pass entlang. Jeden Tag. Jahr um Jahr. Alle mussten ihn dort gesehen haben – Booth, Mrs. Urbansky, Reyes. Sogar Kurt Kent.

Und was war mit Kurt? Er war mit ihr in den Wald gefahren, um Daisys Schwester zu besuchen, obwohl er die ganze Zeit von Roger Booth gewusst hatte.

Sie konnte niemandem vertrauen.

Aber stimmte das wirklich? Oder war sie einfach nur paranoid? Schön, dann fuhr Watkins eben einen grauen Pick-up. Edith Moore war sich nicht einmal sicher, welche Farbe der Wagen gehabt hatte. Er hätte ebenso gut schwarz oder braun sein können. Und wenn Watkins nun eine Prostituierte aufgabelte und am nächsten Tag Teenagern mit ihren Stipendien half? Menschen waren kompliziert. Das hatte sie im Laufe der vielen Abende gelernt, die sie in Kneipen verbracht hatte. Sie war kein behüteter Teenager mehr.

Und doch konnte sie nach diesen fünf Jahren nur einem einzigen Menschen vertrauen – dem Menschen, der verschwunden war.

Was tun? Einfach nach Hause fahren? Ihr Vater würde die Sachen im Motel abholen. Sie brauchte nicht hierzubleiben. Es gab nichts mehr für sie zu tun.

Die Eingangshalle war voller Menschen, die Leute kamen und gingen. So viele Gesichter – glücklich, nachdenklich, besorgt, aufgeregt. Diese Energie schien auf Nic überzuspringen und verstärkte die aufkeimende Panik.

Vielleicht belog man sie ja deshalb. Weil sie die Tatsachen nicht akzeptieren konnte. Weil sie ihr Leben nicht mehr im Griff hatte, seit Annie gestorben war.

Sie holte tief Luft, doch der Atem erreichte nicht die Lunge. Er fühlte sich flach an. Geradezu erstickend.

Sie hatten nicht unrecht. Nach dem Sonntagnachmittag, nach dem ersten Drink, hatte es kein Zurück gegeben. *Das ist nur der Gruppenzwang,* hatte die Schule ihre besorgten Eltern beruhigt, nachdem sie betrunken von einem Ball nach Hause gekommen war. *Das wird sie abschrecken, dann hört sie damit auf.* Schließlich hatte sie viel zu verlieren. Das Williams College hatte ihr eine vorzeitige Aufnahme angeboten. Sie war Mannschaftskapitänin des Cross-Country-Teams. Sollte vielleicht die Abschiedsrede halten.

Nachdem man eine Wasserflasche mit Wodka in ihrem Schließfach gefunden hatte, kamen die psychologischen Berater. *Überlebendenschuld*, lautete der Befund. Das hatte sie erst kürzlich in den E-Mails ihrer Mutter gelesen. Es erklärte, weshalb man sie zu Therapiesitzungen geschickt hatte, in denen man ihr suggerierte, sie habe keine Schuld, nur weil sie weiterlebte.

Nachdem man sie zum dritten Mal sturzbetrunken auf der Toilette gefunden hatte, blieb der Leitung nichts anderes übrig, als Nic der Schule zu verweisen, einen Monat vor dem Abschluss. Jetzt gab es eine neue Theorie – sie wolle Aufmerksamkeit. Zuerst, indem sie brav gewesen war, doch das hatte nicht funktioniert. Also musste sie böse werden. An das Grauen, das darauf folgte, erinnerte sie sich nur zu gut. Therapiesitzungen mit beiden Eltern, die beteuerten, wie sehr sie sie liebten und wie leid es ihnen täte, dass sie ihre Probleme nicht bemerkt hatten, da sie so mit sich selbst beschäftigt waren.

Niemand hörte zu, als sie von den Hohlräumen sprach, der Leere, die durch nichts gefüllt werden konnte. Sie begriffen nicht, wie es so weit gekommen war, weil sie sich nur auf ihre Lehrbücher verließen. Nic wünschte, es gäbe eine Filmaufnahme, auf der zu sehen war, wie Annie losrannte und Nic schrie, dann das Auto und das Blut. Dann die zahllosen verpassten Anrufe auf ihrem Handy, von ihrer Mutter, die flehend fragte, ob es ihnen allen gut ging. Und warum Annie nicht bei ihrer Freundin zum Spielen erschienen war.

Evans Gesichtsausdruck. Ihre Mutter mit dem toten Kind in den Armen. Das quälende Geräusch, das ihrem Körper entwich und das Nic noch immer hörte.

Schuld. Verzweiflung. Selbstekel. Es gab so viele Wörter für das, was in den Hohlräumen lauerte.

Nic hatte schreckliche Dinge zu ihrer Mutter gesagt, und

dann war sie verschwunden. Verschwunden oder gestorben – darauf lief es hinaus. Sie konnte sich nicht aus diesen Szenarien hinausdenken.

Verwirrung. Panik. Sie brauchte einen ruhigen Ort, an dem sie allein sein konnte.

Sie ging mit gesenktem Kopf an der Wand entlang, zu dem Bereich mit den Toiletten, Aufzügen, Konferenzräumen. Und dem Businesscenter.

Ein junger Mann ging vorbei, und sie hielt ihn am Ärmel fest. Er musterte sie beunruhigt. Sie fragte ihn, ob er hier im Motel wohne und ob er sie mit seiner Schlüsselkarte ins Businesscenter lassen könne.

Er zögerte, zog dann aber die Karte durch den Schlitz. Nic bedankte sich, und er ging rasch weiter, wobei er noch einmal über die Schulter schaute. Er schien sich zu fragen, ob es ein Fehler war, der Verrückten Zugang zu gewähren. Ihr Atem ging flach und stoßweise, ihr Gesicht war rot und feucht.

Sie setzte sich in einer Ecke auf den Boden. Sie wollte einen Drink. Nur der Gedanke an die Menschenmenge draußen hielt sie ab.

Sie ist also tot. Sie hat uns also verlassen. Was jetzt? Nichts hatte sich verändert, seit Nic ihre Tasche gepackt hatte und nach Hastings gefahren war. Sie konnte ihre Mutter immer noch finden. Sie musste sie finden und nach Hause holen.

Im Raum stand ein langer Tisch mit vier Computern und einem Drucker. Nic rappelte sich auf und setzte sich an einen PC, schaltete ihn ein, rief eine Suchmaschine auf.

Dann tippte sie alle Namen nacheinander ein. Die Namen, die in ihrem Kopf kreisten. Daisy Hollander. Roger Booth. Charles Watkins. Kurt Kent. Die Ergebnisse füllten den Bildschirm, doch keines erschien passend oder hilfreich. Sie schränkte die Suche nach Daisy auf das Stichwort Hastings ein und fand nichts. Dann auf New York City, über dreißig

Gesichter. Dem Alter und der allgemeinen Beschreibung nach konnten viele dieser Frauen Daisy sein. Und doch war es vermutlich keine von ihnen. Wenn sie nicht gefunden werden wollte, würde sie ihr Profil wohl kaum auf Facebook oder Snapchat präsentieren.

Die Konzentration tat ihr gut. Ihre Nerven beruhigten sich, die Panik wich allmählich.

Kurt Kent war auf sozialen Medien aktiv, aber alle Accounts waren privat. Booth und Watkins tauchten in Portalen zur Personensuche auf, meistens jedoch handelte es sich um betrügerische Fake-Einträge, und sie brauchte die Adressen ohnehin nicht. Sie wusste ja, wo beide wohnten. Sie brauchte Einblick ins Privatleben der Männer.

Dann fielen ihr wieder Booths Grundstück und der Zaun mit dem Loch ein.

Sie rief ein Satellitenbild des Hastings Inn auf und vergrößerte es. Nach den Bäumen zu urteilen, war es im Sommer aufgenommen – dichte, grün belaubte Baldachine. Den Zaun hinter dem Motel konnte sie nicht erkennen, dafür etwas auf einem Nachbargrundstück. Eine dünne Linie, die über eine Lichtung verlief und im Wald verschwand.

Sie versuchte, die Linie mit anderen Gebäuden zu verbinden – einem Haus, einer Scheune, einem weiteren Zaun. Doch der Wald war zu dicht.

Zäune umschlossen gewöhnlich ein Stück Land. Was sie hier sah, konnte also nicht zu Booths Anwesen gehören. Der Zaun, wenn es einer war, musste zum Grundstück dahinter gehören. Das würde zu der Information passen, die man ihrem Vater und dem Suchtrupp gegeben hatte.

Dann bemerkte sie noch etwas anderes – eine weitere Lichtung auf dem Nachbargrundstück. Nic zoomte sie heran, bis sie ein Haus erkennen konnte.

Die Lichtung entpuppte sich als Zufahrt zu dem Gebäude.

Sie verkleinerte das Bild und folgte dem Weg, bis er zwischen den Bäumen verschwand. Falls er geradeaus verlief, führte er zur nächsten Straße, die Abel Hill Lane hieß.

Sie schlängelte sich durch den Wald und traf irgendwann auf die River Road, die am Fluss entlangführte und wiederum ein Stück weiter Hastings Pass kreuzte.

Nic legte einen Finger auf den Bildschirm, startete am Motel und folgte Hastings Pass, bis die Straße am Fluss endete. Dann bog sie nach links in die River Road ab und bewegte den Finger bis zur Kreuzung Abel Hill Lane, auf der sie zur Zufahrt gelangte und darüber zu dem Haus auf dem eingezäunten Grundstück. Ein Stück weiter bemerkte sie eine Ansammlung roter Backsteingebäude mit schwarzen Flachdächern und schmalen Wegen dazwischen. Vielleicht die ehemalige Chemie- oder Pharmafirma.

Nick suchte nach Adressen an der Abel Hill Lane. Es gab insgesamt sieben. Sie rief sie nacheinander erst auf der Landkarte, dann auf dem Satellitenfoto auf. Nummer 53 war ein kleines Ranchhaus. Es folgte eines im Cape-Cod-Stil, das war Nummer 67. Fünf weitere Häuser stimmten nicht mit der Abbildung vom Haus mit dem Zaun überein. Keines hatte eine lange Zufahrt. Kein Grundstück war groß genug.

Sie lehnte sich auf dem Stuhl zurück und schloss die Augen.

Alle hier logen, alle hatten etwas zu verbergen. Und Edith Moore war auf die Belohnung aus. Sie wusste von der Tasche mit den drei Buchstaben.

Augenblick mal – Nic dachte an die Begegnung mit Edith Moore und Reyes. Die Frau hatte erzählt, sie habe im Wagen gesessen und dabei zufällig Nics Mutter bemerkt. Es habe stark geregnet. Sie mochte die Farbe der Tasche erkannt haben, aber die Buchstaben? Hätte sie aus dieser Entfernung im Dunkeln und bei Regen wirklich die einzelnen Buchstaben lesen können?

Entweder hatte Edith Moore die Tasche tatsächlich gesehen oder jemand hatte ihr davon erzählt.

Was aber hatte das mit der Abel Hill Lane zu tun?

Ihr Vater hatte gesagt, sie hätten die Suche eingestellt, nachdem sie auf den Zaun gestoßen seien.

Vielleicht sollte sie sich einfach einen Drink besorgen. Oder zwei. Ihre Nerven beruhigen. Einen klaren Kopf bekommen.

Doch sie konnte nicht aufhören.

Sie gab *Hastings* und *Geschichte* ein.

Und begann zu lesen.

21

Tag vierzehn

Im Schrank steht Frostschutzmittel. Aber ich registriere noch mehr, während ich mit Alice in der Küche bin. Alice mit dem glücklichen Gesicht.

Ich registriere viele Dinge. Gedanken und Gefühle, vor allem aber Instinkte, die, wie zuvor im Wald, genau überprüft werden müssen.

Alice hat die Gittertür aufgeschlossen und mich freigelassen. Dieses Geschenk darf ich nicht verschwenden.

Ich könnte in den Wald, zu meinem Werkzeug. Aber es ist dunkel und kalt, und ich weiß nicht, wo Mick ist. Er könnte draußen im Pick-up sitzen und die Kameraaufnahmen betrachten. Er könnte fünf Minuten entfernt sein. Oder zehn. Dann wäre all meine Mühe vergeblich.

Ich könnte dieses Kind als Geisel nehmen. Ihr vor der Kamera ein Messer an den Hals setzen. Dafür wäre ich mir nicht zu schade. Ich wäre dazu fähig und denke lieber nicht darüber nach, was das bedeutet. *Ich meine es nicht persönlich, Alice.*

Es gibt auch noch andere, schlimmere Dinge. Aber nichts verschafft mir genügend Zeit, um durch den Zaun zu fliehen.

Also kehre ich zu dem zurück, was ich hier gefunden habe – dem Frostschutzmittel im Schrank. Ich kenne mich damit aus, weil ich in einem anderen Leben Naturwissenschaften unterrichtet habe. Eine gute Mutter gewesen bin. In diesem Leben haben John und ich einander noch geliebt. Bevor unser Kind gestorben ist. Das Kind, das ich getötet habe.

Bevor das Leben die Hände um meine Kehle geschlossen hat.

Wir essen, dann spüle ich das Geschirr und stelle den Wasserkessel auf den Herd.

»Wir sollten ins Bett gehen«, sagt Alice.

»Ja«, stimme ich zu. »Du zuerst. Ich mache mir noch eine Tasse Tee.«

Alice verlässt die Küche. Ich hole eine Teetasse aus dem Schrank und gieße Frostschutzmittel hinein. Dolly kann die Spüle nicht sehen.

Wir gehen in unsere Zimmer. Alice macht sich bettfertig. Ich mache mich bettfertig. Ich ziehe mich im Badezimmer um, das Gitter steht offen.

Alice kommt, um abzuschließen. Ich widersetze mich nicht. Doch dann überlegt sie es sich anders.

»Kann ich heute Nacht bei dir schlafen?«

Natürlich kannst du das, Liebes.

Wir drücken die Metalltür zu, schließen aber nicht ab. Der Schlüssel bleibt stecken.

»Was ist mit deinem Tee?«, fragt Alice. Ihr entgeht nichts.

Sie kuschelt sich an mich.

»Ich möchte jetzt lieber schlafen«, flüstere ich.

Die Wärme ihres Körpers, ihr Atem, ihr pochendes Herz – all das stört mich heute Nacht nicht. Wühlt keine Gefühle für mein verlorenes Kind auf, meine kostbare, altkluge Annie. Keine Sehnsucht oder Schuldgefühle oder die Erlösung, die allmählich in greifbare Nähe rückt.

Heute Abend sind Alice und ich eins. Ich nehme sie in mich auf, während ich wachliege und meine Situation überdenke.

Das Gitter ist offen, ich habe die Wahl.

Nun, da ich weiß, dass Dolly mich beobachtet, bin ich auf andere Weise gefangen. Bevor ich von Dolly erfahren habe, fühlte ich mich frei, mein Gesicht zu zeigen. Mein eigenes wütendes oder scheues oder trauriges Gesicht. Ich war frei, mit den Fäusten aufs Kissen zu hämmern, zu weinen, meinen Körper zu umklammern und mich in einen Zustand der Ruhe zu wiegen, wie eine Mutter, die ihr Kind wiegt.

Diese Freiheit ist nun dahin. Dass die Tür zu meinem Gefängnis offen steht, ändert nichts daran. Ich habe Dinge vor den Augen der Kamera getan, die demütigend sind. Er hat mich nackt und ahnungslos gesehen, wenn ich die Kleider anzog, die er mir durch die Klappe schiebt. Der Mann kennt jeden Zentimeter meines Körpers und ist trotzdem nicht bei uns geblieben. Er sehnt sich nach mehr. Nach etwas, das er verloren hat. Und seit ich das weiß, bewerte ich die Lage neu. Ich habe beschlossen, nach vorn zu blicken und auf meine Instinkte zu hören. Einen neuen Plan zu schmieden.

Alice hat Mühe einzuschlafen und redet vor sich hin. Ich würde am liebsten eine Grimasse schneiden, bleibe aber neutral. Freundlich. Weil Dolly mich sieht.

Alice spricht von ihrer ersten Mommy, also schiebe ich meine eigenen Gedanken zur Seite und konzentriere mich auf ihre. Ich frage mich, ob sie allmählich für mich empfindet, was sie für ihre Mommy empfunden hat. Sie hat zu lange niemanden gehabt für solche Gefühle.

»Sie roch gut«, sagt Alice und drückt die Nase an meinen Hals, um anzudeuten, dass ich nicht gut rieche. Vielleicht stimmt das, aber ich habe eben nur das billige Duschgel, das Mick durch die Klappe geschoben hat.

»Sie hat mir vorgesungen.« Ihre Stimme klingt sanft, träumerisch. Ich beschließe, ihr nicht vorzusingen, weil es sie aufwühlen könnte. Dabei habe ich meinen Kindern durchaus vorgesungen, als sie noch in meinen Armen schliefen. Ich konnte sehen, wie meine Stimme tief in sie eindrang und sie beruhigte. Sie hatten meine Stimme schon gehört, als sie noch im Mutterleib waren. Die Reaktion des Körpers auf die Stimme der Mutter ist etwas Archaisches.

Ich nehme mir vor, demnächst vor mich hin zu singen, sodass sie mich hören kann. Vielleicht bekomme ich es hin. Vielleicht erreiche ich sie damit, nur ein kleines bisschen.

Sie sagt auch noch andere Dinge, die ich mir merke.

Doch meine Gedanken wandern immer wieder zu dem Frostschutzmittel, das in der Teetasse unter dem Waschbecken im Bad steht.

Frostschutzmittel enthält Ethylenglycol, das im Körper scharfe Kristalle bildet. Sie zerfetzen menschliches Gewebe, vor allem die Nieren. Das habe ich meinen Schülern im Chemieunterricht beigebracht. Den Rest habe ich natürlich verschwiegen.

Dass man nicht immer stirbt, aber schwer krank wird. Handlungsunfähig. Dass man sich nicht bewegen oder laufen kann. Man wird so krank, dass man von jemandem eingesperrt werden kann, in ein Zimmer mit Metallgitter. Und dass dieser jemand danach wegfahren kann.

Es schmeckt süß.

Wie Zucker.

Wie Alice. Ich muss daran glauben. Ich muss sie dicht bei mir halten.

Und dann sagt dieses süße Mädchen mit schläfriger Stimme: »Weißt du, dass es selbstsüchtig ist, Kinder zu bekommen?«

Ich wispere sehr leise zurück: »Wie meinst du das?«

»Na ja, du hast Kinder bekommen, damit du jemanden

hattest, den du lieben kannst. Dessen Footballspiele du dir jeden zweiten Donnerstag ansehen kannst.«

Ich bin still. Vollkommen still, wie immer, wenn Alice mir etwas Neues enthüllt. Ich fürchte, sie könnte verstummen, wenn ich mich bewege. Aber sie verstummt auch so.

»Ich sehe mir wirklich gern die Footballspiele meines Sohnes an. Weißt du, wohin ich dafür fahre?«

Aber sie geht nicht darauf ein. Es interessiert sie nicht, dass ich verzweifelt zu verstehen suche, was hier vorgeht. Sie verrät mir nicht, woher sie das alles weiß – es ist, als hätte Mick mich beobachtet. Aber wie?

»Darum geht es nicht!«, sagt sie. Sie will ihre Theorie erklären.

»Na schön, Alice. Es tut mir leid. Du findest es also selbstsüchtig, Kinder zu haben?«

»Ich finde es nicht. Es ist einfach so. Es ist selbstsüchtig, Kinder zu haben, weil sie ohnehin irgendwann sterben.«

Ich weiß nicht, was ich dazu sagen soll. Sie hat recht und unrecht zugleich. Aber dann denke ich mir, dass sie einfach recht hat, also sage ich nichts.

Aber damit ist ihre Geschichte nicht zu Ende.

»Du müsstest das eigentlich am besten wissen. Du hast es selbst erlebt.«

Meine Arme lockern sich, wollen dieses Kind nicht mehr so festhalten. Nur gerade fest genug, damit es einschläft. Damit ich mein Werk nicht zerstöre.

Ich frage mich, wer ihr diese Gedanken in den Kopf gesetzt hat und ob sie weiß, wie tief sie mich damit verletzt. Dann wird mir klar, dass genau das ihre Absicht war. Damit sie Mitleid mit mir haben kann.

Die Muskeln in meinem Gesicht zittern vor Anstrengung, so sehr will ich sie kontrollieren.

Ich spüre, wie sie eindöst, und ich döse auch, denke aber weiter.

Ich denke, dass wir geboren werden, um zu sterben. Ich denke an den Tod, Schluss, aus.

Und an das, was ich unter dem Waschbecken versteckt habe.

22

Tag vierzehn

Officer Reyes traf sich mit Nic im Businesscenter des Hotels. Er war nicht im Dienst, und sie ahnte, dass sie ihn von etwas weggeholt hatte.

»Alles okay bei Ihnen?«, fragte er, setzte sich neben sie und rückte mit dem Stuhl heran, damit er auf den Monitor schauen konnte.

»Ich bin mir wirklich nicht sicher. Aber Sie hätten nicht herkommen müssen. Ich hätte es auch am Telefon erklären können.«

Reyes nickte. »Ich weiß. Aber ich saß nur vor dem Fernseher und habe ein Spiel geschaut.« Er blickte sich in dem verlassenen Raum um. »Ich bin schon ziemlich oft hier gewesen. Ich wusste gar nicht, dass die ein Büro haben, bis …«

Er unterbrach sich. *Bis Ihre Mutter verschwunden ist.*

Nic wechselte das Thema.

»Streng genommen ist es ein Businesscenter.«

»Aha.« Reyes lächelte jetzt. »Ein Businesscenter. Sehr schick. Und sehr beliebt bei den Gästen, wie man sieht.«

Nics Schultern sanken erleichtert herunter. Sein Sarkasmus war beruhigend.

Sie rief das Satellitenbild des Grundstücks hinter dem Motel auf. Reyes beugte sich vor, wobei sein Arm sie streifte. Er zog ihn weg.

»Ich bin mir nicht sicher, was ich da sehen soll.«

Nic deutete auf den Bildschirm – auf das Motel, den Zaun, den sie beim Laufen entdeckt hatte und der Booths Grundstück von einem anderen, dahinterliegenden abzugrenzen schien. Sie fuhr die Zufahrt mit dem Finger bis zum Haus nach.

»Okay. An der Abel Hill Lane gibt es ein Grundstück mit einem Zaun und einem Haus. Aber warum hilft uns das, herauszufinden, was aus Ihrer Mutter geworden ist?«

Nic lehnte sich zurück. »Es ist ein hoher Zaun mit Stacheldraht obendrauf. Jemand hat ein Loch hineingeschnitten, eine Art Klappe. Und das Grundstück ist nicht bei Zillow gelistet. Es ist nirgendwo im Internet gelistet.«

»Hm.« Reyes war neugierig geworden. Er beugte sich vor, berührte wieder ihren Arm. Diesmal zog er ihn nicht so schnell zurück.

»Die Zufahrt und der Zaun kommen mir nicht bekannt vor. Ich überlege gerade, welche Häuser an der Straße stehen …«

»Können Sie nicht danach suchen – in der Polizeidatenbank oder so? Ich frage mich, ob überhaupt jemand dort wohnt. Kurt Kent aus der Kneipe erwähnte, dass Jugendliche aus der Nachbarschaft möglicherweise nach einer Abkürzung in die Stadt gesucht hätten. Was wiederum bedeuten würde, dass das Haus leer steht und vielleicht deshalb …«

»Nicht durchsucht wurde«, vollendete Reyes ihren Gedankengang.

»Eben.«

»Dazu muss ich mir das Ermittlungsprotokoll ansehen.«

»Können Sie auch herausfinden, wem das Grundstück gehört? Ich habe mich ein bisschen mit den beiden Firmen beschäftigt, die dort ansässig waren – RC Chemical und später Ross Pharma. In einem Artikel stand, Ross habe die

Firma von RC übernommen. Es sieht aus, als stünde das fragliche Haus auf dem Firmengelände – es hat auch die gleichen roten Ziegel und das schwarze Dach wie die übrigen Gebäude.«

»Im Rathaus haben wir die Grundbücher. Ich habe das Firmengelände von Ross Pharma persönlich mit einem State Trooper durchsucht. Dabei haben wir kein Haus gesehen.«

»Wie steht es mit den Hausanschlüssen? Können wir herausfinden, ob Strom und Wasser dorthin geliefert werden?«

»Ja, über die Firmen. Strom, Kabelfernsehen. Möglicherweise haben sie eine Satellitenschüssel oder einen Internetprovider, wenn überhaupt. Dann wäre da noch die Heizung – Erdgas oder Öl. Das lässt sich alles machen.«

Ja, dachte sie. *Es ergibt Sinn. Es ist denkbar.* Sie holte tief Luft.

»Dürfte ich Ihnen noch eine letzte Sache zeigen?«

»Klar.«

Nic vergrößerte das Satellitenbild des Anwesens. Sie hatte die ganze letzte Stunde daraufgestarrt und konnte nicht so recht glauben, was sie da sah.

Sie deutete auf einen kleinen Gegenstand neben dem Haus. Er befand sich unter einem Baum, an dem ein großer Ast fehlte, sodass man durch die Krone von oben auf den Gegenstand schauen konnte.

»Wonach sieht das für Sie aus?«

Reyes kniff die Augen zusammen. »Ich habe keine Ahnung. Vielleicht ein Traktor. Irgendein landwirtschaftliches Gerät?«

»Oder ein Pick-up. Und zwar ein dunkler.« Sie ließ ihre Worte wirken.

Reyes beugte sich weiter vor. »Können Sie das noch näher heranholen? Vielleicht aus einem anderen Winkel oder in einer Aufnahme von einem anderen Tag?«

»Es ist die einzige, die ich finden konnte. Aber überlegen

Sie mal: Meine Mutter wurde gesehen, wie sie in einen Pick-up stieg, der in Richtung Stadt fuhr. Und jetzt haben wir hier ein Grundstück, das nicht durchsucht wurde ...«

»Das *womöglich* nicht durchsucht wurde. Das wissen wir erst, wenn wir uns die Protokolle angeschaut haben.«

Nics Gedanken überschlugen sich schon wieder.

Am liebsten hätte sie ihm von Chief Watkins erzählt und was sie beobachtet hatte. Doch sie wollte Reyes nicht vor den Kopf stoßen, indem sie seinen Boss beschuldigte. Und wessen wollte sie ihn überhaupt beschuldigen?

Aber sie konnte sich nicht beherrschen.

»Wussten Sie, dass Chief Watkins einen dunkelgrauen Pick-up fährt?«

Reyes musste lachen. »Augenblick mal ...« Er presste die Hand auf den Mund, um sein Gelächter zu unterdrücken. »Sie glauben, Edith Moore hätte den Wagen des Chiefs gesehen?«

»Sie kennen ihn also?«

»Den kennt jeder. Er hat ihn seit Jahren.«

»Trotzdem haben Sie nichts gesagt?«

Reyes ging in die Defensive. »Nein, habe ich nicht. Wissen Sie, wer sonst noch einen Pick-up fährt? Mr. Klinger aus der Mulberry Street. Henry Drumming aus der Maple. Mal überlegen ... oh, ich weiß! Mrs. Urbansky! Die reizende Orla Urbansky – gut, ihrer ist silbern, aber wir haben ja bereits festgestellt, dass Edith Moore wegen des verfluchten Sturms überhaupt nichts sehen konnte und nur aufs große Geld hofft.«

Nic starrte ihn an, so abrupt war Reyes' Temperament umgeschlagen. Er schien plötzlich richtig wütend zu sein.

»Vielleicht hat Mrs. Urbansky Ihrer Mutter geholfen zu verschwinden. Verdammt, vielleicht stecken sie und der Chief ja unter einer Decke.«

»Schön, ich habe verstanden«, sagte Nic. »Ich habe es nicht

gewusst, das ist alles. Ich habe ihn vorhin hier gesehen und war einfach überrascht.«

»War er mit einer Frau hier?«

»Woher wissen Sie das?«

»Jesus, haben Sie etwa zugeschaut? Das hätte ich nicht von Ihnen gedacht.«

Nics Wangen brannten. »Ich habe nicht zugeschaut.«

Reyes zog eine Augenbraue hoch.

»Jedenfalls nicht so. Ich habe gesehen, wie er zum Pick-up gegangen ist, und wusste nicht, was ich machen sollte.«

Jetzt wirkte Reyes zerknirscht. »Tut mir leid, ich wollte nicht so hart mit Ihnen sein. Zwei Dinge. Erstens: Der Chief hat seine Laster. Das ist allgemein bekannt. Der Tod seiner Frau hat ihn schwer getroffen. Zweitens: Der Chief hat mich eingestellt, als ich dringend eine Veränderung brauchte. Hat mir praktisch das Leben gerettet. Und was er für die Gemeinde tut – die Jugendlichen in der Stadt. Sie haben ja keine Ahnung. Seit er seine Frau verloren hat, bevor sie Kinder bekommen konnten, hat er sich ganz in den Dienst der Stadt gestellt. Und hat gleichzeitig seine Schwächen. Alles hat zwei Seiten, nicht wahr?«

Nic glich die Informationen mit den Fakten ab, die sie bereits kannte. Dass er Daisy Hollander dabei geholfen hatte, die Stadt zu verlassen. Dass Kurt Kent ihn und Reyes zu verachten schien. Den Grund dafür kannte sie noch nicht, aber es war kaum zu übersehen. Und sein Tonfall, als er mit der Prostituierten auf dem Parkplatz fertig gewesen war. Er hatte sie erniedrigt und praktisch aus dem Auto geworfen.

»Das wusste ich nicht«, sagte Nic.

»Schon gut.«

Aber es stimmte, alles hatte zwei Seiten. Auch ihr Vater.

»Ich muss Ihnen etwas erzählen.«

Reyes hörte aufmerksam zu, als sie ihm von ihrem Verdacht berichtete. Dass ihr Vater nachts immer lange wegblieb, dass er seinen Wagen im Stadtzentrum statt am Bahnhof parkte.

»Es tut mir leid«, sagte Reyes. »Meinen Sie, das Verschwinden Ihrer Mutter hat damit zu tun?«

»Das weiß ich nicht. Allerdings habe ich ihr all das am Morgen, bevor sie losgefahren ist, ins Gesicht gesagt. Vielleicht war das der letzte Tropfen, der das Fass zum Überlaufen brachte.«

»Und nun geben Sie sich die Schuld daran.«

Er berührte ihren Arm. Sie zog ihn nicht weg. Sie ahnte schon die Erleichterung, die sie spüren würde, wenn seine Hand nur lange genug dort verweilte. Ein kleiner Stromschlag. Und dann die nächste Berührung und noch eine und noch eine, bis sie beide hinweggefegt wurden.

»Ich sage Ihnen etwas.« Reyes nahm die Hand weg. »Morgen überprüfen wir die Grundbücher, die Versorgungsunternehmen und die Ermittlungsprotokolle. Wir können dort vorbeischauen, wenn Sie möchten. Und ein bisschen über Ihren Vater recherchieren. Das dürfte nicht allzu schwer sein. Wir haben alle Bank- und Kreditkartenunterlagen.«

Morgen, wunderbar. Aber heute Abend – was war mit heute Abend, mit genau jetzt? Sie war erschöpft und verwirrt, die Hohlräume wollten ausgefüllt werden. Sie kam nicht dagegen an.

Die Worte flogen einfach so aus ihrem Mund.

»Ich gebe dir einen aus.«

23

Tag fünfzehn

Als ich aufwache, liegen zwei Körper neben mir. Alice klemmt unter der Decke an meinem Rücken, einen Arm über meiner Taille, den anderen in meinem Nacken.

Doch ich spüre noch eine andere Hand. Oben auf der Decke, aber schwer genug, um sie an meiner Hüfte zu spüren. Die Hand eines Mannes. Micks Hand.

Ich bewege keinen Muskel. Ich drehe nicht den Kopf, um ihn anzusehen, um mich zu vergewissern. Ich starre auf den Lichtschein, der durch die Ritzen des vernagelten Fensters dringt. Und warte darauf, dass sie sich rühren. Seine Berührung widert mich an, und doch schöpfe ich plötzlich Hoffnung.

Sei geduldig, sage ich mir, während der Plan in meinem Kopf Gestalt annimmt. Vielleicht habe ich mehr Zeit, als ich dachte. Vielleicht fängt er an, mich zu mögen, so wie Alice mich mag.

Ich spüre die Hände, die mich berühren, die Körper, die mir die Bequemlichkeit rauben. Ich liege ganz still.

Sei geduldig.

Alice wacht als Erste auf. Sie stöhnt ein bisschen und zieht mich mit ihren kleinen Armen näher heran, kuschelt sich an mich.

»Hi«, flüstert sie.

»Hi«, flüstere ich zurück.

»Er ist hier bei uns«, flüstert sie.

»Ich weiß.«

Ich warte, dass sie kichert oder dass ich ihr Lächeln im Rücken spüre. Eigentlich sollte es sie glücklich machen, dass wir alle zusammen im Bett liegen. Dass ich eine gute zweite Mommy für sie bin und Mick gefalle.

Doch ihre Stimme beginnt zu zittern.

»So fängt es an«, sagt Alice. »Wenn er sich zu uns ins Bett legt.«

»Was fängt so an?«

Sie zieht meinen Kopf an den Haaren zu sich.

Ich zucke zusammen, beklage mich aber nicht.

Sei geduldig, denke ich noch, als ich schon ihre nächsten Worte höre. Worte, die mich aufkeuchen lassen.

»Das Ende«, sagt sie. Und gibt mir einen Kuss.

24

Tag fünfzehn

Nic wachte verkatert und mit Erinnerungslücken auf. Es war vertraut und verstörend zugleich.

Sie blieb nicht liegen, sondern ging sofort unter die Dusche, ließ das noch kalte Wasser auf die Haut prasseln.

Dann putzte sie sich die Zähne und schluckte vier Schmerztabletten.

Ihr Kopf tat weh, weil sie sich vier Drinks mit Officer Reyes genehmigt hatte.

Dann fiel ihr ein, dass sie den Wagen ihrer Mutter am Laguna stehen gelassen hatte. Reyes hatte sie ins Motel gefahren und aufs Zimmer gebracht.

Aber mehr war nicht passiert. Ganz sicher nicht. Auch wenn sie es versucht hatte.

Scheiße. Was genau hatte sie getan? Versucht, ihn zu küssen. In ihr Zimmer zu ziehen. Er hatte es doch auch gewollt, oder? Sie hatte gespürt, wie sein Körper auf sie reagierte. Jetzt aber war sie froh, dass er widerstanden hatte. Sie brauchte jemanden, der ihr half, ihre Mutter zu finden, keinen weiteren Fremden, den sie morgens aus dem Bett werfen musste.

Aber es war mehr als sexuelle Gier gewesen. Er hatte ihr seine Geschichte erzählt, an die sie sich nun erinnerte. Eine Geschichte, die vier Drinks gekostet und Officer Jared Reyes in einem neuen Licht gezeigt hatte. Sie verstand jetzt, weshalb er nach Hastings gekommen war und was ihn mit Chief Watkins verband.

Reyes war als junger Polizist in seiner Heimatstadt Worcester in eine Schießerei verwickelt worden. Ein Schütze hatte vor einer Schule gelauert. Er hatte das Gelände beobachtet und, wie sich später herausstellte, nur auf die Polizei gewartet. Er hatte sie angelockt, seine Waffe gezogen und sie gezwungen, auf ihn zu schießen. Ihn zu töten. Doch seine Waffe hatte sich als Spielzeug erwiesen. Reyes hatte einen Unbewaffneten getötet, es war ein Selbstmord durch die Hand eines Polizisten gewesen. Nic hätte ihm die ganze Nacht zuhören können, als er über den Schmerz sprach, der wie eine Narbe tief in seinem Inneren saß und mit dem zu leben er gelernt hatte.

Nic schaute sich im Badezimmerspiegel in die Augen, als könnte sie in ihnen lesen, ob die Erinnerung stimmte.

Reyes hatte beschrieben, wie der junge Mann zu Boden gegangen war. Wie sich eine Blutlache um seinen Körper gebildet hatte. Dass es sich angefühlt hatte, als wäre das Blut in Reyes' Körper eingedrungen, wie in einer Fantasyfilm-Szene. Dass etwas Grauenhaftes ihn durchdrungen hatte, als sein Gehirn die Situation erfasse. Dass dieses Grauenhafte schlagartig jede Zelle seines Körpers verändert hatte. *Jede einzelne Zelle.* Das waren seine Worte gewesen. Aber genauso gut hätten es Nics Worte sein können.

Reyes war es gelungen, genau das zu beschreiben, was mit ihr geschehen war, als sie in der Einfahrt gestanden und zugesehen hatte, wie der Wagen ihrer Mutter ihre kleine Schwester durch die Luft schleuderte.

Hatte sie geweint? Ja, sie hatte geweint. Und Reyes hatte sie im Arm gehalten. Auf die Stirn geküsst. Dann hatte er sie hergefahren, ihr die Erniedrigung erspart, die neue Verbindung zwischen ihnen in etwas Sexuelles zu verwandeln. Er wusste, wie es war, mit Hohlräumen zu leben.

Ich werde nicht dazu beitragen, dass sie noch größer werden, hatte er gesagt, als er ihr Zimmer verließ.

Niemand hatte je verstanden, warum sie diese Dinge tat. Es stand in keinem Lehrbuch. Aber Reyes wusste es, weil er Vergleichbares durchgemacht hatte.

Es erklärte so vieles – dass er selbstbewusst durch die Gegend stolzierte, dass Frauen ihn anziehend fanden. Dass er sich vermutlich durch den halben Bezirk geschlafen hatte. Aber es erklärte auch, weshalb nur er wirklich am Verbleib ihrer Mutter interessiert schien. Und weshalb er Chief Watkins gegenüber so loyal war, dem Mann, der ihm eine zweite Chance als Polizist gegeben und ihm damit das Leben gerettet hatte.

Eine junge Frau, wahrscheinlich die Aushilfe im Hastings Inn, saß an der Rezeption.

»Könnte ich mit Roger sprechen?«, fragte Nic.

Sie lächelte höflich. »Kann ich irgendwie behilflich sein?«

»Nein.« Nic blieb beharrlich. »Es ist wichtig.«

Die Frau griff nach dem Telefon. »Moment«, flüsterte sie. Dann in den Hörer: »Unser Gast möchte dich sehen …«

Sie legte lächelnd auf.

»Er ist in seiner Wohnung. Durch den Flur, die zweite Tür.«

Sie deutete auf den Flur neben der Treppe.

Booth stand bereits dort und begrüßte sie überrascht. »Du liebe Zeit!«

»Was ist denn?«

»Es ist kalt draußen. Ihre Haare sind ja ganz nass.«

»Ich habe keinen Föhn dabei.«

»Da ist einer unter dem Waschbecken.«

»Das wusste ich nicht. Darf ich reinkommen?«

Booth zögerte und warf einen Blick über die Schulter, als wollte er sich vergewissern, dass sein Heim bereit war für Besucher.

»Falls Sie nicht allein sind, komme ich später wieder.«

Booth blickte nervös zu Boden. Seine Wangen färbten sich rot, und als sie genauer hinsah, bemerkte sie, dass er frisch rasiert war.

Rasiert. Gut gekleidet. Eau de Cologne. Und das nur, um in der Wohnung zu sitzen oder im Diner zu arbeiten.

»Nein, nein«, sagte er. »Nichts dergleichen.«

Er trat beiseite. »Kommen Sie bitte herein.«

Die Wohnung war nicht größer als ihr Zimmer. Ein Bett, eine kleine Sitzecke. Badezimmer. Nur gab es hier eine Küchenzeile am Fenster, durch das man auf die seltsame Terrasse blickte.

»Möchten Sie Tee?«

»Hätten Sie auch Kaffee?«

»Instant?«

»Klar doch.« Nic setzte sich an den Tisch.

Booth stellte einen Wasserkessel auf den kleinen Gasherd. Er bereitete zwei Tassen vor – eine mit Instant-Kaffeegranulat, in die andere hängte er ein Teesieb.

»Verkatert?«

Nics Herz machte einen Sprung. Hatte er sie gestern Abend gesehen? Hatte er mitbekommen, wie sie und Reyes die knarrende Treppe zu ihrem Zimmer hinaufgestiegen waren? Reyes war nicht dageblieben, doch das wusste Booth womöglich nicht.

Booth betrachtete die Teedosen, die ordentlich im Regal aufgereiht waren, bevor er eine auswählte.

»Er schmeckt viel besser, wissen Sie? Loser Tee, meine ich.«

Nic sah ihm gedankenverloren beim Hantieren zu. Befürchtete, er könne schlecht von ihr denken.

Er füllte das Teesieb, goss kochendes Wasser in die Tassen und ließ den Tee für einen Moment ziehen. Dann brachte er die Getränke samt Untertassen und Löffel an den Tisch und setzte sich. Milch und Zucker standen bereits da.

Nic trank Kaffee und schaute sich im Zimmer um. Booth war noch mit seinem Tee beschäftigt – eineinhalb Löffel Zucker. Ein großer Schuss Milch. Gründlich umrühren.

»Wohnen Sie immer hier?«, fragte sie. Es gab nur wenige persönliche Gegenstände und kaum genügend Raum für Kleidung.

»Ja«, antwortete er. Dann begriff er, warum sie danach fragte.

»Ich habe noch ein zweites Zimmer nebenan. Dort bewahre ich einen Großteil meiner Sachen auf. Ich weiß, es ist ein seltsames Arrangement, aber ich halte nicht viel vom Renovieren. Mich stört es nicht, und wer weiß? Vielleicht haben wir eines Tages wieder mehr Betrieb, und dann brauche ich die Zimmer für Gäste.«

Nic sah ihn prüfend an. Glaubte er das wirklich? Nach einer zehn Jahre währenden wirtschaftlichen Abwärtsspirale? Er musste ein Fantast sein.

Doch sie war nicht deshalb gekommen.

»Wissen Sie noch, wie ich laufen gegangen bin?«

Booth lächelte, und die Brille rutschte ihm die Nase hinunter. Er schob sie mit dem Mittelfinger hoch.

»Natürlich. Sie sind den Bären und Wölfen entkommen.«

»Ja. Dabei habe ich den Zaun entdeckt, den mein Vater schon gesehen hatte.«

»Ach ja, der Zaun.«

Sie hörte im Geiste, wie Reyes ihr davon abriet, mit Booth über seine Nachbarn oder Daisy Hollander oder irgendetwas anderes aus seiner Vergangenheit zu sprechen.

Was hatte er doch gleich gesagt? Booth sei *angespannt wie eine Schraube.*

Das Haus in der Abel Hill Lane hatte nicht im Ermittlungsprotokoll gestanden und besaß keine offizielle Anschrift oder Hausnummer. *Warte einfach auf mich.* Er hatte ihr versprochen, gleich heute Morgen bei den Versorgern nachzufragen und sie dann nach Laguna zu fahren, damit sie ihr Auto abholen konnte. Danach würden sie zusammen ins Rathaus gehen. Er hatte versprochen, ihr *verschlossene Türen* zu öffnen. Doch wie viele verschlossene Türen konnte es in Hastings geben? Es ging doch nur um ein Grundstück. Aber sie hatte versprochen, auf ihn zu warten. Sie würden herausfinden, wem das Haus gehörte. Ohne Durchsuchungsbefehl kamen sie nicht hinein, aber an die Tür klopfen und fragen war nicht verboten.

Trotzdem konnte Nic nicht untätig herumsitzen. Das Rathaus war knapp vier Kilometer entfernt, und sie hatte kein Auto, doch Roger Booth war verfügbar.

»Es ist ein hoher Zaun mit Stacheldraht«, sagte sie und brach damit das Versprechen, das sie Reyes gegeben hatte. »Ich glaube, er gehört zum Nachbargrundstück – vielleicht zu einer der alten Fabriken.«

Booths Gesicht leuchtete auf. Er schien froh, einen Gast in seiner Wohnung zu haben, und Nic verspürte Mitleid.

»Oh ja. Wie dumm von mir! Jetzt fällt es mir ein – mein Vater hat es vor Jahren mal erwähnt. Nicht den Zaun als solchen, aber die Investoren, die das Gelände und die alten Gebäude von Ross Pharma gekauft hatten. Sie wollten eine Klinik für psychisch kranke Kriminelle einrichten, haben aber nie die Genehmigung bekommen. Die ganze Stadt hat sich gewehrt. Mein Vater sagte, er werde nicht zulassen, dass sie Hastings in eine Gefängnisstadt verwandeln. Das Grundstück dürfte direkt an meines grenzen, mitten im Wald.«

»Und daran haben Sie neulich nicht gedacht?« Das kam ihr seltsam vor. Wie viele Zäune konnte es in diesem Wald schon geben? Und wie konnte Booth nicht wissen, wem das Nachbargrundstück gehörte?

Er wirkte verlegen. »Ich … ich bin mir nicht sicher. Sie wollten in meinem Wald laufen, und das hat mich nervös gemacht …«

Er hatte tatsächlich nervös ausgesehen. Genau wie jetzt.

»Gehört den Leuten das Grundstück noch?«

Booth zuckte mit den Schultern und stellte die Teetasse ab. »Ich glaube schon. Es stand nie zum Verkauf. Vermutlich behalten sie es als Abschreibungsobjekt.«

»Auf dem Gelände steht ein Haus. Die Zufahrt mündet in die Abel Hill Lane. Aber es ist keine offizielle Adresse. Wissen Sie etwas darüber?«

»Der Vorarbeiter, der dort nach dem Rechten gesehen hat, hatte ein Haus. Das wird es wohl sein. Vermutlich haben sie eine separate Zufahrt angelegt, damit er seine Privatsphäre hatte. Ich habe gehört, das Haus soll ziemlich sonderbar aussehen. Wie eine Ranch, aber mit einer Veranda und einem falschen Dach, damit es von vorn wie ein Farmhaus aussieht. Es sollte renoviert werden, aber die Arbeiten wurden eingestellt, nachdem die Erlaubnis für die Klinik nicht erteilt wurde.«

»Das Haus könnte also leer stehen? Vielleicht hat man es deshalb nicht durchsucht. Und die Eigentümer wurden wohl auch nicht befragt.«

Booth dachte nach.

»Ich weiß, dass die Fabrikgebäude durchsucht wurden. Das hat Reyes selbst gemacht – zusammen mit einem State Trooper. Ich habe gehört, wie sie im Diner darüber sprachen, dass die Gebäude allmählich verfallen. Das sind die Backsteinhäuser, die man von der River Road aus sieht. Aber das ganze Gelände? Und das Haus des Vorarbeiters? Ich weiß nicht.«

Nic lächelte höflich. Booth nahm einen Löffel und rührte in seiner Tasse. Gab noch mehr Zucker hinein. Er sah aus wie jemand, der eigentlich keinen Tee mochte und ihn mit Zucker genießbar machen wollte.

»Darf ich Sie noch etwas fragen?«

Booth schlug die Beine übereinander und lehnte sich nach hinten, brachte aber ein höfliches Lächeln zustande.

»Wie gut kannten Sie Daisy Hollander?«

Die Luft zwischen ihnen wurde dick. Booths Lächeln gefror. Nic spürte, dass sie ein Reizwort ausgesprochen hatte.

Reyes hatte also recht gehabt.

»Daisy?«, fragte Booth leise. »Warum fragen Sie nach ihr?«

Nic schob ihren Stuhl zurück und stand langsam auf.

»Wissen Sie was? Wir sprechen später weiter. Ich habe ganz vergessen, meinen Vater anzurufen, er wartet darauf.«

Als sie ihm den Rücken kehrte, hörte sie, wie Booths Stuhl über den Boden schabte. Dann seine Schritte.

Er packte sie am Arm und riss sie herum. Und genau wie damals im Schuppen spürte sie eine Kraft, die man ihm gar nicht zutraute.

»Warum sind Sie hier?«

Nic schüttelte den Kopf. Brachte kein Wort heraus.

»Warum fragen Sie nach Daisy?«

Ihre Angst schien ihn zu erschrecken. Er trat zurück und ließ ihren Arm los.

»Es tut mir leid.«

Nic wandte sich zur Tür, doch er stellte sich davor.

»Nein – warten Sie. Sie sollen nicht glauben … so bin ich nicht. So bin ich nicht.«

Nic stand reglos da, als er zu weinen begann.

»Sie verstehen das nicht. Niemand versteht es. Niemand kennt die Wahrheit.«

»Lassen Sie mich die Tür aufmachen«, sagte Nic sanft, aber entschlossen.

Booth trat zur Seite, ließ beschämt den Kopf hängen. »Es tut mir leid. So bin ich nicht.«

Nic öffnete die Tür. Eine innere Stimme drängte sie zur Flucht.

Doch sie drehte sich noch einmal um.

»Was ist denn die Wahrheit?«

Booth weinte in seine Hände, seine große Gestalt gekrümmt wie die einer alten Frau.

»Sie war schwanger.«

Nic starrte ihn an, wie hypnotisiert von seiner Verzweiflung.

»Haben Sie deshalb so lange nach ihr gesucht?«

Booth setzte sich aufs Bett. Sein Schluchzen verebbte, als er tiefer durchatmete. Es schien, als hätte er gelernt, die Qual angesichts einer verlorenen Liebe zu beherrschen. Eines verlorenen Kindes.

»Es war meines«, sagte er schließlich. »Ich konnte es niemandem sagen. Ich hatte es ihr versprochen – ihre Familie hätte getobt. Sie waren sehr streng. Ihr Vater zwang sie immer, sich über einen Küchenstuhl zu beugen, und schlug sie mit dem Gürtel. Manchmal ließ er sich tagelang Zeit und weidete sich an ihrer Angst. Er schlug sie wegen Nichtigkeiten, weil sie Essen aus dem Schrank genommen hatten oder zu laut gewesen waren. Da war noch mehr – so viele Dinge. Ihr Leben war wirklich brutal.«

Nic erinnerte sich, was Veronica über die verschlossenen Schränke gesagt hatte und wie es Daisy gelungen war, an die Kräcker zu kommen – trotz der Strafe, die sie erwartete.

Sie lehnte sich an die Tür, fühlte sich jetzt sicherer. Und sie wollte Antworten.

»Glauben Sie, Chief Watkins hat ihr bei der Flucht geholfen?«

Die Frage schien Booth zu überraschen.

»Sie standen einander sehr nahe. Er hatte ihr das Stipendium fürs Sommercamp beschafft. Als sie zurückkam, war alles anders zwischen uns. Sie hatte Leute aus dem ganzen Land kennengelernt. Begabte Leute, die aufs College wollten. Leute, die nicht über einen Küchenstuhl gedrückt und geschlagen wurden, nur weil sie Essen gestohlen hatten.«

»Leute, die schicken Tee tranken?«

Booth lächelte traurig. »Ja. Sie dachte, sie könnte wie sie werden, indem sie ihr Verhalten nachahmte. Sie war verzweifelt, wollte so leben wie die anderen. Der Tee erinnert mich immer noch an sie.«

Ja, dachte Nic, *der Tee.* Den gab es auch bei Veronica.

»Wo hätte er sie hinbringen sollen? Einen schwangeren Teenager ohne Geld.«

Booth stand auf, trat an eine kleine Kommode und holte etwas aus einer Schublade. Als er sich umdrehte, machte Nic einen Schritt in den Flur, bemerkte dann aber den Brief in seiner Hand.

»Den habe ich bekommen, nachdem sie ein Jahr fort war. Ich hatte mich wie ein Irrer aufgeführt – da haben die Leute recht. Ich fuhr nach Boston, quälte ihre arme Schwester. Ich fuhr nach Woodstock, hängte Zettel mit ihrem Foto auf. Ich konnte nicht loslassen, wollte nicht glauben, dass sie mit unserem Baby fortgegangen war, ohne ein Wort zu sagen.«

Mit einer auffordernden Geste hielt er ihr den Brief entgegen.

Nic trat wieder ins Zimmer, nahm den kleinen rosa Umschlag mit den vergilbten Kanten und zog behutsam den Brief heraus. Das Papier war alt und brüchig.

Die Handschrift einer Frau.

Nic las ihn, während Booth mit seiner Geschichte fortfuhr.

Lieber Roger,
es tut mir leid, was du wegen mir durchgemacht hast. Ich habe lange gebraucht, bis ich endlich den Mut hatte, dir zu schreiben. Ich schäme mich, dass ich nicht mit dir gesprochen habe, bevor ich fortgegangen bin, aber ich wollte ein anderes Leben. Ich konnte keine Mutter sein. Bitte such nicht nach mir. Ich hoffe, du kannst mir verzeihen.
Daisy

»Sie erwähnt nicht, wohin sie gegangen ist oder wer ihr geholfen hat, das Baby loszuwerden. Ich werde es nie verstehen. Wir haben uns geliebt. Und ich hätte ihr einiges bieten können – meine Familie war nicht arm. Wir hätten wegziehen können. Ich hatte ihr gesagt, ich würde arbeiten und mich um das Baby kümmern, damit sie aufs College konnte. Ich hatte versprochen, mich um sie und unser Kind zu kümmern. Und sie hat mir geglaubt. Das weiß ich.«

Nic hatte zu Ende gelesen. Der Brief verriet nichts von den Gefühlen, die sie angeblich füreinander gehabt hatten.

»Es gibt keine Briefmarke und keine Absenderadresse.«

»Ich habe ihn im Briefkasten gefunden. Wer immer ihr geholfen hat, muss sie auch dabei unterstützt haben. Der Poststempel hätte verraten, wo sie ist.«

»Daisys Schwester sagt, sie sei nach New York gegangen. Wussten Sie das?«, fragte Nic.

Booth winkte ab. »Das hat sie mir auch erzählt. Aber sie wusste nichts von dem Baby, und ich habe es niemandem erzählt. Bis jetzt.«

»Sie glauben also nicht, dass Daisy nach New York gegangen ist?«

Er schüttelte den Kopf. »Sie hasste die Stadt. Sie wollte nach Norden – in einen ruhigen Ort wie Woodstock. Die Leute denken, ich hätte sie nicht gekannt. Aber das stimmt nicht. Man kann Liebe nicht verbergen. Nicht eine Liebe wie unsere.«

Nic spürte es wieder – Traurigkeit und Mitgefühl mit diesem Mann. Sie war nie verliebt gewesen, aber Menschen konnten notfalls alles verbergen. Ihr Vater eingeschlossen.

»Ich gehe besser.«

»Das vorhin tut mir leid«, sagte Booth leise. »Ich dachte, Sie wüssten etwas über Daisy. Etwas, das Sie mir verschweigen. Ich bin selbst überrascht, dass ich noch immer so verzweifelt wissen will, was aus ihr geworden ist.«

»Das kann ich verstehen. Warum fragen Sie nicht Chief Watkins? Sie sind nicht der Einzige, der glaubt, er hätte ihr da heraushelfen können.«

»Das habe ich. Er schwört, er hätte sie nicht gefahren. Allerdings habe sie ihn darum gebeten, sie nach Boston zu bringen. Was soll ich denn machen? Ihm die Pistole auf die Brust setzen? Ich muss in dieser Stadt leben. Mein Geschäft führen.«

Nic wollte gehen, und er hielt sie ein letztes Mal zurück.

»Hat es Ihnen schon jemand gesagt?«

Nic zuckte mit den Schultern. »Was denn?«

Seine Blicke tanzten über ihr Gesicht, ihre Brüste und Hüften, bis hinunter zu ihren Füßen und wieder hoch zu ihren Augen.

»Sie sehen aus wie sie.« Sein Gesicht wurde rot vor Sehnsucht, die kein Ventil fand. »Etwas an Ihnen – Ihre Haare und wie Sie gehen. Besser kann ich es nicht erklären. Aber Sie erinnern mich an Daisy.«

25

Tag fünfzehn

Mick wacht auf, kurz nachdem Alice mir gesagt hat, dass so das Ende anfängt. Ich fürchte, mein rascher, flacher Atem könnte das Bett erschüttert haben. Manche Dinge müssen einfach aus dem Körper. Manche Dinge kann man nicht in sich halten. Die Angst, die Alice' Warnung in mir hervorgerufen hat, gehört dazu. Sie ist zu groß.

Ich spüre, wie die Hand auf der Bettdecke schwer auf meiner Hüfte ruht, mein Fleisch zusammendrückt. Er zieht sie rasch zurück, als wäre es unabsichtlich geschehen. Ich frage mich, ob er von seiner Frau geträumt hat. Von Alice' erster Mommy. Ich frage mich, ob sie früher so im Bett gelegen haben und ob er mit seinen Händen auf ihrem Körper aufgewacht ist und sich dann den körperlichen Freuden der Berührung hingegeben hat. Vielleicht haben sie sich geliebt, während Alice neben ihnen schlief. Sich schlafend stellte. Oder sie sind in ein anderes Zimmer gegangen, um allein zu sein.

Vielleicht hat die erste Mommy auch versucht, ganz still zu liegen, während die Luft in ihren Körper hinein- und hinausströmte. Hat nichts als Angst gefühlt.

Er steht auf, ohne Alice zu küssen oder zu umarmen, hebt sie nur hoch und trägt sie aus dem Zimmer. Er bewegt sich schnell, als wollte er rasch weg von mir.

Ich bin erleichtert. Ich bin verzweifelt.

Ja, geh nur.

Nein, komm zurück.

Begehre mich. Lass mich dir genügen. Verlass nicht das Haus, such nicht nach meiner Tochter.

Vor dem Zimmer wird geflüstert.

Dann schließt sich das Gitter. Metall auf Metall, der Schlüssel wird im Schloss gedreht.

Ich höre kleine Füße stampfen. Eine schrille Stimme jammern. Alice ist nicht glücklich über das verschlossene Gitter.

Die Haustür geht auf und wieder zu. Ich höre einen Wagen in der Einfahrt. Nicht den Motor des Pick-ups. Den habe ich seit drei Tagen nicht gehört. Mein Gehör hat sich geschärft, seit ich nicht nach draußen sehen kann.

Der Wagen rollt leicht über den Schotter. Wendet mühelos. Vermutlich ist er klein. Mehr kann ich nicht herleiten. Ich kenne den Mann nicht. Ich weiß nicht, ob er eher einen Sportwagen oder einen sparsamen Kleinwagen fahren würde. Ich weiß nicht, ob er reich oder arm ist und wo er den Tag verbringt und neuerdings auch fast alle Nächte.

Ich wende mich von der Kamera ab und gehe ins Bad. Hier drinnen habe ich keine Kamera gefunden, weder in den Belüftungsschlitzen noch in der Lampenfassung. Ich habe jeden Zentimeter in diesem Raum abgesucht und glaube einfach, dass ich recht habe. Ich muss an etwas glauben.

Dennoch mache ich die Tür zu und schalte das Licht aus, bevor ich mir gestatte, frei zu sein.

Ich setze mich auf den Boden und bedecke das Gesicht mit den Händen. Alice' Worte rasen durch meinen Kopf. Bedrohliche Worte, ausgesprochen mit einer süßen Kinderstimme.

Ich weigere mich, sie zu hassen, obwohl sich das Gefühl allmählich anschleicht. Sie ist genauso ein Opfer wie ich. Und wie ihre erste Mommy vermutlich.

Ich versuche, dich nicht zu hassen, meine kleine Gefängniswärterin.

So fängt es an.

Das Ende.

Ich weiß nicht, wie viel Zeit vergangen ist, als ich ihre Stimme höre. Ich bin wohl auf dem Badezimmerboden eingeschlafen.

»Hallo?«, fragt Alice.

Ich stemme mich hoch. Ich habe in einer Pfütze aus Tränen geschlafen. Nasse Haare kleben an meiner klammen Haut. Ich bin erschöpft.

»Eine Sekunde«, sage ich. Ich schaffe es, munter zu klingen, obwohl meine Stimme bricht.

Ich weiß nicht, wie lange ich das noch durchhalte. Nicht mit diesem Hass in mir. Er ist giftig. Ein Kind zu hassen, ein Opfer. Gift.

»Was hast du da drinnen gemacht?«

Ich stehe auf und taste nach dem Lichtschalter. Die Lampe ist hell, das Licht brennt mir in den Augen, sodass ich blinzeln muss.

»Ich habe ein langes Bad genommen.«

»Ich habe kein Wasser gehört.«

Gott steh mir bei, aber da ist er wieder. Der Hass bringt mich um, noch bevor Mick es tut. Ich muss Frieden mit ihm schließen. Mit ihr.

Ich schiebe mir nicht die Haare aus dem Gesicht. Ich wische mir nicht die Tränen ab. Ich mache die Tür auf und trete ans Gitter meiner Zelle. Lasse zu, dass Alice mich so sieht.

Sie schreckt zusammen.

»Was ist mit dir?«

Ich setze mich auf den Boden, und sie setzt sich ebenfalls hin. Ich ergreife ihre Hände durch die Gitterstäbe.

Dann hole ich aus meinem Inneren alles hervor, was ich

über Kinder weiß, was ich als Lehrerin und Mutter erfahren habe. Lügen ist sinnlos. Sie ist klug genug, um die Hinweise selbst zusammenzufügen, und eine Lüge würde sie verstören. Kinder müssen Erwachsenen vertrauen. Sobald sie merken, dass wir lügen, verlieren sie ihre Kindheit.

»Alice«, sage ich. »Du hast recht. Ich habe nicht gebadet. Ich habe das nur gesagt, weil ich im Badezimmer geweint habe und nicht wollte, dass du es merkst.«

Ihr Hunger nach Mitgefühl ist heute stark. Sie fängt auch an zu weinen.

»Das tut mir leid. Warum hast du so lange geweint?«

Ich lasse ihre Hände nicht los.

»Alice«, setze ich an und halte inne. Ich überlege, wie ich die Dinge, die ich ihr sagen möchte, am besten formuliere. Die Dinge, die ich ihr sagen möchte, damit sie mich vielleicht versteht. Vielleicht empfindet sie Mitgefühl mit dem Menschen, der ich wirklich bin – der Mutter, die man aus ihrer Familie gerissen hat, die ihre Kinder vermisst und ihren Mann und ihr Zuhause. Vielleicht versteht sie, selbst wenn sie wenig von der Welt weiß, dass niemand in Gefangenschaft glücklich sein kann. Ich habe die Bücher in ihrem Spielzimmer gesehen. Ich weiß, was sie für die Schule liest. Sie hat angefangen, etwas über die Welt zu lernen und über das menschliche Leid. Vielleicht kann sie dieses Wissen auf mich anwenden, auf unsere Situation. Wenn ich sie dazu bringen kann, mich zu sehen, werde ich möglicherweise auch diesen Hass los.

Nichts davon ist ihre Schuld.

Doch dann lässt mich etwas innehalten. Etwas, das ich tief im Inneren weiß. Das übertriebene Schluchzen. Die Tränenströme. Das ist nicht normal. Es ist eine Reaktion. Aber sie reagiert anders als alle Kinder, die ich je erlebt habe. Was immer in diesem Haus geschehen ist, ist in ihren Verstand eingedrungen und hat ihn auf eine Weise geformt, die ich nicht verstehe. Und solange ich sie nicht verstehe, kann ich Alice nicht vertrauen.

»Alice, ich bin traurig, weil du gesagt hast, so würde das Ende anfangen. Ich will dich nicht verlassen. Es macht mir Angst, weil ich nicht weiß, was es bedeutet.«

Ihre Augen werden groß. Neue Tränen schießen hervor.

»Na ja«, sagt sie und sucht nach Worten, um alles zu erklären, »als meine erste Mommy angefangen hat, bei mir zu schlafen, hat sie gesagt, dass sie von ihm wegwill. Aber dann hat er sich trotzdem zu uns geschlichen, und dann hat sie sich im Wald verirrt. Dann ist sie gestorben.«

Ich überlege, was das bedeutet – wollte ihre erste Mommy ihm entkommen, indem sie bei ihrem Kind schlief? Hatte sie tatsächlich geglaubt, er würde sie in Ruhe lassen? Und als er es nicht tat und trotzdem in ihr Bett kam und Alice dem aussetzte, was immer er ihrer Mommy antat, hatte sie womöglich zu fliehen versucht.

Der Gedanke macht mich krank. Und dennoch bin ich hier, bereit, alles zu tun, um meine eigene Tochter zu beschützen. Vielleicht hat diese andere Frau gedacht, sie könnte entkommen und Alice danach retten.

Sie drückt meine Hand fester und lächelt. Das glückliche Gesicht.

»Aber ich glaube, ich habe mich geirrt, es ist nicht das Gleiche«, sagt sie.

»Wie kommt's? Was ist denn passiert?«

Sie zieht die Hände weg und wischt sich das Gesicht ab.

»Er hat gesagt, ich kann nicht mehr in deinem Zimmer schlafen.«

Ich frage mich nervös, was das bedeutet. Will er mich daran hindern, Alice näherzukommen, oder mich nachts für sich selbst haben?

»Und«, fährt sie aufgeregt fort, »er hat uns Lebensmittel

gekauft, damit du mir beim Kochen helfen kannst – Sachen für die Mikrowelle, damit ich nicht das Haus in Brand setze!« Sie kichert. »Das hat er gesagt.«

Jetzt lächle ich. Und es kommt aus meinem Herzen. Aus meinem Herzen, das mit jedem Moment, den ich hier verbringe, dunkler wird.

»Also können wir heute Abend etwas zu essen machen?«

»Ja. Ich habe ihn sogar nach dem Wackelpudding gefragt, wie du gesagt hast.«

Mein Lächeln wird breiter, mein Herz noch dunkler.

»Kommt er nach Hause und isst mit uns?«

Alice zuckt mit den Schultern. »Keine Ahnung. Ich weiß gar nichts mehr. Seit du hier bist.«

Informationen, denke ich. Neue Informationen. Die Gedanken an Gift haben mich abgelenkt. Giftige Gedanken. Ich hätte die Fragen, die sich jetzt aufdrängen, längst stellen sollen.

»Was hat er denn vorher gemacht?« Am liebsten würde ich alles gleichzeitig fragen, aber ich spreche langsam und warte geduldig. Wir unterhalten uns einfach nur. Vertreiben uns die Zeit. So lerne ich sie besser kennen.

Alice zuckt erneut mit den Schultern. »Manchmal ist er nach Hause gekommen und hatte Abendessen dabei. Er sieht gerne fern, bis er einschläft.«

Geduld. Geduld.

»Das macht mein Mann auch. Er sieht sich Sachen an, die mir nicht gefallen, darum lese ich stattdessen. Was schaut er sich denn so im Fernsehen an?«

Alice zuckt mit den Schultern. Trauriges Gesicht.

»Lässt er dich nicht mitschauen?« Ich kann nur raten, was ihren plötzlichen Stimmungsumschwung hervorgerufen hat.

»Er mag abends gar nicht mehr hier sein. Und ich mag nicht allein sein.«

Ich denke darüber nach. Und rücke behutsam vor.

»Liegt es an dem, was mit deiner ersten Mommy passiert ist? Vielleicht macht es ihn traurig, ohne sie hier zu sein.«

Ja, denke ich. Ich muss diese Dinge erfahren. Hat er sie geliebt? Hat auch sie hinter Gittern gelebt? Oder hat sie ihn geliebt? Waren sie mal eine Familie, bevor etwas schiefgegangen ist? Ganz und gar schief?

Notfalls warte ich den ganzen Tag. Stelle Fragen. Mache Schulaufgaben. Stelle Fragen. Esse Sandwiches mit Erdnussbutter. Stelle Fragen. Spiele mit unseren Puppen, Hannah und Suzannah.

Aber sie antwortet nicht. Das traurige wird zum wütenden Gesicht.

»Alles gut«, sage ich, um ihre Stimmung zu drehen. »Du brauchst nicht darüber zu reden. Ich wette, es macht dich traurig. Weißt du, was ich glaube?«

Schulterzucken.

»Ich glaube, du hattest deine erste Mommy lieb.«

Trauriges Gesicht, noch mehr Tränen. Diese Tränen habe ich noch nicht gesehen. Sie laufen ihr über die knallroten Wangen, begleitet von unkontrollierbarem Schluchzen. Dies sind echte Tränen, und ich weiß, ich bin auf Gold gestoßen.

»Oh, Liebes! Ich weiß. Ich weiß …«

Ich versuche, sie nicht zu berühren. Am liebsten würde ich nicht einmal atmen. Ich habe eine Quelle der Menschlichkeit in diesem Kind entdeckt, die nicht versiegen darf.

Selbst der Hass in mir weicht zurück. Obwohl ich hier in diesem Käfig sitze. Obwohl sie die Macht hätte, mich zu befreien.

Geduld.

Ich denke an die Lebensmittel und das Abendessen. Ich rekapituliere, was ich über Ethylenglycol weiß und wie ich es ins Essen mischen werde, das nur für ihn bestimmt ist. Ich male mir aus, wie er zusammenbricht und sich vor Schmerzen windet, während die scharfen Splitter der Chemikalien seine Eingeweide zerschneiden. Und wie ich weggehen und ihn seinen Qualen überlassen werde. Vielleicht auch dem Tod.

Ich denke nicht daran, was ich mit Alice mache oder wie ich mich fühlen werde, wenn sie dabei zusieht. Ich kann es mir nicht leisten, darüber nachzudenken, weil es meinen Plan zerstören könnte und ich meine Schwäche bereits spüre – die Schwäche für das Mädchen, das jetzt echte Tränen weint.

»Ich weiß …« Ich sage es mehrfach, mit langen Pausen dazwischen. Ich lasse sie weinen.

Als sie sich ein wenig beruhigt hat, warte ich noch ein bisschen, bevor ich zu meinen Fragen zurückkehre.

Geduld.

»Alice, wie hieß denn deine erste Mommy?«

Sie wirkt jetzt geradezu ätherisch, hängt Tagträumen von ihrer ersten Mommy mit den echten blonden Haaren nach.

Dann spricht sie ihren Namen aus. Den Namen der ersten Mommy, die tot ist. Die im Wald gestorben ist.

»Daisy«, sagt sie. »Daisy Alice Hollander.«

26

Tag fünfzehn

Nic verließ Booths Wohnung und rannte über die Straße zur Kneipe. Es war kurz nach elf.

Sie stürmte durch die Tür, dass die Glöckchen gegen die Wand schepperten. Kurt stand hinter dem Tresen und räumte Gläser aus der Spülmaschine.

Er blickte überrascht auf.

»Hey. Wie ist es gestern gelaufen?«

Nic ging rasch zur Theke. Als sie sich im Spiegel hinter den Flaschen sah, zuckte sie zusammen – nasse Haare, weites Sweatshirt, irrer Gesichtsausdruck.

Sie holte Luft, bevor sie sprach.

»Ich muss dich was fragen.«

Kurt zuckte mit den Schultern und wischte ein Glas ab. »Klar.«

»Sehe ich aus wie Daisy Hollander?«

Er stellte das Glas ab und betrachtete sie.

»Na ja … die Haare sind ähnlich. Gleiche Farbe und Länge. Und sie war auch dünn. Hatte lange Beine, die sie gerne zeigte. Sie trug sogar im Winter kurze Röcke ohne Strumpfhosen. Aber ich wäre nicht drauf gekommen, wenn du es nicht erwähnt hättest.«

Nic setzte sich auf einen Hocker. Spürte, wie sie ruhiger wurde. Kurt hatte diese Wirkung auf sie.

»Warum fragst du das?«

»Roger hat gesagt, ich würde aussehen wie sie. Oder ihn an sie erinnern.«

Kurt verzog das Gesicht. »Das ist ein bisschen gruselig.«

»Und er hat mir einen Brief gezeigt.«

»Ah!«, sagte er sarkastisch. »Den berüchtigten Abschiedsbrief.«

»Du weißt davon? Auch, was drinsteht?« Booth behauptete, niemand habe von dem Baby gewusst.

»Nur dass er einen bekommen hat. Er musste erklären, weshalb er aufgehört hatte, nach ihr zu suchen und ihre Familie zu belästigen. Die Leute waren neugierig. Er verwandelte sich plötzlich von einem Irren, der die Polizei, Daisys Freunde und ihre arme Schwester in Boston verfolgte, in jemanden, der geradezu unheimlich ruhig wirkte. Es war klar, dass der Brief etwas damit zu tun hatte.«

»Er ist sich ziemlich sicher, dass Chief Watkins sie aus der Stadt gebracht hat.«

»Ja, das habe ich doch auch gesagt. Er hat einfach diesen Drang, den Kids zu helfen, von hier wegzukommen.«

In seiner Stimme lag eine leise Verachtung, die Nic erst jetzt bemerkte.

»Du magst ihn nicht.«

Er lächelte breit und unaufrichtig. »Alle lieben den Chief«, sagte er sarkastisch. »Vor allem sein kleiner Doppelgänger.«

»Reyes?«

Er wirkte überrascht. »Ist dir das nicht aufgefallen?«

»Eigentlich nicht. Jedenfalls nicht so.« Nic dachte an das Casino, die vier Drinks. Die Geschichte, die sie förmlich an den Stuhl gefesselt hatte.

»Ich weiß, dass Watkins ihm geholfen hat, hier einen Job zu finden.«

»Keine Sorge, die Story kennen wir alle. Dass Reyes als

junger Cop oben in Worcester einen unbewaffneten Jungen erschossen hat.«

»Moment mal«, sagte Nic. »Der Junge hatte eine Spielzeugwaffe. Und er war streng genommen auch kein Junge, sondern fast zwanzig. Unbehandelte Schizophrenie. Er wohnte im Busdepot. Lief mit gezogener Waffe vor einer Schule herum, bis die Polizei auftauchte.«

Kurt betrachtete sie prüfend.

»Dich hat's erwischt, was?«

»Wie bitte?«

»Er ist charmant. Das muss ich ihm lassen.« Kurt klang verbittert, und Nic begriff, dass sie so gut wie nichts über diese Stadt und die Menschen wusste, die hier lebten.

»Nein, es hat mich nicht erwischt.«

»Aber er hat dich zum Trinken gebracht. Mit seiner traurigen Geschichte. Das kann ich riechen.«

Kurt hatte den Nagel auf den Kopf getroffen, doch Nic gab sich nicht geschlagen. »Und wennschon? Es ändert nichts an den Tatsachen – vier Polizisten kamen an den Tatort. Reyes war einer von ihnen. Sie warteten auf das SWAT-Team, aber der Junge richtete die Waffe auf sie und zielte dann auf die Fenster der Schule. Drei der vier Polizisten haben das Feuer eröffnet. Es war Zufall, dass Reyes' Kugel ihn in die Brust getroffen hat.«

»Wie gesagt, ich kenne die Geschichte.«

»Er hat die Polizei für seinen Selbstmord benutzt. Es war nicht Reyes' Schuld, aber es hat ihn schwer belastet.«

»Und dann kam der Retter in Gestalt des Chiefs.«

»Nein – so war es nicht. Jedenfalls hat Reyes es anders erzählt.«

»Hör mal«, sagte Kurt und lehnte sich über die Theke, um ihr näher zu sein. »Ich weiß das alles. Er wollte neu anfangen. Bewarb sich um den Job. Der Chief ging das Risiko ein und sorgte dafür, dass er wieder einen klaren Kopf bekam. Aber genau das ist der Punkt. Darum unterstützt Reyes ihn bei allem, was er tut.«

Nic dachte flüchtig daran, wie Chief Watkins die Prostituierte als billige Nutte bezeichnet und aus dem Pick-up gestoßen hatte.

Dem dunkelgrauen Pick-up.

»Und was tut er so?«

Kurt trat zurück und warf die Hände in die Luft. »Spielt keine Rolle. Er hilft Kids. Er hat Reyes geholfen. Die beiden haben hier das Sagen. Die Cops mit ihrer Autorität. Und Roger Booth mit seinem Geld. Leute wie ich haben zwei oder drei Jobs. Ich komme gerade von der Nachtschicht in der Tankstelle – und jetzt bin ich hier. Das ist alles ein beschissener Witz. Weil die ganze Stadt ein beschissener Witz ist.«

Nic antwortete nicht. Das alles reichte weit in die Vergangenheit. Kurt hatte von hier weggewollt und es nicht geschafft. Booth hatte die Liebe seines Lebens verloren. Reyes hatte wegen eines furchtbaren Unglücks um seine Zukunft gebangt und musste für die Brocken dankbar sein, die Watkins ihm jetzt hinwarf. Und Watkins – aus ihm wurde sie nicht ansatzweise schlau.

Ihr Handy klingelte.

»Eine Sekunde.«

Die Nummer ihres Vaters. Sie schloss die Augen, schüttelte den Kopf. Auch das noch.

»Hey, Dad«, sagte sie.

Er erwiderte den Gruß nicht.

»Wo bist du gerade?«

»Wieder im Motel. Aber ich wollte gerade nach oben gehen«, log sie. Sie wollte nicht erklären, weshalb sie um elf Uhr morgens in der Kneipe war. »Wieso? Was ist denn los?«

»Ich habe da ein Foto. Von Mark.«

Mark war der Privatdetektiv, den ihr Vater angeheuert hatte.

»Hat er sie gefunden?« Die Welt blieb für einen kurzen Moment stehen.

»Nein, nein – tut mir leid, ich hätte anders anfangen sollen. Ich habe Mark beauftragt, sich diese Edith Moore genauer anzusehen. Es ist einfach sonderbar, dass sie sich erst jetzt gemeldet hat.«

Nic war so mit Chief Watkins, Daisy Hollander, Reyes, Booth und Kurt Kent beschäftigt gewesen, dass sie Edith Moore und ihre Lüge fast vergessen hatte.

»Sie hat sich auf dem Parkplatz des Krankenhauses, in dem sie arbeitet, mit einem Mann getroffen. Er kommt mir bekannt vor, wie jemand aus Hastings. Ziemlich weiter Weg bis Schenectady, nur für eine Verabredung auf dem Parkplatz.«

Ein Schauer überlief Nic.

»Kannst du's mir schicken?«

»Habe ich gerade gemacht.«

Nick öffnete die Nachricht ihres Vaters und das Foto im Anhang. Edith Moore war deutlich zu sehen. Die andere Person stand ein wenig hinter ihr, war aber eindeutig zu erkennen.

Nein …

Sie rutschte vom Barhocker. Ihre Wangen zitterten.

Sie ging zur Tür. Kurt schaute ihr neugierig hinterher.

»Ich muss los – ein Problem bei mir zu Hause«, sagte sie.

Er glaubte ihr nicht, das verriet seine unbewegte Miene.

Das Handy am Ohr, eilte sie die letzten Schritte bis zur Tür, stieß sie auf und rannte über die Straße.

»Nic? Bist du noch da?«

»Ja.« Sie blieb am Rand des Parkplatzes stehen.

»Nic – kennst du diesen Mann?«
Sie atmete aus, damit ihre Stimme ruhiger klang.
»Ja, ich kenne ihn.«

27

Tag fünfzehn

Ich höre den Wagen. Alice auch, sie rennt schon zur Haustür.

Wir haben ihre Schulaufgaben durch die Gitterstäbe gemacht, immer schön so, dass Dolly uns sieht.

Ich höre ein schrilles, aufgeregtes Quieken. Dann das tiefe Gelächter eines Mannes.

Sie gehen in die Küche. Schränke werden geöffnet und geschlossen. Gedämpfte Stimmen. Teller. Gläser klirren.

Ich sitze mit dem Rücken zur Kamera und bewege mich nicht. Äußerlich bin ich völlig still.

In Gedanken bin ich schon auf der Flucht.

Zeit vergeht. Ich höre Schritte und drehe mich um. Es ist Alice, die mir ein Tablett mit Essen bringt. Nicht das übliche Sandwich mit Erdnussbutter. Heute gibt es gegrilltes Käsesandwich und Tomatensuppe.

»Es schmeckt so lecker, wenn du das Sandwich in die Suppe tunkst!«, erklärt sie mir.

Sie öffnet die Klappe. Schiebt das Tablett hindurch und verschließt sie wieder.

Ich frage mich, wieso sie und nicht Mick mir das Essen bringt. So wie sonst, wenn er zu Hause ist.

»Warum bringst du mir das Tablett?«

Alice zuckt mit den Schultern. »Ich weiß nicht. Er hat es mir gesagt.«

Er hat mich nicht mehr angeschaut, seit er mit uns im Bett geschlafen hat.

Sie steht auf, beobachtet mich.

»Tu es!«, sagt sie.

Ich schaue von meinem Platz auf dem Boden zu ihr hoch.

»Was tun?«, frage ich sehr nett.

»Tunk das Sandwich in die Suppe!«

»In Ordnung. Du brauchst mich nicht dabei zu beobachten. Ich weiß, dass er in der Küche auf dich wartet. Er ist nur nach Hause gekommen, um dich zu sehen, oder?«

Ich muss mich dazu zwingen, eine Frage zu stellen. Ich koche vor Zorn, während ich hinter meinen Gitterstäben sitze. Wie ein gefangenes Tier.

»Er hat Lebensmittel gekauft, also kannst du später das Abendessen machen. Er hat sein Versprechen gehalten. Außerdem macht er gerade sauber.«

Alice verschränkt trotzig die Arme.

»Tu es!«, befiehlt sie mir erneut. »Iss was davon!«

Ich zwinge mich zu lächeln. Ich nehme das Sandwich und tauche eine Ecke in die Suppe. Ich führe es zum Mund und schiebe es hinein und schließe die Lippen darum und ziehe mit den Zähnen ein Stück ab.

Ich muss würgen, als ich kaue und schlucke, Grimassen schneide und genüssliche Laute von mir gebe.

Mmm.

Dieses Essen habe ich früher für meine Kinder gemacht. Ich kenne es aus einem Skiort in Vermont, wo wir im Winter hingefahren sind. John und ich laufen beide sehr gern Ski. Besser gesagt, wir *liefen* gern Ski. Ich kann mich nicht erinnern, wann wir es zum letzten Mal gemacht haben.

Mit den Kindern wurde es anders. Wir waren an kleine Körper gefesselt, an denen die Schwerkraft zog, und nach ein paar leichten Abfahrten schon erschöpft. John hielt gerne

Nicoles Stöcke und fuhr neben ihr. So brachte er sie dazu, Kurven zu fahren und die Geschwindigkeit zu kontrollieren. Evan ging lieber mit den anderen Kindern in die Skischule. Es war ihm zu peinlich, es von seinen Eltern zu lernen.

Wenn wir sie glücklich im Hotelzimmer untergebracht hatten, schlichen John und ich hinunter in die Kneipe, tranken Bier und hörten Coverbands, die Countrymusik spielten. Es erinnerte uns an die Zeit vor den Kindern, als wir den ganzen Tag Ski gelaufen waren, uns mit Bier betrunken und geliebt hatten und dann eingeschlafen waren. Erschöpft und glücklich.

Eine Geschichte brachte uns noch Jahre später zum Lachen. Ein Mann war mit uns im Lift gefahren und hatte mit seinem herausragenden Können angegeben, mit seinem Haus auf dem Berg, seinen genialen Kindern. Und dann war er einfach aus dem Lift gefallen, Stöcke und Ski um sich herum im Schnee verstreut. Der Lift hatte angehalten, und die Leute waren zu ihm gelaufen, um zu helfen. Aber es war nur sein Ego, das Schaden genommen hatte. Wir beide hatten Tränen gelacht.

Die Erinnerung raubt mir den Atem. Ich würge an meinem Essen, weil es diese kostbaren, schmerzlichen Erinnerungen weckt.

Auf dem Berg gab es eine Hütte, wo man Sandwiches mit gegrilltem Käse und Tomatensuppe bekam. Die Leute standen Schlange, in Kälte und Schnee, und aßen dann im Stehen, mit Helm und manchmal auch mit Handschuhen. Und wann immer wir jemanden trafen, der dorthin zum Skilaufen fuhr, sagten wir wie aus einem Mund – *gegrillter Käse und Tomatensuppe!*

Wir sind nicht mehr Ski gelaufen, seit Annie tot ist. Das wird mir jetzt erst klar. Wir liefen nicht mehr Ski, und ich machte keine Sandwiches mit gegrilltem Käse und Tomatensuppe mehr.

»Ich habe es dir doch gesagt«, verkündet Alice altklug.

Ich schlucke den Bissen hinunter.

»Schmeckt köstlich«, sage ich, als hätte ich es noch nie gegessen. Als wäre ich nur ein dummes Tierchen, das hinter Gittern sitzt. Als wäre sie meine Herrin.

Stunden vergehen. Ich spiele mit Alice. Wir machen Schulaufgaben.

Und dann ist es endlich Zeit. Alice holt eine Tüte mit Essen, ein paar Plastikschüsseln und Besteck aus der Küche und schiebt mir alles durch die Klappe.

Mick hat ein kleines Grillhähnchen gekauft. Dazu einen Beutel mit tiefgekühlten Erbsen und Möhren. Ich lege das Hähnchen in die größte Schüssel, gebe das Gemüse und ein bisschen Wasser hinzu.

»Du kannst das gleich in die Mikrowelle stellen. Drei Minuten. Weißt du, wie die funktioniert?«

»Ja!«, sagt Alice. »Wir haben die Mikrowelle von der Tankstelle. Die haben eine neue gekauft und uns die alte geschenkt. Die Anweisungen stehen vorne drauf. An der Tankstelle kann man Hot Dogs in der Mikrowelle aufwärmen.«

Ich halte inne. *Informationen*, denke ich.

»Warst du schon mal an der Tankstelle? Ich dachte, es sei gefährlich, wenn du nach draußen gehst.«

»Nein, war ich nicht. Aber er hat mir von den Hot Dogs erzählt, als er die Mikrowelle mitgebracht hat. Weil ich gefragt habe, wieso man beim Tanken eine Mikrowelle braucht.«

Langsam, sage ich mir. *Behutsam*.

»Das ist aber nett, dass sie ihm die Mikrowelle geschenkt haben.«

Ich hole die übrigen Einkäufe aus der Tüte. Der Instant-Wackelpudding ist auch dabei, und ich seufze erleichtert.

Meine Worte wirken in ihr nach. Ich habe nichts gefragt,

daher fürchtet sie sich auch nicht vor der Antwort. Sie erzählt gern Dinge, wenn ihr danach ist. Und heute Abend ist ihr danach.

»Soll ich dir ein Geheimnis verraten?«, fragt Alice im Flüsterton.

Aber sicher.

»Ja.«

»Dolly hat da auch Augen.« Ihr Gesichtsausdruck ist herausfordernd.

»An der Tankstelle?« Ich muss daran denken, wie oft ich dort war.

Jeden zweiten Donnerstag von September bis November. Dann wieder an Thanksgiving und Weihnachten, mehrfach im Winter und Frühling, wenn auch nicht im festen Rhythmus. Ich bin die Strecke drei Jahre lang gefahren, um meinen Sohn zu besuchen. Ich war immer allein an der Zapfsäule. Wenn Nicole mitkam, musste ich tanken, bevor wir losfuhren, weil sie unterwegs gern schlief und nicht anhalten mochte.

»Ja. Alle möglichen Leute kommen dahin. Die fahren nach Norden, um ihre Kinder in der Schule zu besuchen. Die haben viel Geld, darum ist es egal, wenn sie auf seinen Pick-up auffahren und für den Schaden bezahlen müssen.«

Mir fällt ein, wie oft ich an der Theke gestanden, einen Kaffee oder etwas Süßes für Evan oder eine Flasche Wasser gekauft habe. Wie oft ich meine Kreditkarte durch das Gerät gezogen habe. Wie oft mein Wagen mit dem Kennzeichen aus Connecticut an der Zapfsäule gestanden hatte. Man kann Kennzeichen im Internet recherchieren. Irgendwelche Leute haben sich in die Datenbank der Kraftfahrzeugbehörde gehackt und verkaufen die Informationen. Das war auch einer Mutter aus Nics alter Schule passiert. Jemand hatte anhand ihres Kennzeichens Namen und Adresse ermittelt und versucht, bei ihr einzubrechen. Mein Auto ist auf Johns Firma zugelassen. Trotzdem ist es eine Spur.

Vielleicht arbeitet Mick an der Tankstelle. Vielleicht gehört sie ihm. Vielleicht kennt er die Besitzer. Hat es irgendwie geschafft, Kameras zu installieren. Und er hat die alte Mikrowelle von dort.

Ich bin verblüfft, aber dankbar für die neue Information.

»Einmal«, sagt Alice und lacht, dass sie die Worte kaum herausbringt. »Einmal hat sich ein Mann die Limo hinten im Laden angesehen … und er … und er … hat in der Nase gebohrt! Genau vor Dolly! Das hat er mir erzählt.« Sie lacht derart, dass ihr die Tränen kommen.

»Wirklich sehr lustig«, sage ich. Ich denke daran, wie oft ich an ebenjener Stelle gestanden und eine Flasche Wasser ausgesucht habe.

Ihr Gelächter verstummt abrupt, als hätte sie sich bei etwas ertappt. Die Zeit der Geheimnisse ist vorbei. Ihre Augen wandern zur Kamera im Flur, und sie sieht ängstlich aus.

Ich wechsle das Thema.

»Magst du Limette?« Ich zwinge mich, neutral zu klingen. Normal, was immer das unter diesen Umständen bedeutet. Ich halte ihr den Wackelpudding vor die Nase.

»Nein!«, erwidert sie. »Ich hasse Limette.«

Das wusste ich, weil sie es mir bereits erzählt hat.

»Ich mag Orange. Möchtest du Erdbeer?«

Sie nickt.

»Okay – du bringst das Hähnchengericht in die Küche und machst es warm, und ich rühre währenddessen den Wackelpudding an.«

Sie nimmt die Schüssel und trägt sie vorsichtig durch den Flur. Als sie außer Sichtweite ist, nehme ich den Wackelpudding und die kleineren Schüsseln und gehe damit ins Bad.

Ich mache die Tür zu und hole das Frostschutzmittel unter

dem Waschbecken hervor. Ich gieße die kleine Menge aus der Teetasse in eine Schale und denke an Mick, der mich beobachtet hat, während ich mir eine Flasche Wasser ausgesucht habe.

Ich vermische das Frostschutzmittel mit dem Limettenpulver und denke an Mick, der mich an der Kasse beobachtet hat.

Dann rühre ich Orange und Erdbeer an, schütte beides in separate Schalen und denke an Mick, der mein Kennzeichen notiert und meine Familie recherchiert hat.

Alice kommt mit dem fertigen Gemüsehähnchen und Tellern zurück. Ich schicke sie noch dreimal in die Küche, jedes Mal mit einer Schale Wackelpudding, damit auch ja nichts überschwappt. Von einer dieser Schalen könnte mein Leben abhängen.

Dann essen wir. Und warten darauf, dass Mick nach Hause kommt.

Zum Nachtisch.

28

Tag fünfzehn

»Wohin fahren wir?«, fragte Reyes.

Er hatte ihre Anweisung befolgt, als Nic in seinen Wagen gesprungen war – *Fahr los!*

Sie atmete schwer. Brachte nur ein Wort heraus.

»Laguna.«

»Okay«, sagte Reyes. »Aber ich dachte, du wolltest ins Rathaus, um im Grundbuch nachzusehen.«

Nic schüttelte den Kopf. »Ich muss raus aus Hastings. Ich brauche Zeit zum Nachdenken.«

Reyes legte ihr die Hand auf den Rücken. »So, lehn dich mal vor – den Kopf zwischen die Knie. Du hyperventilierst ja.«

Nic beugte sich nach vorn und stützte den Kopf in die Handflächen. Als sie wieder klar denken konnte, holte sie das Handy heraus und betrachtete das Foto – nur um ganz sicherzugehen.

Dann erzählte sie es Reyes.

»Kurt Kent und Edith Moore«, setzte sie an. »Die kennen sich. Die haben sich vor dem Krankenhaus getroffen, in dem sie arbeitet.«

Reyes schaute rasch zu ihr und wieder auf die Straße. »Holla! Jetzt mal ganz langsam. Und von Anfang an.«

Nic berichtete von dem Privatdetektiv, der für ihren Vater

ermittelte. Der nach Schenectady gefahren war, um mehr über Edith herauszufinden. Der ihr folgte, seit sie sich in Hastings mit Nic getroffen hatte.

Reyes hielt kurz vor der Tankstelle am Straßenrand und wollte das Foto sehen.

Er betrachtete es prüfend. »Verdammt. Das ist tatsächlich Kurt.«

Nics Handy klingelte.

»Dad – es geht mir gut. Ich bin mit der Polizei unterwegs.«

Sie hörte geduldig zu, als er sie anwies, zum Teufel noch mal sofort nach Hause zu kommen und von nun an alles dem Privatdetektiv zu überlassen. Sie sagte zu allem Ja und Amen, obwohl sie keineswegs vorhatte, ohne ihre Mutter heimzukehren. Sie würde Hastings verlassen, aber nur, um ins Casino zu fahren.

Kurt war ein Lügner. Er hatte versucht, sie gegen Reyes einzunehmen, Zweifel an seinen Absichten zu wecken. Er hatte versucht, Watkins mit dem Verschwinden ihrer Mutter in Verbindung zu bringen. Reyes hätte sie vergangene Nacht ausnutzen und mit ihr ins Bett gehen können. Stattdessen war er gegangen.

Sie beendete das Gespräch und wandte sich zu Reyes.

»Mein Vater und der Privatdetektiv glauben Folgendes. Nachdem meine Mutter verschwunden war, hat Kurt abgewartet, bis alle Spuren im Sand verlaufen waren. Bis niemand mehr anrief und es keine neuen Hinweise mehr gab. Dann hat er dafür gesorgt, dass seine Freundin oder was immer sie ist, mit dieser halbgaren Geschichte ankommt. Dass sie am Abend des Sturms zufällig durch die Stadt gekommen sei.«

Reyes nahm den Faden auf.

»Und wenn du deine Mutter findest, kann Edith Moore sich Hoffnung auf die Belohnung machen. Ich hatte so etwas schon befürchtet, nachdem klar war, dass sie wegen New York gelogen hatte.«

»Aber wie hätte sie die Buchstaben auf der Tasche erkennen sollen? Von der anderen Straßenseite aus, im Regen?«

»Scheiße«, sagte Reyes. »Wie konnte mir das entgehen. Ich war so fixiert darauf, ihr nachzuweisen, dass sie wegen des E-ZPasses gelogen hat.«

Nic nickte, spannte sich aber wieder an.

»Was ist los?«, fragte Reyes und griff nach ihrer Hand.

»Wenn er nun weiß, wo meine Mutter ist? Wenn er es die ganze Zeit gewusst und nur gewartet hat, bis die anderen Spuren abkühlen, damit er mich jetzt zu ihr führen kann?«

Reyes drückte ihre Hand fester und lächelte. »Na ja, ist doch egal, oder? Hauptsache, er hilft dir, deine Mutter zu finden! Um den kleinen Arsch kümmern wir uns später. Ich glaube, wir müssen die Sache durchziehen. Du musst tun, als hättest du keine Ahnung. Du lässt dich von ihm zu deiner Mutter führen, egal wie sein Plan aussieht.«

Nic zog die Hand weg.

»Es gibt noch eine andere Möglichkeit. Angenommen, er weiß, wo ihre Leiche ist. Und hatte deshalb keine Eile. Niemand würde sie finden, weil sie …«

»Stopp. Hör auf, so zu denken.«

Doch Nic musste es aussprechen.

»Niemand würde sie finden, weil sie tot ist.«

Reyes holte ein gefaltetes Blatt Papier aus der Tasche und hielt es ihr hin.

Es war die Kopie einer Rechnung, die an die Polizeibehörde adressiert war.

»Ich wollte die Sache mit der kaputten Heckleuchte des Chiefs schon zu den Akten legen. Mir den nächsten Pick-up vornehmen. Eine neue Spur verfolgen. Vielleicht das Gelände mit dem Zaun.«

Nic sah sich die Rechnung genauer an. Sie stammte von einem Geschäft für Autozubehör in Waterbury. Siebenunddreißig Dollar und ein paar Zerquetschte. Anstelle des gekauften Gegenstandes war nur eine Nummer angegeben.

»Die Artikelnummer steht für eine Heckleuchte mit Abdeckung«, erklärte Reyes. »Und zwar für einen Chevy Silverado.«

Nic rief das Foto von Chief Watkins' Wagen auf.

»Watkins fährt einen Silverado.« Sie starrte auf den Pick-up, in den ihre Mutter womöglich gestiegen war. »Glaubst du, er hat den Schaden selbst repariert?«

»Ja, das tue ich. Also weiß er, dass jemand seinen Pick-up am fraglichen Abend gesehen hat. Sonst wäre er hier in die Werkstatt gefahren. Während du und dein Vater hier wart und nach deiner Mutter gesucht habt, hat er den Pick-up nicht benutzt. Damals habe ich mir nichts dabei gedacht, aber …«

»Jetzt passt es.«

»Was bedeutet«, spann Reyes den Gedanken weiter, »dass Edith Moore deine Mutter an dem Abend vermutlich gesehen hat. Sie hat ihrem Freund erzählt, sie würde nach New York fahren, um sich mit Freundinnen zu treffen. Stattdessen ist sie zu Kurt gefahren – vielleicht ist er ihr Geliebter. Dann zog der Sturm auf, und sie musste so schnell wie möglich los, sonst hätte sie hier festgesessen. Sie wartete bis zur letzten Minute und fuhr dann zur Route 7.«

Nic machte weiter. »Sie hat gesehen, wie Chief Watkins meine Mutter mitgenommen hat, sich aber nichts dabei gedacht. Als sie Kurt das nächste Mal traf, erwähnte er die vermisste Frau, worauf Edith ihm erzählte, was sie beobachtet hatte.«

»Das kann am nächsten Tag oder auch später gewesen sein. Kurt Kent mag ein erfolgloser Barkeeper sein, aber ich kann mir nicht vorstellen, dass er ein so kompliziertes Verbrechen plant. Möglicherweise stimmt alles, was Edith Moore gesagt hat. Bis auf ein Detail, das sie verschwiegen hat: ihren Besuch in Hastings, um Kurt zu treffen.«

»Und was ist mit den Buchstaben auf der Tasche?«

»Die könnte sie tatsächlich gesehen haben. Wir müssten die Szene nachstellen.«

»Und Watkins?«

»Ich weiß …«

»Was hat er mit meiner Mutter gemacht?«

Reyes ließ den Motor an und fuhr los.

»Finden wir es heraus. Zuerst holen wir deinen Wagen. Dann suchen wir den Chief und fragen ihn geradeheraus, was hier vorgeht.«

Eine Welle der Erleichterung überkam Nic.

Reyes hatte mit allem recht. Kurt Kent war kein schlechter Mensch. Edith Moore belog niemanden außer ihren Freund. Vielleicht hatte sie sich gleich nach Mollys Verschwinden bei der Polizei gemeldet – oder abgewartet, um sicherzugehen, dass sie die Belohnung bekam. Nichts davon bewies, dass die beiden wussten, wo ihre Mutter war. Nur, dass Edith Moore etwas gesehen hatte.

Und zwar Watkins mit seinem Pick-up. Die kaputte Heckleuchte konnte unmöglich Zufall sein.

Edith Moore hatte gesehen, wie ihre Mutter in den Pick-up abgestiegen war. In Watkins' Silverado.

Watkins wusste, wo ihre Mutter war.

Reyes lächelte. »Geht es dir besser? Du atmest jetzt ruhiger.«

Nic lächelte zurück. »Ich glaube, sie lebt. Ich glaube, Watkins hat sie irgendwohin gefahren. Ihr geholfen, zu verschwinden. Inzwischen ist mir sogar egal, dass sie wegwollte und warum.«

Reyes tätschelte ihr Knie. »Ich weiß. Und wir werden sie finden …« Er verstummte, doch Nic spürte, dass er etwas zurückhielt.

»Was ist denn?«

»Ich habe noch was gefunden. Auf den Kreditkartenabrechnungen deines Vaters.«

»Na, sag schon.« Nic wappnete sich für das, was kommen würde.

»Es wurden mehrfach Hotelzimmer gebucht. Bei euch in der Stadt.«

Nic starrte aus dem Fenster und spürte, wie ihre letzte Hoffnung schwand. »Ich habe es geahnt, aber nicht geglaubt. Nicht so richtig.«

»Es gibt eine weitere Belastung, die ich mir nicht erklären kann. Von einer Tankstelle bei West Cornwall.«

»Das ist südlich von hier. Von welchem Tag?«

Reyes antwortete nicht. Es war auch nicht nötig.

»Vom Tag, an dem sie verschwunden ist«, sagte Nic.

»Die könnte auch von deiner Mutter sein.«

»Aber dann wäre ihr nicht das Benzin ausgegangen«, erwiderte sie. »Wenn sie in West Cornwall getankt hätte, wäre sie locker bis nach Hause gekommen und nicht in Hastings liegengeblieben.«

Reyes schwieg. Er war zum selben Schluss gelangt.

»Da stimmt was nicht«, sagte Nic.

»Ich kann dort anrufen und die genaue Uhrzeit ermitteln.«

Nic schloss die Augen. Das konnte nicht wahr sein. Ihr Vater konnte unmöglich in die Sache verwickelt sein.

»Soll ich anrufen?«

Sie nickte langsam, aber entschlossen.

29

Tag fünfzehn

Wir liegen auf dem Boden. Ich auf meiner Seite der Gitterstäbe. Alice auf ihrer. Sie wollte bei mir sein, obwohl wir nicht mehr im selben Bett schlafen dürfen. Also hatte ich gesagt, sie solle sich Decken und Kissen vom Sofa holen, und ihr gezeigt, wie man daraus ein Bett baut. Das hat ihr sehr gefallen. Kein Wunder. Auch meine Kinder liebten Betten aus Kissen. Wenn wir in ein Hotel fuhren, alle zusammen, als Familie – in einem anderen Leben –, nahmen wir immer ein Familienzimmer. Ich und John in einem Bett. Zwei Kinder im anderen. Und das dritte auf einem gemütlichen Kissenbett dazwischen, das wir aus allem bauten, was wir im Zimmer finden konnten.

Der Trick besteht darin, die Kissen fest mit einem Bettlaken zu umwickeln, damit sie nicht auseinanderfallen.

Meistens entschied sich Evan für das Kissenbett. Selbst als er zu groß wurde für alles, was wir basteln konnten, schlief er auf den zusammengebundenen Kissen und ließ einfach Arme und Beine runterhängen. Er wollte nicht bei seinen Schwestern schlafen. Mädchen waren *igitt*. Zum Glück galt ich nicht als Mädchen. Diese Erinnerungen fließen frei, mit einem Hauch von Freude. Wenn ich mich über ihn beugte, um ihm einen Gutenachtkuss zu geben, zog er mich mit beiden Armen an sich und drückte mich fest. Tief drinnen war er immer noch ein kleiner Junge, hatte aber die starken Arme eines großen Jungen. Er brauchte mich. Und das war herrlich. Selbst als die Erinnerung sich wieder hinter die Grenze zurückzieht, verweilt die Freude noch ein bisschen. Aber nicht lange. Denn der heutige Abend hatte mit einer Katastrophe geendet.

Alice schläft tief und fest auf ihrem Kissenbett, obwohl ich ihre Arme von meiner Taille gelöst und mich ihrer Reichweite entzogen habe.

Es ist nicht weit genug.

Ich lasse die Gefühle still und schweigsam durch mich hindurchfließen, denn Alice hat das Licht im Flur für Mick angelassen und Dolly kann mein Gesicht sehen.

Es ist vermutlich besser so. Ich weiß nicht, was geschähe, wenn ich meinen Gefühlen freien Lauf ließe.

Wir hatten lange auf Mick gewartet. Wir hatten gewartet, bis wir alle ihre Serien auf dem iPad durchhatten und uns langweilten und müde wurden.

»Ich will meinen Wackelpudding«, hatte Alice gesagt.

Ich hatte gesagt, na schön. Sie könne unseren Wackelpudding holen, aber den für Mick solle sie so hinstellen, dass er ihn sehen könne. Vielleicht habe er ja Lust auf Nachtisch, wenn er endlich nach Hause käme.

Ich sehe noch ihr Gesicht, als sie »Nein!« sagte.

Sie sah mutwillig aus, und ihre Stimme klang trotzig.

Dann fügte sie hinzu: »Den habe ich weggeworfen.«

»Was? Wieso?« Etwas anderes fiel mir nicht ein. Hass stieg in mir auf. Er pulsierte förmlich. Durchdrang jeden Zentimeter meines Körpers, kroch über meine Haut, ließ mich erschauern.

»Er ist nicht nach Hause gekommen, darum verdient er auch keinen Wackelpudding.«

»Alice, das ist nicht nett von dir!« Ich war knapp davor,

durch die Gitterstäbe zu greifen und sie heftig zu schütteln. »Geh ihn holen – hol ihn aus dem Müll, und bring ihn her!«

Der Befehl war lächerlich. Der Wackelpudding wäre längst über die Hähnchenreste und den Kaffeesatz von heute Morgen und wer weiß was sonst noch verteilt. Trotzdem wollte ich ihn haben. Alice musste ihn mir bringen.

Aber dann sagte sie: »Er ist nicht da drin. Ich kann nicht mal den Geruch ertragen.«

»Was hast du damit gemacht?« Mein Mund war knochentrocken.

Das mutwillige Gesicht antwortete, und mein einziger Fluchtplan löste sich vor meinen Augen auf.

»Ich hab ihn in den Abfluss gekippt.«

Alice hat mir den Fluchtweg verbaut. Sie hat es getan aus diesem lächerlichen Hass auf alles, das nach Limette schmeckt. Und wie sie es getan hat, offenbart das ganze Ausmaß ihres Hasses.

Es spielt keine Rolle, dass mir ihr Handeln unter anderen Umständen völlig egal gewesen wäre. Dass sie nicht wissen konnte, welchen Preis ich dafür zahle.

Tatsache ist, dass mich ausgerechnet ihr Hass auf alles, das nach Limette schmeckt, dazu gebracht hat, sie zu hassen, den Hass zum ersten Mal wirklich zu spüren. Er sitzt so tief, dass ich ihn nicht erreichen und zurückholen kann. Er steckt mir tief in den Knochen. Im Kopf. Im Herzen.

Ich bin zu müde, um dagegen anzukämpfen. Ich hasse ein Kind.

Es fällt mir schwer, klar zu denken. Ich hatte einen Plan, und der ist jetzt zerstört. Neue Pläne tauchen auf, kreisen in meinem Kopf, aber es gibt zu viele Unbekannte.

Ich weiß nicht, wo wir sind und was sich hinter jenem Zaun befindet. Ich weiß nicht, wo Mick ist und ob er mich einholen kann, wenn ich zu dem Loch und den Werkzeugen laufe, die ich unter welkem Laub versteckt habe.

Ich weiß nicht einmal, ob die Werkzeuge noch da sind. Aber ich könnte mir ein neues Messer aus der Küche holen. Vielleicht auch eine zweite Schere.

Ich lege mir die einzelnen Schritte zurecht. Ich müsste Alice davon überzeugen, das Gitter wieder zu öffnen. Dann müsste ich mir Stiefel suchen, vielleicht auch einen Mantel. Nachts ist es noch kalt. Ich könnte durch den Wald zum Zaun laufen statt die Einfahrt hinunter. Aber was ist, wenn ich die Stelle nicht mehr finde, an der ich in den Zaun geschnitten und die Werkzeuge versteckt habe? Ich könnte ein neues Loch machen.

Nein, nein, nein.

Der Plan funktioniert nur, wenn Mick weit genug entfernt ist. Sonst sieht er, wie ich weglaufe. Und weiß Bescheid.

Ich kann nicht zurück in den dunklen Raum. Ich kann nicht dorthin gehen, wohin Daisy Alice Hollander gegangen ist.

Ich muss hierbleiben und einem Kind eine gute zweite Mommy sein, um ein anderes Kind zu beschützen – meine Tochter. Um Nicole zu beschützen.

Ich bemühe mich, ruhig zu wirken, obwohl Tränen über meine Wangen und aufs Kissen laufen.

Die Stille stürzt meinen Kopf ins Chaos.

Nicole.

Du warst eine herrliche Kriegerin. So habe ich dich gesehen, obwohl ich es dir nie gesagt habe. Ich wollte nicht, dass du etwas wirst, das ich dir in den Kopf gesetzt habe. Denn das hat meine Mutter mit mir gemacht.

Du bist ein kluges Mädchen, Molly. Nicht das hübscheste Mädchen, aber klug. Das musst du auch sein, um die anderen Mädchen zu überholen, die besser aussehen als du.

Vielleicht hatten mir diese Worte genutzt. Ich hatte fleißig studiert und mir eine Karriere aufgebaut. Und John hatte immer gesagt, dass er das am meisten an mir liebe.

Ich erinnere mich jetzt, wie sehr mein Mann mich einmal geliebt hat. Es war einfach passiert, und es war herrlich. Doch die Herrlichkeit hat sich in Qual verwandelt.

Ich könnte mir einreden, er habe aufgehört, mich zu lieben, weil sich die Waage zu sehr zu seinen Gunsten geneigt hat. Weil ich älter und weniger attraktiv geworden bin, weil ich aufgehört habe zu arbeiten und dadurch weniger interessant geworden bin. Meine Seite der Waage hat immer mehr an Gewicht verloren.

Aber nein, das wäre gelogen. Keine Waage kann die Schuld tragen, die ich auf mich geladen habe.

Ich spüre, wie sich meine Lippen öffnen und Luft hereinlassen, während meine Tränen fließen. Ich schmecke das Salz auf der Zunge.

Ich denke zum ersten Mal seit Jahren an den Streit. Die Auseinandersetzung, bei der ich damals schon keine Chance hatte und auch in Zukunft keine haben werde.

Nein – ich war nicht zu schnell um die Ecke gebogen. Ich war langsamer geworden, natürlich war ich das, weil die Einfahrt gleich dahinter lag.

Nein – ich hätte nicht mehr tun können. Meine Augen waren auf die Straße gerichtet. Ich hatte die Hände am Lenkrad. Ich hatte nicht am Radio oder am Handy herumgespielt oder nach dem Kaffeebecher gegriffen.

Nein – ich hätte nicht noch stärker bremsen können! Das hat das Unfallgutachten bestätigt. Die Bremsspuren. Der Airbag. Das Lenkrad, das weit eingeschlagen war, weg von dem Kind. Meinem Kind. Meiner Annie.

Fünfzehn Zentimeter mehr, und es wäre noch einmal gut gegangen. Ich wäre gegen den Briefkasten und den Buchsbaum und durchs Blumenbeet gefahren. Aber das Lenkrad ließ sich nicht weiter drehen.

Fünfzehn Zentimeter.

Die Schuld folgt keiner Logik.

Ich habe sie getötet.

Du hast ihr das Leben geschenkt.

Ja, aber dann habe ich sie getötet.

Es hört nie auf.

Es tut mir leid, John, dass ich von der Waage gefallen bin. Dass ich deiner nicht würdig bin.

Es tut mir leid, Evan, dass ich dich mit meinem Zorn erfüllt habe. Er dringt mir aus allen Poren. Ich hätte wissen müssen, dass er dich erreicht.

Und Nicole – meine wilde Kriegerin. Du hattest alles! Du warst schön und stark und brillant. Du warst das prachtvolle erstgeborene Kind, das die Welt erobern wollte. Jetzt lebst du hinter Schwert und Schild, aber der Feind verfolgt dich dennoch. Um dich zu besiegen. Dich ebenfalls zu töten.

Meine Brust hebt und senkt sich rasch, ich ringe nach Luft. Ich kann es nicht länger verbergen. Ich liege schluchzend in meinem Gefängnis und sehe keinen Ausweg. Ich bin gezwungen, mich zu unterwerfen. Alles stürzt auf mich ein.

Nicole.

Ich sehe noch, wie du in der Einfahrt gestanden hast. Wie du zu deiner Schwester geschaut hast, die auf der Straße lag. Wie du begriffen hast, was passiert war.

Ich habe gebetet, dass die Kriegerin in dir das übersteht. Ich hatte nicht die Kraft, dich durch den Sturm unserer Trauer zu tragen. Unserer Schuld.

Heute Nacht werde ich nicht schlafen. Und ohne Schlaf habe ich nicht die Kraft, gegen ihn zu kämpfen. Und nicht die geistige Beweglichkeit, um einen neuen Plan zu schmieden.

Meine Tränen sind versiegt, doch die Panik kann ich nicht unterdrücken.

Nichts deutet auf einen bevorstehenden Kampf hin. Ich brauche nicht sofort einen neuen Plan.

Ich setze mich auf. Achte nicht auf die Kamera, auf Dolly. Oder ob ich Alice wecke. Das Chaos in mir muss geordnet werden.

Ich prüfe mein Bauchgefühl, all das, was ich in den vergangenen fünfzehn Tagen empfunden habe.

Mick hatte beinahe fröhlich gewirkt, als er mich an jenem Abend mitnahm. Beinahe übermütig. Sein Plan hatte funktioniert. Das Auflauern, die Überwachung. Dass er Alice benutzt hatte, um mich ins Haus zu locken.

Er schien hoffnungsvoll, weil ich nett mit Alice umging und ins Haus zurückgekehrt war, nachdem ich in den Wald gelaufen war.

Aber dann hatte ich versucht, das Handy an mich zu bringen. Er hatte mich zu Boden gedrückt und aus dem Zimmer geschleift. Ich hatte in seinen Augen gesehen, dass ihn körperliche Gewalt erregte. Die Macht, meinen Körper und meine Gefühle zu beherrschen.

Dann war Nicole in die Stadt gekommen. Sie hatte Mick an seine tote Frau erinnert, und der Gedanke war ihm zu Kopf gestiegen. Unter die Haut gegangen.

Dennoch hat er uns Zeit gegeben. Mir und Alice. Mir und sich selbst. Er hat beobachtet, wie ich mich verändere. Er hat Alice und mich zusammen beobachtet. Er hat mit uns im Bett geschlafen. Ich weiß, er hat versucht, mich zu begehren. Aber die Hoffnung hat sich nicht erfüllt. Ich reiche ihm nicht.

Und nun plant er etwas Neues. Geht mir aus dem Weg, zeigt sich aber großzügig, was das Essen betrifft. Er will mich und Alice beschwichtigen.

Ich muss die Wahrheit akzeptieren. Die Art von Wahrheit,

die man instinktiv erkennt, die keinen objektiven Beweis benötigt.

Ich sehe, wie Alice hinter den Gitterstäben zappelt. Ihre kleinen Arme greifen nach meinem Körper. Ein kleiner Oktopus. Ich lege mich wieder hin und lasse mich von ihr umarmen.

Ich spüre sie.

Die Wahrheit.

Der Kampf steht bevor.

30

Tag fünfzehn

Der Tag verging wie im Flug.

Sie und Reyes trafen um kurz nach Mittag im Laguna ein.

Nic schrieb ihrem Vater eine Nachricht, damit sie seine Stimme nicht hören musste. Er sollte nicht merken, dass sie über seine Affäre und die Kreditkartenzahlung in West Cornwall Bescheid wusste. Sie berichtete, was sie über Kurt Kent und Edith Moore erfahren hatte. Er antwortete, der Privatdetektiv werde sich die Verbindung anschauen. Reyes rief Mrs. Urbansky auf der Polizeiwache an und bat sie, sich um die Strom- und Wasserrechnungen für das Haus an der Abel Hill Lane zu kümmern. Er fragte auch, wo Chief Watkins sei, da er ihn sprechen müsse.

Er wollte Nic wieder nach Hause schicken, doch sie weigerte sich.

Dann bleib wenigstens hier.

Reyes war beharrlich. Nach dem Zwischenfall in der Wohnung sollte sie keinesfalls länger in Booths Motel bleiben. Oder in der Nähe der Kneipe. Kurt Kent konnte ihr Misstrauen bemerkt haben.

Hier bist du sicherer.

Er buchte ein Zimmer für sie und fuhr nach Hastings, um ihre Sachen aus dem Motel zu holen. Nic gab ihm den Schlüssel mit dem riesigen Holzring. Ein paar Stunden später kam er zurück, und sie gingen gemeinsam in die Bar des Laguna.

Watkins ist nirgendwo zu finden, berichtete Reyes. *Weder auf der Wache noch zu Hause.*

Laut Mrs. Urbansky hatte er sich den Tag freigenommen. Er ging auch nicht ans Handy, und Reyes wollte ihn nicht vorwarnen, indem er ihn von Mrs. Urbansky über Polizeifunk suchen ließ. Dann würde er den Chief eben morgen zur Rede stellen.

Es gab Neuigkeiten und ein Dokument. Einen Grundbuchauszug für das Grundstück an der Abel Hill Lane.

Es ist eine Firma – eine Investorengruppe, wie Booth gesagt hat. Eine Holding. Sie würden Einsicht in die Akten des Ministeriums beantragen müssen, um die Namen der Investoren zu ermitteln. Reyes sagte, er habe damals noch nicht in Hastings gewohnt, könne sich aber erinnern, dass man die Gebäude in eine Anstalt für psychisch kranke Straftäter umwandeln wollte. Genau wie Booth gesagt hatte. Es war nie dazu gekommen, erklärte aber den Stacheldraht. Er sagte, die Tankstelle gehöre derselben Firma.

Online war nichts zu finden. Die Firma war nicht mehr aktiv. Was durchaus Sinn ergab, denn Booth hatte erwähnt, dass die Investoren das Anwesen vermutlich nur aus Steuergründen behalten hatten.

Reyes und der State Trooper hatten zwar die Fabrikgebäude durchsucht, nicht aber das Haus, in dem der Vorarbeiter gewohnt hatte. Ihnen war nicht klar gewesen, dass es zum selben Grundstück gehörte. Es besaß eine separate Zufahrt, aber keine offizielle Adresse. Es war, als existierte es überhaupt nicht.

Und doch gab es das Haus.

Und dann …

Wodka.

Reyes erzählte von seiner Kindheit und was mit ihm geschehen war, nachdem er den Jungen getötet hatte. Nic vertraute ihm die Geschichte mit Annie an. Der Nachmittag ging in den Abend über.

Ich glaube, wir sind uns da sehr ähnlich.

Und dann …

Ich kann nicht glauben, dass mein Vater …

Denk lieber nicht daran. Wir wollen sehen, was wir noch herausfinden können.

Und dann …

Ich kann nicht glauben, dass Kurt das getan hat …

Nimm es nicht persönlich. Es geht nur um Geld.

Und dann …

Du hast gut reden. Da war ein Abend – als ich zum ersten Mal hier war.

Der Abend in der Kneipe?

Ja.

Du warst ganz schön blau.

Da ist was passiert.

Ich erinnere mich.

Wie meinst du das?

Hinter dem Haus. Du und Kurt.

Wie kannst du das wissen? Hat er dir davon erzählt?

Schweigen.

Dann die Erkenntnis.

Du warst da? Du hast uns gesehen?

Reyes gab der Kellnerin ein Zeichen.

»Noch eine Runde.« Dann zu Nic: »Ich glaube, die können wir gebrauchen.«

Sie protestierte. »Nein, nein – ich kann nicht. Nicht nach dem, was du gerade gesagt hast. Ich kann nicht glauben, dass du mich mit Kurt, mit irgendjemandem, so gesehen hast.«

Reyes trank sein Glas aus. Dann wurde sein Gesicht ernst,

und er nahm ihre Hand. »Es ist doch keine große Sache. Dann hast du eben mit einem Wildfremden in einer wildfremden Stadt rumgemacht. So was kommt vor.«

Jetzt musste sie lächeln. Dem Wodka sei Dank. Die Gedanken an ihren Vater verschwanden, und die Unterhaltung verwandelte sich in einen Flirt.

»Sollte es aber nicht. Es sollte nicht vorkommen. So bin ich nicht.« Sie korrigierte sich. »So war ich jedenfalls nicht.«

Er lehnte sich zurück und nickte. »Ich wollte nur, dass du dich besser fühlst.«

»Unmöglich. Die letzten Jahre waren so chaotisch. *Ich* bin so chaotisch.«

Die Drinks kamen. Reyes nahm seinen, lehnte aber den Wodka Tonic für Nic ab.

»Nein, warte.« Sie schnappte sich das Glas, bevor die Kellnerin weggehen konnte.

»Es passierte nicht sofort«, erklärte sie. »Nachdem meine Schwester gestorben war, kam es mir vor, als müsste ich sie ersetzen. Ich habe mich nur noch mehr angestrengt. Bessere Noten bekommen. Mich nicht mehr mit Freundinnen getroffen, nicht die Sachen gemacht, die Teenager eben so machen. Einkaufen, Kino, den ganzen Tag über Quatsch aus dem Internet schreiben. Aber es hat nicht lange angehalten.«

»Dann hast du angefangen zu trinken?«

»Ja. Schon komisch, dass Trinken und Männer einem eine gewisse Erleichterung verschaffen. Aber nur vorübergehend. Danach wird es nur noch schlimmer.«

Reyes beugte sich vor und ergriff ihre Hände.

»Ich war vollkommen fertig, bevor der Chief mich hergeholt hat. Nachdem ich den Jungen getötet und meinen Job aufgegeben hatte, wollte ich nur noch sterben. Ich hatte aber nicht den Mut dazu, und vor allem … war da noch dieser nervige Teil in mir, der leben wollte, der mir ständig zuflüsterte, es sei nicht meine Schuld und ich hätte es verdient, am Leben zu bleiben. Den Teil habe ich gehasst.«

Sie konnte jedes dieser Worte unterschreiben.

»Ich weiß – du wolltest dich nicht wirklich umbringen, du wolltest nur die nervige Stimme umbringen, die dir sagt, dass du die Schuldgefühle loslassen und wieder leben sollst. Genau die wollte ich auch töten – mit dem Trinken und den … Männern.«

»Wenn du dich nur weit genug erniedrigst, hält die nervige Stimme vielleicht endlich die Klappe und lässt dich in deinen Schuldgefühlen ertrinken.«

»Genau«, sagte Nic. »Als ich zum ersten Mal getrunken habe, habe ich mir verzweifelt gewünscht, nichts mehr zu fühlen. Ich habe auch ans Sterben gedacht. Von der Brücke bei uns in der Stadt zu springen.«

»Jesus, Nic. Das ist schrecklich. Hast du mit jemandem darüber gesprochen? Dass du dich umbringen wolltest? Von einer Brücke springen?«

»Ich habe es der Psychologin erzählt, zu der sie mich geschickt haben. Ich glaube, sie hat es nicht richtig verstanden. Das versteht wohl keiner, der es nicht erlebt hat. Für sie waren es einfach nur Worte, als ich von den Hohlräumen sprach, die gefüllt werden wollen, sich aber niemals füllen lassen, weil ich diesen Tag nicht ungeschehen machen kann. Ich bekomme meine Schwester nicht zurück. Und meine Mutter …«

Reyes zog sie an sich. Strich ihr über die Haare.

Dann wiederholte er, was er vorhin schon gesagt hatte.

»Wir sind uns ähnlich, Nicole. Und ich verstehe alles, was du sagst.«

Nic schloss die Augen und ließ sich gehen. Sie ließ zu, dass der Alkohol sie durchdrang, von innen wärmte und ihre Gedanken auflöste. Es waren zu viele, und keiner davon gefiel ihr.

Nur dieser eine. Der Gedanke, den er ihr in den Kopf gesetzt hatte.

Wir sind uns ähnlich.

Der Gedanke gefiel ihr sehr, obwohl sie, noch bevor sie vom Tisch aufstanden, wusste, wohin er führen würde.

31

Tag sechzehn

Der Morgen beginnt chaotisch. Das Geräusch eines Bohrers. Dann Stille. Die Haustür schlägt von innen gegen die Wand, als sie gewaltsam aufgestoßen wird.

Alice setzt sich erschrocken auf. Löst sich aus meinen Armen. Schreit überrascht auf, sagt aber nichts.

Ich setze mich hin und sehe, wie Mick nach ihr greift, sie aufhebt und wegträgt.

Sie schaut still über seine Schulter, als er mit ihr durch den Flur geht.

Ich sehe ein neues Gesicht von ihr. Ich gebe ihm keinen Namen, weil ich es nie wieder sehen möchte.

Fassungslosigkeit. Als wüsste sie, dass sie mich verlieren wird.

Ich atme tief durch. Das Chaos scheint vorerst vorbei. Ich stehe auf und gehe zum Bett. Etwas zieht mich dorthin. Ich höre keine Geräusche mehr. Es ist ganz still.

Das Licht sieht irgendwie anders aus, heller und schärfer.

Nun erkenne ich, warum sich das Licht verändert hat.

Mick hat ein Loch ins Holz gebohrt.

Ich schiebe die Fensterscheibe nach oben und berühre das kleine Loch. Er hat es von außen gebohrt. Es ist nicht größer als mein kleiner Finger.

Aber groß genug, um Licht hereinzulassen.

Und groß genug, um nach draußen zu sehen.

Ich schaue durch das Loch, sehe einen Ausschnitt der kreisförmigen Einfahrt. Also liegt das Zimmer an der Vorderseite des Hauses.

Zuerst bin ich erleichtert, weil er mir das Licht geschenkt hat.

Doch dann kommt mir ein anderer Gedanke. Ein Gedanke, der besser zu dem Chaos passt, das vorhin geherrscht hat.

Mick hat das Loch gebohrt, damit ich nach draußen sehen kann.

Ich weiß aber nicht, was ich sehen soll.

Und sehne mich plötzlich nach der Dunkelheit.

32

Tag sechzehn

Nic schreckte aus dem Schlaf hoch und schaute sich um. Sie setzte sich aufrecht hin und registrierte allmählich, was im dämmrigen Morgenlicht zu sehen war.

Steife weiße Bettwäsche. Eine luftige Daunendecke. Verdunklungsrollos hinter dicken beigefarbenen Vorhängen.

Die Heizungsanlage über der Badezimmertür summte leise.

Sie war verkatert. Nackt. Allein. Dann schlängelte sich die Erinnerung in ihr Gehirn, verriet ihr, wo sie sich befand und wie sie hierhergekommen war.

»Nein«, sagte sie laut. »Das ist nicht passiert. Das habe ich nicht getan. Nicht schon wieder.«

Sie zog die Decke enger um sich. Hier war niemand, den sie aus dem Bett werfen konnte. Niemand, an dem sie sich festhalten konnte.

Mit zitternden Händen griff sie nach dem Handy. Es war fast zehn. Sie brauchte etwas, jemanden.

Ihre Mutter war fort. Ihr Vater log. Und der neue Mann, der ihr letzte Nacht so viel Genuss verschafft hatte – der Mann und der Wodka waren beide verschwunden.

»Evan?«, fragte sie mit zitternder Stimme. Er war alles, was sie noch hatte.

»Nic? Was ist los? Was ist passiert?«

Sie brachte nur seinen Namen über die Lippen.

»Wo bist du?«

»In einem Hotel. In dem Casino. Wo Mom ihre Kreditkarte benutzt hat.«

Sie schrie die Worte heraus. Evan war verwirrt.

»Was machst du da?«

»Ev – ich glaube, ich weiß jetzt, wer Mom mit hierhergenommen hat. Kann sein, dass sie wirklich fortgegangen ist.«

Evan schwieg einen Moment, bevor er antwortete.

»Das ist mir egal! Wir müssen sie trotzdem finden. Du suchst weiter nach ihr, oder?«

»Ja. Das habe ich dir doch versprochen.«

Schweigen. Sie konnte ihm nicht sagen, weshalb sie angerufen hatte. Dass sie sich in etwas hineingeritten hatte und fürchtete, es nicht zu überleben. Diesmal nicht.

»Evan?«

»Ja?«

»Tut mir leid, dass ich angerufen habe. Es tut mir so leid …«

Es klopfte. Dann Reyes' Stimme.

»Kann ich reinkommen?«

Evan hatte die Männerstimme gehört.

»Wer war das?«

Nun wieder Reyes.

»Bist du bereit?«

Nic sprang aus dem Bett, rannte ins Badezimmer und wickelte sich in ein Handtuch. Sie legte die Hand auf das Handy, damit Evan nicht mithörte.

»Eine Sekunde …«

Darauf zu Evan: »Mir geht es gut. Ich muss jetzt los. Wollte nur mal deine Stimme hören.« Sie schob noch eine Entschuldigung nach und drückte das Gespräch weg.

Sie öffnete die Tür.

Vor ihr stand Reyes mit zwei Tassen Kaffee und einem entwaffnenden Lächeln.

Er trat ein, musterte sie von Kopf bis Fuß.

»Guten Morgen.« Er stellte den Kaffee ab und zog sie an sich.

Sie vergrub ihr Gesicht an seinem Hals. Sie wollte weinen, aus Verzweiflung oder Erleichterung. Das alles war sehr verwirrend.

Er hielt sie fest, bis sie ihn von sich aus losließ. Dann reichte er ihr einen Kaffee und setzte sich aufs Bett.

»Alles in Ordnung mit dir? Du wirkst so durcheinander. Ist es wegen letzter Nacht?«

»Ich weiß es nicht«, sagte sie wahrheitsgemäß.

War es wie mit allen anderen gewesen? Sie hatte sich doch eingeredet, es sei irgendwie anders.

Süß und zärtlich. Oder etwa nicht? Sie hörte noch seine sanfte Stimme, spürte seinen warmen Atem. *Wir sind uns ähnlich. Wir sind uns sehr ähnlich.* Das hatte er ihr ins Ohr geflüstert, als sie aufs Bett gefallen waren. Und dann keine Stimme mehr, doch sein Körper hatte die Worte gesprochen, als er sie berührte und küsste und festhielt. Es waren freundliche Worte. Liebevolle Worte. Die schweigsame Unterhaltung zweier Liebender, nicht nur Menschen, die fickten, sondern Menschen, die sich liebten, vereint durch die Rolle, die sie beim Tod eines anderen gespielt hatten. Das konnten nur die wenigsten verstehen.

»Schon gut«, sagte er. »Ich warte draußen. Lass dir Zeit. Zieh dich an. Komm raus, wenn du fertig bist. Dann fahren wir in die Stadt.«

Als sich die Tür hinter ihm geschlossen hatte, ging Nic unter die Dusche. Zog sich an. Trank Kaffee.

Es war doch anders, oder? Warum war sie sich nicht sicher?

Sie brauchten eine halbe Stunde bis Hastings und dann noch fünfzehn Minuten über gewundene Landstraßen bis zum Grundstück an der Abel Hill Lane. Es kam ihr vor, als wären sie im Kreis gefahren.

»Das ist ein richtiges Labyrinth, die ganzen Wälder und Maisfelder«, sagte Nic.

Reyes nickte. »Es ist eine Kleinstadt, aber man kann sich überraschend leicht verfahren.«

Sie bogen in die ungepflasterte Einfahrt und hielten vor einem Metalltor. Auf beiden Seiten verlief ein hoher Zaun, der oben mit Stacheldraht abschloss.

Nic stieg aus.

Reyes ging zum Tor und stieß es auf. Es war nicht verschlossen, obwohl eine lose Kette an einem der Flügel baumelte.

»Seltsam«, sagte er. »Warum macht sich jemand die Mühe, eine Kette anzubringen, und schließt dann nicht ab?«

Nic schaute am Zaun hoch und berührte den Maschendraht. Sie spürte die kleinen Widerhaken.

»Es ist derselbe Zaun!«

Reyes ging zurück zum Wagen. »Dann hattest du wohl recht.«

Sie stiegen wieder ins Auto und fuhren die Zufahrt entlang, die leicht bergauf führte. Sie hielten vor dem Haus. Es sah genau so aus, wie Booth es beschrieben hatte.

»Bleib hier«, sagte Reyes.

Nic widersprach nicht. Er ging um den Wagen herum, hielt aber an der Beifahrerseite inne. Sie öffnete das Fenster.

»Was ist?«

Er beugte sich herein und küsste sie. Es war der erste Kuss an diesem Morgen, und er schmeckte nach mehr.

»Ist das in Ordnung?«

»Ja«, sagte Nic.

Sie sah ihm nach, als er die Stufen der Veranda hinaufging und vor die Haustür trat. Er klingelte und wartete. Dann klopfte er und wartete. Drehte sich achselzuckend zu ihr um. Klingelte noch einmal. Klopfte wieder. Wartete.

Er legte die Hand aufs Holster.

Dann drehte er den Türknauf. Die Tür schwang auf. Er signalisierte, dass er hineingehen würde. Nic nickte ihm zu und sah, wie er im Haus verschwand und die Tür hinter sich schloss.

33

Tag sechzehn

Ich höre einen Wagen in der Einfahrt. Mick ist seit zwei Stunden weg. Alice ist nicht gekommen, hat mir nicht mal Essen gebracht. Ich habe gehört, wie sie allein in ihrem Zimmer gespielt und sowohl Hannah als auch Suzannah ihre Stimme gegeben hat. Ich kann nicht hören, was sie zueinander sagen, aber es beunruhigt mich, dass sie auf Distanz zu mir geht.

Ich stehe auf und gehe ans Fenster. Ich schaue durch das Loch. Es hat keinen Sinn, davor zurückzuschrecken.

Ich habe den ganzen Morgen nach draußen gesehen und seinen Plan bereits zu meinem Vorteil genutzt. Denn von hier aus kann ich meine neue Waffe sehen.

Eine Reihe von Apfelbäumen säumt die Einfahrt. Es sind ältere Bäume, und ich vermute, dass sie gepflanzt wurden, bevor Mick das Haus übernommen hat. Er scheint kein Interesse daran zu haben, das Grundstück instand zu halten.

Die Äpfel sind reif und schon vor Tagen, wenn nicht gar Wochen, herabgefallen.

Apfelkerne enthalten Amygdalin.

Amygdalin kann sich in Cyanid verwandeln.

Von Cyanid wird man krank. Es kann einen sogar töten.

Ich habe wieder und wieder aus dem Loch geschaut, die Bäume betrachtet, die Äpfel gezählt, die auf dem Boden liegen.

Habe überlegt, wie ich mir welche beschaffen kann.

Ich sehe zu, wie der Wagen die Einfahrt entlangfährt.

Es dauert einen Augenblick, bis ich begreife. Dann explodiert mein Kopf. Ein Polizeiauto.

Ein Polizeiauto!

Ich höre Schritte. Alice kommt. Tritt vor das Gitter meiner Zelle. Ich schaue sie an, wohl wissend, dass ich mein Gesicht nicht unter Kontrolle habe.

Verzweiflung.

Sie schüttelte streng den Kopf und legt den Zeigefinger an die Lippen.

Psssst! Sie macht das passende Geräusch. Ich schaue wieder durchs Loch.

Ich muss vorsichtig sein. Ich habe nur eine Chance, um Hilfe zu rufen, bevor Dollys Augen sehen, dass ich eine schlechte Mommy bin.

Ich weiß nicht, wie weit Mick entfernt ist. Er könnte noch im Haus sein, obwohl ich meine, gehört zu haben, wie er weggefahren ist. Er könnte aber auch zurückgekommen sein.

Denk nach, Molly! Denk nach!

Ich warte, bis der Polizeibeamte die Tür öffnet und aussteigt. Er geht um den Wagen herum. Ich sehe ihn nur von hinten. Er bewegt sich zur Beifahrertür. Das Fenster wird geöffnet. Ein Kopf beugt sich heraus. Eine Frau, ich sehe ihre blonden Haare. Er küsst sie, und ich denke noch, wie seltsam das ist.

Ist er nicht hier, um mich zu retten?

Er richtet sich auf und tritt beiseite. Gleich lege ich meine Lippen ans Loch und rufe um Hilfe.

Alice klopft nervös an die Gitterstäbe.

»Stopp!«, zischt sie.

Ich drehe mich zu ihr, dann wieder zum Loch, bereit für meinen Hilfeschrei.

Alice geht weg. Ich höre sie zur Haustür laufen.

Der Polizeibeamte dreht sich um. Ich bin bereit. Dann sehe ich das Gesicht der Frau. Ich muss verrückt sein. Starre sie so lange an, bis ich begreife, dass es wahr ist.

Ich schaue nicht weg. Ich rufe nicht um Hilfe.

Denn die Frau im Wagen ist meine Tochter.

Und der Mann in Uniform ist Mick.

34

Tag sechzehn

Nic starrte zum Haus. Nichts rührte sich. Kein Laut war zu hören. Die Einfahrt war von Apfelbäumen gesäumt, dahinter begann der Wald. Wald, so weit das Auge reichte. Vermutlich bis zu dem Zaun, an dem sie gestanden hatte.

Falls niemand im Haus war, würden sie die Eigentümer aufspüren, diese Investoren aus New York. Vielleicht hatten sie am Abend des Sturms jemanden hingeschickt, um nach dem Rechten zu sehen. Sie besaßen einen schwarzen Pick-up. Oder einen grauen. Jedenfalls einen Pick-up, genau wie den, in den Edith Moore ihre Mutter hatte einsteigen sehen.

Wie das zu Chief Watkins und seinem Pick-up mit der kaputten Heckleuchte passte, war noch unklar. Aber sie würde jede Spur verfolgen, bis sie ihre Mutter gefunden hatte.

Nic schaute wieder zum Haus und bemerkte ein Fenster, das mit Brettern vernagelt war. Vermutlich wegen des Sturms, dachte sie, erkannte dann aber, dass es zusätzlich mit einem Metallgitter gesichert war.

Sie starrte auf das vernagelte Fenster. Seltsam. Es wirkte irgendwie fehl am Platz.

Eine Sekunde lang fragte sie sich, was wohl dahinter sein mochte.

35

Tag sechzehn

Ich höre die Klingel und das Klopfen, zwischendurch scheint Mick zu warten. Es klingelt und klopft erneut, dann geht die Tür endlich auf und wieder zu. Ich schaue durchs Loch und bete, dass Nicole noch im Auto sitzt. Dass sie noch nichts gemerkt hat.

Schritte kommen durch den Flur. Gefolgt von leichten Füßen.

Das Schloss wird geöffnet. Dann das Gitter.

Mick kommt in Polizeiuniform herein. Er wirkt ruhig und gelassen.

Sein Blick ist selbstzufrieden und voller Triumph. Er sieht aus wie damals, als sein Handy auf der Küchenablage klingelte. Als mir klar geworden war, dass ich seine Gefangene war.

Eine Erinnerung blitzt auf, ausgelöst durch die Uniform. Eine Verkehrskontrolle irgendwo auf der Route 7. Den Namen der Stadt weiß ich nicht mehr, nur dass John einen Anwalt beauftragt hatte, weil er sich Sorgen wegen unserer Versicherung machte. Der Beamte hatte die Anzeige nie eingereicht, so als wäre nichts passiert. Ich dachte damals, ich hätte einfach Glück gehabt.

Ich war fast vierzig Stundenkilometer zu schnell gefahren. Wollte nur noch die sterbenden Städte hinter mir lassen und nach Hause. Mir war gar nicht aufgefallen, dass ich über dem Limit lag.

Ich betrachte sein Gesicht und weiß, es ist derselbe Mann.

Wie lange kennt er mich schon? Wie lange hat er das alles hier geplant? Die Verkehrskontrolle war im letzten Frühjahr.

Mick ist Polizist. Alles, was ich mir über ihn zusammengereimt habe, löst sich auf. Ich versuche, die Teile neu zusammenzufügen.

Mick ist Polizist – ein richtiger Polizist. Er hat Zugriff auf Akten. Er kann Leute wie mich anhalten. Ihre Personalien aufnehmen.

Was sonst noch? Die Kameras an der Tankstelle. Mick sieht, wie Leute kommen und gehen. Er kann ihre Kennzeichen und Kreditkartendaten ermitteln. Es passt alles wunderbar zusammen – einfach perfekt. Er kann überall Informationen sammeln und nach Belieben nutzen.

Dank der Überwachungskameras wusste er, dass ich jeden zweiten Donnerstagnachmittag durch Hastings komme. Seit der Verkehrskontrolle hatte er meine persönlichen Daten. Und ab da musste es ganz einfach gewesen sein – eine Suchanfrage in Google, und mein ganzes Leben wurde ihm wie ein hübsch verpacktes Geschenk serviert.

Ich will mich wehren. Vielleicht ist mein Zorn endlich groß genug ist, um ihn zu überwältigen, doch die Illusion verfliegt, sowie er meine Handgelenke umfasst. Er ist zu stark für mich.

Er zieht mich zum Fenster. Drückt mein Gesicht ans Holz, bis es über meine Haut kratzt. Ich spüre, wie winzige Splitter sich ins Fleisch bohren.

»Schau hin«, sagt er ruhig, obwohl sein Griff hart ist und seine Anspannung explosiv wirkt.

Ich gehorche. Ich betrachte meine kostbare Tochter durch das Loch.

»Ich habe sie jetzt. Gib mir ein Zeichen, wenn du das verstehst.«

Ich nicke. Tue, was er von mir verlangt.

»Ich denke, sie wird eine gute Mutter abgeben, nicht wahr? Und eine gute Ehefrau.«

Ein Schrei dringt aus meinem Mund. Ich kann ihn nicht unterdrücken.

»Sie ist reizend. Jeder Zentimeter ihres Körpers, ganz reizend. Und sie ist in mich verliebt.«

Er lässt mich los, und ich falle zu Boden.

»Gib mir ein Zeichen, wenn du das verstehst«, wiederholt er.

Und wieder gehorche ich.

Natürlich verstehe ich es.

Wenn ich nicht die beste Mommy für Alice bin, nimmt er sich meine Tochter.

Doch ich kenne die Wahrheit.

Er täuscht sich, wenn er glaubt, dass sie ihn liebt. Dass das, was sie verbindet, diesen Morgen überdauern wird. Sie wird ihn satthaben, bevor die Sonne untergeht.

Aber das spielt keine Rolle.

Er wird sie sich nehmen. Zuerst aber tötet er mich.

Außer ich kann es verhindern.

36

Tag sechzehn

Es dauerte nur wenige Minuten, bis die Tür aufging und Reyes erschien. Er zuckte mit den Schultern und kam zurück zum Auto.

»Sieht verlassen aus. Keine Heizung. Kein Wasser. Ich habe vorsichtshalber alle Zimmer überprüft. Kein Anzeichen, dass dort jemand wohnt.«

»Wir müssen herausfinden, was es mit dem Haus auf sich hat.«

»Das werden wir.« Er beugte sich wieder vor, um sie zu küssen, und stieg ein.

Dann ließ er den Motor an und fuhr los.

Nic blickte zurück, zu dem Fenster hinter Holz und Metall.

»Hast du das Zimmer mit dem vernagelten Fenster gesehen? Das hat von außen Gitterstäbe.«

»Ja. Komisch, was? Aber die Fensterscheibe ist kaputt. Vielleicht wollten sie die Scheibe nicht ersetzen. Glaub mir, da wohnt schon länger keiner mehr.«

Sie fuhren durch das Tor. Reyes hielt an. Stieg aus.

»Wir lassen alles so, wie wir es vorgefunden haben. Ich hätte wohl nicht ohne Durchsuchungsbefehl reingehen sollen.«

Nic drehte sich nicht um, beobachtete aber im Rückspiegel, wie er das Tor zuzog.

Dann wickelte er die Kette dreimal um die Torflügel. Als wüsste er genau, dass es so sein musste.

Nic keuchte auf.

Denn jetzt holte er ein Vorhängeschloss hinter einem der Torpfosten hervor – als hätte er gewusst, dass es dort war. Er führte das Schloss durch die Kettenglieder und ließ es zuschnappen.

37

Tag sechzehn

Ich sehe, wie der Mann, das Ungeheuer, mit meiner Tochter wegfährt.

Wieder scheppern die Gitterstäbe. Alice steht mit ihrem traurigen Gesicht davor.

»Komm her«, sagt sie.

Sie will mich trösten. Der chaotische Morgen und die Gewalt haben sie hungrig gemacht.

Ich bewege mich nicht. Ich kann nicht.

»Komm her!«, befiehlt sie. Das wütende Gesicht erscheint. Sie deutet auf die Kamera in der Zimmerecke, um mich daran zu erinnern, dass er uns beobachtet.

Mehr braucht sie nicht zu sagen. Er hat meine Tochter. Er wird sie nehmen und mich töten, wenn ich nicht pariere.

Ich schaffe es, ans Gitter zu treten. Meine Haut brennt an den Stellen, wo die Holzsplitter stecken.

»Setz dich«, sagt Alice. Das traurige Gesicht ist wieder da. Sie wirkt sprunghaft, ich muss sie beruhigen. Muss ihr Bedürfnis erfüllen, mir Mitleid und Trost zu spenden.

Also setze ich mich.

»Gib mir deine Hände«, verlangt sie.

Ich gehorche.

Sie hält sie fest und drückt ihre Wange darauf.

»Was passiert mit dir, wenn ich die neue Mommy bekomme? Was, wenn sie keine so gute Mommy ist wie du? Wenn sie nur ihn liebt, so wie du nur mich liebst?«

Sie fängt an zu weinen, Tränen des Mitgefühls, wie ich erwartet hatte, und ich merke, wie sie sich beruhigt. Sie drückt meine Hände auf ihr nasses kleines Gesicht und weint in meine Haut.

»Keine Sorge«, sage ich. »Ich werde mich bessern. Ich mache ihn glücklich, damit du keine neue Mommy brauchst.«

Sie schaut mich an, als hätte ich gerade gesagt, der Himmel sei lila. Wir wissen beide, was Mick will.

Er will Nicole.

Aber dann begreife ich, dass Mick nicht der Einzige ist, der Macht besitzt.

Er ist körperlich stark. Er hat Metallgitter. Schlösser und Schlüssel und Dollys Augen. Aber ich habe die Äpfel, und in ihren winzigen Kernen steckt alles, was ich brauche, um ihn zu besiegen.

Ich sehe zu, wie Alice in meiner Gegenwart dahinschmilzt. Und mir fällt noch etwas ein. Etwas, das mit Macht zu tun hat.

»Hast du schon mal einen Apfelmuffin gegessen?«, frage ich. Sie schaut mich staunend an. Als hörte es sich köstlich an, als wäre es etwas, das wir gemeinsam machen können. Mick mag meine Tochter haben. Aber ich habe seine.

38

Tag sechzehn

»Tut mir leid, dass es eine Sackgasse war«, sagte Reyes zu Nic, als sie wieder in Richtung Stadt fuhren.

Sie war irritiert. Vor fünf Minuten hatte er etwas völlig anderes gesagt.

»Was ist denn mit den Investoren? Und den Versorgungsunternehmen? Ich dachte, wir wollten herausfinden, ob sich jemand regelmäßig um das Anwesen kümmert – immerhin haben sie das Tor offen gelassen.«

Nic dachte an die Kette, die Reyes vorgelegt hatte. Und nun die plötzliche Änderung in seinem Verhalten. Er wirkte zerstreut, als wäre er in Gedanken ganz woanders und könnte sich nicht erinnern, was er eben erst gesagt hatte.

»Ich glaube, es hat keinen Zweck – ich weiß, du willst das nicht hören. Aber da drinnen war es kalt und dunkel. Weder Strom noch Wasser. Das kaputte Fenster … wir können das gerne überprüfen, aber es ist eine Sackgasse. Der Zaun ist da, weil sie eine Klapsmühle bauen wollten. Vertrau mir. Ich bin die Polizei.« Er lachte leise.

Nic war wie betäubt. Ihr ging das alles zu schnell. Warum waren sie zum Haus gefahren? Weil niemand dort nachgesehen hatte. Weil niemand wusste, dass es dort stand. Nun hatten sie nachgesehen und keine Spur von ihrer Mutter entdeckt. Reyes hatte recht, wenn er ihre Hoffnungen dämpfte.

»Was ist mit Chief Watkins?«

»Keine Sorge, ich rede so schnell wie möglich mit ihm. Und ich kümmere mich auch um die Kreditkartenzahlung, die dein Vater in West Cornwall vorgenommen hat.«

Nic ließ sich Zeit, um alles zu verarbeiten.

Nein, sie verlor nicht den Verstand. Reyes war derselbe Mann, der sie die ganze Nacht im Arm gehalten, der ihr Kaffee gebracht hatte und mit dem sie zu diesem Haus gefahren war. Er hatte ihr von Chief Watkins erzählt, obwohl es ihm schaden konnte. Und er würde die Wahrheit über ihren Vater herausfinden.

»Ich danke dir.«

»Wohin möchtest du jetzt?«

»Ins Hotel, würde ich sagen. Keine Ahnung. Wohin soll ich denn? Was soll ich jetzt machen?«

Es klang jämmerlich, doch genau so fühlte sie sich.

»Ich glaube, du musst dich mit deinem Vater aussprechen.«

»Ja.«

»Was glaubst du, wer die andere Frau ist?«

Nic hatte einen Verdacht. »Seine Büromanagerin ist geschieden. In seinem Alter. Er würde sich keine jüngere Frau suchen. Er würde sich jemanden wie …«

»Deine Mutter suchen«, führte Reyes den Gedanken zu Ende. »Verstehe. Er hat sie im Grunde zusammen mit deiner Schwester verloren. Durchaus denkbar, dass er diese Gefühle zurückholen möchte. Wenn man jemanden verliert, den man so geliebt hat, wünscht man sich einen ähnlichen Menschen. Weil man weiß, dass sich das Herz mit nichts anderem zufrieden gibt.«

Nic sah ihn neugierig an.

»Hast du auch einen Menschen verloren, den du geliebt hast?«

Reyes zuckte zusammen und setzte sich aufrecht hin. Sie hatte einen Nerv getroffen.

»Tut mir leid. Es geht mich nichts an.«

»Schon gut.«

Doch er beantwortete die Frage nicht.

Als sie zum Laguna kamen, hielt Reyes am Straßenrand und reichte ihr Zettel und einen Stift aus der Mittelkonsole.

»Tu mir einen Gefallen. Schreib mir den vollen Namen deines Vaters auf. Das genaue Fabrikat seines Wagens. Wo er arbeitet. Den Namen der Büromanagerin. Einfach alles, das mir helfen kann, mehr über ihn herauszufinden.«

»Ich weiß nicht …«

»Schreib es einfach auf und ruf später an, falls ich etwas unternehmen soll. Ich warte, bis ich von dir höre, versprochen.«

Nic notierte alles, obwohl es ihr vorkam, als stieße sie ihrem Vater ein Messer in den Rücken.

»Soll ich mit nach oben gehen?«, fragte Reyes und steckte den gefalteten Zettel ein.

»Nein, schon gut. Kommst du später wieder her?« Sie wollte allein sein, fürchtete sich aber gleichzeitig davor.

»Natürlich. So leicht wirst du mich nicht los.«

Und dann verlagerte sich die Angst. Als sie aus dem Wagen stieg. Ihn wegfahren sah. Und sich daran erinnerte, dass er das Tor im Zaun verschlossen hatte.

Wer war die Frau, die er geliebt und verloren hatte und ersetzen wollte? Vielleicht durch sie?

Nic trat in die Eingangshalle, spürte die widerlich süße Verlockung der Bar, die sofortige Erleichterung versprach.

39

Tag sechzehn

Cyanid.

Das habe ich mit den achten Klassen in Chemie durchgenommen.

Stunden vergehen, in denen ich auf dem Boden sitze und Alice bei den Hausaufgaben helfe. Das mit meiner Tochter tut ihr sehr leid, aber das Leben muss weitergehen. Ich muss eine gute Mommy sein.

Danke, Alice, dass du mich daran erinnerst, was wichtig ist.

Sie löst eine Matheaufgabe. Ich sitze im Schneidersitz hinter dem Gitter und krame in meinem Gedächtnis, was ich vor Jahren über Cyanid gelernt habe. Ich muss mein Gesicht beherrschen, weil Dollys Augen wachsam auf mir ruhen.

Geringe Dosen verwandelt der Körper in Thiocyanat, das mit dem Urin ausgeschieden wird. Höhere Dosen verhindern jedoch, dass die Zellen Sauerstoff verarbeiten, worauf sie absterben.

Herz, Lunge und Zentralnervensystem sind am anfälligsten. Es können Symptome wie Atemnot, Erbrechen, Schwindel, Schwäche und Verwirrung auftreten. Krampfanfälle. Herzstillstand. Tod.

Apfelkerne enthalten Amygdalin, das sich in Verbindung mit den Enzymen des menschlichen Verdauungstraktes in Cyanid verwandelt. Sie müssen gemahlen oder gekaut werden, um das Amygdalin freizusetzen. Tausende Apfelkerne können erforderlich sein, um einen erwachsenen Mann zu töten. Aber wie viele brauche ich, um ihn krank zu machen?

Ich habe meine Zeit genutzt. Ich kämpfe gegen die Panik, die von außen herandrängt. Ich habe die Splitter aus der Haut gezogen und eine Salbe aufgetragen, die Alice im Haus aufgetrieben hat. Ich habe geduscht. Ich habe frische Kleidung angezogen, da die alte nach dem Schreck vom Morgen schweißgetränkt war. Und ich habe die letzten Tränen geweint, die ich weinen werde.

Ich denke an das Cyanid, aber auch an Nicole, während die Uhr weitertickt.

Mir fallen nur zwei Gründe ein, aus denen sie zurückgekehrt sein könnte. Erstens: ein Mann. Zweitens: ich. Ich kenne meine Tochter. Ich verstehe ihr Leid. Kein Mann würde ihre Aufmerksamkeit lange genug fesseln. In der Zeitung stand, sie sei unmittelbar nach meinem Verschwinden vier Tage hier gewesen. Das reicht, um sich zu betrinken und einen Mann kennenzulernen. Einen Mann wie Mick. Einen Polizisten, der vermutlich an der Suche beteiligt war. Und jetzt ist sie zurückgekommen – vielleicht wegen ihm. Aber es wird nicht lange halten.

Sie wird ihn abstreifen wie eine alte Haut, selbst wenn er perfekt ist. Selbst wenn er ihr Liebe bietet. Vor allem, wenn er ihr Liebe bietet. Sie kann keine Liebe akzeptieren. Von niemandem.

Oh, wie gut ich ihr Leid verstehe.

Also kann sie nur aus einem Grund hier sein. Sie sucht nach mir.

Ich weiß noch, was sie an dem Morgen gesagt hat, bevor ich zu Evan gefahren bin. Wie sie mich dabei angesehen hat. Wie sehr mich ihre Worte getroffen haben.

Ich hasse dich. Das war nur ein kleiner Stich. Ein Piekser.

Du hast meine Schwester getötet! Ein tiefer Stich. Und dann: *Du hast dein eigenes Kind getötet!*

Ich kenne meine Tochter. Auch sie fühlt sich seit jenem schicksalhaften Tag schuldig. Weil sie nicht ans Handy gegangen ist. Weil sie Annie nicht zu ihrer Freundin gefahren hat. Weil sie nicht rechtzeitig da war, als ihre Schwester die Einfahrt hinunterrannte.

Und jetzt das. Sie glaubt, ich wäre wegen ihrer Worte fortgegangen. Ich hätte nicht nur sie verlassen, sondern auch Evan und John. Bei dem Gedanken verliere ich beinahe die Fassung. Mir schießt das Blut ins Gesicht, pulsiert unter den Kratzern.

Evan. John. Nicole. Mein Leben.

In diesen langen Stunden habe ich alle Möglichkeiten durchgespielt. Ich weiß, wie Mick von mir erfahren hat. Durch die Kameras an der Tankstelle. Durch die Verkehrskontrolle. Online findet man jede Menge Informationen über Annies Tod.

Aber dann hat sich meine Familie auf die Suche nach mir gemacht, und alles wurde anders. Jetzt will er Nicole.

Warum hat er sie hergebracht? Warum hat er das Loch gebohrt, sodass ich sie sehen konnte?

Ich besitze gute Menschenkenntnis und weiß, dass manche Bedürfnisse stärker sind als die Vernunft. Ich habe Kinder unterrichtet, die kurz vor dem Erwachsenwerden standen, und daraus gelernt. Dieses Wissen wende ich jetzt an. Mick wollte, dass ich sehe, was er getan hat. Welche Macht er besitzt.

Das war ihm wichtiger als meine mögliche Reaktion darauf.

Oder aber er weiß nicht, wie heftig eine Mutter kämpft, die ihr Kind beschützen will. Vielleicht hat er das nie gelernt.

Jedenfalls hat er mich falsch eingeschätzt. Ich werde mich

seiner Macht nicht unterwerfen. Ich werde nicht brav zusehen, wie er Hand an meine Tochter legt.

Alice blickt hoch.

»Die verstehe ich nicht!«, sagt sie mit ihrem wütenden Gesicht.

Sie schiebt das Blatt durch die Gitterstäbe, und ich sehe, wo der Fehler liegt.

»Minus und Minus ergibt Plus«, erinnere ich sie.

Ich gebe ihr das Blatt zurück. Sie nimmt es und löst die Aufgabe.

»Ich habe eine Idee, was wir machen, wenn du fertig bist.«

»Scht!«, befiehlt sie.

Na schön, Alice. Aber wir reden auch über meine Idee. Über die Äpfel im Garten. Die Äpfel, die heruntergefallen sind und zu faulen beginnen. Wir reden darüber, dass wir eine besondere Überraschung für Mick machen und dass du dich an Dollys Augen vorbeischleichen und deine Maske aufsetzen und nach draußen gehen und so viele Äpfel wie nur möglich sammeln musst.

Vielleicht war es selbstsüchtig von mir, Kinder zu bekommen, wohl wissend, dass sie eines Tages sterben. Vielleicht habe ich es verdient, dafür zu leiden. Noch mehr, als ich schon gelitten habe.

Doch die Strafe ist vorerst ausgesetzt. Denn heute reden wir über diese Dinge.

Tun wir diese Dinge.

Und retten meine Tochter.

40

Tag sechzehn

Nic brauchte schiere Willenskraft, um nicht in die Bar, sondern wieder nach draußen zu gehen. Sie brauchte frische Luft. Sie musste Autofahren und die Gedanken verdrängen, die sich in ihrem Kopf verknoteten.

Reyes, die gequälte Seele, der sie wirklich verstand – der stark genug sein könnte, um sie vor sich selbst zu retten.

Reyes, der verletzte Mann, der Frauen benutzte, so wie sie Männer benutzte – und der sie womöglich in seine eigene Verzweiflung hineinziehen würde.

Sie konnte nicht sagen, wer er wirklich war. Nicht nach zwei Tagen. Nicht nach allem, was geschehen war.

Der Wagen ihrer Mutter stand noch da, wo sie ihn am Vortag geparkt hatte. Nic war nicht sicher, wohin sie wollte. Jedenfalls nicht zurück nach Hastings. Und nicht nach Hause.

Sie schaute aufs Handy, hatte zahlreiche Nachrichten. Drei von ihrem Vater – immer dieselbe Botschaft: Wann kommst du nach Hause? Komm nach Hause, Liebes. Wo bist du – du musst nach Hause kommen.

Eine von Evan. Hast du sie gefunden? Was ist los?

Die letzte Nachricht ihres Vaters beschäftigte sie am meisten. Edith Moore heißt Edith Bickman. Moore ist der Name ihres Freundes. Vielleicht hat sie ihn benutzt, damit niemand erfährt, dass sie vor vier Jahren in der Kneipe in Hastings gearbeitet hat. Und Kurt Kent hat wegen eines Waffendelikts gesessen. Gleich zwei Übeltäter. Abschaum. Außerdem sagt Mrs. Urbansky, dass sie niemandem deine Nummer gegeben hat. Also noch eine Lüge! Ruf mich an, oder geh ans Handy!

Sie hatte außerdem zwei verpasste Anrufe und Sprachnachrichten von ihm. Sie schickte eine SMS. Es geht mir gut. Rufe bald an.

Ging es ihr wirklich gut? Sie hatte wieder getrunken und mit einem Fremden geschlafen. Ihr verantwortungsloses Handeln in eine Geschichte gekleidet, die womöglich reine Erfindung war.

Wir sind uns ähnlich …

Nic saß im Wagen ihrer Mutter. Ihr Geruch verblasste von Tag zu Tag mehr. Sie drehte den Zündschlüssel und schloss die Augen. Immer mehr lose Enden – wie viele waren es inzwischen? Edith Moore alias Bickman und ihr Komplott mit Kurt Kent, um das sich der Privatdetektiv kümmerte. Dann war da die Lüge, sie habe Nics Handynummer von Mrs. Urbansky bekommen. Reyes hatte Edith die Worte in den Mund gelegt. Jetzt erinnerte sie sich. Vielleicht waren das seine Vermutungen gewesen, und die Zeugin hatte keine besseren Antworten parat gehabt.

Ihre Mutter war nicht in diesem Haus gewesen. Es schien auch weit hergeholt, dass jemand am Abend des Sturms dort gewesen sein sollte. Dann waren da noch Watkins und sein Pick-up – aber Reyes hatte gesagt, er wolle sich darum kümmern. Ihr Vater und seine Affäre und sein Stopp an der Tankstelle in West Cornwall. Nic musste ihn endlich zur Rede stellen. Doch er hatte sie schon bei der Handschriftenanalyse belogen.

Und schließlich Daisy Hollander, der Chief Watkins geholfen hatte, ein Stipendium für ein schickes Sommercamp in Woodstock zu bekommen. Die er angeblich aus der Stadt gebracht hatte, als sie einer Ehe mit Roger Booth entfliehen wollte. Watkins und sein Pick-up. Watkins und Daisy Hollander.

Daisy Hollander. Nic erinnerte sich an den Weg, den sie gefahren waren.

Sie fuhr den Laguna Drive entlang bis zum Ende, dann nach rechts auf die Route 7. Knappe zwei Kilometer vor der Gas-'n'-Go-Tankstelle entdeckte sie den dunkelgrauen Pick-up mit Chief Watkins hinter dem Steuer. Sie duckte sich, als er an ihr vorbeifuhr. Dann gab sie Gas und bog in den Hastings Pass ein. Sie fuhr durch die Stadt, an der Polizeiwache vorbei, bis sie die River Road erreichte. Danach rechts in die Pond und links in die Jeliff. Zuletzt die Straße ohne Namen.

Als sie in den dichten Wald bog, gingen ihr die Worte noch immer durch den Kopf. Und ihr wurde übel.

Wir sind uns ähnlich.

41

Tag sechzehn

Alice war so ein braves Mädchen.

»Können wir Hannah und Suzannah spielen?«

Natürlich können wir das, du braves, braves Mädchen.

»Natürlich können wir das«, sage ich und verberge meine Aufregung.

Sie zieht los, um die Puppen zu holen. Ich kehre zurück zur Badewanne, um nach den faulenden Äpfeln zu sehen, die Alice für mich im Garten gesammelt hat.

Es sind fünfundvierzig. Und alle haben Kerne.

Alice war in die Küche gegangen, wie ich es ihr gesagt hatte. Sie würde uns Mittagessen machen. Sandwiches mit Erdnussbutter und Milch. Ja, heute gibt es Milch, weil sie mich ein bisschen leiden lassen will. Sie will, dass ich leide, weil sie tief im Inneren ahnt, dass die Überraschung für Mick nur eine Lüge ist.

Trotzdem ist sie aus dem Küchenfenster geklettert. Dem über der Spüle, wohin Dollys Auge nicht reicht.

Sie trug ihre Maske und hatte zwei braune Einkaufstüten dabei. Sie huschte wie ein Häschen davon, sammelte die Äpfel auf und steckte sie in die Tüten. Sie musste zweimal gehen, um alle zum Fenster zu schleppen. So schwer waren sie.

All das hatte sie getan. Und zwar schnell. Sie brachte mir die Tüten mit den Äpfeln, auf die sie noch ein paar Lebensmittel gepackt hatte. Ich legte Brot, Milch und Erdnussbutter auf dem Flur ab, zog die Tüten mit den Äpfeln durch die Gitterstäbe und trug sie in mein Badezimmer. Ich füllte die Äpfel in die Badewanne und warf die Tüten in den Müll.

Ich versuche, nicht daran zu denken, wo er ist. Und wenn ich es dann doch tue, schaue ich die Äpfel an und stelle mir vor, wie seine Zellen langsam ersticken. Wie sich seine Lungen verschließen. Wie sein Herz stehenbleibt.

»Hey!«, ruft Alice. »Komm spielen!«

Ich war zu lange bei meinen Äpfeln.

»Tut mir leid.« Ich setze mich wieder auf den Boden.

Wir essen zu Mittag. Dann reicht sie mir Suzannah durch die Gitterstäbe, und ich streiche der Puppe über die Haare.

Eine halbe Stunde vergeht langsam. Es ist später Nachmittag, von Mick keine Spur. Ab und an muss ich daran denken, wie er meine Tochter im Streifenwagen geküsst hat. Dann immer öfter.

Hannah und Suzannah haben wieder über ihre Mütter gesprochen. Alice gefällt es, und ich brauche es. Sicher, ich habe meine Äpfel, aber ich muss jede Gelegenheit nutzen, um an weitere Informationen zu gelangen. Um in meine kleine Gefängniswärterin vorzudringen. In ihren Kopf. In ihr Herz.

Was sie heute getan hat, war außergewöhnlich. Nicht wegen der Logistik der Apfelbeschaffung, sondern weil sie weiß, dass ich etwas Verbotenes plane. Etwas Falsches. Etwas Schlimmes. Sie weiß es und hilft mir trotzdem.

Dann hat sie mir die Milch vorgesetzt, und ich habe sie ausgetrunken.

Oh, was für Spielchen wir hier spielen, Alice und ich.

»Es macht mich so traurig«, lasse ich Suzannah sagen. Sie hat Hannah eine schreckliche Geschichte erzählt, in der ihre Eltern gestritten haben und ihre Mommy nicht glücklich war.

Sie ist weggelaufen, und Suzannah fürchtet, dass sie nie mehr wiederkommt.

»Ich weiß«, sagt Hannah und greift durch die Gitterstäbe, um Suzannah eine Plastikpuppenumarmung zu verpassen.

»Danke, Hannah. Wenn ich mit dir zusammen bin, fühle ich mich immer besser.« Suzannah hält inne, bis der zärtliche Augenblick vorüber ist. Dann –

»Streiten deine auch?«, fragt sie dann.

Ich schlucke. Kann sehen, wie das mutwillige Gesicht auf die dumme Plastikpuppe überzuspringen scheint.

»Wie meinst du das?«, fragt Hannah.

»Sind sie schon mal sauer aufeinander? Schreien sie schon mal?«

Ich muss zurück zu meinen Äpfeln. Die Kerne herausholen und mahlen, bevor wir Muffins backen können.

Die Zeit vergeht. Mick ist bei meiner Tochter. Eine Schweißperle rinnt mir übers Gesicht.

Endlich antwortet Hannah.

»Er liebt meine Mommy. Er liebt sie so sehr, dass er weinen muss.«

Ich kann mir Mick nicht weinend vorstellen.

Dann aber plötzlich schon. Meine Perspektive verschiebt sich. Die Liebe kann Leute verrückt machen. Sie dazu bringen, böse, verrückte Dinge zu tun.

»Weil sie so schön ist?«, fragt Suzannah.

Hannah nickt.

»Mit ihren echten blonden Haaren und dem schlanken Körper?«

Hannah nickt erneut.

Alice greift zwischen den Eisenstäben hindurch und nimmt mir Suzannah weg. Sie legt sie auf den Boden und Hannah daneben. Dann beugt sie sich vor, ich auch. Dolly soll uns nicht hören.

»Ich muss dir was zeigen. Es muss ein Geheimnis bleiben.«

Ja. Bitte. Erzähl mir deine Geheimnisse.

»Versprochen«, sage ich. Sie steht auf. Ich höre, wie sie leise in ihr Zimmer geht. Kurz darauf kommt sie zurück.

Sie setzt sich lässig hin. Zu lässig, als würde sie schauspielern. Und ich spüre, dass sie innerlich explodiert.

Sie hat ein Büchlein mit Kinderreimen dabei. Sie reicht es mir.

»Die Geschichte auf Seite dreiundzwanzig mag ich am liebsten.«

Ich schlage das Buch auf und blättere behutsam zu der fraglichen Seite. Darin steckt das Foto einer jungen Frau.

Einer jungen Frau mit echten blonden Haaren und langen, schlanken Beinen.

Ich starre auf das Bild und spüre, wie Adrenalin durch meine Adern rauscht und mein Gesicht karminrot färbt.

Ich sehe eine Frau, die meiner Tochter gleicht.

Alice greift nach Hannah.

»Das ist meine Mommy«, sagt sie. »Daisy Alice Hollander.«

Ich schaue von Alice zum Foto und wieder zu Alice. Ihr Gesicht verwandelt sich von dem eines Kindes in das einer erwachsenen, klugen Frau.

Einer Frau, die versteht, was hier geschieht, und will, dass auch ich es verstehe.

Alice' Mutter ist tot. Die Mutter, die Mick so geliebt hat, dass er deswegen weinen musste.

Und jetzt hat er eine Möglichkeit gefunden, um sie wieder lebendig zu machen. Er hat eine Frau gefunden, die lange blonde Haare und einen schlanken Körper hat und jung ist.

Er hat meine Tochter gefunden.

Ich nicke langsam. Alice greift durch die Gitterstäbe und nimmt mir das Buch aus der Hand.

Ja, Alice, versuche ich mit den Augen zu sagen. *Ich verstehe.*

42

Tag sechzehn

Nic hielt kurz vor der Lichtung, sodass sie Veronica Hollanders Haus sehen konnte. Die Bäume wuchsen dicht, Immergrün mischte sich mit Kiefern und Eichen und füllte den ganzen Himmel aus. Das Haus sah dunkel aus, doch aus einem Schornstein wolkte Rauch. Sie roch brennendes Holz, obwohl die Autofenster geschlossen waren.

Der Signalton einer eingehenden SMS durchbrach die Stille. Von Reyes.

Bin mit Watkins auf der Wache. Regle alles. Komme gleich zu dir.

Nic fiel ein, dass Watkins ihr vorhin im Auto entgegengekommen war – auf dem Weg zum Casino. Und als sie an der Polizeiwache vorbeigefahren war, hatte Reyes' Wagen nicht dort gestanden.

Irgendetwas stimmte ganz und gar nicht.

Sie stieg aus und ging zur Tür, vor der sie gestern mit Kurt Kent gestanden hatte. Sie klopfte und wartete. Drinnen knarrten Dielenbretter. Veronica bewegte sich, überlegte wohl, ob sie Nic hereinlassen sollte. Diesmal kam sie allein. Und hatte beim ersten Besuch Fragen nach der Vergangenheit gestellt, die Veronica gar nicht behagt hatten.

»Hallo?«, rief Nic und klopfte erneut.

»Ich bin es, Nicole Clarke. Ich war gestern mit Kurt hier. Ich hätte noch ein paar Fragen.«

Endlich öffnete sich die Tür.

Veronica sah aus wie beim letzten Mal. Lange, verfilzte Haare. Kleidung, die lose am Körper hing. Diesmal war sie barfuß.

»Es ist heiß drinnen«, sagte sie, trat aber beiseite und ließ Nic herein.

»Entweder brennt das verdammte Feuer nicht, und ich friere mir den Arsch ab, oder es herrscht eine Gluthitze wie in der Hölle.«

Nic lächelte. »Danke, dass Sie mich hereingelassen haben.«

»Auf eigene Gefahr.« V lachte. »Möchten Sie Tee?«

Nic war sich nicht sicher, ob die Frage ernst gemeint war. Im Haus herrschten gut und gerne siebenundzwanzig Grad. Die Fenster waren geschlossen, und sie wunderte sich, warum nicht wenigstens eins gekippt war, um ein bisschen kühle Luft hereinzulassen.

»Nein, danke«, sagte Nick. V griff nach einem Kessel und goss heißes Wasser in eine Tasse mit Teesieb. Dann räumte sie eine Lederjacke von einer Stuhllehne und zog Nic den Stuhl heran. Auf dem Tisch sah es genauso chaotisch aus wie am Tag zuvor.

»Haben Sie die gemacht?«, fragte Nic und deutete auf die Jacke, die jetzt auf einem Stoffhaufen lag.

V schüttelte den Kopf. »Die repariere ich nur. Tasche eingerissen. Ich würde im Geld schwimmen, wenn ich so was nähen könnte.«

»Also«, fuhr sie rasch fort. »Geht es wieder um Daisy?«

»Ich hoffe, das ist in Ordnung.«

V legte den Kopf schief und betrachtete Nic genauer. »Werden wir sehen. Was wollen Sie noch wissen?«

»Ich hatte gehofft, Sie hätten vielleicht ein paar Bilder von ihr. Im Internet konnte ich nichts finden. Sie nutzt die sozialen Medien nicht aktiv, zumindest nicht unter ihrem richtigen Namen. Man stößt zwar auf Fotos, aber ich habe keine Ahnung, wer sie ist.«

V nickte. »Sie wollen wissen, wie ähnlich Sie ihr sehen.«

Damit hatte Nic nicht gerechnet. Booth hatte gesagt, sie erinnere ihn an seine verlorene Liebe, Kurt wiederum hatte die Ähnlichkeit nicht bemerkt.

»Stimmt das denn?« Falls jemand die Frage beantworten konnte, dann Daisys Schwester.

V zuckte mit den Schultern. »Bisschen. Aber sehen Sie selbst.«

Sie verschwand kurz und kam mit einem Karton zurück, den sie mit beiden Händen tragen musste.

Sie stellte ihn auf das einzige freie Fleckchen Tisch.

»Wir haben keine richtigen Familienfotos gemacht. Wir hatten nicht mal Handys, bis wir sie selbst bezahlen konnten, und glauben Sie mir, das waren die miesesten Handys, die es zu kaufen gab. Wir haben keine Selfies gemacht und auf diesen Seiten gepostet. Facebook, richtig? Ich höre Nachrichten.«

»Und was ist in dem Karton?«, erkundigte sich Nic.

»Daisys Sachen. Ziemlicher Schrott. Aber es ist nicht an mir, sie wegzuwerfen.«

Nic stand auf. »Darf ich ihn aufmachen?«

»Ich habe ihn nicht hergeschleppt, weil Tragen so gesund ist.«

V schaute zu und trank Tee, während Nic die Laschen aufklappte. Ein muffiger Geruch stieg auf und verflüchtigte sich. Dieser Karton war seit Jahren nicht geöffnet worden.

V hatte recht – es gab einige Kleidungsstücke, die Nic vorsichtig herausnahm und auf den Stuhl legte. Ein Konzert-

T-Shirt, eine Jeansshorts mit Pailletten. Ramponierte Keilsandalen, ein Riemen war gerissen.

»Sehen Sie, was ich meine?«, fragte V. »Das ist doch nur Schrott, oder?«

Nic holte Modeschmuck, eine Make-up-Tasche und einen Teddybären aus dem Karton. Und dann etwas Vielversprechenderes.

»Was ist das denn?«

V betrachtete das kleine Buch, das Nic in der Hand hielt. Auf dem Cover war eine Gruppe von etwa fünfzig Mädchen zu sehen, die aufgereiht vor einem See posierten.

»Das ist aus dem schicken Camp, wo sie im Sommer mal war. Der Chief hat ihr geholfen, ein Stipendium dafür zu kriegen. Sie war glücklich wie Sau, das Mädchen. Und hat es uns allen unter die Nase gerieben.« V schüttelte den Kopf. »Sie dachte, sie wäre was Besseres, käme raus aus Hastings, könnte ganz dicke werden mit reichen Mädchen aus schicken Schulen.«

Nic las die kleingedruckte Bildunterschrift. *Woodstock-Sommer für Begabte.* Das Foto war zwölf Jahre alt.

Die Mädchen drängten sich aneinander, grinsten von einem Ohr zum anderen. Lange Haare. Gerade Zähne. Shorts, Tanktops, Flipflops. Vor ein paar Jahren hatte Nic genauso ausgesehen. Die Erinnerung überwältigte sie für einen Moment, kurz und brutal.

»Alles in Ordnung mit Ihnen?«, erkundigte sich V.

»Ja.« Sie lächelte traurig.

»Die sind jung, was? Aber lassen Sie sich nicht täuschen. Diese Mädchen würden Sie zum Frühstück essen.«

Das kannst du laut sagen, dachte Nick. Ihre Schule war voll von solchen Mädchen gewesen. Nicht eine dieser »Freundinnen« hatte zu ihr gehalten, nachdem sie durchs soziale Netz gefallen war. Und es war keine allmähliche Entwicklung gewesen. Mit dem Tag, an dem man sie der Schule verwiesen hatte, war auch ihr Handy verstummt. Als trüge sie ein tödliches Virus in sich, mit dem sich niemand anstecken wollte. Seltsamerweise war sie froh gewesen. Aber sie fragte sich, wie Daisy unter diesen Mädchen überlebt hatte. Vielleicht konnte sie sich gut verstellen, so tun, als wäre sie genau wie sie – vielleicht hatte sie die Chance genutzt, wohl wissend, dass sie Hastings eines Tages verlassen und wie sie sein würde. Vielleicht hatte diese Aussicht ein Feuer in ihr entzündet.

Nic betrachtete die Gesichter auf dem Foto, fand aber kein Mädchen, das ihr besonders ähnlich sah. Sie trat näher an V heran und legte das Buch neben die Teetasse.

»Welche ist Daisy?«

V blätterte weiter. »Ich glaube, die haben alle eine eigene Seite. Wie in einem Jahrbuch. Ich weiß noch, wie sie in dem Sommer zurückkam und wir uns das alle ansehen mussten.«

Sie blätterte zu einem dunkelhaarigen Mädchen aus Boston. »Schauen Sie sich die mal an – Cindy Coughlin. *Besucht die Milton Academy und reitet gern.*« Den letzten Satz las V in spöttischem Ton. Sie blätterte weiter, hielt manchmal inne, las die Profile im selben Ton vor, nur immer zorniger.

Dann endlich kam die Seite für Daisy Alice Hollander.

»Da ist sie! Schauen Sie, was sie geschrieben hat – *besucht die Hastings Highschool und lernt Ballett.* Was für ein Witz! Sie hat in ihrem ganzen Leben keinen Ballettunterricht gehabt.«

Nic beugte sich vor und betrachtete das Mädchen, das vor zehn Jahren verschwunden war. Lange blonde Haare. Breites Lächeln. Dünne Arme, die aus dem T-Shirt ragten.

»Und? Was meinen Sie? Blicken Sie in einen Spiegel oder nicht?«

»Ich weiß nicht«, sagte Nic. »Ist es so?«

»Das liegt alles im Auge des Betrachters«, sagte V, gab ihr das Buch zurück und stand auf. »Hier – sehen Sie sich alles in

Ruhe an. Da sind noch mehr Fotos drin. Kleine Gruppen am See, am Lagerfeuer. Der ganze Campscheiß.«

V räumte die Tasse ab und begann, das Geschirr zu spülen. Nic blätterte weiter, musterte die Gesichter der Mädchen. Daisy war auf einigen zu sehen, in der Mitte, posierend, lächelnd. Sie war schön. Niemals würde sie sich selbst als schön bezeichnen. Obwohl es eine Zeit gegeben hatte, in der sie sich so gefühlt hatte wie Daisy offenbar auf diesen Fotos – schön und talentiert, die ganze Welt zu ihren Füßen.

Vorn im Buch gab es Porträtfotos der Lehrerinnen und Betreuerinnen. Ganz hinten war das Personal aufgelistet. Nic sah erst nur flüchtig hin. Die Fotos waren klein und verblichen, die Gesichtszüge schwer zu erkennen. Fotos in der Küche. Am Bootshaus. Im Aufenthaltsraum. Dann bemerkte sie, dass auch Männer darauf zu sehen waren. Das Camp war ausschließlich für Mädchen, doch unter den Mitarbeitern – vor allem in der Küche – fanden sich auch Männer jeden Alters.

Sie wollte gerade weiterblättern, als sie abrupt innehielt. Ihr wurde kalt.

Nic beugte sich vor, traute ihren Augen nicht. Aber es stimmte. Die Wangenknochen. Das Kinn. Der Haaransatz. Sogar sein Lächeln.

Sie schaute V an, die noch mit dem Geschirr beschäftigt war.

»V?« Die Frau drehte sich um. Nic wollte die Frage stellen, die ihr auf der Zunge brannte. Doch sie bremste sich, als ihr einfiel, in welcher Situation sie sich befand. Allein mit einer Fremden, mitten im Wald. Das Haus hatte nur eine Tür. Niemand wusste, dass sie hier war.

»Haben Sie was gefunden?«

Nic stand auf und lächelte freundlich.

»Nein. Aber ich bin spät dran für eine Verabredung.«

V trat von der Spüle weg und schaute sie argwöhnisch an.

»Was haben Sie da drin gefunden?« Sie kam näher. Nic legte das Buch zurück in den Karton.

»Nichts. Ich muss los.«

Sie ging rasch zur Tür. V folgte ihr nicht.

»Danke«, sagte Nic und ging hinaus.

Sie drehte sich nicht um, nachdem die Tür hinter ihr zugefallen war, sondern eilte zum Wagen, wobei sie tief die kühle Luft einatmete. Sie stieg ein, wendete und fuhr durch den Wald zurück zur Hauptstraße.

Und dachte dabei an das Gesicht, das sie soeben in dem Buch entdeckt hatte.

Das Gesicht von Jared Reyes.

43

Tag siebzehn

Ich brauchte fast die ganze Nacht, um die Kerne zu mahlen. Das Amygdalin sitzt unter der harten Schale. Alice hatte zum Abendessen Suppe gemacht. Ich hatte den Löffel unter mein Bein geschoben, als sie in die Küche ging, um mehr Kräcker zu holen. Als sie zurückkam, trank ich die Suppe aus der Schale und schlürfte laut dabei. *Das gehört sich nicht!*, schimpfte sie und wurde dadurch vom fehlenden Löffel abgelenkt.

Ich hatte noch das Messer von den Sandwiches und jetzt auch einen Löffel. Einen Löffel und über zweihundert Kerne. Ich legte sie ins Waschbecken, immer etwa zehn auf einmal. Dann presste ich beide Daumen in die Wölbung des Löffels und drehte und zerdrückte gleichzeitig die Kerne. Zermahlte sie zwischen Metall und Porzellan. Den entstandenen Brei sammelte ich in einer Tasse und las möglichst viele Schalen heraus, die sich zwar zerbrechen, aber nicht mahlen ließen.

Meine Daumen taten weh, verkrampften sich. Meine Arme schrien förmlich nach Erholung. Doch ich hörte nicht auf, bis ich eine kleine Tasse voller Brei hatte.

Jetzt, im Morgenlicht, bete ich, dass es ausreicht, um ihn krank zu machen. Die Menge des Amygdalins und damit die des Cyanids hängt davon ab, welche Äpfel man verwendet und wie viel sich verflüchtigt, bevor die Substanz vom Körper aufgenommen wird. Es kommt auch auf das Gewicht der Person an und wie schnell sie es verzehrt. Es gibt viele Faktoren. Es ist unwahrscheinlich, dass er stirbt. Sehr unwahrscheinlich sogar. Aber er braucht auch nicht zu sterben.

Ich höre den Wagen auf dem Schotter. Schaue zu Alice, und sie schaut zu mir. Vielleicht täusche ich mich in ihr. Wir sind Soldaten, die aufs Schlachtfeld ziehen.

Heute Morgen waren Alice und ich sehr beschäftigt. Zuerst haben wir das Kissenbett aufgeräumt, nachdem wir zusammen auf dem Boden geschlafen hatten, zwischen uns die Gitterstäbe.

Dann hat Alice Mehl und Zucker, Backpulver, Butter, Milch und Eier geholt, dazu eine Metallschüssel, einen Messbecher und einen Rührlöffel. Da Dolly uns beobachtete, war ich die beste Mommy – ich zeigte ihr, wie man Muffins backt.

Ich kenne das Rezept auswendig. Muffins sind Muffins, keine große Kunst. Alice maß ab und mischte. Wir lachten und taten, als hätten wir Spaß. Sie verschüttete Mehl. Ich ging ins Badezimmer, um ein Handtuch zu holen. Darin lagen die Apfelstückchen, die ich aufbewahrt hatte. Ich kippte sie in die Schüssel, den Rücken zur Kamera, sodass Dolly und ihre wachsamen Augen mich nicht sehen konnten. Dann wischte ich das Mehl vom Boden auf.

Ich schickte Alice in die Küche, um einen nassen Schwamm zu holen. Und während sie weg war, füllte ich die Muffinförmchen.

Als sie fertig gebacken waren, überzogen wir einen bestimmten Muffin mit Zuckerguss, den wir aus Puderzucker angerührt hatten. Ich sagte, Mick würde sich geschmeichelt fühlen und glauben, wir hätten ihn gern.

Dann saßen wir da und machten Schulaufgaben. Saßen da und spielten mit den Puppen. Saßen da und warteten.

Endlich ging die Haustür auf und fiel mit einem Knall wieder zu. Seine schweren Schritte auf dem Boden. Er ging wortlos an uns vorbei. Sprach nicht mit Alice. Sprach nicht mit mir. Er ging in sein Zimmer und knallte auch diese Tür zu.

Alice und ich taten, als hätten wir ihn nicht bemerkt, obwohl mein Herz schwer und leicht zugleich war.

Schwer, weil er glücklich und ruhig sein und wie ein braver Junge seinen Muffin essen musste.

Leicht, weil er wütend war. Also war etwas mit Nicole schiefgelaufen.

Guter Gott, ist das nicht furchtbar? Ist es nicht pervers, dass ich ein Lachen in mir aufsteigen spüre, als ich mir vorstelle, wie meine eigensinnige, gequälte Tochter ihn nach einer glücklosen Nacht wegschickt? Ich bin nicht mehr verzweifelt, sondern freue mich jetzt, dass meine Tochter Männer benutzt, um die Hohlräume zu füllen, von denen sie in der Therapie gesprochen hat.

Ich hatte befürchtet, dieses Verhalten würde sie umbringen. Nun aber glaube ich, dass es sie gerettet haben könnte.

Die Tür geht wieder auf, und Mick kommt heraus. Wie anders er mit jämmerlichem, gebrochenem Herzen auf mich wirkt.

Alice steht langsam auf und geht mit ihm in die Küche. Ich habe ihr eingeschärft, die Äpfel nicht zu erwähnen. Er könnte wütend werden, weil sie nach draußen gegangen ist, um sie zu sammeln. Sie soll einfach sagen, wir hätten *besondere* Muffins mit *besonderen* Zutaten gemacht.

Der Schrank geht auf, Keramik klirrt, als er einen Becher herausnimmt. Ich schließe die Augen und stelle mir vor, wie er sich den Kaffee eingießt. Den Kaffee aus der Kaffeemaschine, die Alice schon eingeschaltet hat, damit er nicht auf seinen Kaffee warten muss.

Auch das habe ich ihr genau erklärt. Ich war heute eine sehr, sehr gute Mommy.

Kurz darauf kommt Alice zurück zu mir. Sie hat wieder das traurige Gesicht und kämpft mit den Tränen.

»Was ist los?«

»Er will den Muffin nicht essen. Er sagt, er hätte keinen Hunger. Er sagt, er hätte eine schlimme Nacht gehabt und will nur seinen Kaffee trinken und in Ruhe gelassen werden, damit er telefonieren kann.«

Ich setze mich auf den Boden, Alice auch. Sie wundert sich, dass ich nicht traurig bin. Oder enttäuscht.

Wir haben uns viel Mühe mit den Muffins gegeben.

»Alles gut«, sage ich.

Sie ist verwirrt. »Ehrlich?«

Dann stelle ich ihr eine Frage. »Trinkt er den Kaffee? Den Kaffee, den wir gemacht haben?«

Sie nickt. »Ja. Aus dem großen Becher.«

Ich kann mein Lächeln nicht unterdrücken.

44

Tag siebzehn

Reyes war im Casino gewesen, er hatte hinter dem Gebäude geparkt.

Jared Reyes. Der Junge aus der Küche des Camps. Der Junge, der Daisy Hollander schon gekannt hatte, bevor er nach Hastings gekommen war.

Jared Reyes. Der Mann, der sie die ganze Zeit belogen hatte.

Über das Haus in der Abel Hill Lane – der gewusst hatte, wie man die Kette um das Tor schlingt und wo das Schloss war. Edith Moore – er hatte ihr die Antwort auf Nics Frage in den Mund gelegt und dann nicht nachgehakt, wie sie die Buchstaben auf der Handtasche ihrer Mutter überhaupt hatte sehen können. Außerdem hatte er behauptet, er habe Daisy Hollander kaum gekannt und die Ähnlichkeit zwischen ihr und Nic nicht bemerkt.

Nic verstand jetzt auch, weshalb er sie ins Bett gelockt hatte. Es war genau so, wie er gesagt hatte – Menschen versuchten jene, die sie geliebt und verloren haben, zu ersetzen.

Er hatte ihr ununterbrochen Nachrichten geschickt, was ein ungutes Gefühl in ihr geweckt hatte. Gut, dass sie ihrem Instinkt gefolgt war. Dass sie angehalten und nach seinem Wagen Ausschau gehalten hatte, anstatt direkt ins Casino zu gehen.

Als sie ihn entdeckt hatte, hatte sie umgehend gewendet.

Es war schon spät gewesen, aber sie musste ihren Vater anrufen.

»Daddy«, hatte sie mit zitternder Stimme gesagt. So hatte sie ihn seit Jahren nicht genannt. Nicht, seit sie ein kleines Mädchen gewesen war.

»Nicole? Mein Gott! Was ist passiert?«

»Hast du eine Affäre? Sag es mir einfach. Ich muss die Wahrheit wissen. Warum hast du mich wegen Moms Abschiedsbrief belogen?«

Eine lange Pause, dann: »Halt an, Nic – ich kann den Motor hören. Halt an, bevor du einen Unfall baust.«

Nic war an den Straßenrand gefahren. Hatte den Motor abgestellt, ins Handy geschluchzt und geschrien: »Sag mir die Wahrheit!«

»Das mache ich, versprochen. Tief durchatmen. Wo bist du jetzt?«

Nic hatte aufgeschaut. Sie war auf der Route 7, Richtung Norden, Richtung Hastings.

»Ich bin noch hier.«

»Du hast gesagt, du kommst nach Hause! Jesus, Nic – du hast es mir versprochen. Ich komme dich holen. Ich kann den nächsten Flug …«

»Du brauchst mich nicht zu holen. Du sollst mir nur die Wahrheit sagen!«

»Nein, verstehst du? Die Antwort lautet nein. Ich habe keine Affäre.«

»Aber die vielen Abende, an denen du so spät nach Hause gekommen ist. Dass du sie nicht mehr angeschaut hast … Ich war mir so sicher. Ich hab es ihr gesagt! Ich habe es ihr an dem Morgen gesagt, an dem sie weggefahren ist!«

»Oh, Nicole – nein, nein –, es hat nichts mit dir zu tun. Es spielt keine Rolle, was du deiner Mutter an dem Morgen gesagt hast. Sie kannte die Wahrheit schon.«

»Welche Wahrheit, Dad? Was hat sie gewusst?«

Noch eine Pause. Ein tiefer Atemzug.

»Dass ich meine Liebe zu ihr nicht finden konnte.«

»Aber es gab Zahlungen mit der Kreditkarte – in Hotels …«

»Bitte, Nicole. Es fällt mir schwer, es zu sagen, ich konnte manchmal einfach nicht nach Hause fahren. Aber es gab keine Hotels und keine Zahlungen dafür.«

Was er sagte, hatte sich verrückt angehört, und doch verstand Nic ihn vollkommen. Sie war auch die ganze Nacht weggeblieben, wenn es irgendwie ging.

Aber dann –

»Warum hast du an dem Tag, an dem sie verschwunden ist, in West Cornwall getankt? Ich weiß, dass es da eine Zahlung gab.«

Seine Stimme hatte plötzlich anders geklungen. »Wovon redest du? An dem Abend habe ich gearbeitet und bin dann nach Hause gefahren und sofort ins Bett gegangen. Du kannst alle im Büro fragen … Worum geht es hier eigentlich? Was ist das für eine Zahlung, von der du sprichst?«

Reyes. Die nächste Lüge. Warum hatte sie das nicht erkannt? Oder gefühlt?

»Schwöre es mir, Daddy. Schwöre, dass du nicht weißt, wo sie ist. Bei meinem Leben. Bei Evans Leben. Schwöre es mir auf der Stelle.«

Fünfzig Kilometer nördlich von Hastings hatte Nic ein Einkaufszentrum entdeckt. Der Mitarbeiterparkplatz war von der Straße aus nicht einzusehen.

Sie war auf den Rücksitz geklettert und hatte sich auf die Seite gelegt, zusammengerollt wie ein kleines Kind. Sie hatte die Augen geschlossen und die Stimme ihres Vaters im Kopf gehört. Wieder und wieder.

Ich schwöre es.

Am Morgen rief sie Chief Watkins an. Nach einer Stunde war er da. Er parkte seinen Pick-up, den grauen Silverado, stieg aus und kam zu dem blauen Audi herüber.

Nic drehte den Zündschlüssel und ließ das Fenster herunter.

»Alles in Ordnung mit Ihnen?«, fragte Watkins.

Nic entriegelte die Tür. »Können Sie einsteigen?«

Chief Watkins ging zu seinem Wagen und kam mit zwei Styroporbechern zurück. Er öffnete die Tür des Audi und rutschte auf den Beifahrersitz. Er trug die gleiche Uniform wie an dem Tag, nachdem Nic nach Hastings zurückgekommen war. Es war nur drei Tage her. Drei Tage. In denen so viel passiert war.

»Hier.« Er reichte ihr einen Kaffeebecher.

»Was ist los?«

Nic wischte sich die Augen, die klebrig vor Erschöpfung waren. Der Kaffeeduft stieg ihr in die Nase. Sie trank einen großen Schluck.

»Danke, dass Sie gekommen sind. Tut mir leid, dass ich mich so kryptisch ausgedrückt habe.«

Watkins zuckte mit den Schultern. Trank Kaffee. »So kann man es auch ausdrücken.«

Nic hatte nur gesagt, wo sie war und dass sie mit ihm sprechen müsse. Und hatte ihn gebeten, niemandem zu sagen, wohin er fuhr.

Sie blickte ihm ins Gesicht. »Ich werde Ihnen jetzt einige Fragen stellen, die sich wirklich seltsam anhören. Bitte versuchen Sie, sie einfach nur zu beantworten. Ohne nach dem Warum und Wozu zu fragen.«

Watkins streckte sanft die Hand aus, als könnte er wie durch Zauberei ihren rasenden Verstand beruhigen und den Wortschwall aus ihrem Mund abbremsen.

»Na schön. Ich antworte. Aber immer mit der Ruhe. Sie wirken ein bisschen überdreht.«

Nic fing mit den einfachen Fragen an.

»Kannten Sie Daisy Hollander?«

Watkins' Gesicht veränderte sich schlagartig. Sie konnte die Fragen förmlich sehen, die ihm auf der Zuge lagen, doch er hielt sich an die Abmachung.

»Ja.«

»Haben Sie ihr ein Stipendium für ein Camp in Woodstock besorgt?«

»Ja.«

»Haben Sie Daisy damals weggebracht? Als sie für immer die Stadt verlassen hat?«

Langes Schweigen. Dann die Antwort. »Nein.«

Nic war überrascht. »Sie haben sie nicht nach Boston gefahren?«

Watkins atmete hörbar aus. Ließ den Kopf hängen.

»Sie haben mit dem verrückten Roger Booth gesprochen.«

»Ja.«

»Na schön – die Wahrheit ist, ich wollte sie bis zum Bahnhof in Hartford bringen. Aber dann hat sie gesagt, jemand anders würde sie mitnehmen.«

»Hat sie erwähnt, wer das war?«

Noch eine Pause.

»Wissen Sie es? Dann sagen Sie es mir bitte.«

Watkins antwortete zögernd.

»Officer Reyes. Ich weiß, er hat gelogen. Aber das hätte ich auch getan. Daisy wollte unbedingt weg von Booth. Reyes hatte an dem Tag genug Zeit, sie bis nach Boston zu fahren, und ich nicht. Das war der einzige Grund.«

»Das verstehe ich nicht. Booth scheint doch kein übler Typ zu sein.«

»Ist er auch nicht. Nur wollte sie ein anderes Leben. Sie hatte eine schlimme Kindheit und war so begabt – wirklich brillant. Und hübsch. Die Einzige aus diesem verrückten

Hollander-Haufen, die eine Chance hatte. Booth hätte sie nie in Ruhe gelassen. Glauben Sie, er hätte jemals wieder so ein Mädchen gefunden?«

Nic musste die Informationen verdauen. Reyes kannte Daisy aus dem Camp. Aber hatte Daisy damals auch schon Reyes gekannt? War er zufällig ein Jahr später hergezogen?

Watkins hatte ihn eingestellt. Ihn vor den Schuldgefühlen gerettet, nachdem er den unbewaffneten Mann getötet hatte.

Oder etwa nicht?

»Erzählen Sie mir, was Sie über Reyes wissen.«

Watkins rasselte die Geschichte herunter, die Nic schon kannte. Die Reyes ihr an dem Abend erzählt hatte, als sie mit ihm getrunken und ihn danach mit auf ihr Zimmer genommen hatte. In ihr Bett. Bei dem Gedanken überlief sie ein Schauer.

Es war exakt die gleiche Geschichte – die Schießerei in Worcester, wie Reyes seinen Job aufgegeben hatte und zusammengebrochen war. Wie er sich auf eine freie Stelle in Hastings beworben und Watkins ihn eingestellt und Stück für Stück wieder zusammengesetzt hatte.

Nur gab es eine neue Information – er war drei Monate nachdem Daisy Hollander das Camp besucht hatte, nach Hastings gekommen.

Nic erwähnte nicht, was sie im Jahrbuch gesehen hatte, sondern fragte weiter nach Daisy und Reyes.

»War da etwas zwischen ihnen? Vielleicht etwas, von dem Roger Booth nichts wusste?«

»Mit Reyes? Niemals. Hab die beiden nie zusammen gesehen. Daisy hat sich nur für Männer interessiert, die etwas für sie tun konnten. Sie war begabt, aber auch unglaublich gerissen. Jemand, der überleben wollte.«

»Und wie ist es mit Ihnen?«

»Mit mir? Mir und Daisy?« Watkins lachte. »Ich mag meine Laster haben, vor allem, seit meine Frau gestorben ist. Aber sie hätte meine Tochter sein können. So ein Ekel bin ich nicht.«

Nic dachte daran, was sie auf dem Parkplatz des Casinos beobachtet hatte. Wie er mit der Prostituierten umgegangen war. Er mochte kein Ekel sein, war aber auch kein Heiliger.

»Die Heckleuchte an Ihrem Wagen.«

»Was ist damit?«

»Sie haben sie vor sechs Tagen repariert.«

»Das stimmt.«

»Wie lang war sie kaputt?«

»Nicht mal einen Tag. Ich bin der Polizeichef – kann schlecht mit einer kaputten Heckleuchte durch die Gegend fahren.«

»Abdeckung und Glühbirne waren beide kaputt?«

»Woher wissen Sie das?«

»Sagen Sie es mir einfach.«

»Na schön. Ich bin wie jeden Donnerstagabend aus dem Casino gekommen, und da waren Abdeckung und Lampe zerbrochen. Ich dachte, ein Betrunkener wäre rückwärts gegen meinen Wagen gefahren. Komisch war nur, dass es sonst keine Schäden am Auto gab. Man sollte meinen, dass zumindest der Lack ums Gehäuse zerkratzt gewesen wäre. Jedenfalls bin ich zur Werkstatt gefahren und habe die Heckleuchte reparieren lassen.«

»Zur Werkstatt in der Stadt?«

»Nein. Ich gehe in die weiter oben an der Straße. Da arbeitet ein Freund von mir. Wieso?«

»Sie haben also keine Ersatzteile in der Stadt bestellt? Auf Rechnung der Polizei?«

»Himmel, nein. Ich riskiere doch nicht meinen Job. Was soll das alles – Moment mal, geht es um diese Frau? Die in der

Nacht, in der Ihre Mutter verschwunden ist, einen Pick-up gesehen hat?«

Nic antwortete nicht. Das war auch nicht nötig.

»Na los, stellen Sie die Frage, um die es Ihnen wirklich geht.«

»Okay.« Die Worte blieben ihr in der Kehle stecken, dann explodierte sie förmlich. »Haben Sie meine Mutter am Abend des Sturms gesehen? Haben Sie sie irgendwohin gefahren? Haben Sie ihr geholfen, uns zu verlassen? Haben Sie ihr etwas angetan? Haben Sie sie verletzt?«

»Du meine Güte«, sagte Watkins. »Ich meine – Herrgott! Nein. Nein, nein, nein. Tausendmal, eine Million Mal nein. Wie können Sie so etwas glauben?«

Dann erzählte Nic ihm von Edith Moore und dem Pick-up und der Heckleuchte und der Rechnung, die Reyes ihr gezeigt hatte. Sie erzählte von dem Haus an der Abel Hill Lane und dass Reyes von der Kette und dem Vorhängeschloss gewusst hatte. Und sie erzählte von dem Zaun, der ans Grundstück des Motels grenzte, und dass jemand versucht hatte, ein Loch hineinzuschneiden. Zuletzt erzählte sie von Edith Moore oder Bickman, die Kurt Kent kannte, und dass Kurt sich einen Tag, nachdem Nic nach Hastings zurückgekommen war, mit ihr auf dem Krankenhausparkplatz getroffen hatte.

Als sie fertig war, schaute Watkins sie nachdenklich an. Dachte nach. Aber dann –

»Sie sollten nach Hause fahren. Es ist nicht Ihre Aufgabe, diesen Dingen nachzugehen. Kein Wunder, dass Sie all diese Fragen stellen. Alle, an die Sie sich um Hilfe gewandt haben, haben Sie belogen oder Ihnen Dinge verschwiegen.«

Sie sah ihre Gesichter; Reyes, Kurt Kent. Ihren Vater, der sie wegen der Handschriftenanalyse belogen hatte. Dann Roger Booth.

»Roger ist der Einzige. Der Einzige, der mich nicht belogen hat.«

Watkins trank mit einem Riesenschluck seinen Kaffee aus.

»Fahren Sie nach Hause, Nicole. Das Motel kann Ihnen die Sachen nachschicken. Ich finde heraus, wer sich um das Haus im Wald kümmert. Ob es dort Strom und Wasser gibt. Notfalls fahre ich persönlich hin. Und was Ihren freundlichen Barkeeper angeht – keine Sorge. Ich überprüfe, was er mit dieser Edith Moore laufen hat.«

»Und Reyes?«

Watkins wiegte den Kopf. »Das wird schwieriger. Er scheint nichts falsch gemacht zu haben. Das mit der Rechnung und Daisy lasse ich mir durch den Kopf gehen. Ich denke darüber nach. Er ist ein guter Polizist. Ich habe ihn unter meine Fittiche genommen. Ich möchte ihn nicht zu Unrecht beschuldigen.«

Nic dachte an die Nachrichten auf ihrem Handy und seinen Wagen, der hinter dem Casino parkte. Davon hatte sie Watkins nichts erzählt und wollte es auch nicht. Es spielte keine Rolle. Das hatte sie sich selbst eingebrockt. Es war demütigend.

Watkins verabschiedete sich. Stieg in seinen Pick-up und fuhr davon.

Nic schaute aufs Handy. Ihr Vater hatte dreimal angerufen.

Sie konnte nicht hier sitzen und nichts tun. Alle wollten, dass sie nach Hause fuhr. Und was dann? Sie hatte nichts außer Watkins' Versprechungen.

Nein, dachte sie. Niemals.

Sie schickte eine letzte Nachricht. Eine weitere Lüge für ihren Vater. Ich bin heute Abend zu Hause.

45

Tag siebzehn

Kaffee ist gewöhnlich bitter. An diesem Morgen ist er bittersüß.

Ich höre ihn aus der Küche schreien.

»Alice!«

Sie schaut mich mit einem Gesicht an, das ich noch nicht kenne. Ich gebe ihm keinen Namen. Es ist das blanke Entsetzen.

Sie wusste, was ich tue. Sie hat mir dabei geholfen. Jetzt ist es real.

»Alice!«

Ich nicke. Bedeute ihr, zu ihm zu gehen, und sie gehorcht mir.

Ja, das stimmt, denke ich. Sie gehorcht mir.

Er schreit jetzt vor Schmerz. Vor Qual. Und obwohl ich versuche, mich darüber zu freuen, dass seine Zellen ersticken, sind die Laute menschlichen Leidens schwer zu ertragen. Mein Herz hämmert in der Brust. Mir verschwimmt alles vor Augen, als sich mein Körper auf die Angst einstellt, die seine Schreie in mir wecken.

Sie kommt wieder angerannt. »Er ist krank! Er liegt auf dem Boden! Er übergibt sich!«

Ich stelle mir das Erbrochene vor, wie sich sein Körper von dem Gift befreien will.

Ich versuche, sie zu beruhigen. Ich lüge. »Er erholt sich wieder. Ein paar Stunden, dann geht es ihm wieder gut. Du kannst ihm Handtücher und Wasser bringen. Ihn auf den Rücken drehen.«

Von dem Wasser wird er weiter erbrechen. Wenn er auf dem Rücken liegt, erstickt er vielleicht daran. Vielleicht wird ihn das töten.

»Aber er hat den Muffin doch gar nicht gegessen! Ehrlich nicht!«, schreit sie, und ich begreife, dass sie darüber erleichtert war. Sie steht meinem Plan mit gemischten Gefühlen gegenüber. Genau wie ihm.

Darum habe ich die Kerne auch nicht auf den Muffin verschwendet. Ich konnte mich nicht darauf verlassen, dass Alice ihm den wirklich geben würde.

»Ich weiß, Liebes. Aber er hat seinen Kaffee getrunken, oder? Die ganze Tasse.«

Sie macht große Augen, als ihr einfällt, dass sie mir die Kaffeedose gebracht hat und dass ich sie dann in die Küche geschickt habe, um einen Messlöffel zu holen, den kleinen gelben, der nur für den Kaffee da ist.

Während sie weg war, hatte ich die zermahlenen Apfelkerne im ganzen Filter verteilt und dann die Filtertüte eingesetzt. Als sie zurückkam, hatten wir mit dem kleinen gelben Löffel das Kaffeepulver abgemessen.

Sie weint noch heftiger.

»Alice, du tust jetzt, was ich gesagt habe. Es ist sehr wichtig. Und danach holst du den Schlüssel.«

Sie schüttelt den Kopf.

Ich greife durch die Gitterstäbe und packe ihre Arme.

»Du wirst den Schlüssel holen und mir bringen. Und weißt du auch, warum?«

Sie schüttelt den Kopf, verliert die Fassung. *Nein, nein, nein.*

»Weil du mir geholfen hast, den Kaffee zu machen.«

46

Tag siebzehn

Nic fuhr nicht nach Hause, sondern geradewegs ins Auge des Sturms, der sich in Hastings zusammenbraute.

Sie erreichte die Kreuzung von Route 7 und Hastings Pass. Auf dem Parkplatz der Tankstelle stand Kurts Wagen. Sie parkte gegenüber. Er hatte die Nachtschicht gearbeitet und würde vermutlich gleich in die Kneipe fahren. So hatte er seinen Arbeitstag einmal geschildert.

Es wäre besser, hier mit ihm zu reden als in der Kneipe. Es herrschte Kundenverkehr. Sie wären nicht lange allein.

Kurt saß auf einem Hocker hinter der Theke und las eine Zeitschrift. Er lächelte überrascht, aber herzlich. Wohl um sein schlechtes Gewissen zu verbergen.

Nic kam gleich zur Sache, holte das Handy heraus und zeigte das Foto von ihm und Edith Moore.

»Was hattest du mit Edith *Bickman* vor?«

»Scheiße …«, murmelte Kurt und ließ den Kopf hängen. »Nicht hier – die Kameras.« Sie folgte ihm in ein Hinterzimmer voller Regale. »Das ist die einzige Stelle, die sie nicht im Blick haben«, erklärte er.

»Wer sind sie?«, wollte Nic wissen.

»Die Leute, denen die Tankstelle gehört. Irgendeine Firma. Ich weiß nur, wo die Kameras sind, weil wir vorn Monitore haben.«

»Dann mal los.«

Nic wartete, während er sich die Worte zurechtlegte. Sie konnte sehen, dass es ihm schwerfiel.

»Okay. Es ist nicht so, wie du denkst.«

»Was denke ich denn?«

»Ich habe nicht gewusst, was sie vorhatte. Als du reingekommen bist und mir von der Zeugin erzählt und ihren Namen genannt hast – ich meine, wie viele Ediths gibt es schon, die eine Verbindung nach Hastings haben?«

»Aber sie hat doch mit dir zusammengearbeitet. In der Kneipe.«

Kurt nickte. »Das stimmt. Ich kannte sie. Ich wusste auch, wohin sie gezogen war. Also bin ich hingefahren, um sie zu fragen, was verdammt noch mal das soll. Ich wollte nicht, dass sie in Schwierigkeiten gerät. Sie ist ja nicht kriminell. Und du warst davon überzeugt, dass sie deine Mutter gesehen hatte. Ich wollte nur herausfinden, weshalb sie einen falschen Namen angegeben und behauptet hatte, an dem Abend hier gewesen zu sein.«

Nic war frustriert und einfach zu erschöpft, um die ganzen Fäden zu entwirren.

»Erzähl mir einfach alles. Bitte. Du kannst gern mit deiner Verhaftung wegen unerlaubten Waffenbesitzes anfangen.«

Er blickte zur Eingangstür, dann durchs Fenster zu den Zapfsäulen.

»Ich habe Angst. Ich wollte mich nicht mit Reyes anlegen. Ich kann nicht zurück ins Gefängnis, und ich kann auch die Stadt nicht verlassen. Ich habe zwei Jobs und etwa fünfzig Dollar auf der Bank. Ich bin vorbestraft. Verstehst du, was ich meine?«

»Warum solltest du denn die Stadt verlassen?«

»Begreifst du es noch immer nicht? Begreifst du nicht, was er ist?«

»Wer?«

»Reyes. Officer Jared Reyes.«

In ihrem Kopf rauschte es. Ihr wurde übel.

»*Er* ist hier der Kriminelle, Nic. Er ist ein Betrüger.« Kurt wartete, damit seine Worte ihre Wirkung entfalteten, aber nicht sehr lange. Nicht lange genug.

»Vor drei Jahren hat er mich angehalten, weil ich angeblich eine rote Ampel überfahren hatte. Das war totaler Unsinn. Dann stehe ich plötzlich neben dem Wagen. Er hält eine Waffe in der Hand und behauptet, die hätte er auf dem Rücksitz meines Wagens gefunden. Er hat nicht einmal getan, als würde er hineinschauen. Er hat sich nicht mal die Mühe gemacht, mich zu überzeugen.«

Nic starrte ihn an. Wieder eine neue Facette von Reyes.

Kurt fuhr fort. »Er sagte, für zehn Riesen würde er alles vergessen – als wenn ich zehntausend Dollar hätte. Er sagte, ich könnte es mir von meiner Familie leihen. Ich hätte bis zum Ende des Tages Zeit. Ich dachte, *fick dich*. Ich war jung. Ich glaubte an Gerechtigkeit und die Leute in dieser Stadt, die mich mein ganzes Leben lang gekannt hatten. Ich glaubte an den Chief und seinen Bullshit, von wegen er wolle Jugendlichen helfen …«

»Aber du wurdest verurteilt«, vollendete Nic seine Geschichte.

Er nickte. »Der Chief hat sich auf Reyes' Seite gestellt. Sein Lieblingsprojekt. Sein Wunderkind. Der Sohn, den er nie hatte. Teufel, was weiß ich. Ist auch egal. Aber Reyes ist ein Verbrecher, Nic.«

»Das tut mir leid. Ehrlich. Aber was hat das mit Edith Bickman zu tun? Reyes hat meinen Verdacht auf sie gelenkt. Er war derjenige, der den Fehler in ihrer Geschichte gefunden hat.«

Kurt blickte auf und verschränkte die Arme, als bereitete er sich auf etwas vor, das ihr nicht gefallen würde.

»Ich bin zu ihr gefahren, um herauszufinden, was sie da trieb. Sie war ein anständiges Mädchen, aber schwer in Reyes verliebt, der wiederum wusste, dass sie Geld brauchte. Ständig. Sie hatte einen Berg Schulden vom College und jetzt noch von der Schwesternausbildung. Sie sagte, er habe sie angerufen, nachdem die Suche eingestellt worden war. Er wisse, wo sich deine Mutter verstecke, könne die Belohnung aber nicht kassieren, weil er Polizist sei. Die Sache sei ganz einfach – sie solle dich anrufen und die Geschichte von dem Pick-up erzählen. Du seist die Einzige, die weitersuchen würde. Er würde dir helfen, deine Mutter zu finden, dein Vater würde Edith die Million zahlen, und sie würden sich das Geld teilen.«

»Also hat Reyes ihr meine Nummer gegeben«, sagte Nic und erinnerte sich an jenen Morgen. Edith hatte Mrs. Urbansky angegeben, aber Reyes hatte ihr diesen Namen in den Mund gelegt.

Beim Gedanken an die Worte, die soeben über ihre Mutter gefallen waren, wurde ihr beinahe schwindelig. »Dann versteckt sie sich also irgendwo? Und Reyes weiß Bescheid? Er und das Geld sind mir egal – Hauptsache, meine Mutter ist in Sicherheit!«

Doch Kurts Gesicht blieb düster. »Das ist noch nicht alles. Was immer Reyes zu Edith gesagt oder über sie herausgefunden haben mag, als du dabei warst – damit wollte er dich nur hierhalten. Er wollte dafür sorgen, dass du weiter verzweifelt nach deiner Mutter suchst.«

»Du hast recht. Aber wenn er wusste, wohin sie sich zurückgezogen hatte, warum dann das Risiko eingehen, dass sie jederzeit von dort verschwinden könnte? Warum hat er nicht dafür gesorgt, dass ich sie gleich am ersten Tag finde?«

»Keine Ahnung. Jedenfalls wollte er dich hier festhalten.«

»Und Watkins ans Messer liefern«, kombinierte Nic. »Vermutlich hat Reyes die Heckleuchte zerbrochen. Und eine Rechnung für die Ersatzteile gefälscht, weil Watkins nicht wie erwartet in die örtliche Werkstatt gefahren ist. Vielleicht ist er auf Watkins' Job aus.«

»Ich weiß nicht recht. Es ist schon seltsam, dass er den Chief hintergeht. Und warum du? Warum ausgerechnet du?«

Nic atmete tief durch. »Ich glaube, das kann ich dir sagen.«

Sie dachte an die Fotos aus dem Sommercamp, die sie im Jahrbuch gesehen hatte. Ihre Ähnlichkeit mit Daisy Hollander. Dass Reyes sie damals aus der Stadt gebracht hatte. Und dass er zunehmend von ihr besessen gewesen war.

»Nic? Was ist denn?«

Sie drehte sich abrupt um. »Ich muss los.«

Kurt folgte ihr zur Tür. »Warte, wo willst du hin?«

»Ich muss etwas überprüfen.«

Er ergriff ihren Arm. »Es tut mir leid. Ich hätte gleich zu dir kommen sollen, nachdem ich mit Edith gesprochen hatte.«

Nic wandte sich zu ihm. »Schon gut. Aber ich muss jetzt wirklich los.«

»Moment – noch eine letzte Sache. Edith hat deine Mutter nie gesehen. Was sie über ihre Handtasche wusste, hatte sie von Reyes. Woher aber kannte er die Tasche?«

Da begriff Nic, was passiert sein musste. Es war die einzige Erklärung. »Reyes kannte sie, weil er meine Mutter an dem Abend gesehen hat.«

Sie riss sich von Kurt los und rannte zum Wagen. Sie musste ins Motel. Zum Zaun mit dem Loch darin.

47

Tag siebzehn

Alice holt nicht den Schlüssel, sondern sitzt mit Mick in der Küche, stundenlang, wie es mir vorkommt. Ich höre ihn stöhnen und würgen. Ich höre sie schluchzen. Ich habe mich wohl verrechnet. Ich werde sicher sterben.

Dann ein neues Geräusch. Ein Auto.

Ich stürze ans Loch. Wieder ein Streifenwagen. Wieder ein Polizist. Dieser hier trägt ein Hemd mit kurzen Ärmeln und Aufnähern. Er geht zur Haustür, und ich denke, *ruf doch! Ruf um Hilfe!* Aber dann kommt mir ein anderer Gedanke – Mick ist auch Polizist. Was, wenn sie unter einer Decke stecken?

Ich kehre ans Gitter zurück, weil ich ein scharrendes Geräusch im Flur höre. Mick ist auf den Beinen und schleppt Alice zu meinem Zimmer. Er ist blass, sein Hemd mit Schweiß und Erbrochenem verschmiert. Aber er hat das Gift überlebt. Das wird nicht gut enden.

Es klingelt, der neue Polizist klopft an die Tür. Ruft einen Namen.

»Reyes? Bist du da?«

Mick hat einen Namen. *Reyes.*

Er ist besorgt. Das sehe ich ihm an. Besorgt und geschwächt vom Cyanid.

Wieder der Polizist –

»Na los, Reyes. Dein Wagen steht doch hier …« Eine Pause, als er innehält und horcht. Und dann –

»Ich habe mit den Eigentümern gesprochen. Ich weiß, dass du dich um das Haus kümmerst. Das macht nichts. Ein bisschen Schwarzarbeit, na und? Ein paar Sicherheitsjobs hier und an der Tankstelle. Ich habe die Rechnungen für Strom und Wasser gesehen. Kumpel? Bist du da drinnen? Du hast heimlich hier gewohnt, stimmt's? Egal, wir bekommen das schon hin. Wir regeln das.«

Als der Polizist verstummt, öffnet Mick, Reyes, der Mann die Gittertür mit dem Schlüssel, den er am Gürtel trägt. Er stößt Alice zu mir herein und schließt hinter ihr ab.

Ich ziehe sie an mich. Wir sind jetzt eins, teilen dasselbe Schicksal. Und wir bewegen uns auch wie eine Person, als wir an die Metallstäbe treten, um zu sehen, was als Nächstes passiert.

48

Tag siebzehn

Nic rannte durch die Eingangshalle des Motels zur Hintertür. Über die Terrasse zum Schuppen, wo sie mit einem großen Stein auf das Vorhängeschloss hämmerte, bis es aufging.

Drinnen fand sie eine Drahtschere und rannte damit zum Zaun. Die Orientierung war schwieriger als neulich, da die Sonne so hoch am Himmel stand.

Atemlos erreichte sie die Stelle mit dem Loch. Nervosität und Erschöpfung machten sich allmählich bemerkbar.

Sie hatte die Widerhaken vergessen und keine Handschuhe dabei. Sie zog einen Turnschuh aus, schob die Hand hinein und drückte damit gegen den Zaun. Die Drahtschere war stark und durchtrennte den Zaun binnen Sekunden.

Auf der anderen Seite zog sie den Schuh wieder an und atmete tief durch.

Sie hatte nur noch einen Gedanken – Reyes wusste, wo ihre Mutter war. Er hatte es die ganze Zeit gewusst. Und er wusste auch, dass sie sich an einem Ort befand, den sie nicht verlassen konnte. Darum hatte er es riskiert, auf die Belohnung zu warten. Er wusste, er konnte sich Zeit lassen.

Und warum hatte er sich Zeit gelassen? Es war absurd, aber sein Verhalten, seine Besessenheit von ihr reichten zurück zu Daisy Hollander. Nic und Daisy – darum hatte er gewartet. Er wollte, dass Nic nach Hastings zurückkehrte. Und zwar allein.

Sei clever, sagte sie sich. Sie holte das Handy heraus und schaute sich das Satellitenfoto an, auf dem Haus, Zaun und Motel zu sehen waren. Sie entschied sich für eine Richtung, die sie hoffentlich zum Haus führen würde.

Sei clever.

Reyes war ein Verbrecher. Er nutzte seine Autorität als Polizist aus, um Menschen zu erpressen. Nie im Leben war Kurt Kent sein einziges Opfer gewesen.

Sie lief zwischen den Bäumen hindurch, über die nasse Schicht aus welkem Laub und Erde und dachte an das Ausmaß seiner Lügen und wie genau er alles geplant hatte. Edith Bickman. Die Geschichte mit dem Pick-up. Dass er getan hatte, als kenne er sie nicht, als würde er ihr misstrauen. Er hatte ihr eine Reihe von Fakten geliefert, nur um sie zu widerlegen – um Nic einen Grund zu geben, hierzubleiben. Er wusste, dass sie das mit Watkins und seinem grauen Pick-up herausfinden würde. Und weil er nicht wusste, wo Watkins das Rücklicht hatte reparieren lassen, hatte er die Rechnung kurzerhand gefälscht, um seinen Chef in Misskredit zu bringen. Aber warum? Wenn er Nic am Ende zu ihrer Mutter führte, würde sie ohnehin die Wahrheit sagen – dass Watkins nichts mit der Entführung zu tun hatte. Was wiederum bewies, dass Edith Bickman gelogen hatte. Dann würde sie das Geld nicht bekommen und Reyes leer ausgehen. Hatte er das wirklich alles getan, weil er hoffte, Nic würde sich in ihn verlieben? Sollte sie Daisy Hollander ersetzen?

Das Haus stand nur etwa zweihundert Meter vom Zaun entfernt auf der Lichtung.

Watkins klopfte gerade an die Tür. Sein Wagen parkte in der Einfahrt.

Nic blieb abrupt stehen, als er Reyes' Namen rief.

Reyes kümmerte sich um das Haus. Reyes wohnte hier und verbrauchte Gas und Strom. Reyes war auch für die Überwachungskameras in der Tankstelle verantwortlich.

Das vernagelte Fenster mit den Metallstäben.

Sie rannte los. »Chief!«

Die Tür ging auf, gerade als sie seinen Namen rief. Dann keine Worte mehr. Nur ein Schuss. Watkins taumelte rückwärts, die Hand an der Brust. Dann fiel er die Stufen hinunter und blieb reglos auf dem Schotter liegen.

49

Tag siebzehn

Alice und ich sehen Mick an der Tür. Wie er die Waffe zieht und sich abstützt. Er ist immer noch schwach.

Ich drehe Alice zu mir, ziehe sie vom Gitter weg. Angst packt mich. Ich weiß, was jetzt passiert.

Und ich denke – das habe ich getan. Ich habe noch ein Kind getötet. Der Hass, den ich für Alice zu empfinden glaubte, war nicht real. Ich war nur zornig und frustriert. Aber sie ist ein Kind. Sie ist ein Opfer dieses Hauses und all dessen, was in den vergangenen neun Jahren hier geschehen ist.

»Alice«, sage ich. »Es war meine Schuld, und das werde ich ihm sagen. Ich rette dich.« Es ist gelogen. Bestimmt tötet er uns beide.

Wieder ein neues Gesicht. Ein entschlossenes Gesicht.

Alice schaut mich unverwandt an, während sie in die Tasche greift. Und langsam, ganz langsam einen Schlüssel herauszieht. Ich umfasse Alice' Hand, nehme sanft den Schlüssel und schließe die Gittertür auf.

Als wir sie aufstoßen und in den Flur treten, in die Freiheit, hören wir den Schuss.

50

Tag siebzehn

Nic rannte davon, zurück in den Wald, Richtung Motel, doch Reyes' Stimme verfolgte sie.

Sie nahm den Weg, auf dem sie gekommen war, achtete auf den Boden, machte kleine, schnelle Schritte hin zu Stellen, die trittsicher wirkten. Sie schlängelte sich zwischen den Bäumen hindurch und wich herabhängenden Zweigen aus.

Dann noch ein Schuss, etwas prallte an einen Baumstamm keine zwei Meter von ihr entfernt.

Reyes rief nach ihr.

»Stopp!«

Und dann –

»Ich habe deine Mutter!«

Ich habe deine Mutter.

Ihre Füße bewegten sich weiter. Aber ihr Wille erlahmte.

Ich habe deine Mutter.

Nic konnte den Rauch riechen, der vom Motelkamin herüberzog. Sie war fast da. Aber was dann?

Reyes wollte sie.

Sie wollte ihre Mutter.

Sie wollte, dass ihre Mutter lebte. Sie wollte sie endlich von dem Schmerz befreien, den sie erlitten hatte. Sie wollte Annie zurück. Sie wollte mit ihren Händen die kleinen Arme ergreifen, bevor sie das Ende der Auffahrt erreichten.

Sie wollte, dass die vergangenen fünf Jahre endlich vorbei waren.

Da hörten ihre Füße auf, sich zu bewegen. Sie war zu müde. Sie konnte nicht mehr weglaufen.

51

Tag siebzehn

Ich ziehe Alice zurück ins Zimmer, damit sie nicht sieht, was passiert, und trete ans Fenster. Durch das Loch sehe ich den anderen Polizisten am Boden liegen. Ganz still. Blut sammelt sich um seinen Oberkörper. Und Mick läuft in den Wald. Mit gezogener Waffe, er verfolgt jemanden. War da noch ein Polizist? Ein Partner?

»Komm mit«, sage ich zu Alice und nehme sie am Arm. Wir gehen den Flur entlang und durch die offene Haustür. Sie bleibt auf der Schwelle stehen.

»Meine Maske!«, sagt sie. »Ich brauche meine Maske!«

Ich nehme ihre Arme und schaue ihr in die Augen.

»Vertraust du mir?«

Sie weiß es nicht. Ich erkenne den Zweifel und die lähmende Angst in ihrer Miene.

»Du brauchst keine Maske.«

Ich lasse ihr keine Zeit zum Nachdenken. Ich hebe sie hoch und drücke ihr Gesicht an meine Brust, während ich die Stufen hinunterlaufe und über den Körper des Mannes steige. Dann lasse ich sie herunter, mit dem Rücken zum Haus. Weg von der Gewalt.

»Du musst jetzt rennen, Alice. Du rennst die Einfahrt hinunter bis zur Straße. Das Tor müsste offen sein. Du hältst dich rechts und läufst am Zaun entlang – verstanden? Bleib aber im Wald. Lauf nicht auf der Straße. Der Zaun führt dich zu einem anderen Haus. Du musst danach Ausschau halten. Wenn du ein Feuer riechst oder Essen oder Benzin, läufst du hin. Okay?«

Alice weint. »Was ist mit den Bären? Und den Wölfen?«

Ich schüttle den Kopf. »Die Bären schlafen tagsüber. Alles ist gut.«

Sie will nicht gehen, und mein Herz droht zu zerspringen. Ich muss zu dem sterbenden Mann. Ich muss sein Funkgerät benutzen, um Hilfe zu rufen. Aber Alice muss vorher verschwinden. Mick kann jeden Moment zurückkommen.

»Meine erste Mommy ist im Wald gestorben«, sagt sie. »Ich will nicht sterben!«

Wieder ziehe ich sie an mich und drücke sie, so fest ich kann, als könnte ich damit alle ihre Zweifel vertreiben.

»Alice – das war gelogen. Deine erste Mommy ist nicht im Wald gestorben. Ich weiß nicht, was aus ihr geworden ist. Aber nicht der Wald hat sie geholt.«

Ich sehe, dass sie mir glaubt. Sie glaubt mir, weil es die Wahrheit ist.

»Und jetzt geh! Lauf los!«

Sie nickt, dreht sich um, und ihre Füße setzen sich in Bewegung, sie fliegen förmlich, wirbeln Erdboden auf.

Ich glaube, ich war noch nie so glücklich wie jetzt, da ich dieses Kind in Freiheit sehe.

Ich wende mich zu dem Mann, der auf dem Boden liegt. Taste nach einem Puls. Er lebt noch. Ich gehe zum Wagen und suche nach dem Funkgerät. Drücke einen Knopf.

»Hilfe! Ich brauche Hilfe! Ein Beamter wurde angeschossen!«

Eine Frauenstimme meldet sich. »Wer spricht da?«

»Hier ist Molly Clarke.«

Stille, als die Frau meinen Namen erkennt.

»Das ist das Funkgerät des Chiefs. Wurde er angeschossen?«

»Ja!«, sage ich drängend. »Ich weiß nicht, wo wir sind. Ich werde seit zwei Wochen hier festgehalten!«

»Ich kann Sie orten«, sagt die Frau. Ihre Stimme zittert.

»Der Schlüssel ist im Wagen. Ich könnte versuchen, ihn hineinzuheben –«

»Nein – Sie bleiben, wo Sie sind. Er könnte verbluten. Jede Sekunde zählt. Können Sie erste Hilfe leisten?«

Nein!, denke ich. Die Schlüssel liegen im Wagen. Ich muss hier weg! Ich schaue zu dem Mann, der blutend am Boden liegt. Am liebsten würde ich einfach weglaufen wie Alice, weg von diesem Haus. Aber ich kann ihn nicht einfach sterben lassen.

Sie sagt mir, was ich tun soll, und ich gehorche. Ich suche im Kofferraum nach dem Erste-Hilfe-Kasten. Dann lasse ich den Wagen, meine Fluchtmöglichkeit, einfach stehen und gehe zu dem schwerverletzten Mann. Ich tue mein Bestes, um die Blutung zu stillen.

Dann höre ich den Schuss im Wald.

Und den Schrei. Kein Zweifel, es ist meine Tochter, die da schreit.

52

Tag siebzehn

Reyes kam näher. So nah, dass er nicht noch einmal danebenschießen würde. Sein Gesicht war immer noch weich, er lächelte warm.

»Mom!«, schrie Nic, die Stimme voller Zorn, sie stieg hoch über die Bäume. Dann zu Reyes: »Wo ist meine Mutter!«

Er sprach ganz ruhig, während er noch näher kam.

»In diesem Haus. Sie hat die ganze Zeit gewartet, dass du sie findest. Sie ist hier vollkommen sicher.«

Nic wusste, dass es gelogen war. Ihre Mutter wäre niemals freiwillig bei diesem Mann geblieben.

»Ich weiß über Edith Moore Bescheid.«

»Ich wollte dich nur wiedersehen.«

»Was ist an dem Abend passiert? Am Abend des Sturms?« Nick wollte nur das und nichts anderes hören. Sie wollte wissen, was ihrer Mutter zugestoßen war.

Reyes ging weiter, man hörte das Laub unter seinen Füßen rascheln.

»Ich liebe dich. Das allein zählt. Vom ersten Moment, als ich dich gesehen habe. Vom allerersten Tag an. Versteh doch, es ging immer nur um dich. Es hätte so einfach sein können!«

Er blieb stehen, doch sie hörte immer noch Schritte. Nur stammten sie nicht von seinen Füßen. Sie kamen vom Zaun her.

Nic bemerkte, dass auch Reyes das neue Geräusch registrierte. Dann eine Stimme.

»Ja, Officer. Warum erzählen Sie uns nicht, was an dem Abend passiert ist?«

Es war Roger Booth. Er hielt die Schrotflinte auf Reyes gerichtet.

»Roger, das ist die falsche Frage«, sagte Reyes. Die Worte klangen selbstsicher, doch seine Stimme zitterte. Er keuchte. Schwitzte trotz der kalten Luft.

»Was ist denn die richtige Frage?«, fragte Booth und trat näher.

»Das weißt du doch, Nicole, oder?« Seine Augen blieben auf Booth fixiert.

Nic machte einen Schritt zur Seite. Dann noch einen, aus der Schusslinie.

»Sicher.«

»Dann sag es ihm«, befahl Reyes. »Sag es ihm!«

Noch ein Schritt. Noch einer.

»Die richtige Frage lautet, was an dem Tag geschehen ist, an dem Daisy Hollander verschwand.«

Booth zuckte zusammen, fasste sich aber wieder. »Was hat das hier mit Daisy zu tun?«

Noch drei Schritte bis zum nächsten Baum. Er bot Deckung. Sie machte einen Schritt und verharrte.

»Er hat Daisy damals aus der Stadt gebracht. Er kannte sie vom Sommercamp. Er hat dort in der Küche gearbeitet. Darum ist er nach Hastings gekommen. Er war von ihr besessen. Und jetzt von mir, weil ich ihn an sie erinnere.«

Reyes kniff die Augen zu, als könnte er nicht richtig sehen.

Nic redete weiter, um Zeit zu gewinnen.

»Nach der Schießerei in seiner Heimatstadt, die ihn psychisch so belastete, übernahm er Gelegenheitsjobs wie den im Camp, wo er Daisy begegnete. Dann appellierte er an Chief

Watkins' Mitgefühl, um hier einen Job zu bekommen und ihr nahe zu sein.«

Noch ein Schritt. Sie könnte den Baum berühren.

Booth keuchte jetzt auch. »Was wollen Sie damit sagen? Daisy hat ihn kaum gekannt. Sie hat sich über ihn lustig gemacht, weil er sich für einen Frauenhelden hielt.«

»Das dachtest du«, entgegnete Reyes. »Sie hat aber mich geliebt, nicht dich. Sie wollte nur dein Geld. Das kostenlose Essen und die Ausflüge in die Stadt. Dabei hat sie sich vor dir geekelt, Booth. Sie konnte deinen Anblick nicht ertragen oder deine Hände auf ihrem Körper. Sie war stark und tat, was sie tun musste. Aber sie wollte kein Baby mit dir. Also hat sie dich verlassen. Sie hat dich wegen mir verlassen.«

Booths Gesicht war vor Zorn verzerrt. »Du bist ein Lügner!«, schrie er.

»Und du bist jämmerlich«, brüllte Reyes zurück.

Nic war jetzt fast hinter dem Baum.

Dann näherte sich noch jemand.

Sie hörte die Stimme einer Frau.

»Ihr seid beide jämmerlich.«

Nic erstarrte, die Augen auf die Gestalt geheftet, die ihr so ähnlich sah.

Sie trug dieselbe Lederjacke, die Nic bei Veronica im Haus gesehen hatte.

Daisy Hollander kam durch den Wald auf sie zu.

Und hielt ein kleines Mädchen an der Hand.

53

Tag siebzehn

Ich renne, als stünde ich in Flammen.

Ich renne durch den Wald, um meine Tochter zu finden.

Ich verstecke mich hinter einer kleinen Baumgruppe. Was ich sehe, verwirrt mich zutiefst.

Ein gepflegter, gut gekleideter Mann hat eine Schrotflinte auf Mick gerichtet.

Mick taumelt, geschwächt von dem Gift, und versucht, seine Waffe auf den Mann zu richten.

Und Nicole! Ich würde am liebsten weinen, auf sie zulaufen und mich zwischen sie und diese Männer werfen.

Ich zwinge mich, innezuhalten. Nachzudenken. Ich darf mir keinen Fehler leisten.

Ich sehe, wie sie sich bewegt, fast in Sicherheit ist, dicht neben einem Baum steht.

Geh!, möchte ich am liebsten rufen. Warum macht sie nicht den letzten Schritt?

Dann höre ich die Stimme, die ich inzwischen so gut kenne. Die ich manchmal gehasst habe. Manchmal geliebt. Manchmal gefürchtet.

»Mommy!«, sagt sie. Alice versucht, sich von der Frau loszureißen, die sie festhält. Der Frau, die ihre erste Mommy war, bis sie im letzten Frühjahr weggegangen ist. Deren Kleidung ich jetzt trage.

Daisy Alice Hollander.

»Was denn?«, schilt sie Alice. »Die sind jämmerlich. Alle beide.«

»Daisy? Bist du das?« Der Mann mit der Schrotflinte sieht aus, als wäre er einem Gespenst begegnet.

Aber Daisy antwortet nicht. Sie geht zu Mick, zieht Alice mit sich. Auch er ist wie gebannt von ihrem Anblick, und plötzlich fügt sich ein weiteres Puzzleteil ins Bild.

»Was zum Teufel hast du angestellt?«, fragt Daisy. »Wir müssen hier aufräumen. Ich hätte nie weggehen dürfen. Das wird mir jetzt klar. Ich habe mir das zwei Wochen lang angesehen und gewartet, dass du mit diesem Unsinn aufhörst. Mal im Ernst – was hast du denn geglaubt, wie das hier enden würde?«

Sie war nie in diesem Haus gefangen gewesen. Und sie hat uns beobachtet. Uns alle, durch die Kameras. Mit Dollys Augen.

Daisy streicht über sein Gesicht, fährt mit der Hand seinen Arm bis hinunter zu den Fingern, die die Waffe widerstandslos freigeben. Er ist wie in Trance. Und geschwächt vom Gift.

Sie tritt ein Stück zur Seite. Zieht Alice mit sich, als wäre sie ein Hund an der Leine.

Sie richtet die Waffe auf den Mann mit der Schrotflinte, er zittert. Ihr Gesicht ist eiskalt. Das schockiert mich mehr als alles andere in diesem Wald.

Sie sieht Nicole, nimmt sie aber jetzt erst wirklich wahr. Und dann lacht sie, laut und hart. Sie lacht Mick aus.

»Jetzt begreife ich. Du dachtest, dieses Mädchen könnte mich ersetzen? Sie würde mit dir leben wollen? Mein Gott, das ist wirklich mehr als erbärmlich.«

Mick stolpert, fällt auf die Knie. Ich weiß nicht, ob es am Gift liegt oder am Kummer. Aber er lässt den Kopf in die Hände sinken und fängt an zu weinen.

»Diesmal bist du nicht zurückgekommen«, schluchzt er.

Alice will sich losreißen, zu ihm laufen. Sie liebt ihn. Das begreife ich jetzt. Obwohl sie mir helfen wollte, ihn zu ermorden, um mich zu befreien.

Daisy seufzt genervt. »Ich habe gesagt, wenn du ständig in mein Bett steigst, verlasse ich dich endgültig. Und das habe ich getan.«

»Ich habe gewartet. Wir haben gewartet …«

Alice weint. Sie ist verwirrt, und Verwirrung ist ihr schlimmster Feind. Mick hat ihr erzählt, Daisy sei im Wald gestorben. Jetzt begreift sie, dass Daisy lebt, dass sie von sich aus fortgegangen ist und Mick es die ganze Zeit gewusst hat.

Ich erinnere mich, was Alice mir erzählt hat – dass es der Anfang vom Ende gewesen sei, als Mick sich zu ihnen ins Bett gelegt hatte. Jetzt verstehe ich. Daisy hatte einfach genug.

Sie setzt ihre Beschimpfungen fort, als wäre sie mit Mick allein im Wald. »Aber dann hast du aufgegeben, was? Du hast die alte Frau entdeckt und dann ihre Tochter. Warum hast du nicht einfach eine Kellnerin im Diner gebumst? Warum musste es ausgerechnet so laufen?«

Mick fasst sich noch einmal, kommt auf die Füße. »Du weißt warum – wegen ihr!« Er deutet auf Alice. »Wie sollte ich das erklären? Mir blieb kein anderer Ausweg. Du hast mir keine Wahl gelassen.«

Daisy macht einen Schritt auf ihn zu. »Bist du nicht mal auf die Idee gekommen, dir eine Geschichte zu dem Mädchen auszudenken? Du hättest überallhin gehen können. Neu anfangen. Das kotzt mich an! Ich habe dich immer für so clever gehalten. Dachte, dass wir ein kleines Vermögen aufbauen und verdammt noch mal von hier weggehen. Aber du hattest überhaupt keine Vorstellung von einem anderen Leben. Nur deine kleinen Betrügereien. Ich habe dir gesagt, dass ich mehr vom Leben will. Du hast versprochen, es mir zu geben, wenn ich bei dir bleibe und das Kind bekomme. Aber nein – du hast mich betrogen, mich von dir abhängig gemacht. Damit ich hierbleiben muss!«

Sie hält inne, schaut zum Himmel und dann wieder zu Mick. Kalte Wut blitzt in ihren Augen.

»Großer Gott, wie schwach du bist.« Sie spricht mit geradezu unheimlicher Ruhe. »Ich hätte mit dem Chief zum Bahnhof fahren sollen. Nach Boston, für immer. Ich hätte alles werden können. Ich hätte aufs College gehen können. Aber ich habe dir geglaubt – deinen Versprechungen. Du hast gesagt, wir schaffen es, von hier wegzugehen. Mehr habe ich nie verlangt. Nur weg aus Hastings, verdammt noch mal! Aber du bist ein Feigling und ein Lügner.«

Im Wald ist es tödlich still. Der Mann mit der Schrotflinte und meine Tochter lauschen der Geschichte, reglos wie Statuen. Alice weint und vergräbt das Gesicht am Körper ihrer Mutter.

Daisy fasst sich, ihr Gesicht verändert sich, so wie ich es von Alice kenne. Von einer Sekunde zur anderen.

Was dann kommt, verschwimmt vor meinen Augen. Ich bin wie betäubt.

Zuerst die Worte.

»Nun, es ist passiert – jetzt müssen wir es zu Ende bringen.«

Dann der Schuss. Der Schuss, der Mick trifft. Und ihn tötet.

54

Tag siebzehn

»Daisy!«, brüllte Booth. Nic wurde schwindlig. Sie tastete nach dem Baum.

Reyes lag am Boden. Seine Augen waren offen. Sein Körper war reglos. Er war tot.

Das kleine Mädchen schrie.

Daisy schlug ihr ins Gesicht.

»Schluss jetzt! Hörst du mich? Mommy muss sich jetzt um alles kümmern.«

Sie richtete die Waffe auf Booth. Er hielt die Schrotflinte mit zitternden Armen.

»Leg sie weg«, sagte sie.

Booth regte sich nicht.

»Roger – denk nach. Du weißt doch, was los ist. Wir waren die ganze Zeit hier. Zehn Jahre lang. Vor deiner Nase. Wir haben in diesem Haus im Wald gewohnt. Haben die ganzen Deals durchgezogen – auf der Straße, im Casino, es war so einfach. Und haben dieses Mädchen aufgezogen. *Dein* Mädchen. Sei ehrlich, du bist froh, dass er tot ist.«

Booth atmete schwer, sagte aber nichts.

»Du hättest ihn am liebsten getötet, stimmt's? Als er sagte, ich hätte dich nie geliebt. Ich hätte dein Baby nicht gewollt. Er hat nicht gelogen. Ich wollte es wegmachen. Ich habe es nur wegen ihm behalten. Ich habe es behalten, weil ich glaubte, er sei ein ganzer Kerl. Ich habe ihm dein Baby gegeben.«

Daisy lachte.

»Du wolltest abdrücken, aber du konntest nicht. Das ist der Grund, weshalb ich dich niemals lieben könnte.«

Nic glitt hinter den Baum. Das kleine Mädchen riss an der Hand der Mutter, ihr Gesicht war verquollen.

Plötzlich entsicherte Booth die Waffe und zielte genau auf Daisys Kopf.

»Warum hat er das getan – Molly Clarke entführt und dann ihre Tochter hergelockt?«, fragte er.

»Ich würde sagen, frag ihn selbst, aber das hat sich wohl erledigt«, entgegnete Daisy. »Es ist, wie ich gesagt habe – weil ich ihn endgültig verlassen hatte. Ich hatte ihn schon öfter verlassen, wenn ich eine Pause brauchte. Von ihm und der hier.« Sie warf einen raschen Blick zu ihrer Tochter. »Aber diesmal bin ich nicht zurückgekommen. Ich konnte seinen Anblick, konnte ihn nicht mehr ertragen. Er kam jede Nacht in mein Zimmer, in mein Bett. Ich habe dann bei Alice geschlafen, aber das hat auch nichts genützt. Alice – das weißt du doch, oder? Wie er zu uns ins Bett gekommen ist.«

Das kleine Mädchen nickte, ihr Gesicht war rot, sie zitterte.

»Da hat es mir endgültig gereicht. Es war, als würde man mit einem Hündchen zusammenleben, das einem ständig nachläuft. Zehn Jahre ging das so. Ich hatte meinen Teil der Abmachung erfüllt und trotzdem – noch immer kein Vermögen, kein besseres Leben. Noch immer an diesem Ort, wo mein Vater mich geschlagen und meine Mutter mich ausgehungert hat! Ich konnte keine Sekunde länger hierbleiben.«

Booth trat näher.

»Warum bist du jetzt zurückgekommen?«

Auch Daisy machte einen Schritt nach vorn, die Waffe erhoben.

»Weil er sich in diesen Schlamassel gebracht hat.« Sie deutete mit der Waffe auf Nic, dann wieder auf Booth. »Wir haben Kameras im Haus, um das Mädchen im Auge zu behalten. Ich kann noch immer beobachten, was passiert. Diese Frau hat deine Tochter beeinflusst. Das habe ich mir tagelang angesehen. Sie haben heute versucht, ihn zu töten. Worauf wäre das alles hinausgelaufen? Dass sie mich suchen und zurückholen. Aber ich brauche das hier alles nicht. Ich habe ihn verlassen und bin dabei, mir woanders ein schönes neues Leben aufzubauen.«

Nic überlegte fieberhaft. Ihre Mutter hatte versucht, Reyes zu töten – und zwar heute! Also war sie am Leben.

»Was jetzt, Daisy?«, fragte Booth. Er schien sich zu beruhigen, klarer zu denken. Er wollte, dass sie weitersprach. Sie hatte seine Tochter bei sich. Und eine Waffe in der Hand.

Daisy sondierte offenbar die Lage. Reyes auf dem Boden. Nic hinter dem Baum. Booth, der mit der Waffe auf ihren Kopf zielte.

»Mal überlegen. Wie findest du das hier? Reyes hat mich zehn Jahre gefangen gehalten, bis ich endlich entkommen konnte. Dann hat er Molly Clarke entführt. Und ihre Tochter hergelockt, um auch sie zu entführen. Chief Watkins wollte der Sache nachgehen. Reyes hat ihn in dem Moment erschossen, als ich zurückkam, um meine Tochter zu retten. Also habe ich ihn durch den Wald gejagt, ihm die Waffe entrissen und ihn erschossen. Leider erst, nachdem er die anderen Gefangenen bereits getötet hatte.«

Booth wirkte ängstlich, aber entschlossen. Nic begriff, dass es ihm nur noch um das kleine Mädchen ging. Sein kleines Mädchen. Er hatte etwas, für das er kämpfen musste.

»Lauf!«, rief er Nic zu.

Sie zögerte, stürzte dann in den Wald. Daisy feuerte, aber es waren zu viele Bäume im Weg.

Nic hörte Daisy schreien, während sie durch den Wald rannte.

»Ich bring dich um!«

55

Tag siebzehn

»Ich bring dich um!«, kreischt Daisy. Der Mann mit der Schrotflinte steht jetzt keine fünf Meter entfernt von ihr.

Ich sehe mein Kind weglaufen. Ich schaue ihr nach, bis sie verschwunden ist, und würde vor Erleichterung und Freude am liebsten lachen.

Ich höre die Sirenen. Sie haben uns gefunden.

Daisys Gesichtsausdruck verändert sich. »Verstehe – ich muss los. Den ganzen Scheiß noch mal durchziehen. Wisst ihr eigentlich, wie schwer es ist, zu verschwinden?«

Der Mann schüttelt den Kopf. »Den Teufel wirst du. Keine Bewegung.«

Daisy wirkt überrascht.

Aber es bleibt nur wenig Zeit.

Sie schiebt Alice vor sich. Als menschlichen Schutzschild. Ihre eigene Tochter.

Sie richtet die Waffe auf Alice' Kopf. Drückt sie an ihre Schläfe.

Alice wimmert. »Mommy?«

Der Mann schaut reglos zu, als die Mutter seines Kindes sich auf ihn zubewegt.

»Lass die Waffe fallen, und bring uns zum Motel. Dann brauche ich einen Wagen. Sonst jage ich ihr eine Kugel in den Kopf, das schwöre ich.«

Der Mann reißt die Augen auf, als die Worte in seine Seele dringen. Und in meine.

Seine Hand zittert, aber er hält die Waffe ruhig. Ich sehe, wie Daisy die Waffe entsichert. Ich höre das Klicken. Sie weiß – das spüre ich –, dass er die Schrotflinte nicht abfeuern wird. Er ist gefangen im Dilemma, wünscht ihr den Tod und fürchtet gleichzeitig, seine Tochter zu treffen. Er hat Angst, dass sie zuerst abdrückt. Er wird genau das tun, was sie sagt. Und danach ist sie frei.

Ich sitze wieder im Auto, wie vor fünf Jahren. Kurz vor der Einfahrt zu unserem Haus. Ich fürchte, dass etwas nicht stimmt. Ich ahne schon, wie wütend ich gleich sein werde, wenn ich herausfinde, dass alles in Ordnung ist – dass Nicole sich einfach wie ein Teenager verhalten hat. Ich habe beide Hände am Steuer, beide Augen auf der Straße. Ich stelle mir vor, was ich in meinem Haus vorfinden werde.

Ich spüre, wie sich meine Füße bewegen. Ich spüre einen schweren Stein in meinen Händen. Ich spüre Augen, die sich auf mich richten.

Aber mein Film spielt vor fünf Jahren. Ich biege um die Ecke, sehe etwas aufblitzen. Was ist es? Was hätte so plötzlich auf die Straße gelangen können, genau vor meinen Wagen?

Ich höre ein lautes Knacken. Und einen Schrei. Meine Hände tun weh.

Ich bin wieder in der Einfahrt. Mein Fuß auf der Bremse, meine Hände am Lenkrad. Sie reißen es herum. Diesmal weit genug. Ich sehe Annie sicher auf der anderen Straßenseite ankommen.

Ich spüre Arme, die meine Beine umschlingen. Kleine Arme, die fest zudrücken.

Ich schaue hinunter und sehe Alice, die vor Erleichterung weint. *Nicht Annie. Alice.*

Ich schaue hinunter und sehe Daisy, die bewusstlos am Boden liegt. Den Stein halte ich noch in der Hand.

Der Mann rennt auf uns zu.

Die Sirenen verstummen, Stimmen klingen von der Einfahrt herüber.

»Hier!«, schreit der Mann. »Wir sind hier drüben!«

Alice weint noch heftiger. Ich lasse den Stein fallen und beuge mich vor, hebe sie hoch. Sie schlingt ihr ganzes Selbst um meinen Körper, und ich halte sie fest.

»Es ist gut«, sage ich.

Nicole kommt aus dem Wald. Sie sieht mich, und ich sehe sie. Ich treibe in einem Ozean der Liebe dahin.

Überwältigender, seliger Liebe.

»Es ist gut«, sage ich noch einmal.

Und denke mir, dass es vielleicht sogar stimmt.

56

Sieben Monate später

Es war nicht leicht, nach Hastings zurückzukehren.

Nic hatte darauf bestanden, selbst zu fahren. Sie kannte den Weg, aber das war nicht der Grund. Diese Kreuzung, Hastings Pass, alles an dieser Stadt war zu einem Ungeheuer geworden, das sich unter ihrem Bett verbarg. Die Erinnerungen blitzten in Albträumen auf. Oder in Tagträumen, wenn sie im Gehen unvermittelt stehen blieb und nach Atem rang. Dann sah sie flüchtig das Motel und den Zaun und den Wald.

Sie musste sich dem stellen. Unter das Bett schauen und sich vergewissern, dass dort nichts war. Dass es nur eine Stadt war. Dass die bösen Menschen darin tot oder im Gefängnis waren.

Ihre Mutter berührte sie an der Schulter, als sie an der Gas-’n’-Go vorbeikamen.

»Alles gut mit dir?« Auch sie blickte zur Tankstelle, dem Ort, an dem alles begonnen hatte.

Jared Reyes war Daisy Hollander von Woodstock nach Hastings gefolgt und hatte eine Stelle als Wachmann bei der Firma gefunden, der das Anwesen hinter dem Hotel gehörte. Sie wollte dort eine psychiatrische Klinik bauen, was an den Protesten der Bevölkerung gescheitert war. Dieser Firma gehörte auch die Tankstelle. Reyes hatte die Überwachungskameras gewartet und sich um das Grundstück und die Gebäude gekümmert, die einmal zu Ross Pharma gehört hatten. Er nutzte seine Position, um sich einen Überblick zu verschaffen und seine Betrügereien durchzuführen. Auch dann noch, nachdem Watkins ihn unter seine Fittiche genommen hatte.

Nic lächelte. »Alles gut.« Sie spürte einen Druck im Magen, als sie durch die Hügellandschaft fuhren, an den vernachlässigten Maisfeldern entlang. Und doch war es diesmal anders. Die Luft war warm. Die Sonne schien. Die Bäume trugen grünes Laub.

Mrs. Urbansky empfing sie an der Tür zur Polizeiwache. Sie umarmte Nic, dann ihre Mutter.

»Wie schön, Sie beide zu sehen!«

Chief Watkins tauchte aus dem Hinterzimmer auf. Dankbarkeit lag in seinem Blick. Molly Clarke hatte ihm an jenem Tag das Leben gerettet.

»Sehen die beiden nicht wunderbar aus!«, rief Mrs. Urbansky.

Nic lächelte. Sie hatte gar nicht darüber nachgedacht, wie sie wohl aussehen mochten. Ihre Mutter trug die Haare jetzt kurz und war zu ihrem natürlichen Kastanienbraun zurückgekehrt. Sie kleidete sich auch anders, Röcke und weite Oberteile, einfach alles, was ihr bequem erschien. Das war ihr Stil gewesen, bevor Annie gestorben war. Es schien, als würde sie allmählich wieder zu sich selbst finden.

Nic war der Meinung, sie selbst sähe aus wie immer. Sie ging laufen, hatte keine neue Frisur, kleidete sich wie immer. Es war ihr auch nicht wichtig. Aber ihr Vater hatte gesagt, ihr Gesicht würde leuchten. Darin schwang ein *es leuchtet wieder* mit, auch wenn er es nicht ausgesprochen hatte. Nic wusste genau, was er meinte.

Watkins führte sie ins Büro und bat sie, Platz zu nehmen. Nic erinnerte sich flüchtig, wie sie vor sieben Monaten hierhergekommen war. Aber heute ging es nicht darum, ihre Mutter zu suchen. Es ging darum, mit etwas abzuschließen.

»Ich freue mich, dass Sie uns besuchen«, sagte er.

Sie waren nicht nur seinetwegen gekommen. In weniger als einer Stunde hatte ihre Mutter noch eine zweite Verabredung.

»Es ist gut«, sagte ihre Mutter. »Notwendig.«

Watkins neigte den Kopf, als wäre er sich nicht so sicher. Aber er schien bereit, sie auf den neuesten Stand zu bringen.

»Haben Sie die Aussage gelesen?«

Daisy Hollander hatte sich des Totschlags an Jared Reyes für schuldig bekannt. Mehr aber auch nicht. Ende des Monats fand eine Anhörung statt, ihr Anwalt hatte Strafmilderung beantragt.

»Glaubt denn irgendjemand ihre Lügen?«, fragte Nic. »Dass es Notwehr war?«

Daisys Geschichte war durchdacht. Reyes sei ihr nach dem Sommercamp nach Hastings gefolgt, er sei wie besessen gewesen von ihr. Sie hingegen habe sich gar nicht an ihn erinnert.

Nach und nach hatten sich andere Mädchen aus dem Camp, inzwischen erwachsene Frauen, mit eigenen Aussagen gemeldet. Denen zufolge hätten Daisy und Reyes den ganzen Sommer miteinander verbracht.

Sie stritt alles ab.

Laut ihrer Aussage hatte Reyes sie gestalkt. Aus Angst habe sie niemandem davon erzählt. Sie sei in Roger Booth verliebt gewesen, habe mit ihm zusammenbleiben und ihn heiraten wollen. Reyes habe das strikt abgelehnt, sie entführt und zehn Jahre lang in besagtem Haus gefangen gehalten. Dann endlich sei sie entkommen und habe sich in Panik zunächst versteckt, Reyes sei schließlich Polizist gewesen. An dem fraglichen Tag sei sie zurückgekommen, um Alice zu retten.

Sie habe Reyes aus Zorn und Angst getötet, die sich in Jahren des Missbrauchs und der Gefangenschaft aufgestaut hätten. Es mochte in diesem Moment vielleicht keine Notwehr gewesen sein, aber die Tat sei eine Folge dieser traumatischen Erlebnisse und deshalb gerechtfertigt gewesen.

Watkins überlegte es sich gut, bevor er Nics Frage beantwortete. Ob jemand diese Geschichte geglaubt habe.

»Es ist kompliziert. Von allen Personen, die sich jetzt melden und behaupten, Reyes habe sie bei seinen Geschäften betrogen, hat nicht eine einzige Daisy identifiziert. Sie hat sich immer sehr geschickt im Hintergrund gehalten. Man hat seinen ramponierten Wagen hinter dem Haus gefunden – darin lassen sich keine Fingerabdrücke von Daisy nachweisen. Und gegen das, was sie im Wald gestanden hat – dass sie Reyes' Komplizin war und nicht seine Gefangene –, führen die Anwälte Gutachter an, die attestieren, sie habe damit lediglich die Kontrolle zurückgewinnen oder ihn manipulieren wollen. Die jahrelange Gefangenschaft sei bei ihr nicht ohne psychische Folgen geblieben.«

Nic kannte die Fallstudien über Frauen, die missbraucht, misshandelt und gefangen gehalten worden waren und die nichts von dem getan oder ausgesagt hatten, was man unter solchen Umständen erwarten würde. Daisy war schon als Kind misshandelt worden. Und dann hatte Reyes sie eingesperrt. Ihr Anwalt hatte ausreichend Argumente, um auf verminderte Schuldfähigkeit zu plädieren.

Aber es gab mehr als nur die Worte, die Daisy im Wald gesprochen hatte.

»Was ist mit dem Abschiedsbrief?«, fragte Nic. »Den sie an Booth geschrieben hat. Und dann sind da noch die SMS an ihre Schwester.«

»Sie behauptet, Reyes habe sie dazu gezwungen, den Brief zu schreiben. Und es passt sogar. Er hat auch den Abschiedsbrief Ihrer Mutter gefälscht und das Zimmer mit ihrer Kreditkarte gebucht. Er war ziemlich geschickt darin, eine Entführung zu planen und seine Spuren zu verwischen.«

Nic war alles andere als zufrieden. Erst jetzt wurde ihr bewusst, wie zornig sie über die Entwicklung war, die der Fall nach der Befreiung ihrer Mutter genommen hatte.

Sie ratterte die offenen Fragen herunter.

»Was ist mit ihrer Schwester – Veronica? Die Spurensicherung hat Daisys Fingerabdrücke und Haare überall im Haus gefunden … Ich selbst habe ihre Lederjacke dort gesehen, genau an dem Tag.«

Watkins konnte auch das erklären.

»Sie wissen nicht, wie alt die Spuren sind, und das mit der Jacke hat Daisy erklärt – sie sei an jenem Morgen kurz bei ihrer Schwester vorbeigefahren … bevor sie ihre Tochter retten wollte.«

»Aber die Zeugen, die sie in all den Jahren gesehen haben – frei wie einen Vogel! In drei verschiedenen Bundesstaaten! Sie konnte die ganze Zeit über kommen und gehen, wie sie wollte! Und sie hatte die App für die Überwachungskameras auf ihrem Handy. Weshalb hätte Reyes ihr Zugang dazu geben sollen, wenn sie nicht seine Komplizin war? Es gibt so viele Hinweise, die ein ganz anderes Bild zeichnen!«

»Nicole«, sagte ihre Mutter ruhig und entschlossen. »Du vergisst Alice.«

Nic ließ den Kopf hängen.

Sie war der Grund, weshalb Reyes ihre Mutter überhaupt entführt hatte – das Mädchen brauchte eine Mutter.

Alice hatte Daisy Hollander besuchen dürfen. Die Sozialarbeiter glaubten, es könne ihr dabei helfen, das zu verarbeiten, was im Wald geschehen war. Es in einen Kontext zu stellen. Nach den Besuchen hatte Alice der Staatsanwaltschaft zahlreiche Informationen geliefert, die Daisy Hollanders Aussage stützten. Lauter Lügen. Sie hatte über das Gitter an der Tür und das vernagelte Fenster gesprochen, aber so, als wäre ihre eigene Mutter dort gefangen gewesen und nicht Molly Clarke.

»Ich begreife noch immer nicht, weshalb sie ihr glauben«, sagte Nic.

»Das liegt wieder einmal im Ermessen der Staatsanwaltschaft«, erklärte Watkins. »Wie will man jemals beweisen, dass er Daisy nicht das Gleiche angetan hat wie Ihrer Mutter?«

Man konnte es nicht. Die Zeugen, die sie an mehreren Orten gesehen hatten, konnten sich irren. Die Mädchen aus dem Camp könnten eifersüchtig gewesen sein oder sich nicht richtig erinnern. Und Veronica würde ihre Schwester nie verraten. Daisy hatte sie jahrelang mit dem Geld aus den Betrügereien unterstützt.

Nic hatte nichts in der Hand außer dem, was sie im Wald gesehen und gehört hatte. Nicht nur die Worte, auch den Tonfall, in dem Daisy gesprochen hatte. Und ihr Gelächter. Daisy Hollander war an jenem Tag bereit gewesen, ihre eigene Tochter zu töten. Sie war nie und nimmer Reyes' Opfer.

»So sieht es aus«, sagte Watkins. »Sie wird eine Haftstrafe erhalten. Sie wird für den Mord büßen. Vielleicht nicht so, wie sie es verdient hätte, aber sie kommt auch nicht frei.«

Eine Pause, ein Seufzer.

»Da wäre noch etwas. Ich habe bis heute gewartet, um es Ihnen persönlich zu sagen.«

»Was kann denn jetzt noch kommen?«, fragte Nic.

Watkins schob ihnen eine Mappe hin. Nic schlug sie auf. Darin lagen drei Fotos. Eins stammte von einer der Überwachungskameras im Casino, das zweite zeigte ein Loch in der Erde auf irgendeiner Baustelle und das dritte eine unvollständige handschriftliche Notiz.

»Daisys Anwälte haben einen Privatdetektiv engagiert«, erklärte Watkins. »Sie haben sich die Aufnahmen aus dem

Casino angesehen und dabei etwas entdeckt – das Foto eines Mannes am Empfang. Sehen Sie den Mann mit der Baseballkappe und dem Flanellhemd? Das ist Reyes. Man hat diese Kleidungsstücke im Haus gefunden.«

»Also können Sie beweisen, dass Reyes das Zimmer mit der Karte meiner Mutter bezahlt hat?«

»Er und nicht Daisy – darum geht es. Reyes hat allein gehandelt.«

»Das zweite Foto – von dem Loch im Boden?«, fragte ihre Mutter.

Watkins schwieg lange, bevor er antwortete. »Das haben einige Arbeiter entdeckt und die Polizei verständigt. Das Loch befindet sich neben einem verlassenen Gebäude an der Laguna Road. Es ist groß genug für eine Leiche. Daisys Anwälte behaupten, Reyes habe es ausgehoben, weil er sie töten und ihre Leiche dort vergraben wollte. Sie haben einen Spaten in seinem Haus gefunden. Die Erdspuren daran stimmen mit der Stelle überein.«

Nein, dachte Nic. Dafür war es nicht gedacht, das wussten sie alle nur zu gut. Daisy war längst fortgegangen. Reyes hatte das Loch ausgehoben, um ihre Mutter darin zu begraben. Er hätte sie getötet, sowie Nic in seiner Gewalt gewesen wäre.

Ihre Mutter holte tief Luft. Sie hatte soeben ihr eigenes Grab gesehen.

»Und diese Nachricht fand man im Haus. Im Keller, wo sich seine ganzen Unterlagen befanden. Sieht aus, als hätte er an einem Abschiedsbrief geschrieben. Sagt Ihnen das etwas?«

Nic betrachtete die ersten Zeilen. »Das ist meine Handschrift.« Sie las die Worte vor. »Es tut mir so leid, Daddy und Evan. Ich kann einfach nicht mit dem Wissen leben, was ich Annie und jetzt auch noch Mom angetan habe. Ich denke schon lange an die Brücke.«

»Nic? Hast du das geschrieben?«, fragte ihre Mutter.

»Nein, aber ich habe etwas Ähnliches zu ihm gesagt. Ich habe ihm erzählt, wie schuldig ich mich wegen Annies Tod fühle. Und wegen dem, was ich an dem Morgen zu dir gesagt habe.«

»Was ist mit der Brücke?«, wollte Watkins wissen.

Nic zögerte. Sie sprach es ungern im Beisein ihrer Mutter aus, aber es ging nicht anders. »Ich habe ihm erzählt, dass ich manchmal daran gedacht habe, von der Brücke im Stadtzentrum zu springen. Er hat mich gefragt, ob ich mit jemand anderem darüber gesprochen hätte. Und ich sagte, mit der Therapeutin.«

Watkins beugte sich vor. »Er wollte Ihren Selbstmord inszenieren. Den Brief irgendwo deponieren. Vielleicht Ihre Tasche auf der Brücke lassen.«

»Und niemand hätte sich gewundert, dass man meine Leiche nicht gefunden hat, weil die Strömung des Flusses dort so stark ist.«

»Er hätte Sie dortbehalten. In seinem Haus.«

Ihre Mutter ergriff Nics Hand und drückte sie.

»Ich glaube, wir wissen jetzt genug. Danke, Charles.«

Nic schob die Fotos in die Mappe und gab sie Watkins zurück.

»War das alles?«

Er nickte. »Fürs Erste.« Dann holte er tief Luft. Legte die Handflächen auf den Tisch.

»Möchten Sie es noch immer, Molly? Sie besuchen?«

Sie fuhren das kurze Stück zum Hastings Inn.

Nic parkte. Stellte den Motor ab. Chief Watkins war direkt hinter ihnen.

»Kommst du mit rein?«, fragte ihre Mutter.

»Ich kann nicht, Mom. Ich kann dieses Mädchen nicht ansehen.«

Ihre Mutter nickte.

»Ich verstehe das nicht«, platzte Nic heraus. »Warum hasst du sie nicht? Nach allem, was sie dir in dem Haus angetan hat? Und wie sie jetzt lügt, um ihrer Mutter zu helfen?«

Es entstand eine lange Pause. Dann schien sich der Körper ihrer Mutter zu entspannen. Sie schaute zum Diner hinüber, wo ein kleines Mädchen das Gesicht ans Fenster drückte.

»Sie ist nur ein Kind, Nicole.«

Nic lehnte sich hinüber und legte den Kopf auf ihre Schulter.

»Du weißt es nicht, oder?«

Ihre Mutter küsste sie auf die Stirn. »Was weiß ich nicht?«

»Was für eine wunderbare Mutter du bist.«

57

Sieben Monate später

Ich küsse meine Tochter auf die Stirn und sehe ihr lächelnd nach, als sie die Straße überquert und in eine Kneipe geht – nicht um zu trinken, sondern um sich mit einem Mann zu treffen. Zur Abwechslung mal mit einem netten Mann. Und ich hoffe nicht nur, dass es von jetzt an nette Männer geben wird. Ich weiß es.

Ich steige aus dem Auto und gehe in den Diner. Chief Watkins ist direkt hinter mir.

Ich war noch nie drinnen, erinnere mich aber, dass ich an jenem Abend hier vorbeigefahren bin. Am Abend des Sturms.

Sie warten auf uns. Roger Booth. Die Sozialarbeiterin, die sich um die Familie kümmert.

Und Alice.

Ich habe von diesem Tag geträumt. Und ihn gefürchtet. Ich hatte Albträume von Alice, von ihren Händen, die über meine Haut streichelten. Ihren falschen Tränen. Ihren Gesichtern. Und ich habe mich nach ihr gesehnt. Nach dem Kind in ihr.

Sie selbst scheint diesen Zwiespalt nicht zu spüren. Das merke ich, als sie von der Bank aufspringt und geradewegs in meine Arme läuft. Ich drücke sie an mich. Ich küsse sie auf die Stirn, so wie ich gerade eben Nicole geküsst habe.

Ich weiß nicht, was ich fühle. Ich werde es wohl noch lange nicht wissen.

Ich gehe zum Tisch. Alle stehen auf und begrüßen mich herzlich. Roger ist dankbar, weil ich seine Tochter gefunden und ihr das Leben gerettet habe. Chief Watkins ist dankbar, weil ich ihn nicht wie einen Hund auf dem Boden habe sterben lassen. Ich hätte sein Auto nehmen und wegfahren können. Aber ich bin geblieben, und es heißt, er habe nur überlebt, weil ich die Blutung gestillt habe.

Ich habe die Blutung gestillt. Das ist doch etwas, denke ich mir.

Aber ich fühle mich ihrer Dankbarkeit irgendwie nicht würdig.

Wir setzen uns hin, haben alle Tränen in den Augen, als wir über die neuen Entwicklungen sprechen. Alice geht jetzt mit anderen Kindern zur Schule und kommt gut zurecht. Sie ist in jedem Fach die Beste, das immerhin hat sie diesen verdrehten Leuten zu verdanken.

Und doch frage ich mich, was von diesem Leben in Abgeschlossenheit zurückgeblieben ist.

»Wie geht es dir?«, frage ich.

Alice zeigt das glückliche Gesicht. »Toll!«, sagt sie. »Ich liebe meine neue Schule und meine neuen Freundinnen. Und wie sich herausstellt, bin ich gar nicht allergisch, nur gegen Katzen, aber Hunde kann ich haben. Und ich kann nach draußen, wann immer ich will.«

Ich lächle. »Das sind sehr gute Neuigkeiten.«

Wir alle freuen uns für das kleine Mädchen, dem es so gut geht.

Das kleine Mädchen, das mich dazu gebracht hat, Milch zu trinken, mich aber auch freigelassen hat.

Das kleine Mädchen, das zusehen musste, wie seine Mutter den Mann erschoss, der es aufgezogen hatte, und dann die Waffe am eigenen Kopf gespürt hatte.

Das kleine Mädchen, das erst kürzlich für sie gelogen hatte.

Dieses kleine Mädchen.

Wir essen Pommes und trinken Limo. Die Sozialarbeiterin beginnt eine hilfreiche Diskussion über das Leben und den Blick nach vorn. Sie hatte mir erklärt, es sei wichtig für Alice, zu sehen, dass es mir gut geht, dass ich ein normales Leben führe. Ich könne ihr als Vorbild dienen, weil wir ähnliche Erfahrungen gemacht haben, auch wenn ich nur zwei Wochen in dem Haus war.

»Ich habe wieder angefangen zu arbeiten.« Das stimmt. Ich gebe Nachhilfe in Naturwissenschaften und hoffe, dass ich irgendwann in die Schule zurückkehren kann.

»Und mein Sohn hat die elfte Klasse fast geschafft. Nicht zu fassen, wie schnell die Zeit vergeht!«

Es war nahezu unerträglich, ihn in dieser Schule zu lassen. Sie verbindet uns mit dieser Stadt. Doch Evan hatte selbst entschieden, dort zu bleiben.

Wenn wir hinfahren, nehmen wir den langen Weg. Und wann immer ich ihn sehe, erinnere ich ihn daran, dass nichts an seinem Verhalten mich jemals dazu bringen könnte, ihn zu verlassen. Niemals. Denn er ist genug. Er ist mehr als genug. Er ist alles. Er und Nicole.

Ich werde nie über den Moment während des Sturms sprechen, als meine Beine mich von ihnen fortgetragen hatten. Als ich sie verlassen wollte.

Ich bin jetzt hier. Wir sind jetzt hier.

Wir. Das Wort benutze ich in letzter Zeit häufig. John und ich bringen Evan gemeinsam zur Schule. Er hat sich mehrmals freigenommen, um mitzukommen. Er will mich nicht noch einmal verlieren. Wie seltsam, dass er die furchtbare Erfahrung brauchte, um das zu erkennen, und ich sie brauchte, um es zu glauben.

Seit meiner Rettung spüre ich es immer mehr – meine Liebe zu John schleicht auf Zehenspitzen über jene unsichtbare Grenze. Es war kein Wendepunkt. Aber es könnte einer werden. Das spüre ich. Er auch.

Er schließt erst die Augen, wenn ich neben ihm im Bett liege. Und manchmal kuschele ich mich eng an ihn.

Und Nicole – sie hat sich noch viel deutlicher verändert. Im nächsten Herbst geht sie aufs College. Sie ist mit mir zur Trauerberatung gegangen. Natürlich reißt sie danach Witze über das, was die Leute sagen, und über ihren neutralen Ton. Sie nennt sie emotionale Roboter. Sie sagt, sie würde am liebsten laut schreien, dass sie alle nur *Scheiße reden*. Vielleicht hat sie recht. Aber sie kommt trotzdem mit. Und manchmal gehen wir danach essen.

Manchmal sprechen wir über den Wald in Hastings. Manchmal sprechen wir darüber, was sie nächstes Jahr studieren wird oder welche Klassen ich unterrichten werde. Manchmal lachen wir sogar, obwohl wir danach meistens weinen.

Es macht mir nichts, wenn sie weint. Oder wenn ich weine.

Habe ich das Jared Reyes zu verdanken? Den furchtbaren Dingen, die er unserer Familie angetan hat? Ja, er hatte mich entführt. Aber er hatte mich entführt, damit ich mich um ein Kind kümmerte, das nicht einmal sein eigenes war. Er hatte mich entführt, weil Alice' eigene Mutter sie einfach so verlassen hatte. Die Mutter, die ihr eine Waffe an den Kopf gehalten hatte. Manchmal tauchen sie auf, bevor ich sie verbannen kann – Bilder von Reyes und Alice. Wie er sie durch den Regen getragen und wie er sie zum Lachen gebracht hatte. Dass sie ihn angeschaut hatte, wie ein Kind den Vater anschaut, der es liebt.

Dann wieder spüre ich seinen Körper, der mich auf den Küchenboden drückt. Seine starken Hände, die mich in das dunkle Zimmer zerren. Seinen heißen Atem in meinem Gesicht, als er von Nicole erzählt. Er wollte mich töten und sie gefangen halten.

Und jetzt bin ich bei meiner Familie und heile. Und hier ist Alice, die überlebt hat.

Es gibt so viele Grauschattierungen, dass mir das Leben manchmal vorkommt wie ein einziger langer, schöner Wolkentag.

Allmählich geht uns der Gesprächsstoff aus. Die Sozialarbeiterin wendet sich an Alice: »Möchtest du ihr jetzt das Geschenk geben?«

Alice nickt. Das mutwillige Gesicht ist da, und es überläuft mich kalt.

Grauschattierungen.

Sie ist nur ein Kind.

Sie greift auf ihren Schoß und legt zwei Plastikpuppen auf den Tisch.

Mein Magen dreht sich um. Ich verspüre den heftigen Drang, mich zu übergeben.

Sie nimmt die Puppe, die sie Suzannah nennt, und gibt sie mir.

»Die möchte ich dir schenken, damit du mich nie vergisst.«

Jetzt kommen ihr die Tränen. Echte Tränen. Und mir auch.

Ich zwinge meine Hand, über den Tisch zu greifen und die Puppe zu nehmen. Ich schwöre bei Gott, sie verbrennt meine Haut, aber ich nehme sie trotzdem.

Ich nehme sie und streiche ihre Haare glatt.